Als Kolfinna Karlsdóttir mit 29 Jahren plötzlich arbeitslos wird, ihre langjährige Beziehung in die Brüche geht, sie nur mit ihrer Waschmaschine beladen wieder zu ihrer Mutter ziehen muss und obendrein noch von allen Seiten zu hören bekommt, was sie alles falsch macht, stellt sie sich die Frage aller Fragen: Wie bekomme ich ein schönes Leben? Bei ihrer Arbeit als Putzfrau trifft sie Leute, von deren Lebensstil, Reichtum und Bildung sie fasziniert ist. Nur – wie kommt man dahin? Und: Führen diese Leute tatsächlich ein schönes Leben?
Kristín Marja Baldursdóttir hat einen humorvollen und tiefgründigen Roman geschrieben über eine junge Frau, die auf der Suche nach dem Glück erst sich selbst finden muss.

Kristín Marja Baldursdóttir wurde in Island geboren. Sie ist in Island eine bekannte Journalistin und Autorin. Im Fischer Taschenbuch Verlag sind ihre beiden vorhergehenden Titel »Möwengelächter« (Bd. 15422) und »Kühl graut der Morgen« (Bd. 15486) lieferbar.

Unsere Adresse im Internet: www.fischerverlage.de

Kristín Marja Baldursdóttir

Hinter fremden Türen

Roman

Aus dem Isländischen
von Coletta Bürling und Kerstin Bürling

Fischer Taschenbuch Verlag

Veröffentlicht im Fischer Taschenbuch Verlag,
ein Unternehmen der S. Fischer Verlag GmbH,
Frankfurt am Main, September 2005

Lizenzausgabe mit freundlicher Genehmigung des Krüger Verlages,
ein Unternehmen der S. Fischer Verlag GmbH, Frankfurt am Main
Die isländische Originalausgabe erschien 1997
unter dem Titel ›Hús úr húsi‹
im Verlag Mál og menning, Reykjavik

Satz: Pinkuin Satz und Datentechnik, Berlin
Druck und Bindung: Clausen & Bosse, Leck
Printed in Germany
ISBN 3-596-15641-6

Für Björgvin

1

Die Straße schlief noch unter einer Decke gelber und roter Blätter, aber die junge Frau, die die Straße entlangging, würdigte das Laub keines Blickes, sondern betrachtete die Häuser zur Rechten und zur Linken, von denen einige gerade erwachten. Sie blieb stehen, hustete und gähnte, aber dann wurde sie durch das Geräusch einer zuschlagenden Tür daran erinnert, dass sie nicht trödeln durfte, denn auf sie wartete ein Haus, das geputzt werden musste, heute das eine Haus, morgen das nächste, und so würde es endlos weitergehen, Woche um Woche, bis zum Frühjahr. Sie zweifelte sehr daran, dass sie das durchstehen würde.

Viele Häuser lagen zurückgesetzt hinter Hecken und großen Ebereschen, sie musste die Augen zusammenkneifen, um die Hausnummern zu erkennen, aber schließlich fand sie das Haus der alten Dame, bei der sie heute das erste Mal putzen sollte. Es war rotbraun mit einem niedrigen Dachgeschoss, Pflanzen rankten bis zu den kleinen weiß gestrichenen Fenstern herauf, und die Herbstsonne, die sich den Himmel hinaufgestohlen hatte, spielte mit der Farbenpracht in dem alten Garten. Auf der Treppe lag eine silbergraue Katze ausgestreckt auf den Pfoten und miaute klagend, als sie sich näherte.

Kaum hatte sie den Zeigefinger auf die Klingel gelegt, flog die Tür auf und eine kleine alte Frau mit einem hübschen Gesicht und dichtem weißen Haar blickte sie schalkhaft an. Ihre Augen strahlten unerwartet lebhaft und ihr war nicht anzusehen, dass sie schon über achtzig war, wie man ihr gesagt hatte; deshalb zögerte sie einen Augenblick, bevor sie fragte, ob sie hier richtig sei bei Listalín Jónsdóttir.

Die alte Frau nickte lächelnd, kam einen Schritt auf sie zu, sah ihr tief in die Augen und flüsterte: »Sie ist immer draußen und mordet.«

»Wer?«, fragte die zukünftige Haushaltshilfe leicht erschrocken.

»Das Katzenvieh«, sagte die Frau, senkte langsam den Blick und deutete mit ernster Miene auf die Katze. »Sie hat im Laufe eines einzigen Tages zwei Vögel hier angeschleppt, und deshalb kommt sie mir heute nicht mehr ins Haus. So eine böse Katze will ich drinnen bei mir nicht haben. Dass du dich nicht schämst, du Mörderin.«

Sie sah das Katzenvieh an, dem das völlig egal zu sein schien. Es erhob sich langsam und strich sanft an ihren Beinen entlang.

»Die Tochter ist ganz anders«, fügte die alte Frau hinzu. »Die Schwarze mit den weißen Höschen. Du hast sie noch nicht gesehen, sie geht nämlich nicht mehr nach draußen, seit sie in den Schwanz gebissen worden ist, die arme Kleine. Das hat ihr ziemlich zugesetzt. Sie hatte schon als kleines Kätzchen schwache Nerven.«

Bei den letzten Worten spähte sie über die Schulter ins Haus und sprach dabei so leise, als wolle sie sich vergewissern, dass die Betreffende dieses Urteil nicht gehört hatte, schwieg daraufhin feierlich einen Moment, als sei sie in Gedanken ganz bei dem komplizierten Seelenleben ihrer Katze, und sagte dann plötzlich: »Du bist die neue Haushaltshilfe, nicht wahr? Die jetzt für ihre Freundin kommt? Und wie heißt du, meine Liebe?«

»Kolfinna Karlsdóttir.«

»Also, dann komm doch bitte herein«, sagte die alte Frau, die Listalín sein musste.

Während Kolfinna sich die Jacke auszog, bestellte sie Listalín Grüße von ihrer Freundin, die jetzt wegen der Schwangerschaft nicht mehr putzen gehen könne, weder bei Listalín noch anderweitig, weil sie so viel Wasser in den Beinen hätte. Listalín sagte ach, als hätte sie gerade erst Ähnliches durchgemacht, und fragte sie, ob sie auch Kinder habe.

Kolfinna erklärte, dass sie noch nicht verheiratet sei, keine Kinder habe und bei ihrer Mutter wohne. Sie spürte, wie kindisch das klang, und senkte ihre Stimme um eine Nuance, als sie hinzufügte, dass sie schon einige Jahre mit ihrem Freund zusammengelebt habe, die Beziehung jedoch im vergangenen Frühjahr in die Brüche gegangen sei.

»Wie kann es nur jemandem in den Sinn kommen, ein so hübsches Mädchen wie dich gehen zu lassen?«, fragte Listalín und sah sie von der Seite an.

Kolfinna bekam einen Hustenanfall.

Sie gingen durch den Flur mit einigen auf Hochglanz polierten Möbelstücken. Listalín zeigte ihr die Zimmer rechts und links und beendete den Rundgang in der Waschküche, wo sie vor einem Regal mit Eimern, Schrubbern und Putzlappen stehen blieb. Bestimmt und ohne das geringste Zögern sagte sie: »Zuerst holen wir uns ein Staubtuch und nehmen uns damit alle Möbel und Gegenstände in den beiden Wohnzimmern, den anderen Räumen und dem Flur vor, dann wischen wir mit einem feuchten Tuch über Tische, Küchenschränke, Türen und Fensterbänke, und wenn das erledigt ist, geben wir etwas Scheuerpulver auf einen Lappen und reinigen das Badezimmer und die Toilette tüchtig, dann holen wir uns Möbelpolitur und den richtigen Lappen dazu, polieren alles, was poliert werden muss, danach saugen wir in allen Räumen der Reihe nach Staub, und schließlich wischen wir feucht das Schlafzimmer, das Gästezimmer, das Badezimmer, die Küche und den Eingang. Sag mal, findest du, dass es hier komisch riecht?«

Kolfinna schüttelte abwesend den Kopf, starrte wie gelähmt auf die Putzmittel und bedauerte, nicht einfach weiter arbeitslos geblieben zu sein.

»Kein Geruch? So ein Geruch nach alten Leuten?«, flüsterte die alte Frau und verzog kurz das Gesicht.

Kolfinna verneinte wieder, was Listalín mit einem strahlenden Lächeln quittierte. Sie sagte, dass es wohl am besten wäre, wenn sie beide sich jetzt in die Arbeit stürzten, aber obwohl sie in der Mehrzahl sprach, machte sie keine Anstalten, Kolfinna zu helfen, sondern sagte nur, dass sie noch im Garten zu tun habe und ließ sie bei den Schrubbern zurück.

Vor den kleinen Wohnzimmerfenstern hingen Spitzengardinen, durch die das Tageslicht leicht schlüpfen konnte, und das Zimmer war voll gestopft mit einem Sammelsurium von Gegenständen, die die Wärme vergangener Zeiten ausstrahlten und dem Zimmer den Charakter eines Heimatmuseums verliehen. Kolfinna sah sich verwirrt um, knüllte das Staubtuch zwischen den Fingern und wusste nicht recht, wo sie anfangen sollte. Schließlich nahm sie das Tuch und staubte das Porzellan auf dem Büfett ab, die Blumenbilder und Familienfotos, kleine Trachtenpuppen, Kutter und Schiffe in Flaschen, Schmuckdöschen aus Glas oder Metall, einen ausgestopften Falken, Kartenspiele und Katzenfigürchen.

Weil das Staubwischen im Wohnzimmer über eine Stunde in Anspruch nahm, hatte sie Bammel vor dem Schlafzimmer, das sie sich ähnlich vorstellte wie das Wohnzimmer, bis obenhin voll gestopft mit all dem Krimskrams und Nippes, den alte Frauen so sammelten. Deshalb fuhr ihr der Schreck in die Glieder, als sie die Tür öffnete.

Das Zimmer war dunkel, unpersönlich und kalt. Die Wand war mit sprödem braunen Holz getäfelt, und die Schränke und das schmale Bett mit dem hohen Kopfende in der Mitte des Raumes waren in demselben Holz gehalten. Nur die weiße Tagesdecke und die langen weißen Gardinen zeigten, dass der Raum bewohnt war, ansonsten gab es keinen Blickfang außer einer einfachen Holzlampe auf dem Nachttisch und einem kleinen Holzkreuz über dem Bett.

Es schauderte sie unwillkürlich, deswegen zögerte sie einen Moment auf der Schwelle, ging dann so langsam in das Zimmer, als täte sie etwas Verbotenes, wischte über die Fensterbank, auf der nicht eine einzige Blume stand, fuhr über den Nachttisch und die Lampe, und während sie den Boden wischte, drehte sie sich ein ums andere Mal um, weil sie das Gefühl nicht los wurde, dass jemand hinter ihr stand. Sie war erleichtert, als sie die Tür hinter sich schließen konnte.

Nach einigen Stunden Arbeit rief Listalín sie aus der Küche zu sich und bot ihr zur Stärkung Kaffee und Kuchen an. Listalín schwatzte ununterbrochen, während Kolfinna mit zitternden Fingern und völlig übermüdet am Kaffee nippte, denn sie hatte bis zum frühen Morgen ein Video über einen Massenmörder geguckt. Listalín erzählte ihr, dass sie normalerweise morgens mit anderen alten Leuten in eine Seniorentagesstätte ginge, dass sie Kolfinna aber an ihrem ersten Tag lieber in die Arbeit einweisen wollte. Sie wedelte mit einem Umschlag, der auf dem Tisch gelegen hatte, und teilte Kolfinna mit, dass sie gerade einen Brief von ihrer Enkelin bekommen habe, die im Ausland lebte.

»Sie schreibt immer an ihre Oma, die Gute, und will, dass ich sie besuchen komme, aber ich habe keine Lust zu verreisen, schließlich reise ich jede Nacht im Traum. Ich bin schon überall gewesen, weißt du. Denk dir nur, letzte Nacht war ich mit dem Schiff unterwegs zu den Färöerinseln, bei völliger Windstille und strahlendem Sonnenschein!«

Die Haushaltshilfe nieste: »Wow, wie cool.«

Die Alte verstand diesen Kommentar nicht ganz, sah sie fragend an und sagte dann: »Ich träume immer so schöne Sachen.«

»Und ich habe heute Nacht bloß von einem Haus geträumt«, sagte Kolfinna, nachdem sie sich die Nase geputzt hatte. »Bestimmt, weil ich demnächst so viele Häuser putzen muss.«.

»Von einem Haus?«, fragte Listalín interessiert. »Das Haus bist du selbst. Was war denn in dem Haus, meine Liebe?«

Kolfinna steckte sich eine Tablette gegen Halsschmerzen in den Mund und erzählte ihr von ihrem Traum mit dem Haus, das zuerst ganz klein war und sich noch im Rohbau befand. Später gab es mehr Zimmer, auf den Boden kam glänzendes Parkett, und schließlich war auch der letzte Winkel mit edelstem Mobiliar eingerichtet. Auf einem Tisch hatte eine Decke gelegen, und als Kolfinna sie hochhob, kamen im Holz eingravierte Rosen zum Vorschein.

»Du wirst ein schönes Leben haben, wenn du einen solchen Traum hattest«, sagte Listalín ruhig und neigte den Kopf zur Seite.

Dann schaute sie hinaus in den Garten, wo das gelbe Laub in der Sonne tanzte, und sagte vier Worte, die so einfach klangen und doch so kompliziert waren:

»Mein ganzes Leben war schön.«

2

Die beiden Ebereschen pressten ihre nassen Zweige gegen die Fenster, sodass die rotgoldenen Blätter an den Scheiben festklebten. Kolfinna lag völlig erschöpft auf ihrem Bett und betrachtete die Bäume missmutig. Sie waren lange vor ihrer Zeit direkt unter den Fenstern gepflanzt worden, und als Kind war sie oft an ihnen auf den kleinen Balkon vor ihrem Zimmer hinaufgeklettert. Jetzt reichten die Bäume bis zum Dach, hielten das Licht ab, und Kolfinna träumte davon, sie zu fällen.

Ein Stapel Zeitschriften und Unterhaltungsromane türmte sich auf dem Nachttisch neben dem Bett, und oben auf dem Berg thronte ein feuerroter Wecker, der ein hartes, metallisches Ticken von sich gab. Auf Stühlen und dem Boden verstreut lagen Kleidungsstücke von ihr, die sie waschen wollte, wozu sie aber nach der Putzerei am Morgen zu müde gewesen war. Sie hatte sich nicht mehr richtig bewegt, seit sie arbeitslos geworden war, und die Umstellung war gewaltig.

Sie musste an die alte Frau denken, die ihren Traum gedeutet und ihr ein schönes Leben prophezeit hatte, und die von sich selber sagte, sie habe ein so schönes Leben gehabt, ganz so, als sei nie ein Schatten darauf gefallen. Und dann hatte sie sie mit Kaffee und Gebäck versorgt. Je mehr sie an die alte Frau dachte, desto stärker wurde ihr Verlangen nach einer Tasse Kaffee, sodass sie sich schließlich aufraffte und nach unten in die Küche trottete.

Der Regen stürzte sich auf das Haus und putzte die Fenster, und im Takt dazu tropfte es in der Küche aus dem Wasserhahn in die Spüle, wo das dreckige Geschirr auf sie wartete. Vor den Unterschränken unter der Spüle lehnten sich zwei Mülltüten aneinander, und auf der Heizung unter dem Fenster hatten es sich zwei zusammengeknüllte Küchenhandtücher in der Wärme gemütlich gemacht. Die Kaffeemaschine war kaputt, deshalb setzte sie den Kessel auf und betrachtete ihre Füße, während sie darauf wartete, dass das Wasser zu kochen begann. Sie hatte keine Lust, den Müll rauszubringen.

Als das Wasser kochte, hievte sie sich vom Stuhl hoch, goss den Kaffee auf und beschloss, in Ruhe ein Video zu gucken, bevor ihre Mutter nach Hause kam. Sie tappte barfuß ins Wohnzimmer, wo die Gardinen immer noch zugezogen waren, machte den Fernseher an, legte die Kassette in den Videorecorder, tippte mit geübten Fingern auf die Fernbedienung und ließ den Film laufen. Dann warf sie sich aufs Sofa, legte die Füße auf den Tisch und schob mit den Fersen diverse Schalen beiseite, damit sie nicht ins Bild ragten. Als die Polizei dem geisteskranken Bibliothekar auf die Spur gekommen war, musste sie irgendwann eingedöst sein, denn eine ruppige Stimme ließ sie auffahren:

»Immer noch nicht den Müll rausgebracht?«

Ihre Mutter stand völlig durchnässt mit gekrümmten Schultern in der Tür, eine orangene Einkaufstüte in der Hand, und machte eine Miene wie jemand, der seinen Ärger an jemandem auslassen will.

Kolfinna wusste, dass es in dieser Situation besser war, den Mund zu halten, denn sonst würde sie einen Vortrag zu hören bekommen, der mit Faulheit, missglückten Beziehungen und Arbeitslosigkeit begann und bei ihren Cousinen endete, die im Beruf brillierten, tolle Männer und schöne Häuser hatten. Nach einem so harten Tag konnte sie dieses Geschwafel nicht ertragen, deshalb blieb sie stumm wie ein Fisch, spielte mit der Fernbedienung und bedauerte zutiefst, bei ihrer Mutter nicht einfach auf ein anderes Programm umschalten zu können.

Als sie beim Abendessen am Küchentisch die gebeugte Gestalt ihrer Mutter betrachtete, die mit ihrem Gesicht fast den Teller mit den Essensresten aus der Kantine berührte, musste sie wieder an die alte Frau denken, die ihr ein schönes Leben prophezeit hatte, weil sie so einen guten Traum von einem Haus gehabt hatte.

In diesem Haus hier würde sich das schöne Leben sicher nicht abspielen.

Sie fand es unangenehm, dass ihre Mutter ihr so miesepetrig gegenübersaß, ihr Magen schien sich beim Essen zu verknoten, weshalb sie versuchte, sie mit etwas Geplauder über dies und jenes ein wenig aufzuheitern.

»Wie war es bei der Arbeit?«

»Der Koch war krank.«

»Und wer hat sich dann ums Essen gekümmert?«

»Na, wir Mädels natürlich.«

Da ihre Mutter offensichtlich nicht in der Stimmung war, die Probleme der Mädels oder die Krankheit des Kochs mit ihr zu bereden, enthielt sich Kolfinna jeglichen Kommentars und versuchte stattdessen, die Fischreste hinunterzuzwingen. Sie machte noch einen Versuch, die Stimmung in der Küche mit harmloser Plauderei aufzuhellen, und erzählte, dass sie heute Morgen das erste Mal putzen gegangen sei.

»Putzen ist keine anständige Arbeit«, erwiderte ihre Mutter kurz angebunden.

»Aber man muss keine Steuern zahlen.«

»Schwarzarbeit ist das. Und du bekommst kein Krankengeld, keinen bezahlten Urlaub und zahlst keine Rentenbeiträge.«

»Immer noch besser, als Arbeitslosenhilfe beantragen zu müssen.«

»Du tätest besser daran, dir eine Stelle zu suchen.«

»Habe ich mich etwa nicht bei allen Personalvermittlungen gemeldet und mich auf zig Anzeigen beworben?«

»Wärst du nur damals in der Schule etwas fleißiger gewesen, dann wäre dir nie wegen Personalabbau gekündigt worden. Man stelle sich bloß vor, da hast du die Möglichkeit, aufs Gymnasium zu gehen, hältst das aber nur zwei Jahre durch, und das auch nur mit Hängen und Würgen. Deine Cousine ist nicht älter als du, die hat sich in der Schule angestrengt und danach sogar studiert, die wird nicht arbeitslos, die ist inzwischen die rechte Hand von einem Staatssekretär, und ein Haus und zwei Kinder hat sie auch, das hat sie alles fertig gebracht, deine Cousine, mit noch nicht einmal dreißig Jahren. Und du, was hast du vorzuweisen? Keine Ausbildung, keine Arbeit, keine Wohnung, noch nicht einmal Kinder, und du wirst nächstes Jahr dreißig! Das Einzige, was du aus deinen fünf Jahren Zusammenleben mitbringst, ist eine Waschmaschine, ein Videorecorder und ein schäbiges Sofa!«

»Vergiss nicht die Küchengeräte«, sagte Kolfinna gekränkt und stand auf.

Vögel nehmen ihre Jungen nicht mehr an, nachdem sie sie aus dem Nest gestoßen haben, und Katzen fauchen ihre Kleinen an, sobald sie sie entwöhnt haben. Kolfinna hatte vier Monate gebraucht, um hinter diese Gesetze des Lebens zu kommen und verfluchte den Tag, an dem sie mit all ihren Habseligkeiten wieder zu ihrer Mutter gezogen war; sie hätte sich besser bei einer Freundin einquartiert. In ihrer Naivität hatte sie geglaubt, dass eine Witwe über sechzig sich über die Gesellschaft einer jungen Frau freuen würde, zumal es sich um ihre eigene Tochter handelte. Sie hatte wirklich vorgehabt, ihrer Mutter das Leben zu erleichtern, für sie zu putzen, einzukaufen und zu kochen, aber diese Vorsätze waren an deren abweisendem Verhalten gescheitert. Als sie noch mit ihrem Freund zusammenlebte und manchmal zum Kaffee oder Essen nach Hause kam, behandelte ihre Mutter sie wie eine Erwachsene, eine Gleichgestellte, aber kaum hatte sie eine Woche wieder zu Hause gewohnt, kam erneut der alte nörgelnde Ton auf, mit dem ihre Mutter ihr schon zu Schulzeiten in den Ohren gelegen hatte.

Nach und nach hatte sie die Lust aufs Kochen oder Putzen völlig verloren, denn wenn man morgens nicht mehr aufstehen muss, um zur Arbeit zu gehen, hat man irgendwann zu gar nichts mehr Lust. Arbeitslosigkeit war wie ein schleichendes Gift.

Sie ging in ihr Zimmer in der oberen Etage und schloss hinter sich ab, obwohl sie selbst nicht recht wusste warum, denn niemand kam jemals in das Zimmer. Sie öffnete die Balkontür, um in der frischen Luft durchzuatmen, denn sie hatte das Gefühl zu ersticken.

Der Regen kam von Südosten, deshalb war sie auf dem nach Westen gehenden Balkon geschützt und konnte über die roten, blauen und grünen Dächer in ihrem Stadtviertel blicken. Irgendwo dort lagen all die Häuser, die sie putzen sollte, und wenn sie nicht bald eine andere Arbeit fand, würde sie in den nächsten Wochen von Haus zu Haus gehen, um den Dreck von anderen Leuten wegzumachen.

Sie hörte Motorengeräusche und Stimmen, das Wochenende hatte gerade begonnen, und bald würden sich die Kneipen mit aufstrebenden, jungen und ungebundenen Leuten füllen, während sie ohne einen Pfennig zu Hause saß.

Sie war eine Gefangene im Haus ihrer Mutter.

Aus der Wohnung der Opernsängerin strömte Rosenduft nach unten, dem Kolfinna wie gebannt die Treppe hinauffolgte. Sie blieb einen Moment auf dem mit Teppich ausgelegten Treppenabsatz stehen, schloss die Augen, schnupperte und lauschte an der Tür. Es war nichts zu hören, woraufhin sie den Schlüssel ins Schloss steckte und sich hineinstahl.

Vor Ehrfurcht legte sie unwillkürlich die Hand auf die Brust, als sie die Wohnung in Augenschein nahm. Der Boden war mit blassgrünem, samtigem Teppich ausgelegt, die Wände waren cremefarben, die Möbel weiß und hellbraun, an den Wänden hingen goldene Spiegel, und über allem schwebte der Duft von Rosen, dieser göttliche Geruch, den sie sich nicht erklären konnte, da sie nirgendwo Rosen entdecken konnte, aber vielleicht verbargen sie sich ja hinter der Schlafzimmertür, wo wohl das Dornröschen schlief. Sie ging durch die ganze Wohnung und mochte gar nicht anfangen zu putzen, die Farben, die Sachen, die Stoffe, alles war unwiderstehlich. Ihre Füße liebkosten den hellgrünen Teppich, ihre Finger glitten über die roséfarbenen Gardinen, mit der flachen Hand strich sie über das glatte Holz des Klaviers, und ihr Körper versank in der Umarmung des weichen weißen Sofas. Sie vergaß völlig, wer sie war, und war sich nur noch dessen bewusst, wo sie war. Erst nach geraumer Zeit machte sie sich schließlich an die Arbeit.

Sie schüttelte die feinen Kissen im Sofa auf, stapelte die Zeitschriften ordentlich aufeinander, staubte die glänzenden Möbel ab, sprayte über die Spiegel und rieb sie trocken, reinigte die Fensterbänke und goss die Blumen.

Den Staubsauger wollte sie nicht hervorholen, während Dornröschen noch schlief, und ging derweil in das in Weiß und Apricot gehaltene Bad, wo sie an allen Parfümflakons schnupperte. Sie hielt gerade hingerissen ein Parfüm an ihre Nase, als die Opernsängerin plötzlich in einem rosaroten Bademantel in der Tür erschien. Ihre Haut war vom Schlaf gerötet, sie hatte volle braune Locken und lange, schmale Hände.

Die Haushaltshilfe gaffte.

Die Opernsängerin begrüßte sie mit einem Redeschwall: »Ich bin Sigurdís Danielsdóttir, hallo und willkommen. Die Gummihandschuhe hängen über dem Abflussrohr unter der Spüle, wenn du dir die Finger nicht schmutzig machen willst, und falls du Durst bekommst, stehen Säfte im Kühlschrank, mit oder ohne Zucker. Rauchen ist in der Wohnung nicht gestattet. Wenn du Hilfe oder weitere Informationen brauchst, lass es mich wissen.«

Damit schwebte sie aus dem Badezimmer.

Kolfinna säuberte die Ablage, das Waschbecken und die Wanne, polierte den Spiegel auf Hochglanz, schrubbte die Toilette, sammelte schmutzige Unterwäsche und Handtücher ein und wischte den Fliesenboden, während die Sängerin in der Küche saß und eine Zeitschrift las. Als Kolfinna ins Schlafzimmer ging, um das goldglänzende Bett zu machen, den Toilettentisch abzustauben und die Sachen aufzuhängen, die über Stühle und Boden verstreut waren, hörte sie die Sängerin ins Bad gehen, und kaum tauchte sie in der Küche ihre Hände ins Spülwasser, sah sie, wie die Sängerin ins Schlafzimmer ging, um sich anzukleiden und zurechtzumachen.

Die Zeitschrift lag offen auf dem Küchentisch. Kolfinna fand es richtig, kurz einen Blick hineinzuwerfen, um festzustellen, was Opernsängerinnen wohl lasen. Sie lasen dasselbe wie sie.

»Gehst du schon lange putzen?«, fragte die Sängerin plötzlich hinter ihrem Rücken. Sie wirkte sehr damenhaft in Kleid und Mantel.

Kolfinna schlug schnell die Zeitschrift zu, als sei sie gerade im Begriff gewesen, auf dem Tisch Ordnung zu schaffen, und gab zur Antwort, dass sie nur vorübergehend ihre Freundin ablöse, dass sie sich aber selbstverständlich sehr gut aufs Putzen verstünde.

»Als was hast du vorher gearbeitet?«

Die Opernsängerin war wohl auch nicht anders als andere Frauen und musste unbedingt darüber informiert sein, wer was gemacht hatte, wie lange und warum.

»Ich habe bei einem Autohändler in der Telefonzentrale gearbeitet, acht Jahre war ich da, und dann wurde mir und ganz vielen anderen plötzlich gekündigt, weil wegen der Rezession Personal abgebaut werden musste und so. Ich bin jetzt seit sechs Monaten arbeitslos und suche natürlich nach einer Stelle, ich putze nur zwischendurch kurz für Mathilda, sie will das wieder übernehmen, sobald das Kind da ist.«

»Hast du auch eine große Familie?«

Die Frage zielte offenbar auf die persönlichen Verhältnisse und die Zahl der Kinder ab, und die Haushaltshilfe entschied, die Sache am besten gleich klarzustellen, um das Thema aus der Welt zu schaffen.

»Nein, ich bin nicht verheiratet, habe keine Kinder und wohne im Augenblick bei meiner Mutter, ich habe aber fünf Jahre mit meinem Freund zusammengewohnt, wir haben uns im Frühjahr getrennt.«

Die inquisitorische Miene der Opernsängerin verschwand.

»Ja, die Liebe lässt nicht mit sich spaßen, glaub mir, davon kann ich ein Lied singen. Die Welt wäre wohl eine ganz andere, wenn die Menschheit sich nicht damit herumschlagen müsste. So, meine Liebe, jetzt muss ich zu einer Gesangprobe, räum bitte die große Kommode mit meiner Unterwäsche auf, wenn du Zeit hast.«

Damit verließ sie trällernd die Wohnung.

Die Kommode hatte sechs Schubladen, und jede davon war mit seidenweicher Unterwäsche voll gestopft, mit Bodys, Büstenhaltern und Unterhöschen. Kolfinna räumte die Schubladen aus, schichtete sorgfältig alles neu auf und zählte dabei achtzehn Bodys, dreißig Büstenhalter und achtundsiebzig Slips.

Diese Frau trug in der Liebe bestimmt so manchen Sieg davon.

Die Akkuratesse im Haus des Rechtsanwalts machte Kolfinna sprachlos. Keine Unordnung, nirgends ein Staubkörnchen, sogar der Mülleimer war leer. Hätte der Schlüssel nicht ins Schloss gepasst, hätte sie geglaubt, sich in der Tür geirrt zu haben. Mit dem Schlüsselbund in der Hand ging sie von einem Zimmer zum anderen und geriet ein bisschen aus der Fassung, weil sie nicht den kleinsten Schmutzfleck entdecken konnte.

Das Domizil des Rechtsanwalts schien aus einer italienischen Designerzeitschrift zu stammen, weiße Wände, schwarze Ledersofas, ein Glastisch, alles in Schwarz und Weiß, farbenfroh waren nur die abstrakten Gemälde und die weichen Teppiche auf den glänzenden Fliesen. Die Küche des Rechtsanwalts war weiß, einzig in seinem Arbeitszimmer wurde das Farbspiel unruhiger, aber das ging auf das Konto der Bücher, denen es zu dumm war, ausschließlich schwarze oder weiße Rücken zu haben. Auf dem riesigen Schreibtisch aus glänzendem Mahagoni befanden sich eine Messinglampe, ein schwarzes Telefon und ein Federmäppchen mit goldgravierten Füllhaltern. In einem blank geputzten Aschenbecher aus gehämmertem Kristall lag seine Pfeife, auf der Schreibtischkante thronte ein säuberlicher Stapel juristischer Fachzeitschriften. Neben dem Schreibtisch standen zwei Computer. Mit weniger gaben sich solche Leute offenbar nicht zufrieden.

Ein wenig zögernd ging sie die breite Treppe in die obere Etage hinauf, weil ihr in den Sinn kam, dass dort oben vielleicht jemand schlief. Sie betrat das Schlafzimmer. Es war blitzblank, nirgendwo war ein Kleidungsstück zu sehen, weder auf dem gemachten Doppelbett noch auf dem Sessel am Fenster. Vom anderen Ende des Raumes führte eine Tür ins Bad, eine andere in die Ankleide, wo die Anzüge des Rechtsanwalts nach Farben sortiert hingen, von schwarz über hellgrau bis weiß. Weiße Herrenanzüge kannte Kolfinna bislang nur aus Filmen. Vorsichtig strich sie über die Anzüge und schaute sich die Firmenetiketten an. Alles made in Italy. Frauenkleidung war nicht zu sehen.

Sie schlenderte in das nächstliegende Zimmer, das ebenfalls perfekt ausgestattet war, und vermutete, dass es sich wohl um das Gästezimmer handelte, da die Kleiderschränke leer waren. Die größte Überraschung aber war das dritte Zimmer, das fast vollständig von einem riesigen Tisch vereinnahmt wurde, auf dem sich eine Miniaturlandschaft mit einem Spielzeugdorf und lauter abfahrbereiten Zügen ausbreitete. Sie schaute fasziniert auf die Züge und die kleinen Bahnhofsgebäude, betastete jedes einzelne Teil und stellte sich vor, wie es wäre, alles in Bewegung zu setzen. Es gab noch andere Überraschungen. In einer Ecke fand sie einige Gewehre in einem Glasschrank und konnte der Versuchung nicht widerstehen, den Schrank zu öffnen und sie in die Hand zu nehmen. So sah also ein Gewehr aus der Nähe aus.

Das Haus war wie aus einem der Spielfilme, die sie sich so oft ansah, sie hätte sich nicht träumen lassen, dass es so feine Häuser in der Altstadt gab, nur einen Steinwurf von ihrem Zuhause entfernt. Allerdings wohnte hier ein Mann aus guter Familie, vielleicht war er sogar ausländischer Abstammung, denn auf dem Schild an der Tür stand der Name Ketill Fichter. Es war ihr allerdings ein Rätsel, was dieser Mann hier ganz allein in diesem riesigen Haus machte, und ein noch größeres Rätsel, was sie hier zu suchen hatte. Eine Haushaltshilfe war hier überflüssig.

Aber dann zuckte sie die Achseln, ging hinunter in die weiß eingerichtete Waschküche, die genauso sauber war wie alle anderen Räumlichkeiten in diesem Haus, und holte das Putzzeug heraus.

Sie wischte über Tische, staubte ab, putzte Waschbecken, spritzte Wasser in die Badewanne, saugte Staub, wischte die Böden und las alle Zeitschriften.

Als sie auf der Vortreppe dieses würdevollen Hauses stand und gerade hinter sich zuschloss, fuhr ein Taxi vor. Sie bekam einen Schreck, da sie nicht damit gerechnet hatte, jemandem zu begegnen, schon gar nicht dem Hausbesitzer. Ein dunkelhaariger, hoch gewachsener Mann stieg aus dem Auto, griff nach der Reisetasche im Kofferraum und kam langsam auf sie zu. Aus seiner Kleidung schloss sie, dass es sich um den Rechtsanwalt handeln musste. Er wirkte sehr selbstbewusst, war schätzungsweise sieben oder acht Jahre älter als sie selbst, weshalb sie sich wie ein kleines Mädchen vorkam, als sie ihm entgegenging. Sie klapperte mit dem Schlüsselbund, um anzudeuten, wer sie war, und sagte hallo. Er schaute sie so an, als habe er lange keine Frau wie sie mehr gesehen, erwiderte ihre Begrüßung aber nicht. Gestikulierend erklärte sie ihm, dass sie gerade bei ihm geputzt hatte. Er senkte nur kurz den Kopf. Dann lächelte sie zum Abschied, ging unsicher den Weg hinunter, während er ihr immer noch nachstarrte, und machte sich Sorgen um ihre Figur. Von hinten betrachtet.

In allen Ecken und Winkeln lag Abfall, auf den Tischen und Schränken, in den Regalen und Fenstern, über den Spiegeln und in der Diele, die ganze Wohnung versank in altem Plunder, Kram und Gerümpel. Die Haushaltshilfe, die es kaum geschafft hatte, ins Haus zu kommen, stand fassungslos an der Tür. Sie blickte auf den Schlüssel in ihrer Hand. Er hatte ins Schloss gepasst.

Sie konnte noch nicht einmal darauf hoffen, im falschen Haus zu sein.

Sie hörte kein Geräusch aus der Wohnung und hatte keine Ahnung, ob jemand da war oder nicht, sie hatte nur die Anweisung bekommen, leise und unauffällig zu putzen und das Arbeitszimmer in Ruhe zu lassen, weil der Hausherr nicht wollte, dass dort fremde Leute ein- und ausgingen. Er war Forscher und brauchte seine Ruhe, hatte ihre Freundin gesagt.

Sie hatte vor, ihrer Freundin bei der nächsten Gelegenheit zu sagen, dass solche Leute in die Klapse gehörten, und sie würde ihr auch klar machen, dass sie nicht daran dächte, hier zu putzen. Um den widerlichen Anblick in allen Einzelheiten beschreiben zu können und eine vollwertige Entschuldigung für ihre Absage vorbringen zu können, entschied sie, eine Runde durch die Müllhalde zu machen.

Um niemanden zu wecken, falls in dieser Behausung doch jemand am Leben sein sollte, stieg sie ganz vorsichtig über einen Berg Schuhe, ging an einem überdimensionalen Stapel Zeitschriften in der Diele vorbei, warf einen Blick nach rechts ins Schlafzimmer, wo Bücher in unordentlichen Haufen rund um das ungemachte Bett lagen, und ging weiter ins Wohnzimmer. Auf dem Sofa und den Tischen gab es keinen freien Fleck mehr vor lauter Büchern und alten Zeitungen, an den Wänden hingen alte Karten von Island und ein paar Bilder, die Kolfinna teilweise extrem hässlich fand, ein Tetrapack Milch und das Telefon ruhten einträchtig auf der Fensterbank. Auf der anderen

Seite des Zimmers war eine verschlossene Tür. Sie vermutete, dass sich dort das Arbeitszimmer befand. Sie trat den Rückzug an aus dieser Mülldeponie und ging in die Küche.

Ein Fenster ohne Gardinen starrte ihr entgegen. Darunter stand ein blau gestrichener Tisch, der bis auf einen tiefen Teller mit Haferbreiresten völlig unter einer aufgeschlagenen Zeitung verschwand. Die graugelbe Kücheneinrichtung fiel fast auseinander, die Schranktüren und Schubladen kippten abwechselnd nach rechts und nach links, neben der Spüle stapelte sich dreckiges Geschirr und die Herdplatten waren fleckig von eingebranntem Essen. Neben dem Fenster führte eine Tür in den Garten.

Sie schaute aus dem Fenster auf die Bäume, die in der leichten Brise seufzten, und nach kurzem Nachdenken schlich sie auf Zehenspitzen zur Tür und griff nach der Klinke, die ein durchdringendes Quietschen von sich gab. Eine kleine Holztreppe führte in den Garten; sie ging die Stufen hinunter und schaute sich um. Der Garten war vollkommen verschattet von den Bäumen, die für kein Gewächs genug Licht ließen, außer für Unkraut, das prächtig gedieh. An der Hauswand lehnten alte Stühle, ein Reifen und ein Mountainbike. Ampfer und Löwenzahn hatten sich alle Mühe gegeben, den Krempel zu überwuchern. Ein bisschen weiter weg neigten sich zwei Wäschestangen zueinander, schwarz vor Altersschwäche, und hielten wackelnd ein Zelt zwischen sich, das zum Trocknen aufgehängt worden war.

Der Himmel bewölkte sich, und der Wind, der durch die Bäume fuhr, kündigte bereits den nächsten Schauer an. Da wo sie stand, reichte ihr das Gras bis zu den Waden, und während sie in die dunkle Krone der Bäume spähte, spürte sie auf einmal, dass sie beobachtet wurde, obwohl sie nichts gehört oder gesehen hatte. Sie richtete sich auf wie jemand, der taxiert wird, betrachtete die Häuser auf den Nachbargrundstücken, drehte sich dann um und schaute in die Fenster im oberen Stock, ließ den Blick abwärts gleiten und schreckte zusammen.

Auf der Holztreppe hinter ihr stand ein Mann mit den Händen in den Taschen.

Er sah überhaupt nicht so aus, wie sie sich den Besitzer dieser Bruchbude vorgestellt hatte. Er war weder hinfällig, runzlig noch verwahrlost. Er war jung, kaum älter als sie selbst, trug einen hellblauen Pullover und hatte kinnlanges dunkelblondes Haar. Er schaute sie feindselig an.

»Fehlt dir was?«

»Mir? Ich? Ich putze bloß.«

»Davon ist aber wenig zu sehen.«

»Nein, ich soll hier putzen, beziehungsweise mir ist gesagt worden, dass ich hier putzen soll, ich meine, ich wollte gerade anfangen zu putzen.«

»Dann putz doch endlich.«

Nachdem er die letzten Worte hervorgestoßen hatte, ging er wieder ins Haus und knallte die Tür hinter sich zu.

Es gab keine Gartentür. Um wieder auf die Straße zu kommen, musste sie entweder über den Zaun klettern oder durchs Haus gehen. Sie ging zurück ins Haus.

Er war in dem Zimmer hinter der verschlossenen Tür im Wohnzimmer. Sie schaute die Tür an. Sie schaute ihre Hände an. Sie schaute wieder auf die Tür. Dann ging sie durch die Wohnung und suchte nach Staubsauger, Mopp, Schrubber und einem Eimer. Sie fand alles in einem hohen Schrank in der Diele.

Sie warf die Essensreste in den Abfalleimer, spülte das Geschirr, machte sich über die Regale her, putzte das Klo, saugte das Wohnzimmer, schrubbte den Küchenboden, stellte die Schuhe ordentlich nebeneinander, hängte Jacken auf, stapelte Zeitungen und Bücher.

Lange stand sie da und starrte die verschlossene Tür an. Dann ging sie leise aus dem Haus und verstand sich selbst nicht mehr.

Ihre Freundin, Mathilda die Hochschwangere, brachte kein Verständnis für die Widerwärtigkeiten auf, die ihr am Morgen widerfahren waren, und reagierte heftig auf Kolfinnas Ankündigung, dass sie keinesfalls diesem verdammten Flosi Fridriksson, oder wie immer der heiße, den Dreck wegräumen würde.

»Himmelherrgott Kolfinna, was hast du dir eigentlich vorgestellt, dass die Leute alles blitzblank haben, bevor du kommst? Ich habe monatelang bei diesen Leuten geputzt und mich noch nie beschwert. Du bist nur ein einziges Mal da gewesen und schon fängst du an zu maulen. Okay, dann hör eben auf, such dir eine andere Arbeit, du kannst es dir ja leisten, nachdem du den ganzen Sommer arbeitslos gewesen bist, mach einfach weiter so, lieg deiner alten Mutter auf der Tasche und friss ihr die Haare vom Kopf, du bist ja so unheimlich cool, aber eins sage ich dir, auch wenn ich erst neunundzwanzig bin und schon zwei Kinder habe und das dritte auch bald kommt, ich stehe auf eigenen Füßen, seit ich neunzehn bin, und ich bin noch nie heulend bei meiner Mutter angekrochen gekommen wie du. Es interessiert sich ja auch keiner für mich und meine Probleme, ich habe mich immer allein durchschlagen müssen, und jetzt, wo ich endlich ein paar Kunden hier im Viertel habe und zu Fuß zur Arbeit gehen kann, weil ich kein Auto habe wie diese Kulturfuzzis, die immer alles kriegen, jetzt willst du mich im Stich lassen, meine beste Freundin, ausgerechnet jetzt, wo ich hochschwanger bin, mit all dem Wasser in den Beinen, guck dir nur meine Hände an, ich kann kaum die Finger bewegen und kaum schlafen vor lauter Sodbrennen und Rückenschmerzen und ich habe solche Probleme mit der Blase, ich kann kaum noch einkaufen gehen, ohne mir in die Hose zu machen. Ja, lass mich nur im Stich, und wo soll ich dann putzen gehen, wenn das Kind erst da ist? Wie soll ich meine Kinder versorgen, ich habe kaum genug für Lebensmittel, sie haben mir schon das Telefon abgestellt und den Strom wollten sie auch abklemmen, aber ich hab so geheult, dass sie es nicht gemacht haben. Ich muss mir diese Leute warm halten, kapier das doch endlich, ich darf sie nicht verlieren, es ist so gut da zu putzen, keine Kinder, die alles voll schmieren, außerdem bezahlen sie alle gut und alles steuerfrei, und dann wohnen sie alle hier im Viertel, man kann hinlaufen. Denk mal drüber nach, Kolfinna, alles ohne Steuern und es macht fast gar keine Mühe. An den Montagen immer frei, Mensch, stell dir vor, dienstags dann die Opernsängerin, das macht richtig Spaß, dort zu putzen, echt Spitze, bei ihr putzen zu dürfen, die ist berühmt, überleg dir das mal, bei ihr geht die ganze Künstlermafia ein und aus, das ist voll cool, dabei zu sein. Dann mittwochs der Rechtsanwalt, großartig, der hat irre viel zu tun und nie Zeit, was dreckig zu machen. Die Alte freitags ist auch gut, da muss man nur dieses ganze Zeug abstauben. Bloß die Donnerstage musst du durchhalten, aber dieser Flosi ist nicht immer so schlimm, echt, das ist doch ein Forscher oder so was, der hat keine Ahnung, was los ist, du weißt, bei normalen Leuten, aber er bezahlt gut. Bitte Kolfinna, nicht durchdrehen, es ist doch bloß für einen Winter, okay? Okay?

Sieh das Ganze doch mal locker.«

An Sonntagnachmittagen, wenn die Reste vom Mittagessen in den Kühlschrank gewandert waren, ging ihre Mutter auf Sonntagsbesuche. Sie besuchte ihre Schwester, alte Freundinnen im Altenheim, Bekannte aus dem Müttergenesungswerk und andere Vereinsmitglieder, die jeden Monat zusammen auf dem Flohmarkt an einem Stand Kuchen verkauften.

Kolfinna blätterte in der Küche Zeitungen durch und warf einen Blick auf ihre Mutter, die sich vor dem großen Flurspiegel zurechtmachte. Ihre Mutter betrachtete sich grimmig im Spiegel; es war die tiefe Sorgenfalte zwischen den Augen, die diese kritische Miene verursachte. Sie trug ihre immer gleiche Sonntagskleidung, den grün und blau karierten Rock, den tantigen beigen Pullover und das Seidentuch, das sie zum Sechzigsten bekommen hatte. Langsam nahm das Grau in ihren roten Haaren überhand und Kolfinna konnte sich eine Bemerkung dazu nicht verkneifen.

»Warum benutzt du nicht mal eine Spülung mit rotem Glanzlicht?«

»Weil ich es scheußlich finde, wenn der Haaransatz in einer anderen Farbe nachwächst wie bei dir. Außerdem kann ich nicht ständig Geld fürs Färben ausgeben wie gewisse Leute.«

»Sorry, ich dachte ja bloß, dass Frauen in deinem Alter gut aussehen wollen.«

Dieses »in deinem Alter« ging ihrer Mutter immer auf die Nerven und traf auch diesmal ins Schwarze. Gereizt kramte sie in ihrer Handtasche nach dem Schlüssel.

»Wenn du mit deinen kohlschwarzen Haaren unbedingt aussehen willst wie eine Fixerin, ist das deine Sache. Aber ich meine Haare färben, das kommt überhaupt nicht infrage.«

Kolfinna war klar, dass irgendetwas an diesem Satz grammatikalisch nicht ganz stimmte, traute sich aber nicht, etwas dazu zu sagen, da eine bestimmte Person schon genug aufgebracht war. Stattdessen fragte sie ihre Mutter betont freundlich, wo sie denn hinginge.

»Ich gehe zu Olafía, der Schwippschwägerin deiner Tante väterlicherseits, die mit dem Schwager meines Großonkels väterlicherseits verheiratet war, der bei deinem Vater in der Schreinerei gearbeitet hat. Sie ist dreiundsiebzig.«

»Lebt sie im Altersheim?«

»Nein, in einer Seniorenwohnung.«

»Gehören die nicht zum Altersheim?«

»Ich hab dir gerade gesagt, dass sie in einer Seniorenwohnung lebt«, sagte ihre Mutter mit Nachdruck.

Eine Seniorenwohnung war der einzige Traum und das erklärte Ziel ihrer Mutter, davon sprach sie wie von einem großen Meilenstein im Leben. Als Kolfinna noch mit Sævar zusammengewohnt hatte, hatte sie ihre Mutter einmal gefragt, warum sie nicht einfach ihre Bude verkaufte und sich eine Wohnung mit Betreuungsservice zulegte, und hatte zur Antwort bekommen, dass so etwas zu teuer wäre und das Haus schließlich kaum etwas wert war, weil es so renovierungsbedürftig war. Soweit Kolfinna wusste, war die kleine zweistöckige Doppelhaushälfte der Mutter nie taxiert worden, aber sie konnte sich gut vorstellen, dass man für den Gegenwert eine anständige Wohnung in einem Mehrfamilienhaus bekommen würde, immerhin hatte das Haus einen separaten Eingang und einen Garten, auch wenn er winzig war. Aber ihre Mutter ließ sich nicht von der Überzeugung abbringen, dass sich das Haus nicht verkaufen ließe, sämtliche Installationen müssten erneuert, die Heizkörper ausgetauscht und neue Fenster eingebaut werden, ganz zu schweigen von der Kücheneinrichtung und dem nötigen Anstrich innen wie außen, und außerdem war auch noch die Waschküche im Keller, davon würden junge Frauen heutzutage gar nichts halten und basta.

Seit sie wieder zu Hause eingezogen war, hatte Kolfinna kein Wort mehr über Seniorenwohnungen verloren, und das hatte sie auch nicht vor, solange sie selber ein Dach über dem Kopf brauchte, denn ihr war klar, dass in einer solchen Wohnung für sie wohl kein Platz mehr wäre. Sie versuchte, ihre Mutter auf andere Gedanken zu bringen.

»Und wohnt diese Olafía allein?«

»Ja, sie hat zum Glück vor zehn Jahren ihren Mann verloren, er hat so viel getrunken, und jetzt hat sie einen tollen Freund, einen Großhändler, der nimmt sie mit auf Auslandsreisen und geht mit ihr zum Tanzen, obwohl sie natürlich darauf Acht geben muss, nicht immer neben ihm zu sitzen, denn sonst fordert sie kein anderer mehr auf, aber sie will nicht mit ihm zusammenziehen, auf einen Mann im Haus kann sie verzichten.«

»Ja, so ein Glück. Du hattest aber doch auch ziemliches Glück, Papa mit fünfzig zu verlieren. Und warum hast du dir keinen tollen Freund geangelt?«

»Dein Vater war mehrere Jahre schwer krank ans Bett gefesselt, bevor er starb, das weißt du genau, und er sehnte sich danach zu sterben. Ich hatte überhaupt kein Glück, ich hatte einen schwierigen Teenager zu Hause. Olafía hatte keine Kinder. Deshalb kann sie ihr Leben so genießen.«

»Ich dachte immer, alle Frauen würden sich Nachwuchs wünschen«, sagte Kolfinna und konnte sich nicht erinnern, als Teenager schwierig gewesen zu sein.

»Der Nachwuchs kann so oder so geraten«, sagte ihre Mutter kurz, warf sich ihren grünen Mantel über und verließ schweigend das Haus.

Kolfinna bekam einen solchen Hustenanfall, dass sie einen Schluck Kaffee brauchte, um ihn unter Kontrolle zu bekommen.

Sonntags war die einzige Zeit, in der sie in Ruhe und ohne Gewissensbisse Videos anschauen konnte, deshalb wartete sie immer ungeduldig darauf, dass ihre Mutter endlich das Haus verließ. Wenn sie allein war, machte sie es sich gewöhnlich auf dem Sofa gemütlich und zog sich Filme rein, die ihren Hunger nach Liebe und Abenteuer stillten, und damit waren die meisten Sonntage sowohl vor als auch nach ihrem Einzug ausgefüllt gewesen. Aber als sie diesmal den Film eingelegt und die Füße auf den Tisch gelegt hatte, konnte sie sich plötzlich beim besten Willen nicht mehr darauf konzentrieren, obwohl es sich um einen bekannten Thriller handelte. Sie schaute überall hin, nur nicht auf den Bildschirm, und schließlich gingen ihr die alten braunen Gardinen, der geblümte Teppich und die Teakholzmöbel so auf die Nerven, dass sie es im Wohnzimmer nicht mehr aushielt. Nachdem sie ziellos im Bademantel zwischen Wohnzimmer und Küche hin- und hergetigert war, entschied sie sich, eine Maschine Wäsche zu waschen, und ging in die Waschküche im Keller.

Dort schaltete sie das Licht ein, verschränkte die Arme vor der Brust und blickte sich um. In einer Ecke standen ihre Sachen, die Hälfte, die ihr nach dem Auszug zugefallen war, das schäbige Sofa, wie ihre Mutter es genannt hatte, die Waschmaschine, ein Küchentisch, Stühle, ein paar Kisten mit Küchenutensilien, ein paar Kleinigkeiten und Tischdecken.

Die Erinnerung an fünf sinnlose Jahre.

Sie setzte sich auf eine alte Holzkiste zu ihren Füßen und starrte unwillkürlich auf den Küchentisch. Als sie zum letzten Mal an diesem Tisch gesessen hatte, hatte sie den Entschluss gefasst, aus der gemeinsamen Wohnung auszuziehen. Ein Mixbecher hatte den Ausschlag gegeben. Ein kleiner Plastikbecher. Sie hatte gerade Mehl und Wasser geschüttelt, um eine Soße zu dicken, als er ihr das Ding aus der Hand geschlagen hatte, sodass die Mehlpampe über Tisch und Schränke gespritzt war. Wo man so was doch so schlecht wieder wegbekam. Sie hatte es gewagt, seine Sauftouren am Wochenende zu kritisieren und seine Art, mit ihrem gemeinsamen Geld umzugehen. Wo sie doch für eine eigene Wohnung sparen wollte.

Seitdem hatte sie keine Soße mehr gemacht.

Ihr einziger Wunsch war ein eigenes Zuhause, sie sehnte sich so nach einem eigenen Zuhause, um das sie sich kümmern konnte. Ihr eigenes Heim. Und ein gutes Leben zu haben. Ein schönes Leben zu haben. Wie sehr sie sich danach sehnte, ein schönes Leben zu haben.

Ihre Augen wanderten von einem Teil zum nächsten und blieben schließlich an der Waschmaschine hängen, die offen stand, trocken und leer. Das war ihr wertvollster Besitz.

Die Katzen im Haus der alten Dame gewöhnten sich an Kolfinna. Die schwarze sprang zwar immer auf einen Schrank, sobald sie erschien, aber die silbergraue war zutraulicher und folgte ihr durchs Haus wie ein Hygienebeauftragter der Gesundheitsbehörden. Kolfinna allerdings hatte sich immer noch nicht an ihre Kunden gewöhnt, wie ihre Freundin diese Leute titulierte, bei denen sie putzte, denn sie waren selten anwesend, wenn sie kam. Einerseits war sie froh, dass sie ihr nicht ständig auf die Finger sahen, während sie arbeitete, aber andererseits bedauerte sie es, niemals Gelegenheit für einen Plausch mit der alten Dame zu haben, denn sie hätte so gerne mehr über ihr schönes Leben erfahren. Die alte Frau besuchte über Tag eine Seniorentagesstätte, während Kolfinna bei ihr putzte, aber sie hinterließ immer schriftliche Anweisungen, auf denen sie zum Beispiel um Extras für Küche oder Toilette bat. Kolfinna war es ein Rätsel, was diese Extras bedeuten sollten, sie wusste zwar, dass das Wort »extra« so etwas wie »zusätzlich« bedeutete, aber auch wenn sie die Extras damit ersetzte, blieb ihr die Bedeutung unklar. Deswegen gab es ihrerseits keine Extras, sondern sie putzte einfach wie gewohnt. Die Opernsängerin hatte keine Sonderwünsche beim Putzen und machte auch nie eine Bemerkung darüber. Sie schien gar nicht zu bemerken, ob gut oder schlecht geputzt war, solange alles einen sauberen Eindruck machte. Allerdings legte sie großen Wert auf ihre Kleidung und bat die Haushaltshilfe jedes Mal, einige ihrer Kleider zu bügeln, die sie trug, wenn sie bei einer Beerdigung, Hochzeit oder zu anderen Anlässen sang. Kolfinna war sich nicht sicher, ob das zu ihrem Arbeitsbereich als Haushaltshilfe gehörte, aber da sie keiner Gewerkschaft angehörte, konnte sie bei niemandem Beschwerde einreichen.

Der Rechtsanwalt hingegen hatte sehr wohl Sonderwünsche, was die Raumpflege betraf. Obwohl es hieß, er sei ein viel beschäftigter Mann, war er bereits zweimal nach Hause gekommen, während sie dort putzte, und zwar unter dem Vorwand, etwas liegen gelassen zu haben, einmal einige Akten, das andere Mal seine Sportausrüstung. Aber Kolfinna hegte den Verdacht, dass Vergesslichkeit nicht der wahre Grund für seine Stippvisiten war. Beim ersten Mal bat er sie darum, die Perserteppiche leicht mit dem Teppichklopfer auf der Veranda zu bearbeiten, statt sie mit dem Staubsauger zu reinigen. Das bedeutete im Klartext, dass sie beide Teppiche, zwei Meter zwanzig mal drei, mühsam auf die Veranda schleppen musste, wo sie sie ausklopfte, bis ihr die Schultern zitterten. Hingegen wollte er unbedingt, dass sie sich die Bilderrahmen mit dem Staubsauger vornahm. Das schrieb er ihr vor, als er das zweite Mal nach Hause kam.

Aber sie wurde in diesem pieksauberen Haus auch auf andere Art und Weise kontrolliert, denn wenn sie morgens eintraf, lagen häufig Scheckhefte, Geld oder teure Wertsachen an auffälligen Stellen. Er will mich auf die Probe stellen, dachte sie, denn sie wusste nur zu gut, dass der Rechtsanwalt nicht der Typ war, der Sachen auf dem Präsentierteller liegen ließ. Aber er wusste natürlich nicht, dass sie nicht der Typ war, der andere beklaute.

Ansonsten putzte sie gern bei diesen Leuten und hätte keinen Grund zur Klage gehabt, wenn der Forscher nicht auch dazugehört hätte. Dieser Mensch schien den festen Vorsatz gefasst zu haben, seine Wohnung jede Woche erneut zu verwüsten. So viel sie auch putzte, der Müll schien nie weniger zu werden. Ständig lagen Bücher und Zeitschriften wie Treibgut auf Tischen, Stühlen und Fußboden, die Küche quoll jedes Mal über von dreckigem Geschirr und Essensresten, und kaum hatte sie leere Milchtüten vom Fensterbrett oder kaputte Fahrradschläuche von den Spiegeln entfernt, stapelte sich an denselben Stellen neuer Krempel. Es war ihr eine Qual, in diesem Haus zu putzen, und um die Stunden zu überstehen, musste sie sich mit einer gewissen Stumpfheit wappnen und in regelmäßigen Abständen in den Garten gehen, um frische Luft zu schnappen. Zu allem Übel kam noch die Ungewissheit hinzu, dass sie nie sicher sein konnte, ob er in seinem Arbeitszimmer war oder nicht.

Eines Tages horchte sie gerade an der Tür, ob nicht wenigstens das Summen eines Computers zu hören war, als plötzlich eine Stimme hinter ihr sagte: »Warum spionierst du da an der Tür?«

Sie wimmerte auf wie das Opfer in einem Horrorfilm.

Dort stand er im Anorak, mit feuchten Haaren und Regentropfen im Gesicht.

»Wo bist du gewesen?«, fragte sie in dem anklagenden Ton, den Frauen gegenüber Männern anschlagen, die betrunken nach Hause kommen, und meinte damit eigentlich, wo im Haus er sich aufgehalten habe. Er schien ihr das nicht übel zu nehmen, da er wie ein Ehemann fast entschuldigend antwortete: »An der Uni.«

»An der Uni!«, rief sie immer noch aufgewühlt, »was hast du da gemacht?«

Da schien er sich seiner Position und der Umstände bewusst zu werden, zog seinen Anorak aus und warf ihn über einen Stuhl. Dann nahm er seine schwere Aktentasche in die Hand und fragte barsch, was ihr fehle.

»Soll ich da drinnen putzen?«, fragte sie schrill und pochte mit dem Daumen an die Tür.

»Nein«, sagte er abweisend, ging auf Kolfinna zu, die noch in der Tür stand, und erwartete offensichtlich, dass sie aus dem Weg ging. In ihrer Verlegenheit konnte sie sich nicht entscheiden, ob sie rückwärts oder nach links ausweichen sollte, und so standen sie einander eine Weile gegenüber. Sie spürte die Wärme, die sein Körper ausstrahlte, konnte seine kräftige Brust unter dem Pullover erahnen, ließ ihren Blick dann an seinem markanten Hals zu seinen weichen, breiten Lippen hinaufgleiten und schaute ihm schließlich in die Augen. Dort entdeckte sie Verwunderung. Schließlich war er es, der den Blick senkte. Er griff nach der Türklinke und berührte dabei versehentlich ihre Brust. Ein heißer Strom durchfuhr sie. Er stieß die Tür auf, schob sich ins Zimmer und knallte ihr die Tür vor der Nase zu.

Nach diesem Vorfall war sie ziemlich niedergeschlagen, obwohl sie nicht so recht wusste wieso. Sie machte sich einmal mehr klar, dass es auf Dauer keine Lösung war, von Haus zu Haus zu gehen, um bei anderen den Dreck wegzumachen.

»Ich brauche einen Fulltime-Job«, murmelte sie vor sich hin, »wenn nicht in der Telefonzentrale, dann irgendwo anders, wo die Leute normal sind.«

Aber dann kamen ihr wieder all die Bewerbungen in den Sinn, die sie den Sommer über an diese oder jene Firma geschickt hatte, und auf die sie nie eine Antwort bekommen hatte. Ihr wurde klar, dass sie dankbar sein konnte, überhaupt eine Arbeit zu haben, solange solche Zustände in der Gesellschaft herrschten. Personalabbau und Umstrukturierungen hieß es, als man ihr das Kündigungsschreiben überreichte. Überall nichts als Abbau und Umstrukturierungen und jede Menge Leute ohne Arbeit.

Mathildas Kunden zahlten ihr pünktlich den Lohn, indem sie wie vereinbart einen Umschlag für sie auf dem Küchentisch hinterließen. Allerdings stand auf dem Brief immer etwas anderes, je nachdem, von wem der Umschlag stammte. Die alte Frau schrieb »Kolfinna« auf den Umschlag, aber weder der Rechtsanwalt noch die Opernsängerin schienen sich ihren Namen gemerkt zu haben, denn der eine schrieb »Putzfrau« und die andere »Haushaltshilfe«. Kolfinna fühlte sich dadurch etwas verletzt, aber das war nichts im Vergleich zu dem, was sie sich vom Forscher gefallen lassen musste.

An dem Donnerstag, als er ihren Lohn ausbezahlen sollte, sah sie sich in jedem Zimmer nach dem Umschlag um, fand aber nichts. Stattdessen lagen wie immer Bücher und Zeitungen auf allen Tischen, der Herd war voll gespritzt und die Spüle quoll fast über.

Sie begann das Bad zu putzen, während sie überlegte, wie sie am besten vorgehen sollte und in Gedanken die Sätze durchging, die ihr am vielversprechendsten schienen, damit sie ihr Geld bekam, angemessene und höflich formulierte Sätze. Durch das schwefelhaltige heiße Wasser hatte sich die Emaille der Badewanne unter dem Wasserhahn mit der Zeit braun verfärbt, und über der Toilette hing ein dumpfer Ammoniakgeruch, wie man ihn oft an Orten findet, wo sich ausschließlich Männer erleichtern. Sie hatte bislang nur einmal versucht, die Toilette zu putzen, hatte dabei aber einen solchen Brechreiz bekommen, dass sie sich dieser Belastungsprobe kein zweites Mal aussetzte. Sie beschloss, stattdessen die Badewanne anzugehen, nahm den Putzlappen zur Hand und hing halb über der Wanne, als der Forscher zu ihr ins Bad gestürmt kam und sich mit einem eigentümlichen Glitzern in den Augen in der Tür aufbaute.

»Was hast du mit den Gläsern gemacht?«

Kolfinna fuhr der Schreck durch alle Glieder. Solche Filme hatte sie im Kino gesehen, wo Männer mit einem mordlüsternen Glitzern in den Augen über Frauen herfielen.

»Gläser?«, fragte sie und legte sich ihre bebende Hand über den Mund, als müsste sie nachdenken. »Meinst du etwa die Marmeladengläser?«

»Marmelade«, schrie er. »Was für eine verdammte Marmelade?! Ich habe Gläser gesagt!«

Dschiises Kraist, jetzt will er mich hier auf der Toilette umbringen, dachte sie. Das waren genau die Anzeichen. Psychisch Kranke verbissen sich oft in unwichtige Dinge wie Einmachgläser, Streichholzschachteln oder Zahnpastatuben, und ihr wurde klar, dass es jetzt ihrer ganzen strategischen Fähigkeiten bedurfte. Sie musste beruhigend auf den Kranken einreden und sich dabei langsam zur Tür schieben.

Sie sagte munter: »Ach ja, die Gläser. Warte, ich glaube, ich weiß, wo sie sind, ich erinnere mich, geh mal bitte einen Schritt zur Seite, ja, ich glaube, sie sind da im Küchenschrank.«

Er blieb ihr bis in die Küche auf den Fersen, aber dann richtete sie es so ein, dass er vor ihr zum Schrank ging, während sie sich zurückzog und langsam rückwärts zur Tür ging.

»Und wo soll die Tüte sein?«, fragte er aufgebracht und riss alle Schranktüren auf.

Da fiel ihr die Tüte wieder ein. Eine Tüte voller dreckiger Weckgläser, die beim letzten Mal irgendwo in der Ecke gelegen hatte. Sie hatte sie zusammen mit einem Haufen anderen Müll direkt entsorgt.

»Was, sollte ich die etwa nicht wegwerfen?«, fragte sie entgeistert.

Er geriet außer sich.

»Weißt du, was da drin war, du blöde Gans? Wie kannst du es wagen, Sachen wegzuwerfen, ohne mich zu fragen? Du bist hier, um den Dreck wegzumachen und nicht, um anderer Leute Sachen wegzuwerfen, ich glaube, es ist an der Zeit, dass das in deinen dummen Schädel geht!«

Mit diesen Worten lief er fluchend in sein Arbeitszimmer und knallte die Tür so hinter sich zu, dass es im Haus widerhallte.

Sie musste ein paar Atemübungen machen. Dann spürte sie, wie die Wut in ihr aufstieg und unterhalb des Zwerchfells zu brodeln begann, wie sie ihr in den Kopf stieg, der immer heißer wurde und zu platzen schien, und in ihrer Wut rannte sie in sein Arbeitszimmer und schrie:

»Ab jetzt kannst du deine Scheißundergroundbude selber putzen, diesen verdammten Saustall!«

Damit rannte sie aus dem Haus und lief mit der Jacke in der Hand die Straßen entlang bis zum Haus ihrer Freundin. Dort platzte sie ohne anzuklopfen herein und brüllte in die schlaftrunkene Atmosphäre: »Ich putze nie wieder bei diesem Arsch, ich denke nicht daran!«

Mathilda kam aus dem Schlafzimmer, die Kinder halb angezogen an ihrer Seite, mit ungekämmten Haaren und verzerrtem Gesicht, und ihr Bauch hatte sich inzwischen so gesenkt, dass schon der bloße Anblick eine Qual war. Sie hörte schweigend zu, während Kolfinna ihrer Wut freien Lauf ließ. Dann zog sie am Gummiband ihrer Hose, das so über ihrem Bauch spannte, dass sie nicht mehr normal atmen konnte, watschelte in den Flur, nahm ihren Mantel und öffnete die Haustür.

»Zieh den Kindern was an, während ich mit ihm rede.«

Die Kinder waren immer noch in Unterwäsche, als sie zurückkam, da Kolfinna sich auf nichts konzentrieren konnte.

»Okay, wie ist es gelaufen?«, fragte Kolfinna gespannt, weil sie sich sicher war, so wie sie Mathilda kannte, dass er eine ordentliche Strafpredigt bekommen hatte.

»Ich habe mir in die Hose gemacht«, erwiderte ihre Freundin kurz angebunden. Während sie in einem Kleiderstapel nach einer sauberen Hose wühlte, gab sie kurz das Gespräch mit dem Forscher wieder.

»Das kommt schon wieder in Ordnung, er verzeiht dir, aber du hättest die Gläser nicht wegschmeißen dürfen, er hatte für einen Versuch Moos darin gesammelt und ist dafür extra aufs Land gefahren.«

»Er verzeiht mir also?!«, kreischte Kolfinna und zeigte mit dem Finger auf sich.

»Er hat zu mir gesagt, ich sei dumm! Mathilda, hast du das gehört, er hat zu mir gesagt, ich sei dumm!«

»So what?«

Mathilda hatte eine saubere Unterhose gefunden, die womöglich weit genug für ihren ausladenden Bauch war, und konnte sich jetzt anderen Dingen zuwenden. Sie fuhr mit der Hand in die Manteltasche und zog einen zerknitterten Umschlag heraus.

»Hier ist das Geld von ihm, aber verdammt nochmal, Kolfinna, versuch zu putzen, ohne dich mit den Leuten anzulegen, ich muss sie mir warm halten, wenn erst mein drittes Kind da ist. Außerdem hat er gesagt, dass du nicht gut putzt und dich noch nicht einmal selber in Schuss halten kannst, genau das hat er gesagt, du kriegst nie im Leben eine Arbeit, wenn ich das Putzen wieder übernehme. Wer will denn eine faule, schmuddelige Schlampe einstellen, wer wird dir denn eine Referenz geben, warum musst du dich unbedingt mit den Leuten anlegen, was ist eigentlich mit dir los, wieso bist du ewig so gestresst?«

Durch den Nebel, der über ihrem Stadtviertel lag, wurde die Luft so kalt und feucht, dass bis zum Mittag alles nasskalt roch. Früher hatte Kolfinna oft das Meer riechen können, manchmal auch den Stadtteich, wenn der Wind von Westen kam, aber in letzter Zeit roch es immer bloß nach chinesischem oder italienischem Essen aus den umliegenden Restaurants. Auf dem Weg zu der alten Frau hielt sie ihre Nase in die Luft, aber es roch nach gar nichts, noch nicht einmal nach irgendwelchen Pflanzen. Die Bäume hatten ihr Laub verloren, das der Wind inzwischen in alle Himmelsrichtungen zerstreut hatte, und jetzt war nur noch ihr windschiefes Geäst zu sehen. Schon seit langem hielt sich niemand mehr draußen auf, aber vor einigen Häusern standen Teller mit Fischresten, die die Frauen für die altersschwachen Katzen des Viertels hingestellt hatten.

Die Silbergraue lag auf dem Deckel der Mülltonne und guckte die Haushaltshilfe schläfrig an, als sie an ihr vorbeiging. Zwei Glöckchen, die um ihren Hals baumelten, erklärten diesen abgestumpften Blick vielleicht zu einem gewissen Grad. Sie schob sich gemeinsam mit Kolfinna durch die Tür, die heute aber wenig Lust hatte, sich mit der Katze abzugeben, da sie nicht nur verschlafen hatte, sondern zudem mit dem falschen Fuß aufgestanden war. Sie hatte eine schlimme Nacht hinter sich. Die meiste Zeit hatte sie wach gelegen und über sich selber nachgedacht, über die Worte, die der Forscher über ihre Dummheit und Schlampigkeit verloren hatte. Selbstquälerisch hatte sie sich eingeredet, dass er völlig Recht hatte.

Auf dem Küchentisch lag eine Nachricht von Listalín. Sie bat um Extras für das Schlafzimmer. Bis jetzt hatte Kolfinna sich mit diesem Raum wenig Mühe gegeben, ihn meistens links liegen lassen, nur kurz die Tür geöffnet und sie sofort wieder geschlossen, wenn dort alles in Ordnung schien, das Bett gemacht war und nirgendwo Schmutz lag. Von irgendwo kam ihr plötzlich die Erkenntnis, dass die alte Frau mit ihrer Arbeitsweise in diesem Zimmer wohl kaum zufrieden war, und dass die Extras eventuell bedeuten könnten, dass sie sich beim Putzen mehr Mühe geben sollte. Sie beschloss, das Zimmer ein für alle Male auf Hochglanz zu bringen und dort richtig zu wirbeln. Sie füllte einen Eimer mit Seifenlauge, griff nach Schrubber und Scheuerlappen und stieß die Schlafzimmertür auf. Jedes Mal, wenn sie dieses Zimmer betrat, überkam sie dasselbe Gefühl.

Hier war irgendjemand gestorben.

Da verließ sie wieder der Mut, den sie mühsam gefasst hatte. Sie ließ ihren Blick über das Zimmer, das Bett, das Nachtschränkchen und das Kreuz gleiten, seufzte und stellte den Eimer ab. Dann ging sie zum Fenster.

Der Nebel hing so tief über den Häusern, dass das nächste Grundstück kaum zu erkennen war. Sie putzte das Fensterbrett, wischte über den Fensterrahmen, drehte sich dann blitzschnell um, weil sie plötzlich das Gefühl überkam, dass jemand hinter ihr stand. Wieder einmal war die Phantasie mit ihr durchgegangen. Trotzdem bekam sie Herzklopfen und fühlte sich ganz kraftlos in den Armen und Schultern. Sie wischte hastig über das Kopfende des Bettes, das Nachtschränkchen und die Holzlampe, legte das Staubtuch auf den weißen Bettüberwurf, nahm den Aufnehmer aus dem Eimer, wrang ihn nachlässig aus und ließ ihn auf den Boden fallen. Dann griff sie nach dem Schrubber und begann zu wischen. Sie putzte gründlich bis in die Ecken.

Ihre Beklommenheit verschwand nicht. Ihr Atem ging rasch und flach, und ihre Nerven waren so gespannt, dass ihr fast die Oberarme schmerzten. Ihr Kopf begann zu rauschen, sie presste in raschem Wechsel die Hände gegen die Ohren und ließ wieder los in der Hoffnung, dass das Rauschen dadurch verschwinden würde. Aber es ging nicht weg, und wieder sah sie sich schnell um, ob jemand den Raum betreten hatte, während sie abgelenkt gewesen war.

In der Mitte des Zimmers, wo der Boden am stärksten beansprucht wurde, war neben dem Bett die Versiegelung abgetreten und deutliche Flecken im Holz zu erkennen. Sie legte den Schrubber weg, beugte sich hinunter und scheuerte kräftig daran. In dieser Hockstellung berührte ihr Kopf fast das Bett, trotzdem stieg ihr kein Geruch von den Federbetten in die Nase. Da wurde es dunkel.

Ein Schatten fiel auf ihre Hand. Ihre Finger wurden steif, ihr Körper spannte sich. Sie konnte sich nicht rühren, sie konnte nur noch auf ihre Hand mit dem Putzlappen starren. Wie durch einen Schleier sah sie ihre Hand altern, die Fingerknochen, die Knöchel, die Haut, jede einzelne Ader. In ihren Ohren summte es noch stärker, sie spürte, wie sich ihr Bewusstsein in einem schwarzen Nebel verlor.

Dann schreckte sie auf, als erwache sie aus einem Albtraum.

Ein schwarzer Pelz strich ihre Hand entlang. Das Rauschen legte sich. Sie ließ den Kopf auf das Bett sinken, sie fühlte sich so unendlich müde, am liebsten wäre sie eingeschlafen und nie wieder aufgewacht. Aber die Katze miaute und sie tastete nach ihrem weichen Fell und kraulte sie am Rücken.

Im Zimmer war es etwas heller geworden. Sie blickte auf die Katze, die ein anklagendes Miauen hören ließ, während sie aus dem Schlafzimmer stolzierte. Sie richtete sich auf und folgte ihr. Die Katze blieb vor der Waschküche stehen und maunzte wieder. Kolfinna starrte sie lange abwesend und begriffsstutzig an, bis ihr plötzlich klar wurde, was los war; sie hatte aus Versehen die Waschküchentür zugemacht und damit den Zugang zur Katzentoilette. Sie öffnete die Tür und die Katze sprang mit einem lauten Maunzen in die Kiste und krümmte sich zusammen. Kolfinna verschränkte die Arme vor der Brust und sah zufrieden zu, wie die Katze pinkelte. Was für eine alltägliche Verrichtung.

Sie wischte im Schlafzimmer nicht mehr weiter. Sie holte die Putzsachen aus dem Zimmer und schloss die Tür hinter sich.

Die anderen Räume putzte sie von oben bis unten, fühlte sich dabei aber die ganze Zeit unwohl. Irgendetwas lauerte in der Stille. Es ging bereits auf drei Uhr zu, als sie endlich fertig war und sich ins Wohnzimmer aufs Sofa setzte und wartete. Sie wollte auf die alte Frau warten, um sie zu fragen, wie sie es angestellt hatte, ein schönes Leben zu führen. Was sie gemacht hatte, um ein schönes Leben zu haben. Wie ein schönes Leben aussah.

Sie legte die Hände in den Schoß und starrte sie an, während sie dem Ticken der Uhr lauschte. In regelmäßigen Abständen begann die Uhr zu schlagen, und in der Ferne fielen die Glocken der Hallgrímskirche ein. Von ihrem Platz hatte sie das Wohn- und Esszimmer im Blick, niemand konnte sie überraschen. Trotzdem saß sie wie auf heißen Kohlen.

Aber sie musste auf die alte Frau warten.

Auf einem kleinen Schrank standen Dutzende Familienfotos, so viele nebeneinander, dass schon das Hinsehen ermüdete. Die Verwandtschaft nahm eine Ecke des Wohnzimmers ein. Kolfinna hatte sich noch nie für fremde Familienbilder interessiert, stand aber trotzdem auf und ging näher an die Galerie heran. Eine junge Frau auf einem großformatigen Bild, das offenbar aus der Zeit vor dem Krieg stammte, fesselte ihre Aufmerksamkeit. Sie meinte, Listalíns Augen und Lächeln zu erkennen. Die gleiche Frau entdeckte sie auf anderen Bildern mit einem dunkelhaarigen Mann und kleinen Kindern. Jetzt war sie sich sicher, um wen es sich handelte.

Sie nahm das Bild in die Hand und betrachtete es genau. Das war die Frau, die ein so schönes Leben gehabt hatte. Sie hatte einen hellen Teint, strahlende Augen, runde Wangen, weiche Lippen und glänzendes Haar, das in schönen Locken fiel. In jungen Jahren war diese Frau eine Schönheit gewesen und auch mit über achtzig war sie noch schön. Sie war eine der schönsten alten Frauen, die Kolfinna je gesehen hatte. Vielleicht war das der Schlüssel zum Glück, eine strahlende Schönheit zu sein, jeder fühlte sich von solchen Menschen angezogen. Sie auch.

Die Katzen waren hinter den Spitzengardinen eingeschlafen. Es hatte keinen Sinn, auf die alte Frau zu warten. Sie ertrug die Stille nicht länger und ging hinaus in den Nebel, der immer noch auf den Häusern lastete.

3

Der Winter hatte über Nacht in der Stadt Einzug gehalten. Am Abend vorher hatte noch nichts seine Ankunft angekündigt und so schaute Kolfinna verblüfft auf die weiße Schicht, die die nackten Ebereschen umhüllte. Sie fand es gemein, den ersten Schnee des Jahres verpasst zu haben, denn kaum etwas war so erfrischend, als draußen zu sein und die weißen Flocken das Gesicht umschmeicheln zu lassen.

Sie kuschelte sich wieder unter die Bettdecke und hörte, wie der feuerrote Wecker ungemütlich auf zehn Uhr zutickte.

Das Einzige, was sie aus ihrer Beziehung vermisste, waren die morgendlichen Atemzüge. Die hätte sie auch jetzt gerne neben sich gehört.

Aus dem Schlafzimmer ihrer Mutter drang kein Laut, ihr Schnarchen, das man früher so oft gehört hatte, war verstummt, eigentlich schienen alle Geräusche in dieser Frau langsam abzusterben. Vielleicht lag sie an diesem Sonntagmorgen aber auch wach und schaute in die weiße Stille.

Kolfinna schloss die Augen und hoffte, erneut einzuschlafen, aber ihr Körper befand sich in Aufruhr, ihr Schädel brummte, ihr Magen rebellierte und ihre Glieder fühlten sich schwer und müde an. Sie hatte mal gehört, dass es das einzige Mittel war, sich ordentlich zu amüsieren, wenn alles gegen einen war. Und diesem Rat war sie am gestrigen Abend gefolgt, hatte dabei aber nicht an den Morgen danach gedacht. Sie vergrub das Gesicht im Kissen, um es nicht mit dem Tag aufnehmen zu müssen, aber umso mehr machte sich der Kneipengeruch in ihrem Haar bemerkbar, und sie fing an, sich selbst zu bemitleiden. Der Abend war nicht so verlaufen wie erhofft, sie war weder lebhaft noch lustig gewesen, sondern hatte ihren Freundinnen ununterbrochen vorgejammert, wie ungerecht die Welt war und wie bösartig die Menschen.

»Was für ein Weichei du bist, Kolfinna«, hatte ihre Freundin Alma gesagt, die sich selber einen finanzkräftigen Jeepbesitzer geangelt hatte. »Geh in ein Fitnessstudio und tu was für dich.«

»Du bist so ein Loser, Kolfinna«, hatte Elfi gesagt, die gerade aufgetakelt und selbstbewusst aus dem Ausland zurückgekommen war. »Hör auf, hinter anderen Leuten her zu putzen und such dir einen anständigen Job.«

Spät in der Nacht war sie nach Hause geschlichen, ein bisschen beschwipst und zutiefst niedergeschlagen, mit einem eigentümlich beklemmenden Gefühl in der Brust. Zum ersten Mal in ihrem Leben hatte sie darüber nachgedacht, was aus ihr werden sollte.

In der Stille hörte sie, wie das Bett ihrer Mutter knarrte. Plötzlich überfiel sie eine noch schlimmere Angst als die, die sie in der Nacht gequält hatte. Ihre Mutter. Was würde mit ihrer Mutter werden? Würde sie bis zum Ende an ihre ewig jammernde und nörgelnde Mutter gefesselt bleiben? Hier in diesem Haus? Sie beide?

»Ich muss raus aus diesem Haus«, flüsterte sie.

Das Knarren und andere Geräusche zeigten an, dass ihre Mutter aufgestanden war. Sie hatte die Angewohnheit, die Hausschuhe beim Gehen nachzuziehen, und so schlurfte sie durchs Haus, über den Flur, ins Bad, die Treppe hinunter in die Küche und sogar hinaus auf den Bürgersteig.

Kolfinna setzte sich auf. Sie hielt sich den Kopf, wiegte sich ein wenig hin und her, warf dann das Oberbett zur Seite und wankte zum Fenster. Die Gärten waren weiß, ohne eine einzige Fußspur. Vögel hockten auf den Dächern und zwitscherten einander so aufgeregt zu, als hätte in der Nacht ein Überfall stattgefunden, und sie säßen jetzt völlig mittellos ohne Hab und Gut da. Die Helligkeit blendete, alles war weiß und sauber. Kolfinna sehnte sich nach einem Bad.

Barfuß trippelte sie über den Holzfußboden zur Tür, erblickte sich aber auf dem Weg plötzlich selbst in dem ovalen Spiegel über der Kommode und blieb wie angewurzelt stehen.

Das war sie, Kolfinna. In einem zerknitterten weißen Baumwoll-Shirt, verkatert, neunundzwanzig Jahre, blass und mit rotgeränderten Augen, mit einem hellen Haaransatz in den schwarzen Haaren mit Spliss in den Spitzen.

Das Wesen im Spiegel starrte sie an und Kolfinna erwiderte starr den Blick. Der Forscher hatte Recht. Sie sah ungepflegt aus. Fast schlampig.

Sie grübelte darüber nach, was aus der jungen Frau geworden war, die einmal so viel Geld für Kleidung und Kosmetika ausgegeben hatte, die so cool ausgesehen hatte mit ihren langen dunklen Haaren und der, eng anliegenden schwarzen Klamotten, so fröhlich, immer mit einem Lachen in der Stimme am Telefon, immer gut drauf, immer zu jedem Spaß bereit. Wer hatte ihr so übel mitgespielt? Was hatte ihr so übel mitgespielt? Sie hob den rechten Arm und schnüffelte an ihrer Achselhöhle. Schweißgeruch.

Dissonante Arien drangen bis auf die Straße, und als Kolfinna die Haustür öffnete, fragte sie sich, ob die übrigen Hausbewohner das Geträller aus der oberen Etage nicht langsam leid waren. Die Opernsängerin war in Bombenstimmung, das war nicht zu übersehen, sie hob nur kurz eine Augenbraue, als sie sah, wer die Wohnung betreten hatte, und sang so laut weiter, dass der Haushaltshilfe ein Schauer über den Rücken lief.

Kolfinna fand es merkwürdig, dass es Leute gab, die kurz nach dem Aufstehen ihre Stimmbänder schon so strapazieren konnten, ließ sich ihr Erstaunen aber nicht anmerken und verrichtete die Hausarbeit still und leise, um die Sängerin nicht bei ihren Übungen zu stören. In einer kurzen Pause zwischen den Arien fasste sie sich ein Herz und fragte die Künstlerin, ob sie vielleicht ein paar Modezeitschriften für sie hätte, die sie nach der Arbeit durchsehen könnte.

Sigurdís unterbrach die Arbeit an ihrem Make-up, betrachtete sie von oben bis unten und sagte dann, dass sie genug Zeitschriften hätte, ob sie nach etwas Speziellem suche?

»Ich überlege, ob ich mir eine neue Frisur machen soll«, sagte Kolfinna und räusperte sich.

»Ach so«, sagte Sigurdís nachdenklich und betrachtete ihren Kopf. Strich sich dann die dicken, braunen Locken aus dem Gesicht, schwebte in ihrem rosa Bademantel ins Wohnzimmer, beugte sich über einen Stapel Zeitschriften, setzte sich und klopfte auf den Stuhl neben sich. Das sollte wohl heißen, dass die Haushaltshilfe dort Platz nehmen sollte. Die Opernsängerin blätterte eine Zeitschrift nach der anderen von vorn bis hinten durch.

»Irgendwo habe ich einen Schnitt gesehen, der dir gut stehen würde«, trällerte sie. »Die Frisur muss zu deinem Wesen passen, deiner Arbeit und deinen Interessen, verstehst du. Um es einfacher auszudrücken, ich bin Opernsängerin, und was bedeutet das? Ich biete mein Können und mein Aussehen feil. Deshalb muss ich lange Haare haben, zurückgekämmt, glatte, weiche Haut, eine tolle, aber nicht zu üppige Figur, und farbenfrohe und schwungvolle Kleidung. Verstehst du? Und wer bist du?«

Diese Frage warf Kolfinna völlig aus der Bahn. Sie saß krummbeinig da, hatte die Hände zwischen die Beine geklemmt und hatte keine Ahnung, wie sie das herausfinden sollte.

»Wie heißt du nochmal? Kolbrún ...?«

»Kolfinna.«

»In Ordnung, Kolfinna, was ist dein Image?«

Kolfinna starrte die Sängerin mit offenem Mund an.

»Hast du kein Image?«

Kolfinna schüttelte den Kopf und war etwas aus der Fassung. Aber ihr war vollständig klar, dass jemand ohne Image null und nix war. Selbst Firmen hatten ein Image.

»Was machst du den Tag über?«, fragte Sigurdís geduldig, die versuchte, das Image der Haushaltshilfe zu ergründen und ganz vergessen zu haben schien, dass Kolfinna noch putzen musste.

»Ich putze doch bloß und so«, stammelte Kolfinna.

»Okay. Was machst du in deiner Freizeit?«

Kolfinna kam es natürlich nicht in den Sinn, in Anwesenheit der Künstlerin ihre Fernsehglotzerei und ihr zielloses Herumgehänge zu erwähnen, so blöde war sie nicht. Sie versuchte angestrengt, sich daran zu erinnern, was dieser oder jener Bekannte in seiner Freizeit machte. In Gedanken ging sie einige Interviews mit bekannten Persönlichkeiten in Zeitschriften durch, bis ihr das Wort Outdoor-Aktivitäten einfiel.

»Outdoor-Aktivitäten? Gehst du in die Berge?«

»Ich wandere hauptsächlich am Öskjuhlid, da wo die Heißwassertanks stehen«, log sie mit gedämpfter Stimme.

»Outdoor-Aktivitäten«, wiederholte Sigurdís nachdenklich und kratzte sich leicht mit ihren langen Fingernägeln an der Wange. »Dann brauchst du eine natürliche Frisur, du bist dieser sportliche Typ.«

Die Haushaltshilfe schaute die Opernsängerin bewundernd an. Das war eine Frau, die wusste, worauf es ankam. Der sportliche Typ. Endlich konnte ihr jemand sagen, wie sie sein sollte.

»Wie ist der sportliche Typ?«, fragte sie leicht gerührt.

Die Sängerin, die sich darüber im Klaren zu sein schien, dass sie dabei war, eine neue Persönlichkeit zu erschaffen, legte der Haushaltshilfe den Finger unters Kinn, drehte ihr Gesicht in ihre Richtung und begutachtete sie.

»Mal schauen. Die schwarze Farbe lässt dich abweisend aussehen, außerdem sind die Haare zu lang und haben Spliss in den Spitzen. Du solltest bei deiner eigenen Haarfarbe bleiben, hell wie am Ansatz, das ist natürlicher, lass dir deine Haare in diesem Ton färben, bis es nachgewachsen ist, und außerdem musst du es kürzer tragen, nur bis gerade über die Ohren, dann weht es natürlich im Wind, wenn du dich draußen bewegst.«

Jetzt fuhr sie Kolfinna mit beiden Händen durch die Haare. Kolfinna fand das angenehm und hoffte, dass die Sängerin damit weitermachen würde.

»Du musst auch etwas mit deiner Haut machen, du hast Pickel. Ernähr dich gesund, iss Obst, Gemüse, Fisch und wenig Fleisch, vor allem keine Fertiggerichte mit Fleisch, keinen Zucker und kein Fett. Und kauf dir eine gute Hautcreme.«

Jetzt strich die Sängerin ihr über das Gesicht, fuhr ihr mit zwei

Fingern über die Wangen und die Stirn und Kolfinna reckte mit halb geschlossenen Augen ihren Hals.

»Was hältst du von meiner Kleidung?«, murmelte sie.

Sigurdís betrachtete ihr Gesicht und ihre Figur, wurde feierlich und sagte dann melodramatisch: »... *In schwarzes Missgeschick mag man sich träumen, weiß guter Rat den Grund nicht weg zu räumen.* Du solltest keine schwarzen Sachen tragen. Das ist so bedrückend und charakterlos. Du hast eine gute Figur, aber es könnte dir nicht schaden, ein paar Kilo abzuspecken. Aber du scheinst auf jeden Fall tolle Beine zu haben.«

Die Sängerin strich ihr über die Waden und Kolfinna bekam eine Gänsehaut bis zum Bauch.

»Du weißt so viel über Styling«, presste sie hervor.

»Meine Liebe, früher flog ich durch die Lüfte und lernte viel über Schminke und Düfte.«

Kolfinna nickte: »Ja, ich hab mir schon gedacht, dass du mal Stewardess gewesen bist.«

Sigurdís stöhnte, strich sich über die Taille und sagte bekümmert: »Es gibt noch andere, denen es nicht schaden könnte, ein paar Kilo abzunehmen. Jetzt darf ich wirklich kein Gramm mehr zunehmen, im nächsten Jahr soll ich nämlich einen wichtigen Part in der Oper singen.«

»Echt?«, fragte Kolfinna und gab sich alle Mühe, begeistert auszusehen, obwohl sie von Opern keine Ahnung hatte, aber schließlich war die Sängerin unheimlich freundlich zu ihr gewesen. Dann ließ sie ihren Blick über Sigurdís´ Hüften gleiten und fügte nachdenklich hinzu, dass sie ihrer Meinung nach kaum dürrer werden dürfe.

Der Ausdruck »dürr« schien die Sängerin zu erfreuen. Sie sprang auf, streichelte über ihre Hüften und sagte dramatisch: »Das muss trotzdem alles weg! Fett und Schwabbel dürfen meine Karriere nicht behindern! Ein schönes Äußeres ist das Einzige, was eine Rolle spielt. All dieser Quatsch um innere Schönheit ist nur erfunden worden, um die Hässlichen zu trösten. Du findest mich also nicht zu dick? Das freut mich. Trotzdem bin ich nun einmal drall, das ist meine Strafe und mein Kummer.«

Dann hob sie die Arme wie ein Chirurg, dem sterile Handschuhe übergezogen werden, lief durch das Zimmer und redete gleichzeitig mit sich selbst und Kolfinna: »Ich habe mich seit Monaten auf diesen Part vorbereitet. Letzten Sommer habe ich in Italien einen ganzen Monat bei Signora Sancassani gesungen, jeden Tag, und abends saß ich im Mondschein im Zwiegespräch mit meiner Seele, oh, dieser Mond in Italien, wer versteht nicht die Liebenden dort, wer versteht nicht Julia, die Folgendes sagte, als die Flammen der Nacht erloschen waren: *Tag, schein herein! Und Leben flieh hinaus!* In Italien habe ich am besten gesungen. Warst du schon einmal dort?«

»Nein«, sagte Kolfinna. Sie wollte nicht zugeben, dass sie bis jetzt nur einmal in Benidorm gewesen war, das erschien ihr unpassend in diesen Gemächern. »Es schneit schon wieder«, fügte sie hinzu und hustete. Sie war verunsichert, weil das Gespräch sich nicht mehr um ihr Aussehen drehte, zudem war sie solche überschwänglichen Gefühlsausbrüche nicht gewöhnt. Sie fragte sich, ob die Sängerin vielleicht ein wenig überdreht war oder ob das zu ihren Übungen gehörte. Zwar hatte sie seit ihrer Schulzeit immer mal wieder von dieser Julia gehört, war sich aber nicht ganz sicher, welche Julia damit eigentlich gemeint war, doch diese Wissenslücke wollte sie lieber nicht bloßlegen. Nicht in diesen Gemächern.

»Ach, hat es angefangen zu schneien?«, sagte Sigurdís. »Immer dasselbe Lied, hier soll man in Eis und Schnee ersticken.«

Sie ließ die Hände sinken und fragte: »Über was hatten wir gerade gesprochen?«

Kolfinna stand auf und sagte, dass sie ein bisschen über Styling und so was geredet hätten.

Das brachte Sigurdís auf den Boden der Tatsachen zurück.

»Ach ja, genau, und ich muss aufhören zu essen.«

Dann warf sie einen Blick auf die Uhr und sagte, dass sie spät dran sei für ihre Probe.

Die Beratungsstunde war offenbar zu Ende.

An der Tür, die Hand schon auf der Klinke, angetan mit Pelz und passender Kappe, sah sie Kolfinna noch einmal tief in die Augen und sagte: »Kurz vor Weihnachten singe ich in der Hallgrímskirche mit einem der berühmtesten Tenöre Islands, falls du Interesse hast?«

Mit selbstzufriedenem Gesichtsausdruck wartete sie auf einen Begeisterungsschrei der Haushaltshilfe.

Die Haushaltshilfe stieß einen kleinen Schrei aus. Die Sängerin lächelte zufrieden. Während sie zur Tür hinausging, trällerte sie: »Aber lass dir die Haare schneiden und überleg dir das mit der schwarzen Farbe.«

In ihrer schwarzen Kleidung hatte Kolfinna sich sicher gefühlt. Schwarz stach nicht aus der Menge heraus, und es sah so künstlerisch aus, fand Kolfinna, das wirkte immer hundertprozentig. Schwarze Kleidung passte überall, man konnte alle Teile miteinander kombinieren, sie war kostengünstig, praktisch, und außerdem sah man auf Schwarz wenig. Und jetzt sollte sie die schwarze Farbe aus dem Kleiderschrank verbannen? Und ihre Haare? Sie hatte die schwarzen Haare immer so toll gefunden.

Das wären einschneidende Veränderungen, und so kämpften zwei Seelen in ihrer Brust, während sie aufräumte. Den Ausschlag gab aber schließlich das Alter der Sängerin und ihre damenhafte Überlegenheit. Kolfinna hatte schon lange wissen wollen, wie alt die Sängerin war, sich aber nicht getraut zu fragen. Deshalb hatte sie bei der ersten Gelegenheit einen Blick auf die Stromabrechnung des Hauses geworfen, um der Wahrheit auf den Grund zu gehen.* Es stellte sich heraus, dass die Sängerin nur fünf Jahre älter war als sie selbst. Gerade mal fünf Jahre älter und so feminin und damenhaft. Im Vergleich mit dieser eleganten Erscheinung kam sie sich selber vor wie ein pubertierender Teenager, was Auftreten und Kleidungsstil betraf.

Eine Stunde nach Beendigung der Arbeit saß sie beim Frisör, der, wie er sich ausdrückte, einen schwarzhaarigen, künstlerisch ange-

* Auf der Rechnung ist wie auf jedem offiziellen Dokument die persönliche Kennziffer vermerkt, die alle Isländer haben. Ähnlich wie bei der Versicherungsnummer in Deutschland setzt sich der erste Teil der Kennziffer aus dem Geburtsdatum des Betreffenden zusammen.

hauchten Typ, der in Cafés herumhockte, in einen blonden Outdoorfreak verwandelte.

Sie war eine andere Frau, als sie den Laden verließ. Eine echte Verwandlung. Irgendwann hatte sie so etwas Ähnliches einmal in einem alten Spielfilm gesehen, eine schwarzhaarige Frau ging in ein Haus hinein und kam als Blondine wieder heraus; sie konnte sich daran erinnern, wie diese plötzliche Veränderung sie fasziniert hatte. Deswegen kam es ihr so vor, als würden alle sie anstarren, und sie wusste nicht so recht, wie sie sich verhalten sollte. Ein wenig geistesabwesend bummelte sie durch einige Geschäfte, wobei sie sich zuerst immer erschreckte, wenn sie sich selbst im Spiegel sah, aber dann bemerkte sie mit der Zeit, dass die Verkäuferinnen ihr mehr Aufmerksamkeit zu schenken schienen, sich ihr gegenüber höflicher verhielten. Als sei sie eine Dame, die Aufmerksamkeit gewöhnt war. Unbewusst veränderte sich ihr Verhalten dementsprechend, ihr Gang wurde graziöser, sie hielt sich gerader und trug den Kopf höher. Zuweilen schüttelte sie beim Gehen leicht den Kopf, um zu fühlen, wie ihr das helle, kinnlange Haar ums Haupt flog, und genoss das wohlige Gefühl dabei. Sie fühlte sich so sauber und gepflegt, alles um sie herum war so sauber, die weißen Straßen, der dunkelblaue Himmel und die Lichter in den Schaufenstern, so weit das Auge reichte. Nach langer Zeit hatte sie zum ersten Mal wieder das Gefühl, dass sie nicht ganz vom Glück verlassen war.

Sie war so aufgekratzt, dass sie sich zwei leuchtend bunte Sachen zum Anziehen kaufte.

Auf dem Weg nach Hause blickte sie in jedes einzelne Schaufenster, in der Hoffnung, dass die neue Frau sich darin spiegelte, und im Hauseingang hielt sie noch einmal inne, um die Häuser und die Straßen zu betrachten. Sie kamen ihr wie ein hübsches Foto vor.

Ihre Mutter sagte kein Wort, als sie mit ihren hellen Haaren und Augenbrauen ins Haus segelte.

Kolfinna machte sich auf Kommentare über ihre Verschwendungssucht gefasst, der Gedanke bedrückte sie selbst etwas, nachdem sie zu Hause wieder in die Realität zurückgekehrt war, weswegen sie sich mit ihren Tüten nach oben schlich. Falls ihre Mutter herausfinden würde, wie viel Geld Kolfinna ausgegeben hatte, würde sie bestimmt mehr Haushaltsgeld von ihr verlangen. Kolfinna machte sich auf das Schlimmste gefasst, als sie die Treppe wieder hinunterkam.

Aber ihre Mutter fischte in aller Seelenruhe Mettwürste aus dem Kochtopf, gab sie auf einen Teller, stellte sie auf den Tisch und sagte: »Endlich siehst du mal vernünftig aus.«

Sie setzte ihre Brille auf, um die Wurst aus der Plastikfolie zu schneiden, und fügte hinzu: »So warst du als Kind.«

Dieser Kommentar erschien Kolfinna etwas positiver als der erste, und um diese freundliche Stimmung nicht zu zerstören, die dort in der Küche aufzukommen schien, fragte sie ihre Mutter nach ihrer Arbeit. War der Koch inzwischen wieder auf den Beinen?

»Ja, aber kaum war er wieder da, hat er alles umgestellt und reorganisiert, angeblich wegen der Rezession. Er hat Sigrid fürs Essen abgestellt, Audur fürs Spülen, Kristín für den Kaffee und mich für die Schnittchen.«

Kolfinna blickte überhaupt nicht mehr durch.

»Früher hat Sigrid den Kaffee gemacht, Audur die Schnittchen, Kristín den Abwasch und ich das Essen.«

Kolfinna verstand immer noch nicht, wofür diese Umverteilung gut sein sollte und welche Folgen sie hatte.

Ihre Mutter sah vom Teller hoch und setzte die Leidensmiene eines Menschen auf, der aus Amt und Würden enthoben worden ist.

»Jetzt kann ich keine Reste mehr aus der Kantine mitbringen.«

Da begriff Kolfinna endlich, worum es ging. Ab jetzt würde sie nur noch belegte Brote aus der Kantine bekommen.

Schweigend beendeten sie das Essen, während ihre Mutter sie eingehend betrachtete, insbesondere ihre Haare, und anschließend fragte: »Was sind das für Leute, bei denen du putzt?«

Noch nie hatte sie etwas über ihre Arbeit als Putzfrau wissen wollen oder über die Leute, bei denen Kolfinna arbeitete, was wahrscheinlich an ihrem Misstrauen gegenüber einer solch fragwürdigen und ungeregelten Arbeit lag, aber jetzt schien sie auf einmal Kolfinnas neue blonde Haarfarbe mit diesen geheimnisvollen Wesen in Verbindung zu bringen.

Kolfinna wusste nicht so recht, wie sie diese vier Menschen beschreiben sollte. Sie starrte auf die Wurst, während sie nach einer zutreffenden Beschreibung suchte, und sagte schließlich: »Sie essen ganz anders als wir.«

Im Kühlschrank der Sängerin befanden sich fast ausschließlich Grünzeug, Säfte, Gemüse und Obst, und Kolfinna war es völlig schleierhaft, wie die Sängerin von so etwas leben und dabei so fröhlich sein konnte. Denn fröhlich war sie in diesen Tagen.

»Bravo, bravo«, rief sie beifällig, als die Haushaltshilfe in ihrem neuen blonden Look und einem roten Pullover erschien. Sie begutachtete ihre Schöpfung von oben bis unten, fuhr mit den Fingern durch Kolfinnas Haare, pflückte einen Fussel von dem weichen Pullover, legte ihr den Finger unters Kinn und sah ihr tief in die Augen.

»Kolfinna«, flüsterte sie, »du bist eine neue Frau. Aber das reicht noch nicht, glaub mir. Schönheit bringt dich natürlich dem Ziel näher, aber nur Talent verschafft dir Erfolg im Leben. Hast du Talente, Kolfinna?«

»Was für Talente meinst du?«

»Künstlerische Talente«, sagte Sigurdís. »Frauen mit künstlerischem Talent kommen weiter, die anderen werden untergebuttert, war dir das nicht klar?«

»Es haben vielleicht nicht alle Talente«, sagte Kolfinna vorsichtig, denn sie wollte auf keinen Fall riskieren, die Sängerin zu beleidigen.

»Jeder hat Talente«, sagte Sigurdís und hob die Arme, als wolle sie mit einer Operation beginnen, »man muss sie bloß entdecken. Was konntest du als Kind am besten?«

Daran konnte sich Kolfinna beim besten Willen nicht erinnern. Ihre Miene schien Sigurdís mitleidig zu stimmen, da sie ihr erneut unters Kinn fasste und sie bat, doch nicht gleich die Flinte ins Korn zu werfen, es sei nie zu spät, seine Talente zu entdecken. Kolfinna fühlte sich in die Enge getrieben, fragte, wie man das anstellen sollte, worauf Sigurdís sie ins Wohnzimmer zog und ihr bedeutete, sich aufs Sofa zu setzen.

Die Sängerin setzte sich ans Klavier und stimmte nach kurzem Nachdenken mit geschlossenen Augen eine Melodie an. Dann sang sie ein kurzes Lied.

»Findest du, dass ich gut singen kann?«

»Göttlich«, erwiderte Kolfinna, der gerade kein besseres Wort einfiel und die davon ausging, dass Sängerinnen genau das hören wollten.

»Ich konnte schon als Kind gut singen«, sagte Sigurdís. »Und meine Eltern haben mich darin bestärkt – erst haben sie mich zum Klavierunterricht geschickt, dann zum Gesangsunterricht, ja, meine Mutter war sich von Anfang an sicher, dass ich eines Tages berühmt werden würde.«

Sie sah Kolfinna stolz und glücklich an, und Kolfinna war froh, das richtige Wort getroffen zu haben. Beide lächelten überglücklich.

Dann fragte Sigurdís, ob es denn nicht irgendetwas anderes gäbe, das sie gut könne, aber Kolfinna war sich ziemlich sicher, dass das nicht der Fall war.

»Wenn du Musik hörst, entdeckst du deine Talente, Kolfinna. Die Musik öffnet die Seele, sagt dir, wer du bist, führt dich zum wahren Glück, und dein Geist wird sich in die Höhe schwingen.«

Sie hörte plötzlich auf zu spielen, schlug das Klavier zu und sagte etwas von oben herab: »Du hast vielleicht bis jetzt nur Rock und Pop gehört?«

»Hauptsächlich höre ich Björk und Bubbi.«

Sigurdís nickte: »Von denen habe ich auch CDs.«

Kolfinna begriff zu ihrer Erleichterung, dass diese Musikrichtung von der Sängerin scheinbar akzeptiert wurde.

Aber die Sängerin hatte ihre Belehrung offensichtlich noch nicht abgeschlossen, denn sie versprach, Kolfinna Musik mitzugeben, die ihre Gefühle öffnen und ihr den Schlüssel zu ihrem wahren Selbst in die Hand geben würde, denn das müsse sie finden, um sich im harten Strom des Lebens über Wasser zu halten.

Die Haushaltshilfe fand hingegen die Zeit gekommen, mit dem Putzen zu beginnen und ließ heißes Wasser in den Eimer laufen.

Als sie ungefähr eine Stunde geputzt hatte, kam die Sängerin im Mantel zu ihr in die Küche und hielt ihr mit behandschuhten Händen ein Buch und zwei CDs hin, wobei sie mit ernster Stimme sagte: »Kolfinna, ich möchte dir zwei Opern leihen, die deine Seele öffnen werden, La Bohème und La Traviata. Außerdem hast du hier ein Buch mit vier Dramen, die du laut für dich lesen sollst, einmal die größte Liebesgeschichte aller Zeiten, Romeo und Julia, dann Hamlet, König Lear und Macbeth.«

Mit diesen Worten ließ sie die Haushaltshilfe mit den weltberühmten Werken in den rot geschwollenen Händen zurück.

Der Rechtsanwalt stand der Künstlerin in nichts nach, was ausgefallene Ernährungsgewohnheiten anbetraf, er jagte sich sein Essen nämlich selbst.

Kolfinna war eigentlich nicht auf den Tod gefasst gewesen, jedenfalls nicht so schnell, deswegen fiel sie beinahe in Ohnmacht, als sie beim Rechtsanwalt durch die Tür trat und direkt in einen Gewehrlauf blickte.

In der Montur eines Guerillero stand er im Eingang, ganz in braune und graue Tarnfarben gekleidet, und richtete das Gewehr auf ihr Gesicht. Sie drückte sich an die Wand, sah Sterne vor den Augen und sank langsam zu Boden, vor Horror gelähmt. Sie wusste, was ihr jetzt bevorstand.

Er packte sie mit festem Griff am Mantel, zog sie wieder hoch und lehnte sie gegen die Wand. In dieser Stellung stand er so dicht vor ihr, dass sie seinen Atem auf ihrer Stirn spürte. Er betrachtete aufmerksam ihre Frisur, ließ seinen Blick über ihr Gesicht gleiten, starrte auf ihren offenen Mund, und seine Nasenflügel weiteten sich. Sie schnappte nach Luft, als drohe sie zu ersticken.

Er lockerte seinen Griff, langsam, als wolle er ihr zeigen, dass er diese Szene unter Kontrolle hatte. Dann sagte er leise und spöttisch:

»Hast du gedacht, ich würde dich erschießen?«

Kolfinna nickte leichenblass.

»Ich jage keine Frauen, ich jage Schneehühner. Ich habe meinen Freund erwartet und wollte ihm einen kleinen Schreck einjagen, um ihn ein bisschen munter zu machen. Du siehst aus, als würdest du in Ohnmacht fallen, willst du dich nicht lieber setzen?«

Er warf sich das Gewehr über die Schulter, nahm sie beim Arm und führte sie ins Wohnzimmer. Dort ließ er sie auf einen Sessel sinken, brachte ihr frischen Kaffee, setzte sich ihr gegenüber und fragte, ob sie häufig Ohnmachtsanfälle bekäme.

»Ich habe ein bisschen Blutarmut«, sagte sie und holte mühsam Luft. Gleichzeitig versuchte sie, das Zittern in ihren Armen und Beinen unter Kontrolle zu bringen und sich normal mit ihm zu unterhalten.

»Wie ist das, schießt du viele Schneehühner?«

»Gerade so viele, dass ich genug fürs Weihnachtsessen habe«, gab er gedehnt zur Antwort und beschäftigte sich wieder mit ihrem Anblick. Begutachtete sie von oben bis unten.

»Und ballert ihr dann einfach so in der Gegend rum?«, fragte sie und hustete zur Ablenkung, da sie seine taxierenden Blicke unangenehm fand.

»Wir fahren aufs Land«, erwiderte er und starrte sie weiter an.

»Aufs Land!«, sagte sie laut, um ihn von seiner Glotzerei abzubringen. »Und was sagen die Bauern dazu, wenn ihr mit euren Gewehren kreuz und quer über ihr Land stiefelt?«

»Ihr Land?«, fragte er und kam wieder zu sich. »Die Eigentumsverhältnisse dort sind nun wirklich nicht zweifelsfrei geklärt. Ob sich das Land tatsächlich vollständig im Besitz dieser Bauern befindet, ob zum Beispiel das Hochland nach amtlicher Rechtsprechung wirklich Landeigentum im eigentlichen Sinn darstellt, und in diesem Zusammenhang verweise ich auf das erst kürzlich gefällte Urteil des Obersten Gerichtshofes, denn jetzt wissen die Bauern wohl selbst kaum noch, wo ihre Landgrenzen verlaufen, wie heißt du nochmal, Kol… und wie weiter?«

»Kolfinna.«

»Genau.«

Kolfinna war nicht klar, was an ihrem Namen genau sein sollte, und stand mit den Worten auf, dass sie putzen müsse und ging in die Küche. Dort hörte sie ihn im Wohnzimmer sagen: »Das letzte Mal hast du sehr gut geputzt.« Sie lächelte stolz, erwiderte aber nichts. Um seiner Freundlichkeit etwas entgegenzusetzen, rief sie ihm zu, ob Schneehühner wirklich eine so hervorragende Soße ergäben?

»Absolut köstlich«, sagte er leise und stand auf einmal direkt hinter ihr. Sein Blick ließ ihr das Blut durch die Adern schießen wie einen Fluss, der auf seinem Weg hier und da ein paar Steine kitzelt.

»Ich kann dir das Rezept geben«, sagte er und badete sich in ihrer Bewunderung.

Er reckte sich über sie hinweg nach einem Stift, an den er problemlos auch anders hätte kommen können, und rückte nicht einen Millimeter von ihr ab, während er etwas auf einen Zettel kritzelte und dabei kommentierte.

Von den Erläuterungen bekam Kolfinna kaum etwas mit, weil sie bei so viel Männlichkeit direkt neben sich nicht mehr logisch denken konnte. Er hingegen schien es zu genießen, sie auf diese Weise im wahrsten Sinn des Wortes gefangen zu halten, während er mit seinen Erklärungen immer mehr abschweifte und über das Thema der Soßenzubereitung bald hinaus war. Er war so vertieft, dass er völlig überhörte, dass vor dem Haus jemand hupte.

»Das gilt wohl dir«, sagte sie wie in Trance.

Als er zur Tür heraus war, ging sie zum Fenster und beobachtete, wie er aufbrach. Sie konnte erkennen, dass sein Freund irgendwelche Ausrüstungsgegenstände aus einem kleinen Jeep in seinen großen Jeep lud. Dann brausten die beiden davon.

Das waren Männer, die sich ihr Essen selber schossen.

Das Fahrrad des Forschers lehnte an der Hauswand, schneebedeckt und an einer niedrigen Wehe festgefroren. Kolfinna sah das Rad nachdenklich an, sie konnte sich kaum vorstellen, dass es beim Nahrungserwerb von großem Nutzen sein konnte, vor allem nicht bei diesem Wetter.

Dann hörte sie eine Tür quietschen. Der alte Mann aus der oberen Etage tappte in einem pelzgefütterten Anorak mit einer Schaufel in der Hand die Treppe hinunter. Als sein Blick auf Kolfinna fiel, blieb er stehen, deutete auf das Rad und erklärte ihr, dass er ihn schon lange nicht mehr gesehen habe: »Sonst hat er immer den Schnee von der Treppe geschaufelt, das macht er immer ganz prima.«

»Glaubst du, dass er länger verreist ist?«, fragte sie hoffnungsvoll.

»Was?«, fragte der Alte und wendete ihr das rechte Ohr zu.

»Glaubst du, er ist verreist?«, brüllte sie.

»Ja, das sieht wohl so aus«, erwiderte der Alte laut, kam Schrittchen für Schrittchen die gefährliche Treppe hinunter und zog dabei die Schaufel hinter sich her. »Wie alle jungen Männer ist er immer unterwegs. Meine Frau hat schon lange nicht mehr diese schreckliche Musik von unten gehört, die er manchmal spielt. Und sein Auto haben wir auch schon lange nicht mehr gesehen.«

»Hat er ein Auto?«

»Was?«, fragte der alte Mann und schlotterte am ganzen Leib.

»Ach, nichts«, entgegnete Kolfinna, ging an ihm vorbei die Treppe hoch und trat ins Haus. Vor der Wohnungstür lagen haufenweise Zeitungen. Sie klemmte sie unter den Arm, während sie den Schlüssel ins Schloss steckte und öffnete; dann machte sie die Tür hinter sich zu und lehnte sich dagegen. Sie lauschte und wartete ab. Irgendwie bekam sie es mit der Angst. Sie hatte das Gefühl, als würde drinnen etwas auf sie lauern. Nirgendwo brannte Licht, die Wohnung war ausgekühlt, die Stille ein wenig zu tief.

Am liebsten hätte sie auf dem Absatz kehrtgemacht und das Weite gesucht, gab aber diesem Gefühl nicht nach, weil sie fürchtete, dass die Nerven mit ihr durchgingen und sie auf dem besten Weg war, hysterisch zu werden.

»Verdammt, bald sehe ich schon in jeder Ecke Gespenster«, dachte sie.

Sie ging den dunklen Flur entlang, legte die Zeitungen auf die Kommode und schreckte zusammen, als sie ihr kreidebleiches Gesicht im Spiegel sah. Das fahle Morgenlicht bemühte sich, durch das Küchenfenster einzudringen, erhellte aber nur eben ein paar Flächen rings ums Fenster. In der Küche war schon lange nicht mehr gegessen worden, auf dem Tisch verschimmelten ein Laib Brot und ein angebissener Apfel, und aus der Richtung des Abfalleimers kam ein durchdringender Gestank.

Wieder durchfuhr sie eine unangenehme Vorahnung, sie lauschte, sah sich noch einmal um und entdeckte dabei, dass die Tür zum Arbeitszimmer des Forschers halb offen stand.

Sie holte tief Luft, denn das Zimmer war noch nie offen gewesen. Ihre Schultern verkrampften sich, als sie durchs Wohnzimmer ging und die Tür zum Arbeitszimmer aufstieß, die ein wenig in den Angeln knarrte, als sie den Blick ins Allerheiligste dieses hoch gelehrten Mannes freigab.

Drinnen war keine Menschenseele, aber falls Bücher eine Seele haben sollten, war in diesem Raum eine ziemlich große Gemeinde versammelt.

Sämtliche Wände waren von oben bis unten mit Büchern bedeckt, gebundenen und ungebundenen, alten und neuen, zerlesenen und intakten, in allen Farben, obwohl die meisten braun eingebunden und ziemlich verstaubt waren. Vor einer Bücherwand standen eine Stereoanlage und ein mit CDs voll gestopfter kleiner Schrank neben einem rotbraunen Diwan mit abgewetzten Ecken. Mitten im Zimmer thronte ein großer Schreibtisch, der unter lauter Büchern und Zeitungsstapeln fast verschwand. Unter dem Schreibtisch auf dem glanzlosen Holzfußboden lag ein gemusterter Läufer, der seit vielen Jahren mit keinem Staubsauger mehr in Berührung gekommen war, soweit sie das von der Tür aus erkennen konnte.

In Krimis lagen die Besitzer solcher Arbeitszimmer nicht selten erschossen hinter ihren Schreibtischen. Bei dem Gedanken daran schlug ihr Herz schneller, denn eine solche Szene konnte sie sich in diesem Haus gut vorstellen. Gegen ihren Willen zwang ihre Neugier sie dazu, durchs Zimmer zu gehen und hinter den Schreibtisch zu spähen. Dort lag niemand, weder tot noch lebendig. Einen Moment blieb sie dort stehen und wusste nicht, was zu tun war. Sie war fast ein wenig enttäuscht. Für einen kurzen Augenblick war vor ihrem geistigen Auge eine Szene erschienen, wie die Polizei mit einer Truppe von der Spurensicherung zum Tatort ausrückte, sie hatte sich selbst als Hauptzeugin gesehen, die gelassen die Fragen der Polizisten beantwortete und auf zurückhaltende Weise das eigentümliche Verhalten des Mannes beschrieb, vor allem seine Schlampigkeit, wobei sie der Toilette einen besonderen Stellenwert einräumte, denn solche Details sagten mehr als manches andere über die Persönlichkeit des Toten. Der Tote war allerdings nirgendwo zu sehen.

Sie fühlte aber immer noch eine leise Unruhe in sich, obwohl ihr der Grund nicht recht klar war, denn es gab ja keinen Toten, und sie gab sich alle Mühe, dieses beklemmende Gefühl zu unterdrücken. Geräuschlos zog sie sich aus dem Arbeitszimmer zurück, in das sie so lange schon einen Blick hatte werfen wollen, und dankte dem Himmel dafür, dass es ihr untersagt war, dort zu putzen. Da es immer noch nicht hell genug war, um arbeiten zu können, schaltete sie das Licht im Wohnzimmer und in der Diele ein und holte Eimer und Putzlappen. In diesem Augenblick sah sie, dass die Schlafzimmertür einen Spalt offen stand.

Das Schlafzimmer, das bei den meisten Menschen einen so großen Stellenwert hat, war in diesem Hause Nebensache. Das war Kolfinna schon seit geraumer Zeit klar, weshalb sie beim Putzen wenig Mühe darauf verwendet hatte. Beim letzten Mal hatte sie allerdings in einem Anfall von Nächstenliebe die Bettwäsche gewechselt, einfach um zu zeigen, dass sie in dem Raum gewesen war, hatte aber sofort beschlossen, zukünftig ihre Zeit nicht mehr auf so etwas zu verschwenden, es gehörte ja auch nicht zu ihren Aufgaben. Um sich Gewissheit zu verschaffen, dass sie allein in der Wohnung war, öffnete sie die Tür noch etwas mehr.

Das Licht aus der Diele fiel in das Zimmer, auf den Boden, auf das Bett, auf den Körper des Mannes. Da lag er also.

Er lag bäuchlings auf der rechten Bettseite, hatte das Oberbett halb heruntergezogen und streckte einen nackten Arm und ein Bein zur linken Seite hinüber, als habe er jemanden umarmt, der jetzt nicht mehr da war. Wie ein Liebhaber, der sich von den Anstrengungen der Nacht ausruht.

Kolfinna stellte sich ans Fußende und konnte ihre Augen nicht von ihm abwenden. Sie ließ den Blick über seinen Körper gleiten, der Knöchel war schmal im Vergleich zu der kräftigen Wade, auf der einige Adern heraustraten, und seine Schultern und Arme wirkten so durchtrainiert wie die eines Schwimmers, der sich jedes Gramm Fett abtrainiert hat.

Ein Strom fuhr ihr durch die Lenden.

Sie war im Begriff, sich aus dem Zimmer zu schleichen, doch die Stille hielt sie zurück. Sie fand es angebracht, sich zu vergewissern, ob er noch am Leben war. Seine Hautfarbe ließ zwar darauf schließen, aber um jeden Zweifel auszuräumen, befühlte sie mit einem Finger seinen Rist. Er war heiß. In diesem Moment murmelte er etwas. Sie stand wie angenagelt am Fußende und wusste nicht, ob sie gehen oder bleiben sollte. Er drehte den Kopf nach links, strampelte mit dem Fuß, als quäle ihn etwas, wälzte sich herum und lag dann auf dem Rücken. Auf einmal öffnete er die Augen und sah sie an.

Sie zuckte leicht zusammen, ein wenig beschämt, ihn halb nackt angestarrt zu haben.

»Was ist, bist du krank?«, fragte sie brüsk.

Er schien nicht die Kraft zu haben, darauf zu antworten, deswegen ging sie langsam zur Tür.

Er röchelte.

»Hast du was gesagt?«, fragte sie laut.

Er räusperte sich, versuchte den Kopf vom Kissen zu heben, murmelte etwas und brachte schließlich ein Wort heraus, das so klang wie Wasser.

»Willst du Wasser, meinst du das?«, fragte sie in einem Ton, den man gegenüber Hörgeschädigten anschlägt.

Er nickte schwach. Sie holte ein Glas Wasser, stellte es auf den Zeitschriftenstapel auf dem Nachttisch, verschränkte dann die Arme vor der Brust und beobachtete seine Versuche, die Hand nach dem Glas auszustrecken. Seine Hand war so kraftlos, dass das Wasser aus dem Glas aufs Kissen schwappte.

»Ach nee, bist du so schlapp?«, fragte sie bissig, schämte sich aber doch ein bisschen, dem schwer kranken Mann nicht beigestanden zu haben. Sie setzte sich auf die Bettkante, nahm mit der rechten Hand das Glas, stützte mit der linken seinen Kopf und half ihm beim Trinken. Er schluckte so gierig, als habe er seit mehreren Tagen nichts mehr zu trinken bekommen. Sein Nacken war kochend heiß.

»Du hast Fieber«, stellte sie fest.

Er schloss die Augen und ließ den Kopf aufs Kissen sinken. Seine nackte Brust machte sie verlegen, was sie selber erstaunte, denn es war nicht das erste und auch nicht das zweite Mal, dass sie einen unvollständig bekleideten Mann sah. Sie versuchte sich darauf zu konzentrieren, dass sie ausschließlich aus karitativen Gründen hier saß, aber das wollte ihr nicht recht gelingen, denn die Hitze, die von seinem Körper, Hals, Schlüsselbein, Kiefer ausströmte, wühlte sie auf.

Rief ein altbekanntes Verlangen in ihr wach.

Ich hab sie ja nicht mehr alle, dachte sie. »Hast du Fieber gemessen?«, fragte sie daraufhin barsch, entschlossen, ihrer Fürsorge damit ein Ende zu setzen.

Es gelang ihm, den Kopf zu schütteln. Das Wasser hatte ihn ein wenig belebt.

»Soll ich einen Arzt rufen?«

Er fand die Sprache wieder: »Nein.«

»Soll ich deine Mutter anrufen oder irgendjemand anderen?«

Er blickte sie so höhnisch an, als sei sie diejenige, die krank im Bett lag und nicht er, aber kaum hatte sie das gesagt, geriet sie ins Grübeln, wer dieser Mann eigentlich war, auf dessen Bettkante sie saß. Wer waren seine Eltern? Woher stammte er? War er ledig, geschieden, Junggeselle?

»Was hast du eigentlich?«, fragte sie.

»Irgendeine verdammte Grippe, gib mir noch was zu trinken.«

Diesmal trank er ohne Hilfe. Sie hätte ihm besser nicht geholfen, man konnte nicht wissen, wohin das führen würde. Deshalb hielt sie sich in angemessener Entfernung zu seinem Bett, während sie überlegte, was sie mit einem unbekannten Kranken anfangen sollte.

»Soll ich nicht doch einen Arzt oder jemanden aus deiner Familie anrufen?«

Er richtete sich halb auf und stützte sich auf den Ellbogen.

»Hör zu, Alte, ein für alle Mal, ich habe keine Familie, und Ärzte interessieren sich nicht für irgendwelche Typen mit Grippe. Was für ein verdammtes Glück, dass du dich neulich mal aufgerafft hast, die Bettwäsche zu wechseln, ich hätte es nicht ausgehalten, krank in so einem verdreckten Bett zu liegen.«

Ihr blieb die Luft weg.

Sie war schon in der Diele, als er noch einmal nach ihr rief, entweder hallo oder du da, aber sie reagierte gar nicht darauf, sie hatte nicht vor, jemals wieder mit ihm zu sprechen, aber als er zu stöhnen und zu jammern begann, dachte sie daran, was passieren würde, wenn er dort das Zeitliche segnete und man ihr die Schuld dafür gäbe, sodass sie doch wieder mit einem Bein ins Zimmer trat und schrie: »Was denn jetzt noch?«

»Kolfinna?«, sagte er fragend und schlug plötzlich einen höflichen Ton an. »Mir ist saukalt, gibst du mir bitte meinen Schlafanzug, der muss irgendwo dort im Schrank sein.«

Sie fühlte sich so geschmeichelt, dass er sie mit ihrem Namen ansprach, dass sie das Licht anknipste und im Schrank nach dem Schlafanzug suchte, bevor sie überhaupt richtig nachgedacht hatte. Sie spürte, dass er sie aufmerksam beobachtete.

»Im dritten Fach von unten«, flüsterte er.

Schließlich fand sie ein dunkelblaues zusammengeknülltes Kleidungsstück, das an einen Schlafanzug erinnerte, drehte sich um und warf ihn aufs Bett. Er würdigte den Pyjama keines Blickes, sondern fragte: »Du bist jetzt blond?«

»Ja und?«, gab sie unfreundlich zurück.

»Du siehst so wirklich besser aus.«

Sie machte, dass sie wegkam.

Sie begann wie wild zu putzen, schleuderte das Geschirr ins Spülwasser, besprühte und bespritzte alles mit Putzmitteln, was ihr in den Weg kam, als müsste sie Ungeziefer ausrotten. Während sie zwischen Diele und Bad hin- und herstürmte, ignorierte sie den Spiegel in der Diele völlig, aber als es schließlich auf Mittag zuging und sie hörte, dass er im Schlafzimmer fest eingeschlafen war, riskierte sie einen schnellen Blick auf ihr Spiegelbild. Die Augen glänzten unter den geschwungenen Brauen, die Mundwinkel wiesen nach oben, und die

Farbe ihres Gesichts und ihrer Haare korrespondierten miteinander. Er hat nicht gelogen, dachte sie.

Bevor sie ging, überwand sie sich und warf noch einen Blick ins Schlafzimmer. Er schlief tief und fest. Sie zupfte das Oberbett zurecht, holte ein Glas Wasser und stellte es auf den Nachttisch. Sie machte das Deckenlicht aus und knipste eine kleine Lampe neben dem Bett an, damit er nicht im Dunkeln aufwachen würde.

An einem so strahlenden Tag konnte sie sich nicht vorstellen, einfach nach Hause zu gehen, da nur herumzuhängen und auf das Abendessen mit ihrer abgearbeiteten Mutter zu warten. Sie brauchte Unterhaltung, sie musste mit Menschen reden, hatte das Bedürfnis, mit anderen jungen Frauen zusammen zu sein.

Sie schlenderte durch die Stadt, bummelte durch Geschäfte und Cafés und es endete mit einem Abendessen bei ihren Freundinnen Alma und Elva, die genauso mit ihren eigenen Angelegenheiten beschäftigt waren wie sie selber.

Kurz vor Mitternacht kam sie schließlich nach Hause und tappte im Dunkeln die Treppe hinauf. Sie hatte keine Lust, Licht zu machen, sie fand, es lohne sich nicht. Als sie nach oben kam, entdeckte sie einen Lichtspalt, der durch die halb offene Tür ihrer Mutter fiel. Sie zögerte, legte eine Hand auf die Türklinke und spähte ins Zimmer.

Ihre Mutter saß auf der Bettkante und starrte auf ihre Füße. Im Licht ihrer Nachttischlampe saß sie da wie auf einer dunklen Bühne. Es sah so aus, als habe sie sich gerade ausziehen wollen und es sich dann anders überlegt, sie war barfuß und trug nur einen Unterrock und eine Strickjacke. Sie hatte ihre Haare zurückgekämmt, Erschöpfung stand ihr ins Gesicht geschrieben, und die Hände ruhten kraftlos in ihrem Schoß. Ihre Pillendose stand auf dem Nachttisch.

Kolfinna blieb einen Moment an der Tür stehen und war im Begriff, ihre Mutter zu fragen, ob sie sich nicht wohl fühle, aber dann fiel ihr wieder ein, dass sie vergessen hatte, sich zum Essen abzumelden. Ihre Mutter würde ihr sicherlich die kalte Schulter zeigen, und darauf hatte sie im Moment überhaupt keine Lust.

Es schneite heftig, die Flocken stahlen sich in Kolfinnas Mantelkragen und blieben in ihren Wimpern hängen, sodass sie immer wieder blinzeln musste, um klar zu sehen. Die alten Häuser in der Straße lehnten sich zufrieden aneinander und schliefen, der Schnee verhüllte Alter und Schmutz, ließ sie jung, weiß und sauber aussehen. Die hohen Bäume, die sie stolz in weißen Mänteln umstanden, trauten sich in dem feinen Putz kaum, sich zu bewegen. In allen Fenstern flackerte Licht, wodurch das Viertel in einen märchenhaften Schein getaucht wurde, obwohl draußen eine blaue, kalte Helligkeit herrschte. In vielen Häusern hörte man Klappern von Geschirr, während neun tiefe Schläge von der Hallgrímskirche herüberdrangen. Kolfinna schenkte ihnen keine Beachtung, da die genaue Zeit für sie keine Rolle spielte, solange ihre Arbeit nur darin bestand, bei anderen Leuten zu putzen.

Vor dem Haus des Forschers blieb sie kurz stehen und spähte in die Fenster. Als sie in seinem Arbeitszimmer Licht sah, wusste sie, dass er die Nacht überlebt hatte, woraufhin sie ihren Weg zu der alten Frau fortsetzte.

Listalín ließ immer Licht brennen, wenn sie morgens aus dem Haus ging, deswegen war Kolfinna nicht verwundert, als die Wohnzimmerfenster hell erleuchtet waren. Aber als sie die Treppe hinaufging, ohne den Blick vom Fenster abzuwenden, bemerkte sie eine Bewegung hinter den Spitzengardinen. Zuerst kam ihr der Gedanke, dass womöglich Einbrecher im Haus waren. Sie blieb stehen, während sie überlegte, ob sie den Mut haben würde, nach dem Rechten zu sehen, fasste sich dann aber ein Herz und ging durch den Garten zum Fenster. Sie spähte hinein.

Rund um den Wohnzimmertisch waren drei weiße Köpfe in himmlischer Eintracht versammelt.

Sie ging verlegen zum Eingang und räusperte sich, während sie im Flur ihren Mantel auszog. In diesem Augenblick stieg ihr Zigarrenrauch in die Nase. Als sie in die Luft schnupperte, rief ihr jemand aus dem Wohnzimmer zu: »Nun komm doch herein und begrüß die alten Schachteln!«

Sie waren zu dritt, lächelnde, weißhaarige, schlanke alte Damen in hochgeschlossenen Kleidern, die vor sich hin nickten und eifrig mit ihren Stricknadeln herumfuhrwerkten. Drei Likörgläser standen vor ihnen auf dem Tisch, in einem Aschenbecher lag eine halb gerauchte Zigarre und im Adventskranz brannte die erste Kerze. Die Katzen hatten sich bei so viel weiblicher Gemütlichkeit jeweils in einer Ecke des Sofas zusammengekuschelt.

»Wir schwänzen in der Tagesstätte«, sagte Listalín entschuldigend.

Die beiden Mitschuldigen nickten und strahlten, als sei soeben eine frohe Botschaft verkündet worden.

»Die Anstreicher waren da, und Margét kann den Geruch nicht vertragen«, erklärte Listalín und deutete auf die Frau mit der Zigarre.

»Ich auch nicht!«, meldete die andere sich lautstark zu Wort.

»Gudrun auch nicht«, fügte Listalín schnell hinzu. Dann legte sie den Kopf schräg und warf Kolfinna einen forschenden Blick zu.

»Meine Güte, was für eine schöne Frisur du hast! Hast du dir die Haare kürzer schneiden lassen? Mädels, schaut euch nur an, was sie für ein hübsches Mädchen geworden ist, also, ich staune. Meine Liebe, setz dich doch einen Augenblick zu uns, möchtest du auch ein Gläschen?«

Kolfinna setzte sich zu ihnen, ein bisschen aufgewühlt durch die bewundernden Ausrufe der drei Damen, lehnte das Glas aber dankend ab, schließlich war sie es nicht gewohnt, freitags in aller Frühe Alkohol zu trinken. Es sah allerdings ganz so aus, als gäbe es für die drei Damen nichts Selbstverständlicheres, als sich früh am Morgen bereits ein Gläschen zu genehmigen und dabei edle Zigarren zu rauchen. Listalín deutete mit ausgestreckten Armen auf die beiden Frauen zur Rechten und zur Linken, sagte, das seien ihre Freundinnen, sie hätten früher für sie gearbeitet, Gudrun im Haushalt und Margét als Kindermädchen.

»Eine wohnt eine Straße weiter oben, die andere eine Straße weiter unten, so ist es seit vierzig Jahren, und nie haben wir uns gestritten!«

Die weißhäuptigen Mädels lächelten.

Nachdem alle ein Gläschen auf die Freundschaft gekippt hatten, wurde geschmäckelt, geschnuppert und gemurmelt, die Gläser landeten auf dem Tisch, und die Zigarre wieder im Mund, wobei einige passende Kommentare fielen. Sie betrachteten die junge Haushaltshilfe und versicherten ihr, sie sähe hochelegant aus und würde auf den vornehmsten Tanzveranstaltungen eine gute Figur abgeben. Dann erinnerte Gudrun daran, wie Listalín in alten Zeiten mit ihrem Mann elegante Bälle besucht hatte, einfach göttlich in ihren langen Abendkleidern, so unglaublich schön, und er habe wie ein englischer Adliger in seinem Frack ausgesehen, wunderbar sei das gewesen, und sie habe auf die Kinder aufgepasst.

»Also hör mal, meine Gute, auf die Kinder habe ich aufgepasst«, sagte Margét und nahm kurz die Zigarre aus dem Mund.

»Nein, ich habe oft abends auf sie aufgepasst, wenn du dir mit deinem Jón ein paar nette Stunden gemacht hast«, erwiderte Gudrun bestimmt und wich keinen Zoll von ihrem Standpunkt ab.

»Mit meinem Jón?«

»Ja, hieß er etwa nicht Jón, dein Mann?«

»Ich bin eigentlich davon ausgegangen, dass er Gudmundur hieß, meine Beste.«

»Dann eben Gudmundur. Es spielt doch überhaupt keine Rolle, wie er hieß.«

Listalín unterbrach die beiden: »Aber, aber, wir wollen uns doch nicht streiten, meine Lieben. Das junge Mädchen möchte sich nicht euer Gezänk anhören.«

Sie lächelten Kolfinna beschämt zu, dann steckte Margét ihre Zigarre wieder in den Mund, hielt sie lange zwischen Daumen und Zeigefinger, nickte eine Weile vor sich hin und fragte dann höflich, aber ohne sichtliches Interesse: »Du putzt also hier in einigen Haushalten im Thingholt-Viertel, meine Liebe?«

Kolfinna bestätigte das.

»Ob wir die Leute vielleicht kennen, meine Lieben?«, überlegte Margét und sah Gudrun fragend an. Dann fügte sie hinzu: »Was sind das für Leute, bei denen du arbeitest?«

»Einer ist Rechtsanwalt, er heißt Ketill.«

Margét und Gudrun sahen sich lange an und schüttelten dann den Kopf. Den kannten sie nicht.

»Einer ist Forscher und heißt Flosi.«

Sie sahen sich wieder an, schauten zu Listalín hinüber und schüttelten daraufhin den Kopf. Nein, den kannten sie auch nicht.

»Dann ist da noch die Sängerin, Sigurdís.«

»Ja, Sigurdís, die kennen wir, so eine berühmte Frau! Wie interessant, bei ihr darfst du putzen?!«

Kolfinna fühlte sich ein wenig geschmeichelt. Natürlich war ihr bewusst gewesen, dass es sich um eine berühmte Künstlerin handelte, das hatte Mathilda ihr bereits mitgeteilt, und sie hatte sie ja auch einmal im Fernsehen gesehen, aber da sie sich mit Sängern dieser Kategorie nicht so genau auskannte, war sie sich nicht sicher gewesen, wie berühmt Sigurdís wirklich war. Jetzt stellte sich also heraus, dass sie allgemein bekannt war, sie putzte also tatsächlich bei einer Berühmtheit.

Die alten Damen hielt es kaum noch auf ihren Plätzen, weil sie alle etwas über die Sängerin zu berichten hatten, sie hatten sie im Radio oder Fernsehen und bei vielen Beerdigungen singen hören und sie außerdem auf der Straße gesehen. Eine eindrucksvolle Erscheinung.

»Wie sieht es denn bei ihr zu Hause aus?«, fragte Gudrun, die einmal im Haushalt gearbeitet hatte.

»Unglaublich toll«, erwiderte Kolfinna nachdenklich und fand, dass das nicht übertrieben war. Die drei reckten die Hälse und warteten gespannt auf weitere Informationen, aber Kolfinna murmelte etwas Unverständliches und verrückte ihren Stuhl ein wenig. Sie war sich nicht sicher, ob eine so detaillierte Beschreibung angebracht war, vielleicht würde Listalín dann denken, dass Kolfinna bei anderen auch über ihre Wohnung redete. Deshalb senkte sie einfach den Blick.

»Und bei diesen Männern?«, fragte Margét, als ihr klar wurde, dass keine genaueren Informationen über die Lebensumstände der Opernsängerin mehr zu erwarten waren.

»Nun macht aber einen Punkt, das fragt man doch ein junges Mädchen nicht«, sagte Listalín.

»Ganz nett«, sagte Kolfinna und konnte ein Lächeln nicht unterdrücken, »beim Rechtsanwalt ist alles sehr gepflegt, er hat bestimmt Geld wie Heu! Der andere, na ja, der hat einen Haufen Bücher. Und was strickt ihr da Schönes?«

Sie erklärten, an einer Decke zu stricken, die sie nach Polen schicken wollten. Zuerst stellten sie eine Unzahl kleiner Flicken in verschiedenen Mustern her, die Margéts Tochter später zu einer Decke zusammennähen würde. Jedes Jahr zu Weihnachten schickten sie dann solche Decken ins Ausland, denn in Polen sei es bitterkalt im Winter, und jetzt begannen sie gerade mit den Decken, die sie im nächsten Jahr schicken wollten.

»So machen wir das«, sagten sie und klapperten mit ihren Stricknadeln.

Aber das Verhör war noch nicht beendet. Sie wollten noch wissen, ob die Leute, bei denen sie putzte, große Familien hatten. Als sie hörten, dass sie alle allein lebten, fielen sie aus allen Wolken.

»Wie kann es nur sein, dass junge Leute im besten Alter nicht verheiratet sind? Was ist eigentlich in diesem Land los? Aber so ist es wohl heutzutage. Weißt du ganz sicher, dass sie mit niemandem zusammenleben?«

Kolfinna war sich ziemlich sicher und stand auf, da sie mittlerweile fand, dass die Neugierde der alten Damen ein bisschen zu weit ging. Sie hoffte nur, dass sie selbst im Alter nicht so werden würde.

Während sie die Küche einer Extrabehandlung unterzog, worum Listalín sie ausdrücklich gebeten hatte, wunderten sich die drei immer noch über die Zustände, die in der Gesellschaft herrschten. Sie hielten es für unnatürlich, dass junge Menschen mit heißem Blut in den Adern überall in der Stadt mutterseelenallein in ihren Wohnungen lebten.

»Was soll aus den Familien werden, wenn das so weitergeht?«, fragten sie einander. »Wenn wir alten Schachteln irgendwo allein herumhocken, ist das etwas anderes, wir sind ja eh so gut wie unter der Erde.«

Kolfinna sprühte ein Spezialreinigungsmittel in den Backofen und ließ es entsprechend der Bedienungsanleitung auf der Dose einige Minuten einwirken. Während sie auf den Schaum starrte, dankte sie dem Himmel dafür, dass sie nicht erwähnt hatte, wie allein stehend der Forscher war, er hatte noch nicht einmal Verwandte, geschweige denn eine Mutter. Sie wären sicherlich sofort zu ihm gestürmt und hätten ihn in ihre polnischen Wolldecken gewickelt. Aber sie ärgerte sich auch ein bisschen, Listalín nicht allein angetroffen zu haben, sie hatte doch so viel über ihr schönes Leben in Erfahrung bringen wollen, und die neuen Erkenntnisse über Abendkleider und exklusive Tanzvergnügen machten sie nur noch neugieriger. Darum also hatte ihr Leben gekreist: Frauen, Hausangestellte und lange Kleider, und jetzt saß sie mit einem Glas Likör in der Hand vor einem Adventskranz, hielt ein Pläuschchen mit ihren Freundinnen und brauchte sich wegen nichts Sorgen zu machen. Fast beneidete Kolfinna sie um ihr Alter und ihre Muße.

Überall in der Stadt tauchten Adventskränze in den Wohnzimmern auf, nur bei Kolfinna zu Hause hatte es so etwas nie gegeben.

»Wozu?«, fragte ihre Mutter, als Kolfinna nebenbei fallen ließ, was für eine schöne Vorweihnachtsstimmung Adventskränze doch verbreiteten. »Ich weiß etwas Besseres mit meinem Geld anzufangen«, fügte sie dann hinzu, aber Kolfinna fragte sich, was das wohl sein könnte, denn in diesem Haus wurde abgesehen von simpelsten Nahrungsmitteln nie etwas gekauft.

Andere wussten vor Weihnachten offenbar alles Mögliche mit ihrem Geld anzufangen, die Sängerin beispielsweise wollte einen Weihnachtsempfang geben.

Sigurdís kam nach Hause, als Kolfinna gerade mit den Oberschränken in der Küche fertig war und sich die Unterschränke vornehmen wollte. Nachdem sie noch einmal ausführlich das neue Erscheinungsbild der Haushaltshilfe bewundert hatte, das sie maßgeblich mitgestaltet hatte, fragte sie Kolfinna, ob sie sich vor Weihnachten nicht noch etwas Geld dazuverdienen wolle, indem sie bei ihrem Fest aufwartete, jener Weihnachtsfeier, zu der sie alljährlich einlud. Aus Kolfinnas Sicht sprach nichts dagegen.

Aber als sie an den bevorstehenden Abend dachte, gingen die Nerven so mit ihr durch, dass sie unter den Armen zu schwitzen begann und feuchte Hände bekam, während sie sich in Schale warf. Das Make-up musste sie zweimal neu auflegen, bevor sie mit dem Ergebnis zufrieden war, und bevor sie sich für eine Garderobe entscheiden konnte, riss sie jedes einzelne Kleidungsstück aus dem Schrank und probierte es an. Am Ende stand sie hübsch zurechtgemacht in einem schwarzen Rock und weißer Bluse da wie eine Kellnerin in einem Restaurant. Sie wusste selbst nicht so recht, wovor sie Angst hatte, denn an und für sich war ihre Aufgabe weder kompliziert noch besonders bedeutsam. Wahrscheinlich hing ihre Aufregung damit zusammen, dass sie den Blicken aller ausgesetzt sein würde. Ohne Zweifel würde dort die ganze Künstlermafia zusammenkommen, wie Mathilda es einmal ausgedrückt hatte, und sie wollte nicht zum Gespött der Leute werden, weil sie nicht gut genug aussah.

Bevor sie aufbrach, rief sie sich noch einmal ihr Image ins Gedächtnis: Sie war der sportliche Typ, der viel draußen in Wind und Wetter unterwegs war. So einfach war das.

Mit roten Wangen und ein bisschen außer Atem, als käme sie gerade von einem langen Gang im Wald von Öskjuhlid, traf sie zur verabredeten Zeit bei der Opernsängerin ein. Der Rosenduft war noch nie durchdringender gewesen und das Dornröschen selbst trug ein rotes Kleid und eilte gestikulierend und mit wehenden Röcken durch die Wohnung. In einer Ecke des Wohnzimmers leuchtete der geschmückte Weihnachtsbaum, auf dem Klavier thronte ein gewaltiger dreiarmiger Leuchter, der Esstisch prangte in Rot und Gold und überall flackerten Kerzen auf kleinen Tischen. Kolfinna war von all dieser Pracht etwas abgelenkt, aber die Anweisungen waren klar und deutlich, zuerst sollte sie den Aperitif hereinbringen, dann am Tisch servieren, das Essen auftragen, Wein einschenken, die Teller abtragen, und zwar von rechts, danach Kaffee und Likör ins Wohnzimmer bringen und schließlich die Rolle des Barkeepers übernehmen und Getränke ausschenken, so lange die Gäste dies wünschten. Die Haushaltshilfe holte einmal tief Luft und schluckte schwer, als sie diese Aufträge entgegennahm.

Der Koch war bereits mit dem Essen zur Stelle, saß seelenruhig in der Küche, rauchte und las Zeitung wie jemand, der alle Fäden in der Hand hält und alles im Griff hat. Auf dem Küchentisch und im Backofen standen die Früchte seiner Arbeit, Carpaccio vom Lamm, Lachspaté, Rentierbraten und Johannisbeereis. Wie zufällig schweiften die Gedanken Kolfinnas zu den Essensresten aus der Kantine ab.

»Islandsk julebord«, erklärte Sigurdís mit übertrieben dänischer Aussprache, als hätte sie eine heiße Kartoffel im Mund oder stelle sich das vor. Kolfinna war sich nicht sicher, ob der Koch auch »islandsk« war, und begnügte sich mit einem kurzen Kopfnicken in seine Richtung, da sie vor lauter Nervosität sowieso kein Wort herausbrachte.

Nun strömte die Kultur ins Haus und die Lichter begannen zu glänzen. Die Mafia war weiblich. Sieben aufgetakelte Frauen, selbstsicher, aufreizend und strahlend vor Lebensfreude. Die meisten von ihnen waren sowohl aus Zeitungen wie auch aus dem Fernsehen bekannt.

Das erste Tablett mit Aperitifs zitterte in Kolfinnas Händen, aber schon bei der nächsten Runde fühlte Kolfinna sich viel sicherer, da sich das Lampenfieber langsam legte. Beim Servieren versuchte sie sich wie die Kellner in den Filmen zu verhalten, keine Miene zu verziehen, sorgfältig, geschickt und unauffällig zu sein, aber jedes Mal, wenn sie in die Küche zurücksauste, befielen sie Zweifel, was die Sorgfalt anbetraf, da sie sich kaum erinnern konnte, ob sie die Teller von links oder rechts abgeräumt hatte, ob sie zu viel oder zu wenig in die Gläser gegossen oder ob sie sie vielleicht gar nicht nachgefüllt hatte.

In der Küche fiel kaum ein Wort, der Koch war in düsterer Stimmung, gab der Haushaltshilfe kurze Anweisungen und erweckte nicht gerade den Eindruck, dass er sich für die Gastronomie oder das Kochen überhaupt begeisterte. Erst als die Gesellschaft nach ihm rief und seine geniale Kochkunst bewunderte, breitete sich ein Lächeln auf seinem Gesicht aus und die Stimmung in der Küche hob sich. Sie begannen eine Unterhaltung über Spielfilme, die sie beide gesehen hatten. Und als Kolfinna die Dessertschalen abräumte, von rechts, wie es vorgeschrieben war, wurde es richtig lustig in der Küche, denn in diesem Augenblick fragte eine der Künstlerinnen, wer die junge Dame sei, und als Sigurdís erklärte, es handele sich um ihre Haushaltshilfe, sagte jemand: »Die ist ja süß.«

Kolfinnas Selbstsicherheit wuchs.

Als der Koch gegangen war und sie den Gästen Kaffee und Likör brachte, gab sie sich leichtfüßig und unbefangen, wie Leute eben sind, die viel wandern, sie erwiderte jedes Lächeln, antwortete, wenn sie gefragt wurde, und hoffte, dass sie den Eindruck einer sportlichen Frau hinterließ, die sich mit Hausarbeit etwas Geld dazuverdiente. In der Küche fühlte sie sich wie im siebenten Himmel, obwohl es dem Koch gelungen war, sie völlig auf den Kopf zu stellen, bevor er ging, und ihre Laune steigerte sich noch, wenn Lachsalven und laute Gesprächsfetzen aus dem Wohnzimmer zu ihr drangen und manchmal ein Satz, der an sie gerichtet war: »Hast du noch etwas Kaffee, meine Liebe?« Und ob sie hatte, sie wich der Kaffeemaschine kaum von der Seite, aber irgendwann wollte niemand mehr Kaffee oder Likör. Da übernahm sie die Rolle des Barkeepers, mixte Cocktails nach Wunsch, so fix war sie bei der Sache, dass die Flaschen in der Küche durch die Luft sausten. Hier war sie in ihrem Element, schließlich hatte sie in ihrem Leben schon so manche Party mitgemacht.

Diese Feier unterschied sich allerdings etwas von den Partys, die sie gewohnt war, und als sie dort in der Tür stand und die Abendgesellschaft betrachtete, kamen ihr Mathildas Worte in den Sinn, es mache solchen Spaß, bei so etwas dabei zu sein. Und jetzt war sie bei so etwas dabei und konnte miterleben, wie die Damen aus der Kulturszene sich amüsierten. Selbige gerieten jetzt in schöpferische Stimmung, eine nach der anderen gab ihr Talent zum Besten, was Kolfinna so gefangen nahm, dass sie einen Hocker in die Küchentür stellte, sich mit verschränkten Armen hinsetzte und die Darbietungen andächtig verfolgte.

Alle stellten ihr Können und ihre künstlerischen Fähigkeiten unter Beweis, jede auf ihre Weise, und am Ende mussten die anderen raten, welches Werk hier vorgetragen worden war und von wem es stammte.

Was für ein Weihnachtsempfang! Was für ein Leben diese talentierten Frauen führten, ein solches Leben konnte sie sich auch gut vorstellen. Das hier war wirklich das schöne Leben. Es hielt sie kaum noch auf ihrem Hocker, ein Glücksgefühl durchströmte sie, denn jetzt war ihr endlich klar, was sie wollte. Doch dann fiel ihr wieder ein, dass sie weder singen, dichten, schauspielern noch malen konnte. Das Entsetzen über diese Erkenntnis lähmte sie so, dass sie am Hocker festzukleben schien und kaum aufstehen konnte, als man nach ihr rief.

Das Fest kam jetzt richtig in Fahrt, die begabten Frauen wurden durstig. Sie flitzte mit Cocktails zwischen Küche und Wohnzimmer hin und her und musste sich jetzt völlig auf die Arbeit konzentrieren, denn zwischendurch wechselten die Frauen die Plätze, einige kamen in die Küche, und Kolfinna hatte nicht mehr parat, wer was trank.

Sie tanzten, meist zu zweit, redeten laut, lachten, und einige waren bereits so weit, sich gegenseitig ihr Herz auszuschütten und in Tränen auszubrechen. Zuweilen traten sie dicht an sie heran, während sie vor der Spüle stand. Sie waren sehr nett zu ihr und fragten sie, ob sie eine große Familie habe und ob sie schon lange putzte. Aber als sie erklärte, dass sie die Arbeit nur aushilfsweise übernommen habe, schienen sie das Interesse zu verlieren und wendeten sich jemand anderem zu. Kolfinna war etwas verblüfft, sie hatte nicht damit gerechnet, dass solch hoch talentierte Frauen auch unhöflich sein konnten.

Als die Nacht weit fortgeschritten war, verschwanden diese geistsprühenden Frauen endlich und machten sich auf den Weg zu sich nach Hause, zumindest nahm die Haushaltshilfe das an. Die Opernsängerin blieb völlig erschöpft auf dem Sofa zurück, sie hatte schon vor geraumer Zeit die Schuhe ausgezogen. Kolfinna ging langsam mit dem Geschirrtuch in der Hand zu ihr hinüber, denn zuerst glaubte sie, dass die Sängerin schlief, aber als sie sah, dass Sigurdís ein Auge öffnete, erklärte sie, dass sie alles aufgeräumt habe, ob jetzt nicht alles erledigt sei?

Sigurdís gab ihr keine Antwort, und da fiel Kolfinna ihre traurige Miene auf, ihre Augen glänzten feucht und die Lippen bildeten einen schmalen Strich. Dann griff sich die Sängerin plötzlich an den Hals, starrte ins Wohnzimmer und sagte mit erstickter Stimme: *»Und wohnt kein Mitleid droben in den Wolken, das in die Tiefen meines Jammers schaut?«*

»Aber das war doch eine tolle Party«, erwiderte Kolfinna und war völlig erstaunt, dass die Sängerin damit nicht zufrieden zu sein schien.

»Das weiß ich ja, das weiß ich«, schluchzte Sigurdís, »aber hier sitze ich, und wo ist Romeo?«

Die Haushaltshilfe begriff, dass Sigurdís in italienischen Gefilden schwebte. Und da sie wie alle Frauen wusste, wie schmerzlich es ist, wenn sich das Herz an einem anderen Ort befindet als man selber, holte sie eine hochprozentige Stärkung für die Unglückliche und sagte, sie habe gehört, es täte verdammt gut, das einfach hinunterzustürzen.

Sigurdís kippte das Glas so schnell hinunter, dass ihr fast die Luft wegblieb und sie weiß um die Augen wurde. Dann setzte sie das Glas ab und stöhnte: *»Ich bin ermattet, lasst ein Weilchen mich!«*

»Hat Julia das auch gesagt?«, fragte Kolfinna freundlich.

»Nein, ihre Amme«, hickste Sigurdís und stand kurz davor, wieder in Tränen auszubrechen. Kolfinna wurde klar, dass sie die Sängerin so nicht zurücklassen konnte, und fragte sie, ob sie nicht noch etwas essen oder trinken wolle, vielleicht einen Kaffee?

»Nein danke. Hol einfach die verdammte Flasche, die machen wir alle.«

Kolfinna hatte eigentlich nicht vorgehabt, mitten in der Nacht ein Besäufnis anzufangen, aber da es für sie ein völlig neues Erlebnis war, sich mit einer berühmten Sängerin zu betrinken und sie sich sicher war, dass Mathilda nie so weit gekommen war, ließ sie sich überreden.

Sie betranken sich dennoch nicht hemmungslos, das wäre auch kaum möglich gewesen, da sie beide zu sehr damit beschäftigt waren, sich gegenseitig ihr Herz auszuschütten, hauptsächlich Sigurdís, die ihre Gefühle nicht weniger durch Gestikulieren als durch heftiges Mienenspiel ausdrückte. Sigurdís sah Kolfinna tief in die Augen und gestand ihr, nicht nur einmal von ihrer großen Liebe verlassen worden zu sein, sondern zweimal, danke schön. Unter anderem beschrieb sie den Schmerz, der damit verbunden war, morgens nicht über die nackte Brust eines Mannes streicheln zu können, wenn man sich erst einmal an diesen Genuss gewöhnt hatte. Kolfinna, der diese Qualen nicht unbekannt waren, dachte an die Atemzüge am Morgen und vernahm mit Dankbarkeit, dass andere Frauen dasselbe durchmachten wie sie. Alles, was sie vorher nicht verstanden hatte, war ihr jetzt völlig klar.

Sie trösteten sich gegenseitig und die Sängerin stöhnte: »*... die Seligkeit verkünden, die wir bei dieser trauten Näh' im anderen finden!*«

Der Satz stammte aus diesen Dramen, das war Kolfinna inzwischen klar, und sie bewunderte Sigurdís dafür, dass sie so viele Lieder und Theaterstücke auswendig konnte, dass sie so herrlich sang und so schön war, und das sagte sie ihr auch.

Sigurdís setzte sich plötzlich auf.

»Bitter habe ich dafür bezahlen müssen, dass andere mich darum beneiden, dass ich mich aus der Masse hervorhebe. Als Künstlerin habe ich viele Qualen durchleben müssen.«

»Aber hast du denn kein schönes Leben?«, fragte die Haushaltshilfe mit sanfter Stimme und starrte die Göttin an.

»Schön?«

Die Sängerin war wie vom Donner gerührt.

»Schön? Darüber habe ich noch nie nachgedacht. Wie sieht denn ein schönes Leben aus, bitte schön? Frage ich mich.«

»Das weiß ich auch nicht«, erwiderte Kolfinna, »ich dachte, du wüsstest es vielleicht.«

»Natürlich weiß ich das. Nein, ich weiß es nicht. Ja, wenn ich das Publikum klatschen höre, die Begeisterung im Saal spüre, wenn ich mich im Licht der Scheinwerfer bade, dann finde ich das Leben schön. Ich spüre diese Schönheit, wenn ich diesen Ton treffe, der nicht von dieser Welt ist, wenn ich auf dem Gipfel des künstlerischen Schaffens stehe. Dann ist das Leben schön.«

»Hat denn Liebe und all das nichts mit einem schönen Leben zu tun?«

»Das Wichtigste ist es, sich selber zu lieben.«

»Warst du jemals verheiratet?«

»Ich habe es versucht, meine liebe Kolfinna, ich habe es versucht, aber als Künstlerin muss ich alles opfern. Ich kann nicht mehrere Rollen gleichzeitig spielen, wie es die meisten Frauen müssen, die sich an Männer binden, mich um die Kunst kümmern, mich um den Ehemann kümmern, mich um die Kinder kümmern, ums Haus, die Familie, Partys, Sommerferien, Reisen, mich für alle um alles kümmern, an alle Bedürfnisse denken. Liebe ist ein Wort, das die Männer erfunden haben, um es bequem zu haben. Ich weise die Liebe zurück, aber ich genieße es, Liebhaber zu haben. Mein Gott, allein der Gedanke daran bringt mich in Wallung.«

Sie sprang auf, rannte durchs Zimmer und fuchtelte mit den Armen. Schließlich setzte sie sich ans Klavier und flüsterte: »Hör zu, jetzt hörst du die Klänge, die ertönten, als meine Liebe noch ein sonnendurchstrahlter Tag war. Chopin, Nocturne, Opus neun.«

Unter normalen Umständen hätte sich Kolfinna solche Musik nicht angehört, aber in diesem Zimmer und in dieser Nacht war nichts normal. Der Weihnachtsbaum schien lebendig zu werden und lachte, die Kerzen lächelten verschmitzt, als wachten sie über einem Geheimnis, und die Klänge rührten etwas in ihr an, das sie nie zuvor in ihrem Herzen bemerkt hatte. Eine bislang ungekannte Sehnsucht übermannte sie. Sie schaute wie gebannt auf diese Frau im roten Kleid, deren Busen auf und nieder wogte, als wolle ihr Innerstes hervorbrechen.

Dann endete der Zauber des Augenblicks abrupt, als Sigurdís mit sämtlichen Fingern gleichzeitig mit Verve auf die Tasten haute und in Tränen ausbrach. Kolfinna saß völlig erstarrt da, auf einen derartigen Ausbruch war sie nicht vorbereitet gewesen. Mit ängstlicher Miene näherte sie sich der Sängerin, da sie nicht so recht wusste, wie sie mit dieser Situation umgehen sollte; schließlich legte sie ihr einfach die Hände auf die Schultern und sagte, dass schon alles wieder ins Lot kommen würde.

»In zwei Tagen ist Weihnachten und ich bin allein«, schluchzte Sigurdís. »Letztes Jahr um diese Zeit war ich mit meinem Geliebten in Österreich.«

Kolfinna hatte nicht die geringste Ahnung, was sie zu Künstlerinnen sagen sollte, die ihren Geliebten verloren hatten, und strich ihr deshalb einfach tröstend über die Schultern.

Da drehte Sigurdís sich um, griff mit beiden Händen nach Kolfinna, drückte sie neben sich auf den Klavierhocker, sodass ihre Gesichter sich einander zuwandten, und umklammerte sie wie einen Schraubstock. Sie weinte immer noch. Kolfinna kamen von so viel Kummer selber die Tränen, und sie hielt es für das Beste, wenn Sigurdís sich richtig bei ihr ausweinte. Plötzlich spürte sie jedoch auf unangenehme Art und Weise die Brüste der Sängerin, die gegen ihren Körper drückten. Aber die Sängerin presste sich nur noch fester an sie, vergrub ihr tränennasses Gesicht an ihrem Hals und bebte am ganzen Körper. Endlich wurde sie ruhiger und ließ ihre Lippen über Kolfinnas Ohren gleiten, ihre Hände begannen Kolfinnas Kopf und Taille zu liebkosen, dann näherten sie sich plötzlich ihren Brüsten.

Kolfinna wurde es heiß und kalt. Vor ihren Augen drehte sich alles, sie bekam kaum noch Luft, die Zunge klebte ihr am Gaumen, aber dann gelang es ihr irgendwie, in ihrer Bedrängnis auszurufen: »Du liebe Zeit, schon so spät, und Mama wartet zu Hause auf mich!«

Sie sprang auf, drehte sich ein paar Mal im Kreis und schnappte nach Luft wie eine Ertrinkende. Sigurdís saß zusammengesunken auf ihrem Hocker und starrte auf die Klaviertasten.

So saß sie immer noch da, als Kolfinna das Haus verließ.

Ihre Mutter wartete auf sie.

Das Licht vom Flur erleuchtete die Treppe bis zur Hälfte, und dort stand sie in Unterrock und Strickjacke, die sie über der Brust zusammenzog, als stünde sie draußen in einem Schneetreiben.

»Ab mit dir zur Entbindungsstation«, befahl sie.

Kolfinna brachte kein Wort heraus und starrte nur auf den Unterrock.

»Mathilda hat den ganzen Abend versucht, dich zu erreichen, niemand wusste, wo du warst, wie soll ich auch wissen, wo du steckst, wenn du mir nie sagst, wo du hingehst, deshalb musste die Arme sich mitten in der Nacht mit schlimmen Wehen ein Taxi nehmen und die

Kinder hier abgeben, bevor sie zum Krankenhaus fahren konnte, um das Kind zu bekommen.«

Sie machte eine Pause, um Luft zu holen, hatte dann aber nichts mehr zu sagen und sah Kolfinna strafend an.

»Und wo sind die Kinder?«, wagte Kolfinna zu fragen, als sie begriff, dass die Predigt vorbei war.

»Natürlich oben in deinem Bett, wo sollten sie wohl sonst sein? Jetzt mach dich schleunigst auf den Weg ins Krankenhaus, die Ärmste bringt dort mutterseelenallein ihr Kind zur Welt.«

Kolfinna dachte bei sich, dass genau betrachtet wohl alle Frauen ihre Kinder allein zur Welt brachten und zudem eine Heerschar von Ärzten und Schwestern um sich hatten, aber das sagte sie in diesem Moment lieber nicht laut, sie hätte sowieso kein Gehör gefunden. Die Müdigkeit drohte sie zu überwältigen, sie konnte sich kaum noch auf den Beinen halten und musste sich am Türrahmen festhalten. Und jetzt sollte sie noch zur Entbindungsstation fahren, nur weil Mathilda ihr Kind ausgerechnet jetzt zur Welt bringen musste. Und dabei hatte sie doch auf dem ganzen Weg nach Hause nichts anderes im Kopf gehabt als ihr Bett.

»Konnte sie nicht ihre Mutter holen?«, flüsterte sie, denn zu mehr reichte ihre Kraft nicht, aber da fauchte es ihr von der Treppe entgegen: »Du weißt ganz genau, dass ihre Mutter Alkoholikerin ist und zu nichts zu gebrauchen, und sieh endlich zu, dass du wegkommst.«

Kolfinna musste wohl oder übel wieder in die kalte Nacht hinaus.

Die wachhabende Hebamme schien sich zu freuen, dass sie kam, obwohl sie in diesem Augenblick nicht besonders Vertrauen erweckend aussah und keinen besonders angenehmen Geruch verbreitete. Die Hebamme erklärte, dass die Geburt nicht so gut verlaufen sei, das kleine Bürschchen sei sicherheitshalber in den Brutkasten gekommen, müsse dort aber bestimmt nicht lange bleiben, die Mutter hingegen sei bei guter Gesundheit, seelisch allerdings ein wenig aus dem Gleichgewicht, und deshalb sei es gut, dass jemand zu Besuch käme.

Dann führte die Hebamme sie in ein Vierbettzimmer, wo Mathilda alleine lag, weil die anderen hochschwangeren Frauen der Stadt es vorgezogen hatten, ihr Kind an einem anderen Tag zur Welt zu bringen als am 23. Dezember. Dort lag die Mutter wach im Bett; auch beim dritten Kind hatte sie nach der unumstößlichen Regel gehandelt, alle drei Jahre ein neues Kind in die Welt zu setzen und für die Zeugung jedes Mal frisches Blut väterlicherseits zu wählen.

»Liebe Mathilda, deine Freundin ist da«, sagte die Hebamme strahlend und freute sich offenbar mehr als Mathilda über Kolfinnas Ankunft.

Mathilda sah auf und blickte ihre Freundin schlecht gelaunt an: »Dschiises Kraist, was hast du denn mit deinen Haaren gemacht?«

Die Hebamme zog sich zurück.

Kolfinna war zu müde, um zu antworten. Sie hielt sich an die üblichen Gebote der Höflichkeit, beugte sich über ihre Freundin, gab ihr einen Kuss auf die Wange und beglückwünschte sie herzlich zu ihrem Kind. Mathilda zog kurz die Nase hoch, vergrub sich bis zum Kinn unter der Bettdecke und blinzelte heftig, um nicht in Tränen auszubrechen. Kolfinna stieß sie an, strich ihr das Haar aus der Stirn und sagte tröstend, dass mit dem Kleinen schon alles ins Lot kommen würde, das habe die Hebamme gesagt, die Ärzte würden einfach kein Risiko in Kauf nehmen und am liebsten alle Kinder erst mal in den Brutkasten legen, er solle nur ganz kurz dort bleiben, um sich etwas zu erholen, habe man ihr gesagt.

Mathilda konnte die Tränen nicht länger zurückhalten, sie strömten ihr übers Gesicht und ihre Schultern begannen zu zucken. Als Kolfinna sie in den Arm nahm, begann sie hemmungslos zu weinen.

»Ich weine ja gar nicht wegen des Kleinen«, heulte Mathilda, »ich weiß, dass mit ihm alles in Ordnung kommt. Ich bin bloß immer so schrecklich allein, niemand steht mir bei all dem zur Seite, ich bin allen total egal.«

»Ich bin doch hier«, sang Kolfinna ihr ins Ohr.

»Ja okay, und wo sind die anderen, Alma und Elva, ich habe sie beide angerufen, als du nicht aufzufinden warst. So ist das immer, wenn man Hilfe braucht, genau dann sind die meisten unauffindbar. Und wo bist du eigentlich gewesen, bist du dich einfach amüsieren gegangen? Es ist entsetzlich, alles immer allein durchstehen zu müssen, und diesmal war die Geburt einfach schrecklich, kaum war ich im Krankenhaus, da ging schon das Fruchtwasser ab, es schoss nur so heraus, die Hebamme ist dabei ganz nass geworden und musste sich umziehen, und als der Kleine dann kam, hat er zuerst gar nicht geatmet, die ganze Mannschaft hat versucht, ihn zu beatmen, und er ist auch viel schwächer als die anderen Kinder damals, und dann kam die dritte verdammte Wehe mit der Nachgeburt, ich kann nicht mehr, das sage ich dir.«

Kolfinna redete beruhigend auf sie ein und machte sich Vorwürfe, dass sie sich nicht mehr um ihre Freundin gekümmert hatte, sie war davon ausgegangen, dass das schon alle anderen tun würden. Dann erzählte sie ihr von der Feier bei der Sängerin, bei der sie serviert hatte, ohne jedoch in die Details zu gehen.

»Ich wusste, dass du dich nicht herumtreibst, du bist so zuverlässig, aber warum stinkst du dann so?«

»Sie wollte unbedingt Whisky mit mir trinken«, sagte Kolfinna beschämt und blickte dann mit großen Augen auf ihre Freundin, als sei dort die Erklärung für das Verhalten der Sängerin zu finden.

Die glanzvolle Welt der Auserwählten, zu der die beiden Freundinnen Zugang gehabt hatten, zumindest durch die Hintertür, wurde nun in einer schwierigen Stunde zum Gesprächsthema, und die Unterhaltung über das Fest brachte die beiden wieder ins Gleichgewicht. Währenddessen wusch Kolfinna der frisch gebackenen Mutter das Gesicht, kämmte sie, machte sie hübsch und konnte ganz ruhig mit ihr über das bevorstehende Weihnachtsfest und die Kinder sprechen, die zu Hause warteten. Mathilda erklärte, alles vorbereitet zu haben, Weihnachtskleidung wie Weihnachtsgeschenke, und hielt einen langen Vortrag über die Bedürfnisse der Kinder, wann sie schlafen gingen, was sie am liebsten aßen und was man am besten mit ihnen machen sollte. Kolfinna durchfuhr ein leichter Schauer, als sie begriff, was sie erwartete.

Als Kolfinna sich verabschiedete, wirkte Mathilda deutlich munterer, sie gab zu, dass die neue Frisur und Haarfarbe gar nicht so schlecht seien und sagte, dass sie sich gut vorstellen könne, jetzt ein wenig zu schlafen. Kolfinna hingegen war völlig am Ende, ihre

Arme und Beine fühlten sich an wie betäubt, am meisten jedoch Kopf und Geist. Trotzdem erklärte sie, den Kleinen noch sehen zu wollen, bevor sie nach Hause ging, und täuschte ein Interesse an Neugeborenen vor, das ihr in diesem Moment völlig abging. Sie fand es ein bisschen merkwürdig, urplötzlich Mathildas nächste Angehörige geworden zu sein, aber aus genau diesem Grund durfte sie einen Blick auf den Neugeborenen im Brutkasten werfen. Sie betrachtete lange dieses kleine Wesen, das niemand besonders herbeigewünscht hatte, und bewunderte seine aufgeplusterten Bäckchen und seine winzigen Finger. Er runzelte die Stirn, als ob ihm die Welt, die auf ihn wartete, gar nicht gefiele, und er ballte die Fäuste vor dem Körper wie ein Boxer in der Defensive. Kolfinna spürte auf einmal das unwiderstehliche Verlangen, seinen Hals und Kopf zu beschnuppern.

Ein schwacher Geruch nach frisch gebackenem Brot kitzelte ihre Nase, als sie am frühen Morgen nach Hause ging, der Bäcker hatte bereits mit seiner Arbeit begonnen, obwohl draußen und in Kolfinnas Seele immer noch Nacht herrschte. In ihrem Bett, nach dem sie sich seit Stunden sehnte, lagen die beiden Kleinen, die im Moment niemanden außer ihr hatten. Mit Schrecken sah sie im Dunkeln auf die kleinen Köpfe hinunter und fragte sich, wie die Mutter wohl für die Kinder sorgen wollte. Dann schlich sie wieder die Treppe hinunter und versuchte, nicht mehr über Mathildas Zukunft oder die weiteren Aussichten ihres eigenen armseligen Lebens nachzudenken. Sie warf sich in voller Montur aufs Wohnzimmersofa und zog sich eine Wolldecke bis über den Kopf.

Außer ihr waren im Haus ihrer Mutter zu Weihnachten nie Kinder gewesen, daran konnten weder sie noch andere sich erinnern. Deswegen musste sie an Heiligabend unwillkürlich immer wieder die beiden Kinder anstarren, die das Weihnachtsessen in sich hineinstopften und so gierig den weihnachtlichen Malzmix hinunterstürzten, dass sie sich andauernd daran verschluckten. Sie umklammerten die Gabeln mit ihren kleinen Fingern, kauten schnell und hastig und sahen mit verwunderten Augen abwechselnd auf die Kerzen und die beiden Frauen ihnen gegenüber. Kolfinnas Mutter strahlte, und sie selbst fühlte sich in ihre Kindheit zurückversetzt, als jeder Tag eine neue Überraschung brachte. Heute konnte sie kaum noch etwas überraschen, höchstens das Verhalten ihrer Mutter, seit die Kinder ins Haus gekommen waren. Diese Frau, die sich für nichts anderes zu interessieren schien, als die Lebenshaltungskosten möglichst niedrig zu halten und Greisinnen in Altenheimen hinterherzulaufen, hatte sich in den letzten vierundzwanzig Stunden selbst übertroffen. Am Morgen des 23. Dezembers wurde Kolfinna vom Sofa gerissen und mit Nachdruck daran erinnert, dass jetzt Kinder im Haus seien, falls ihr das entgangen sein sollte, und von diesem Augenblick an trieb sie sie bis um Mitternacht desselben Tages unerbittlich vorwärts.

Ihre Mutter war wirklich in Fahrt.

»Ich habe sie schon angezogen, ihnen Grütze gekocht und sie nach draußen zum Spielen geschickt, jetzt muss ich zur Arbeit, und ich weiß noch nicht, wann ich zurückkomme, allerdings denke ich, dass der Koch uns gegen drei gehen lässt, schließlich ist morgen schon Heiligabend, aber du musst in der Zwischenzeit putzen und die Bettwäsche wechseln, und dann musst du ins Fischgeschäft und etwas Schellfisch kaufen, damit du etwas für die Kinder zum Mittagessen hast, gib ihnen ein bisschen Tomatenketchup dazu, und danach musst du die Kinder hübsch anziehen und mit ihnen ins Krankenhaus gehen, bring ihr ein paar Blumen und etwas Malzbier mit, und wenn du dann wiederkommst, bin ich bestimmt wieder zu Hause, dann können wir mit ihnen in die Stadt gehen und ein paar Weihnachtsgeschenke für die beiden kaufen, das müssen wir unbedingt machen, wo sie doch an Heiligabend bei uns sind, und außerdem müssen die armen Kinder die Weihnachtsmänner in den Geschäften zu sehen kriegen, und wir müssen unbedingt ein Riesenkassler kaufen und geräuchertes Lamm, denn dieses Mal werden wir wohl kaum bei meiner Schwester zum Essen sein, und wir sollten ihr auch wohl etwas zur Geburt kaufen, und der Ärmsten das an Heiligabend bringen, und heute Abend müssen wir noch den Baum schmücken, dabei können die armen Kinder doch mitmachen. Wirst du jetzt wohl aufstehen?«

Alles war bis ins kleinste Detail geplant, nichts blieb dem Zufall überlassen.

»Ich schaff das nicht«, hatte Kolfinna geflüstert, war aber trotzdem aus dem Bett gekrochen, obwohl sie auf dem Zahnfleisch ging.

Ihre Mutter schwebte leicht wie eine Feder durchs Haus, redete und organisierte wie ein Gruppenführer beim Pfadfindertreffen, und von den täglichen Schmerzen im Darm, dem Ohrensausen und dem Rheuma in den Fingern war überhaupt keine Rede mehr gewesen. Und wenn Kolfinna schon die morgendliche Geschäftigkeit ihrer Mutter verblüfft hatte, war sie am Nachmittag fast sprachlos vor Verwunderung, als sie mit ihr und den Kindern einkaufen ging. Sie konnte sich nicht erinnern, ihre Mutter jemals so froh und munter erlebt zu haben, hatte sich aber nichts anmerken lassen und sich schnell den neuen Umständen angepasst. Ihre Mutter war wie eine richtige Oma an den Läden auf dem Laugavegur entlanggebummelt, hatte in Babysprache mit den beiden Kindern gesprochen, in verschiedene Schaufenster gedeutet und vorsichtig gefragt: »Möchtet ihr so was oder so was oder vielleicht so was?«

»Sooo was is bessa«, hatte die Kleine mit dem Daumen im Mund gesagt, und ihre Mutter hatte gelacht, als sei das unglaublich komisch, woraufhin Kolfinna in das Lachen einstimmte, weil es ihr so großen Spaß machte, ihre Mutter lachen zu hören. Lachend hatten sie dann zusammen das Geschäft betreten, um Geschenke einzukaufen und sich dabei abgewechselt, die Kinder in einer Ecke des Geschäfts abzulenken, damit sie nicht sahen, was für sie gekauft wurde, alles war so aufregend, und die Kinder hopsten herum. Je ausgelassener die Kinder wurden, desto fröhlicher wurde ihre Mutter, weil sie nun einen Grund hatte, sie ein bisschen in die Schranken zu weisen, und das tat sie hingebungsvoll und nachdrücklich, sodass alle hören und sehen konnten, wie verantwortungsvoll sie sich um die Kinder kümmerte. Unterdessen unterhielt sie sich mit dem Personal und redete alle im Geschäft mit »meine Lieben« an.

Mit Paketen beladen hatten sie sich dann auf den Heimweg gemacht, wobei ihre Mutter ununterbrochen mit den beiden Kindern geredet hatte, die alles über die Weihnachtsmänner wissen wollten, die sie in den Geschäften gesehen hatten, wo auch die dreizehn isländischen Weihnachtsmänner mit von der Partie gewesen waren, und die Geschichten strömten nur so aus ihr heraus. Bei den meisten übertrieb sie zwar sehr, aber trotzdem war es interessant, ihr zuzuhören. Als sie nach Hause gekommen waren, ging sie zu Weihnachtsliedern über und sang und summte, während die Kinder in die Badewanne gesteckt und der Baum geschmückt wurde, und dabei war es hoch hergegangen, denn jedes Mal, wenn es im Lied hieß *»auf den Stuhl«*, waren alle auf einen Stuhl geklettert.

Heiligabend hatten sie zusammen mit den Kindern Mathilda auf der Neugeborenenstation besucht, ihr ein Geschenk und ein paar Süßigkeiten mitgebracht, was ihnen eine solche Dankbarkeit vonseiten Mathildas eingebracht hatte, dass ihre Mutter in Tränen ausbrach. Auf dem Weg nach Hause wischte sie sich immer wieder über die Augen, schnäuzte sich ungewöhnlich häufig und konnte sich gar nicht beruhigen, wie von Gott und aller Welt verlassen Mathilda doch dastand. Man stelle sich vor, eine so junge Frau, die ihr drittes Kind bekam, und keine Menschenseele nahm Anteil daran. Mit was für erbärmlichen Männern war sie zusammen gewesen, dass so etwas in diesem Land passieren konnte, wo die Familie immer eine solch große Rolle gespielt hatte, das war ganz und gar unbegreiflich. »Gar nicht auszudenken, wie es ausgegangen wäre, wenn das arme Mädchen sich nicht an uns hätte wenden können.«

Kolfinna hatte dem wenig Beachtung geschenkt und nur etwas vor sich hin gemurmelt, denn sie hatte wie immer den Eindruck, dass ihre Mutter sich um Gott und die Welt Sorgen machte, nur nicht um ihre eigene Tochter.

Als sie die Kinder beobachtete, wie sie das Weihnachtsessen in sich hineinmampften, und das strahlende Gesicht ihrer Mutter betrachtete, versuchte sie sich ins Gedächtnis zu rufen, ob sie auch so gestrahlt hatte, als Kolfinna noch ein Kind war. Sie konnte sich nicht daran erinnern, war sich aber nicht sicher.

Als es am Abend im Haus still wurde, setzten sie sich bei einer Tasse Kaffee und ein paar Plätzchen zusammen. Ihrer Mutter hatte der Tag offensichtlich gefallen, zufrieden schaute sie abwechselnd auf den Bischof bei seiner Weihnachtspredigt im Fernsehen und auf den künstlichen Weihnachtsbaum, der seit dreißig Jahren oder mehr seine Dienste tat. Ab und zu warf sie einen Blick aus dem Fenster, ob es wieder angefangen hatte zu schneien. Sie schien sich äußerst wohl zu fühlen und wieder einmal fragte Kolfinna sich, was aus den Schmerzen geworden war, die ihre Mutter vor Weihnachten so gequält hatten. Ihr selber ging es auch gut, sie fühlte sich sicher und verantwortungsbewusst, was Reaktionen in ihr auslöste, die sie vorher nicht gekannt hatte. Das war der erste Heiligabend, den sie mit ihrer Mutter zu Hause verbracht hatte, seit ihr Vater gestorben war. Sonst waren sie immer bei ihrer Tante zu Besuch gewesen, die es so schrecklich fand, dass die zwei allein zu Weihnachten sein sollten.

Aber jetzt waren die zwei allein, und es war überhaupt nicht schrecklich. Oben schliefen die Kinder, behütet von den beiden Frauen unten, das kleine Haus war eine sichere Festung. Die beiden Ebereschen standen draußen wie zwei Wachtposten. Sie schwiegen und spürten beide, was in der anderen vorging.

»Du liebe Zeit, wie glücklich die beiden heute und gestern waren, die armen Kinder«, sagte ihre Mutter mit gepresster Stimme, nippte an ihrem Kaffee und wartete auf Kolfinnas Reaktion. Die dachte jedoch nicht daran, ihre Mutter für ihren Anteil an der guten Tat zu loben, denn darauf zielte die Äußerung ihrer Meinung nach ab. Sie war im Moment mehr mit sich selbst beschäftigt und fragte unnatürlich laut: »Hatte ich als Kind eigentlich irgendein Talent?«

»Talent, was denn für ein Talent?«

»Habe ich etwas besonders gut gemacht als Kind?«

»Gut?«

»War ich gut in etwas?«

»Gut? Na, daran kann ich mich eigentlich nicht erinnern. Was meinst du, als du klein warst?«

»Ja, genau, als ich klein war.«

Ihre Mutter brach ihr Plätzchen durch und blickte intensiv auf den Bischof, sagte dann aber zum Fernseher: »Beim Lernen hast du dich nicht besonders hervorgetan, aber du warst wohl gut in Handarbeit, und du hattest eine sehr schöne Schrift.«

»Konnte ich gut singen, tanzen oder Theater spielen?«

»Ich glaube nicht, das habe ich zumindest nie bemerkt, aber das musst du ja selbst am besten wissen. Nun ja, du hast in der Schule ein bisschen Blockflöte gelernt, wenn ich mich recht erinnere.«

»Wo ist sie?«

»Wer?«

»Die Blockflöte.«

»Sie wird wohl irgendwo unten in der Abstellkammer sein«, gähnte ihre Mutter und deutete damit an, dass die Unterhaltung über Talente hiermit beendet war. Sie stand auf, und während sie ein paar Sachen vom Wohnzimmer in die Küche räumte, plante sie bereits den nächsten Tag mit den Kindern, wann sie aufstehen mussten, wann sie essen und ihre Mutter besuchen sollten, und es war nicht zu verkennen, wie sie in der neuen Aufgabe aufging. Mit keinem Wort erwähnte sie ihre Schmerzen und sie zog auch die Füße nicht mehr nach, als sie sich bettfertig machte.

Obwohl Kolfinna es hart fand, ihr Bett für die beiden Kleinen zu räumen und mit dem harten und ziemlich kurzen Sofa vorlieb zu nehmen, war es doch eine willkommene Abwechslung, dass sie jetzt bis tief in die Nacht Videos gucken konnte, wenn sie Lust dazu hatte.

Eines Nachts erwachte sie mit solcher Angst aus einem Albtraum, dass es nicht einmal genügte, Licht zu machen, um die Angst zu vertreiben. Sie hatte geträumt, in einem großen, dunklen Haus zu stehen, das der Opernsängerin gehörte, einem Haus mit viel zu vielen Betten. Die Sängerin selbst hatte dort angriffslustig gelauert und sie durch das ganze Haus gejagt.

Um ihre Nerven zu beruhigen, sah sie sich einen Film an, schaltete dabei aber den Ton ab, denn ihre Mutter hatte ein ausgezeichnetes Gehör, wenn sie etwas nicht hören sollte. Der Traum schien ihr die Folge ihrer augenblicklichen Lebensumstände zu sein, von diesen Betten hatte sie geträumt, weil ihr das eigene Bett fehlte und die Sängerin war ihr im Traum erschienen, weil sie sich so davor fürchtete, ihr noch einmal ins Gesicht sehen zu müssen. Aber obwohl sie ihren Traum so schnell und vernünftig ausgelegt hatte, war sie noch lange danach ganz erledigt, weil die Finsternis im Traum so unheimlich gewesen war.

Über dem Film schlief sie glücklicherweise wieder ein, denn unausgeschlafen fiel ihr das Putzen besonders schwer. Am nächsten Morgen ging sie mit schweren Schritten zur Opernsängerin, denn sie war die Einzige, zu der sie zwischen Weihnachten und Neujahr zum Putzen kommen sollte. Lieber wäre Kolfinna stattdessen zu allen anderen gegangen.

Unterwegs versuchte sie eine Entscheidung zu treffen, wie sie sich geben sollte: Sollte sie unbeschwert grüßen, als sei nichts vorgefallen, sollte sie deprimiert sein und die Sprache auf die Situation ihrer Freundin bringen, um Mitleid zu erwecken, oder sollte sie eiskalt und höflich sein – was war das angemessenste Verhalten solchen Frauen gegenüber? Und was für eine Frau war die Sängerin Sigurdís eigentlich? Woher stammte sie, wer waren ihre Eltern?

Als ihre Hand auf der Türklinke lag, und sie tief den Rosenduft einsog, der an diesem Tag ungewöhnlich schwach war, sagte sie sich noch einmal, dass nicht sie diejenige war, die sich schämen musste, schließlich hatte sie nur getan, was alle in ihrer Situation getan hätten, nämlich die in Tränen aufgelöste Sängerin zu trösten. Trotzdem hatte sie Angst, als sie den Schlüssel im Schloss herumdrehte.

Der Weihnachtsbaum lachte ihr nicht mehr entgegen, alle Lichter waren aus. Die gedrückte Stimmung ging auf sie über, trotzdem nahm sie sich zusammen, ging durch die Wohnung und bemerkte, dass die Schlafzimmertür geschlossen war. Sie beschloss, nicht auf sich aufmerksam zu machen und mucksmäuschenstill zu putzen, sodass Sigurdís in ihrem Zimmer bliebe.

In allen Leuchtern klebten Kerzenstummel, es schienen noch dieselben Kerzen zu sein, die bei der Weihnachtsfeier gebrannt hatten. Sämtliche Blumen ließen die Köpfe hängen und rund um die Töpfe lagen gelbe Blätter. Sie schabte Kerzenwachs von den Tischen, goss die Blumen, sammelte die Blätter auf, schlich mit Eimer und Lappen durch die Wohnung und hob alle Gegenstände vorsichtig an und setzte sie so leise wieder ab, dass kein Ton zu hören war. Aus dem Schlafzimmer drang immer noch kein Laut. Sie ging ins Bad und blickte ein wenig erschreckt auf die Unordnung dort, auf dem Boden lag dreckige Unterwäsche und auf allen Marmorablagen standen Toilettenartikel unordentlich herum, Parfümfläschchen, offene Döschen, Bürsten und Kämme. Sie sammelte die Unterwäsche auf, stellte das Parfüm und die Tiegel ordentlich nebeneinander, säuberte die Bürsten und Kämme und reinigte die Marmorablage und das Waschbecken. Sie traute sich kaum, das Wasser laufen zu lassen, und ließ es nur leise tröpfeln, weshalb sie eine halbe Ewigkeit warten musste, bis sie ihren Eimer mit Wasser gefüllt hatte, um den Fußboden in der Küche zu putzen. Damit sie keine roten Hände bekam, zog sie sich die Gummihandschuhe an, die unter der Spüle hingen, und ließ sich auf allen vieren nieder, um den eingetrockneten Film auf den Fliesen in den Ecken und entlang der Fußleisten wegzuschrubben.

In dieser Stellung lag sie auf den Knien, als jemand hinter ihr sagte: »Nächsten Dienstag brauchst du nicht zu kommen, da bin ich nicht in der Stadt, ich habe vor, meine Eltern zu besuchen. Du warst nicht in der Hallgrímskirche, um mich singen zu hören?«

Sie schreckte zusammen und hatte im gleichen Augenblick vergessen, was sie sich für eine angemessene Verhaltensweise überlegt hatte, begann zu stammeln und vergaß ihre wohl überlegten Worte: »Nein, also, die Mathilda hat ihr Kind bekommen, du weißt, die vor mir hier geputzt hat, und Mama und ich haben auf ihre anderen Kinder aufgepasst und konnten nicht weg.«

Sigurdís war im Bademantel, ungeschminkt mit wirrem Haar und geschwollenen Augen. Trotzdem lächelte sie: »Warum trägst du schon wieder Schwarz? Habe ich dir nicht gesagt, dass dir diese Farbe nicht steht?«

Kolfinna sah an sich hinunter und fand eigentlich, dass es Sigurdís nichts anging, in welcher Kleidung sie zur Arbeit erschien, aber da sie so nett gewesen war, ihr Styling zu verändern und sie sie in ein wenig mildere Stimmung versetzen wollte, wurde sie nicht pampig, sondern erwiderte, dass sie ihre neuen Sachen schonen wollte.

Trotz des Lächelns war Sigurdís an diesem Tag offensichtlich in keiner sonderlich guten Laune, denn sie schaute spöttisch auf sie herab und fragte, ob sie denn schon die Musik gehört und die Bücher gelesen habe, die sie ihr geliehen hatte.

Kolfinna wollte ungern zugeben, dass sie noch keinen einzigen Ton gehört hatte und auch erst auf der zweiten Seite war, und entschuldigte sich damit, dass sie wegen Mathilda und den Kindern sehr beschäftigt gewesen sei und sich um alles habe kümmern müssen, da ihre Mutter Vollzeit in der Kantine arbeitete. Darauf gab Sigurdís zurück: »Tja, wie du dich immer abstrampeln musst, da ist es ja kein Wunder, dass du und deinesgleichen keine Zeit für die Künste habt.« Mit diesen Worten ging sie in ihr Zimmer, zog die Tür hinter sich zu und ließ sich nicht mehr blicken, während die Haushaltshilfe ihre Arbeit tat.

Kolfinna dachte den ganzen Tag über diese Worte der Sängerin nach. Während sie Mathildas Kindern die Gummistiefel an- und wieder auszog, ihnen die Nase putzte oder ihnen die Schnuller in den Mund steckte, dachte sie über den Ausdruck »abstrampeln« nach und versuchte, hinter seine tiefere Bedeutung zu kommen, konnte aber beim besten Willen nicht finden, dass das auf sie und ihresgleichen zutraf, wobei es sich bei ihresgleichen dann wohl um ihre Mutter handeln musste. Sie hatten es doch nicht schlecht, auch wenn es ihnen manchmal an Geld fehlte. Trotzdem entschloss sie sich, die Sache mit ihrer Mutter zu besprechen, und dazu brauchte sie gar keinen weiteren Anlass mehr, denn genau in diesem Augenblick ereiferte sich ihre Mutter wegen der Wucherpreise für Käse über die Gesellschaft, da sie gerade Käse für die Kinder hatte kaufen wollen, damit sie etwas aufs Brot bekamen. Deshalb erschien Kolfinnas Frage wie eine natürliche Erwiderung auf die Auslassungen ihrer Mutter über die Käsepreise. »Findest du, dass wir uns abstrampeln, ich meine, so im Leben?«

Ihre Mutter antwortete wie aus der Pistole geschossen und sagte, dass sie noch nie solch schwierige Zeiten erlebt habe wie jetzt, und es gehe ja nicht nur ihr so, die Kolleginnen bei der Arbeit sprächen auch ständig darüber, eigentlich war alles besser gewesen, als noch die Inflation herrschte, jetzt drückten diese Schufte seit Jahren die Löhne und versuchten dann noch, den kleinen Leuten zu erzählen, wie gut sie es auf Island hätten, weil alle ständig im Ausland seien, aber das sei eine verdammte Lüge, ins Ausland fahren könnten nämlich nur die Unternehmer und Beamten, aber sie habe noch nie so wenig Geld zwischen den Fingern gehabt, sie könne einfach nicht begreifen, was in dieser Gesellschaft vor sich gehe, und niemand traue sich, etwas zu sagen, weil alle Angst hätten, ihre Arbeit zu verlieren, und so viel sei sicher, sie habe nicht die Mittel dazu, ins Ausland zu fahren, aber wenn sie noch einmal jung wäre, dann würde sie ins Ausland gehen und sich dort Arbeit suchen.

Dann hielt sie für einen Moment mit dem Geschirrklappern inne, sah starr vor sich hin und sagte: »Ich habe einfach Angst davor, wie es weitergehen soll. Aber eins kann ich dir sagen, früher sind wir manchmal ins Theater gegangen.«

Kolfinna sagte, sie habe das nur wissen wollen, weil die Sängerin, bei der sie putze, gesagt hätte, sie würden sich abstrampeln.

»Abstrampeln, wir? Du und ich? Wie kommt sie dazu, so etwas zu sagen? Was ist das für ein dummes Zeug? Schließlich habe ich ein Haus und eine anständige Arbeit. Meiner Meinung nach sollte diese Frau lieber mit ihrem verdammten Gejaule aufhören und mal anfangen zu arbeiten.«

Kolfinna musste wieder über diesen Ausdruck nachdenken, als sie bei Mathilda im Wohnzimmer stand, nachdem sie ihre Freundin aus dem Krankenhaus abgeholt und samt ihren Kindern nach Hause gebracht hatte, in einem Taxi, das sie selber bezahlen musste, weil die junge Mutter pleite war. Mathilda schien sich keine besonderen Sorgen um ihren Lebensunterhalt zu machen, sie war in Gedanken ganz bei ihrem neugeborenen Kind, das sie noch nicht mit nach Hause nehmen durfte, dafür erschien der Kleine noch nicht kräftig genug.

»Die Lungen arbeiten nicht richtig, und er hat ein schwaches Herz«, sagte Mathilda traurig und fügte hinzu, dass sie niemals mit seinem Vater ins Bett gegangen wäre, wenn sie von solchen Problemen in seiner Familie gewusst hätte.

Die Krankheit ihres Sohnes hatte zur Folge, dass Mathilda jetzt jeden Tag zu Hause Milch abpumpen und ihm die lebensspendende Flüssigkeit bringen musste, was ohne Auto eigentlich nicht möglich war, aber die Sache ließ sich dann doch mit der Unterstützung ihrer Freundinnen regeln, denen die fahrbaren Untersätze ihrer Liebhaber zur Verfügung standen.

Ihr Bett hatte Kolfinna jetzt also wieder für sich, aber kaum waren die Kinder aus dem Haus, bewegte ihre Mutter sich wieder genauso langsam und müde wie zuvor, zog die Pantoffeln nach beim Gehen, die Spannung verschwand aus ihren Augen, sie begann wieder über das Rheuma in ihren Händen zu klagen und massierte sich ununterbrochen die Finger, während sie Nachrichten guckte. Trotzdem brachte sie noch die Energie auf, die Silvesterfeier zu organisieren, solche besonderen Feiertage waren ihr immer schon sehr wichtig gewesen, besonders wer mit wem Weihnachten und Silvester feierte, niemand sollte allein bleiben, und so entschied sie, dass Kolfinna den Silvesterabend bei Mathilda und den Kindern verbringen sollte, um sich ums Essen und die Wunderkerzen für die Kinder zu kümmern, während sie selbst zu ihrer Schwester gehen wollte.

Am Tag vor Silvester beschloss Kolfinna, jetzt mit der Lektüre der Weltliteratur zu beginnen. Sie fing mit Romeo und Julia an, bekam aber schon nach der vierten Seite Kopfschmerzen. So etwas Langweiliges hatte sie noch nie gelesen. Aber dann fiel ihr ein, dass es die Klassiker auch als Filme gab und ging deshalb in die Videothek, um danach zu suchen. Sie lieh dort sowohl Romeo und Julia als auch Hamlet aus und schaffte den ersten Film, bevor ihre Mutter zum Abendessen nach Hause kam, und den zweiten guckte sie nach Mitternacht, als ihre Mutter den Fernseher ausgeschaltet hatte.

Gegen drei hatte sie beide Stücke abgehakt und war völlig am Ende. Da sie während des Films dauernd eingenickt war, hatte sie kaum die Hälfte von dem verstanden, was sich da abspielte, aber das Wichtigste hatte sie begriffen, da sie es nur zu gut verstand: wie unglücklich die jungen Leute waren.

Sie schlief nach einiger Zeit ein, wachte aber kurz darauf wieder auf, weil sie selber genauso unglücklich war. Sie dachte nach, zerbrach sich den Kopf und wälzte sich von einer Seite auf die andere, fand aber trotzdem keinen Grund für ihr Unglücklichsein.

In der Silvesternacht, als sie von Mathilda zurückkam, wiederholte sich das Spiel. Kurz nach dem Einschlafen schreckte sie wieder hoch, ohne zu wissen warum. Dieses Mal hielt sie es im Bett nicht aus, während ihr die Gedanken durch den Kopf rasten.

Sie stand auf. Sie streifte sich Socken über die Füße, zog einen Pullover über ihren Schlafanzug und ging nach unten, bis ganz nach unten in den Keller. Dort schaltete sie das Licht an und schaute sich eine Weile mit vor der Brust verschränkten Armen um. In der Ecke gegenüber ihrem mitgebrachten Hausrat standen Regale mit Pappkartons. In einigen verwahrte sie Spielzeug, alte Schulbücher und andere Sachen, die sie seinerzeit nicht hatte wegwerfen wollen. Sie kramte darin herum und fand ihre Blockflöte.

Sie setzte sich auf eine Holzkiste und säuberte die Blockflöte sorgfältig mit ihrem Pullover. Dann legte sie die Finger auf die Löcher, umschloss das Mundstück mit den Lippen und blies. Es kamen noch Töne heraus. Nicht besonders schön, aber immerhin Töne. Ein bisschen falsch allerdings. Sie blickte an die graue Decke und versuchte sich zu erinnern. Versuchte es noch einmal. Probierte es mit »Alle Jahre wieder«. Nach fünf Versuchen konnte sie das Lied. Sie musste eigentlich auch noch »Alle Vögel sind schon da« spielen können. Nach ein paar Ansätzen kam sie auf die Melodie. Sie war so froh, sich wieder an alles erinnern zu können, dass sie von ihrer Holzkiste aufsprang. Dann fiel ihr ein Motiv wieder ein, das der Lehrer immer mit ihnen geübt hatte und das ihr besonders gefallen hatte. Das war ein Stück aus der Ode an die Freude. Es klang so froh. Vielleicht hatte es deshalb so viel Spaß gemacht, das zu spielen. Damit klappte es nicht ganz so gut, es gab zwei Töne darin, die sie nicht traf, aber immerhin alle anderen. Vielleicht war die Flöte nach dem langen Aufenthalt in einem Pappkarton verstopft. Sie versuchte es ein letztes Mal, aber ohne Erfolg, ließ die Blockflöte dann in den Schoß fallen und starrte nachdenklich vor sich hin.

Ihr Hausrat stand in der Ecke gegenüber. Ihre Augen blieben an den Kisten hängen.

»Was habe ich alles für meinen eigenen Haushalt?«, murmelte sie. »Was fehlt mir denn für ein eigenes Zuhause, für eine kleine, süße Wohnung, sagen wir mal mit Schlafzimmer, Wohnzimmer und Küche. Fangen wir beispielsweise mit dem Wohnzimmer an, ein Sofa habe ich, wenn es auch ein bisschen abgewetzt aussieht, aber dafür kann ich einen neuen Bezug nähen. Ich habe ein Bücherregal, drei Bilder, den Videorecorder natürlich, ein paar Kerzenleuchter und eine Lampe, mir fehlt bloß ein Fernseher, und ich muss mir bestimmt auch einen Couchtisch, Stühle und Stoff für Gardinen kaufen. Jetzt das Schlafzimmer, mal sehen, mein Bett von oben und die Kommode nehme ich einfach mit und natürlich den Spiegel, mehr brauche ich im Schlafzimmer nicht, und für die Küche habe ich alles, ja! Nur gut, dass ich die Küchensachen mitgenommen habe, aber ich habe keinen Kühlschrank und die sind doch so teuer, aber wenigstens gehört mir die Waschmaschine, ja, ich besitze eine Waschmaschine.«

In der Waschküche des Rechtsanwalts hatte es zu Silvester gebrannt. Ein widerlicher Gestank schlug ihr von dort entgegen, und als sie die Tür öffnete und sah, was dort passiert war, stieß sie einen Schreckensschrei aus. Der weiße blitzsaubere Raum, in dem sie so gerne geschaltet und gewaltet hatte, war schwarz und verkohlt. Die leise Waschmaschine, die so vertraut gesurrt hatte, war nun für immer verstummt. Jetzt stand sie zusammengesunken, ausgebrannt und nass von den Löscharbeiten da. Wer hatte dieses Haus in Brand gesteckt?

»Ein Feuerwerkskörper durchs offene Fenster, heißt es offiziell«, sagte jemand hinter ihr, und der Duft seines blütenweißen Hemdes vertrieb für einen Augenblick den Gestank. Dem Rechtsanwalt gelang es immer wieder zu kommen und zu gehen, ohne dass sie es bemerkte.

Sie drehte sich erschreckt um und er betrachtete nachdenklich ihr Gesicht und ihre Frisur, bevor er weitersprach.

»Brandstiftung, sage ich. Das hat der Pyromane genial eingefädelt, Silvester auszunutzen, um seine Spuren zu verwischen. Aber diesmal hat er Pech gehabt, das Ehepaar von nebenan war draußen und hat den Rauch rechtzeitig bemerkt.«

»Und du … hast du geschlafen?«, stammelte sie mit entsetzter Miene.

»Ich war zum Skifahren im Ausland, und das hat dieser Hund ganz genau gewusst. Wenn ich nach Hause käme, sollte ich nur noch eine ausgebrannte Ruine vorfinden, das hätte ihm unsägliche Freude bereitet.«

»Wer ist dieser Kerl?«, fragte sie atemlos, weil sie sich gar nicht vorstellen konnte, dass so etwas auf Island passieren konnte.

»Er ist wahnsinnig, verrückt vor Hass. Eines Tages wird er mich umbringen, das heißt, nachdem er mein Haus in Brand gesteckt hat.«

Er zündete sich eine Pfeife an und sog nachdenklich den Rauch ein, als müsse er überlegen, ob die Reihenfolge des Geschehens sich nicht auch ändern könnte, ging dann ins Wohnzimmer und nahm sein Jackett von der Stuhllehne.

»Mach dir nichts draus, am Nachmittag kommen ein paar Handwerker her, die bringen die Sache wieder in Ordnung.«

»Hast du denn keine Angst?«, fragte sie, außer sich vor Verwunderung über seine Gelassenheit.

»Angst?«, sagte er langsam und nahm die Pfeife aus dem Mund. Mit einem Glänzen in den Augen ging er zu ihr hin, baute sich dicht vor ihr auf und war ihr so nah, dass sie den Kopf heben musste, als er ihr mit diesem merkwürdigen Glitzern im Blick ins Gesicht sah.

»Sehr lieb von dir, dass du dir Sorgen um mich machst. Am liebsten würde ich dir jetzt das Haar hinter die Ohren streichen und dabei deine weiche weibliche Haut berühren, aber so etwas nennt man sexuelle Belästigung, leider. Mir sind die Hände gebunden, deswegen lasse ich es damit genug sein, dein Gesicht zu betrachten.«

Er warf sich das Jackett über die Schulter, hielt es lässig über dem Zeigefinger und wandte den Blick nicht von ihr ab.

»Die Welt ist voll von Menschen, die hassen, meine Liebe. Ich habe schon viele Menschen arm oder reich gemacht, ihnen ihren guten Ruf genommen oder sie berühmt gemacht, alles kraft meiner rhetorischen Fähigkeiten. Ich habe niemals davon geträumt, geliebt zu werden.«

Aufgewühlt blickte sie dem Mann hinterher, den so wenige liebten, und um ihm zu zeigen, dass er nicht ganz allein auf der Welt war, dass er zumindest eine gute Haushaltshilfe hatte, machte sie sich bis weit in den Tag hinein intensiv am Haus zu schaffen.

Der Forscher schien immerhin geliebt zu werden, obwohl er nach eigener Aussage keine Familie hatte. Geliebt von den Vögeln. Ganze Scharen kamen in der Morgendämmerung angeflogen.

Sie betrat die Küche und sah durchs Fenster, wie er draußen im Garten stand und von seinen gefiederten Bewunderern umschwirrt wurde. Er hatte auf einer großen Fläche den Pulverschnee beiseite gefegt und dort pickte nun ein dichter Schwarm winziger Schneeammern die Maiskörner auf. Es störte die Vögel gar nicht, dass er breitbeinig ganz in ihrer Nähe stand und sie beobachtete, aber er rührte sich auch nicht vom Fleck, obwohl er nichts als einen Pullover gegen die Kälte hatte.

Da fängt er sich mit Sicherheit die nächste Grippe ein, dachte sie und konnte die Augen nicht von ihm abwenden, weil sich seine Miene so ungewöhnlich aufgehellt hatte. So kannte sie ihn gar nicht. Außerdem konnte sie nicht umhin zu bemerken, wie männlich er wirkte, und fühlte einen Stich in der Brust. Sie konnte die Vögel verstehen.

Plötzlich wurde der Schwarm scheu, alle flogen gleichzeitig auf, worauf er sich ärgerlich umsah. Dann blickte er auf seine Uhr, und als sie ihn die Holztreppe hinaufkommen sah, griff Kolfinna nach ihrem Tuch und gab sich beschäftigt.

Er baute sich in der Küchentür auf und starrte sie an, machte aber keine Anstalten, sie zu grüßen.

»Was diese Männer mich immer alle anstarren müssen, ohne ein Wort zu sagen«, dachte sie, versuchte aber, sich nicht die Laune verderben zu lassen, sagte guten Tag und fragte in normalem Konversationston, ob er immer die Vögel füttere.

»Putzt du gern?«, fragte er zurück, wobei seine Stimme einen sanften Ton hatte, den sie noch nicht kannte.

Diese Frage kam so überraschend für sie, dass sie nichts anderes herausbringen konnte als na ja.

»Ist es nicht interessant, wie viel Spaß Frauen am Putzen haben. Sie sind nur zufrieden, wenn sie putzen dürfen. Wie kleine Ameisen machen sie den Dreck weg, wischen immer wieder die Spuren der Männer weg, sodass die sie weiter mit Dreck überhäufen können. Und der Lohn? Sie bekommen weder eine Auszeichnung noch Anerkennung dafür, auch wenn sie ein halbes Jahrhundert putzen, und bei all der Putzerei ist ihr Portemonnaie so leer, dass sie sich kaum genug zu essen kaufen können. Aber die Guten putzen einfach weiter, aufopferungsvoll und fröhlich wie summende Bienchen.«

Kolfinna bekam einen Hustenanfall.

Er schien es zu genießen, sie husten zu hören, so erschien es ihr zumindest, aber sie versuchte klar zu denken. Machte er sich lustig über die Frauen oder sollte das ein Lob sein, sie konnte den Ton nicht so recht deuten.

Dann begann er zu pfeifen und trapste mit seinen dreckigen Gummistiefeln quer durch die Küche. Sie schaute auf die Fußspuren und holte tief Luft.

Er drehte sich schnell um und schnauzte »Ist das so schlimm?«.

»Nein, nein«, gab sie eilig zurück, weil sie nicht schon wieder mit ihm aneinander geraten wollte, »nein nein, ich wische das gleich wieder weg.«

»Das habe ich nicht gemeint.«

Sie sah ihn nervös an.

»Du hast irgendwann gesagt, dass das hier ein Saustall sei. Kannst du mir sagen wieso?«

Sie starrte ihn mit offenem Mund an, rief sich rasch ihre früheren Begegnungen ins Gedächtnis und fühlte sich verlegen und beschämt. Jetzt war ein Streit nicht mehr zu vermeiden. Warum musste er das unbedingt wieder ins Gespräch bringen? Wo sie es doch so unangenehm fand, ständig mit wütenden Menschen umgehen zu müssen. Erst wollte sie die Worte, die ihr damals in ihrer Wut herausgerutscht waren, möglichst herunterspielen, aber dann fiel ihr der Gestank wieder ein und wie sie gegen den Brechreiz hatte ankämpfen müssen.

»Du pinkelst daneben«, sagte sie grimmig.

Er ging zum Küchentisch, neben dem sie mit dem Rücken zu ihm stand, und streckte die Hand nach einem Apfel aus, der vor ihr auf dem Tisch lag, ohne sie zu bitten, zur Seite zu gehen. »Das kann nicht sein«, sagte er an ihrem Ohr und biss dann krachend in den Apfel. »Ich pisse nicht daneben, ich war früher Meister im Weitpinkeln und habe immer ins Ziel getroffen. Aber im Großen und Ganzen mache ich mir keine großen Sorgen deswegen. Ich habe ja hier eine Frau, der Putzen so viel Spaß macht.«

Sie hörte ihn leise lachen, bevor er hinausging und die Tür hinter sich zuwarf.

Als sie im Schneetreiben nach Hause ging, versuchte sie, nicht an ihn zu denken. Weder an seine Worte noch an sein Lachen. Er war einfach verrückt. Sie hatte noch nicht einmal vor, Mathilda davon zu erzählen. Sie schaute bloß zu den Hausdächern zur Linken und zur Rechten hoch, bemerkte einige Schwärme kleiner Vögel, sah ihnen zu, wie sie sich in die Gärten hinunterstürzten und dann wieder mit Gezwitscher und Flügelschlagen aufflogen, und sehnte sich plötzlich danach, ein Vogel zu sein und die Erde hinter sich zu lassen.

Als sie nach Hause kam, zerkrümelte sie sofort einige alte Brotreste, befreite eine kreisförmige Stelle im Garten vom Schnee und streute das Futter hinein. Dann ging sie auf ihren kleinen Balkon, betrachtete das Schneegestöber und wartete auf die Vögel. Aber die ließen sich nicht blicken.

Sie wurde missmutig.

Sie hatte nur noch das Bedürfnis, alles zu vergessen. Die ganze Welt. Aber am meisten sich selbst.

Seit Monaten lag ein Stapel Kleidung auf der Mini-Stereoanlage, die sie vor langer Zeit gekauft hatte, als sie noch nicht mit ihrem Freund zusammengezogen war. Sie warf die Sachen auf die Erde, holte die CDs mit den Opern, die die Sängerin ihr geliehen hatte, schob eine ein und legte sich mit den Armen unter dem Kopf auf den Boden. Sie versuchte nach Kräften zuzuhören.

Musik, öffne meine Seele, dachte sie und lag mucksmäuschenstill, um keinen Ton zu verpassen, aber anders als erhofft wollten sich keine hochfliegenden Gedanken einstellen. Im Gegenteil, die alltäglichen Gedanken ließen sie nicht in Ruhe und sie musste ans Putzen denken. Ganz gegen ihren Willen kreisten ihre Gedanken um die beiden Männer, bei denen sie putzte, und die sie nicht verstand. Sie schwankte zwischen Gekränktheit und Rachegelüsten.

Die Frau sang und sang, wie traurig sie sang, wovon sang sie?

Ganz bestimmt von Liebe. Niemand liebte sie, und dabei sehnte sie sich doch so unbändig danach, geliebt und respektiert zu werden. Sie litt maßlos, das konnte Kolfinna hören, sie verstand die Frau und rollte sich auf dem Boden zusammen, sie sehnte sich danach, so zu leiden wie die Frau, sehnte sich so sehr danach, zu leiden und zu sterben. Sie hörte auf zu atmen und stellte sich vor, tot zu sein.

Alles war still. Aber die Frau sang und sie musste Luft holen. In diesem Augenblick sah sie sich als Sängerin in einem weißen Kleid auf einer großen Bühne, sie breitete die Arme aus und sang und sang, in den höchsten Tönen, die jemals erklungen waren, der Saal war außer sich, die Zuhörer brachen vor Bewunderung in Tränen aus, und da saßen auch die beiden Männer, bei denen sie putzte, sie trauten kaum ihren Augen, war das wirklich sie, Kolfinna, die bei ihnen die Böden schrubbte?

»Was ist hier eigentlich los, liegst du da auf dem Boden und hörst dir irgendein Operngejaule an, während hier unten ein heilloses Durcheinander herrscht?«

Ihre Mutter stand mit Schneeflocken auf den Schultern in der Tür.

Die Opernsängerin hatte sich hingelegt, als die Haushaltshilfe erschien, sie war zwar weder krank noch fühlte sie sich schlapp, sagte aber, dass sie besondere Ruhe brauche, weil die Uraufführung bevorstünde. Ihr Frühstück stand auf einem Tablett am Bett. Sie war die Freundlichkeit in Person und machte höflich Konversation über das Wetter, während sie an ihrem Kaffee nippte. Kolfinna war erleichtert. Sie hatte begonnen, sich vor der Arbeit in diesen Häusern zu fürchten.

Sie holte das Buch und die Opern aus ihrer Plastiktüte, bedankte sich fürs Ausleihen und sagte, sie sei ganz begeistert, einige Arien seien unheimlich schön.

»Welche denn?«, fragte Sigurdís und sah schnell auf.

»Ja, also, dort in La Bohème, wo die Frau in der Mitte diese Arie singt, und in La Traviata, wo sie weiter vorne singt.«

»Mimi und Violetta.«

»Was?«

»So heißen sie.«

»Ja, genau, sie singen wirklich unheimlich schön.«

»Du weißt, dass ich auch in der Oper singe, Ende der Woche ist die Uraufführung.«

»Wirklich, und bist du da nicht nervös?«

»Ich bin aufgeregt, das muss ich zugeben.«

Dieses freundliche Gespräch wollte Kolfinna um jeden Preis aufrechterhalten und erwiderte, dass sie gar nicht verstehen könne, warum sie aufgeregt sei, wo sie doch so toll singen könne.

Sigurdís strahlte bis über beide Ohren, rückte sich ein wenig zurecht, murmelte etwas von Lampenfieber, bat sie dann, sich zu ihr auf die Bettkante zu setzen und fragte, ob sie Romeo und Julia schon gelesen habe.

Kolfinna sagte ja, das habe sie alles durch, zumindest die beiden ersten Stücke.

»Sie sind ganz schön, ich finde es bloß so furchtbar, diese jungen Leute am Ende alle sterben zu lassen.«

»Mimi und Violetta in den Opern sterben auch«, sagte Sigurdís provozierend, als wolle sie Kolfinna mit diesen Tatsachen quälen, aber Kolfinna schüttelte nur den Kopf und sagte, sie fände diese Manie von Dichtern, am Ende alle umkommen zu lassen, ziemlich merkwürdig.

»Der Tod ist unverzichtbar, er ist so tragisch und schön auf der Bühne«, sagte Sigurdís.

Dann setzte sie wieder diese eigentümliche Miene auf, die Kolfinna nun schon einige Male gesehen hatte, strich sich mit ihren langen Fingern das Haar aus der Stirn und deklamierte pathetisch: *»So schlimm beinah, als einen König töten, und in die Eh' mit seinem Bruder treten.«*

»Was, was soll das heißen?«, fragte Kolfinna. »Wer hat das gesagt, Julia oder wer?«

Aber die Sängerin gab keine Antwort, sie war auf einem geistigen Höhenflug, auf dem die Haushaltshilfe ihr nicht folgen konnte.

»Ich kann nichts schön daran finden umzukommen«, erwiderte Kolfinna fuchsig, weil sie sich darüber ärgerte, dass sie nicht wusste, aus welchem Stück der Satz stammte. Wo sie sich doch extra das ganze Zeug angeguckt hatte.

Als sie rasch einen Blick auf Sigurdís warf, die sich mit der Hand an der Stirn zurückgelehnt hatte, bemerkte sie, dass die Augen der Sängerin feucht waren, und sie wusste aus Erfahrung, dass jetzt Entsetzliches bevorstand, wenn Sigurdís das heulende Elend kriegte und entsprechende Texte zitierte. Sie beeilte sich das Thema zu wechseln, deutete auf den Schnee auf den gegenüberliegenden Dächern, sagte, dass die Wetterfrösche sich mal wieder völlig mit der Vorhersage vertan hätten, und war fest entschlossen, in diesem Ton fortzufahren, als die Unterhaltung eine überraschende Wendung nahm.

Sigurdís schaute sie mit großen Augen an und fragte sie, ob sie schon einmal in der Oper gewesen sei.

Kolfinna musste zugeben, dass sie noch nie in der Oper gewesen war, und fügte hinzu, dass sie schon seit langem vorgehabt hätte, einmal dort hinzugehen, was eine glatte Lüge war, denn an diesen Ort hatte es sie noch nie gezogen.

Daraufhin versprach Sigurdís, ihr Karten für die Uraufführung zu schenken. Ihre Eltern seien verhindert, ihre Freunde hätten schon alle Karten, sie solle einfach hingehen und einen Bekannten mitnehmen. Sie winkte mit beiden Händen ab, als die Haushaltshilfe versuchte, etwas hervorzustöhnen, und sagte, sie wolle keinen Dank hören, es täte jedem gut, in die Oper zu gehen, und sei es nur ein einziges Mal im Leben. Und diese Oper über eine arme und kranke Näherin sei genau das Richtige für sie.

Kolfinna versuchte deshalb gar nicht mehr, die Freikarten abzulehnen, das hätte die Sängerin als Zurückweisung aufgefasst. Sie bedauerte diese Entscheidung aber zutiefst, nachdem sie wieder zu Hause war, denn an dem geplanten Opernbesuch entzündete sich ein tagelanges Lamento über Geld.

Ein wenig stolz erzählte sie ihrer Mutter beim Essen, dass einer der berühmtesten Stars des Landes ihr Karten für die Oper geschenkt habe, sogar für die Uraufführung, und da sie sich relativ sicher war, dass ihre Freundinnen sich für diese Art von Musik nicht interessierten, fragte sie ihre Mutter, ob sie nicht Lust habe mitzukommen. Sie war doch früher so gern ins Theater gegangen.

»Oper? Und kannst du mir vielleicht sagen, was ich anziehen soll?«

»Warum nicht dein grünes Kleid?«, fragte Kolfinna. Sie hatte immer gefunden, dass es ihrer Mutter sehr gut stand.

»Das grüne Kleid? Das ist elf Jahre alt. Glaubst du, dass ich mich damit unter all diesen feinen Leuten blicken lasse?«

»Das sind keine feinen Leute, das sind ganz normale Isländer.«

»Nein, Kolfinna, das sind keine ganz normalen Isländer. Das sind Unternehmer und Beamte, die dauernd im Ausland sind und unter der Woche auf irgendwelchen Banketten. Die zahlen keine Steuern, kriegen Geld für nicht geleistete Überstunden und müssen sich nie Sorgen machen wegen Weihnachten. Ihre Frauen kaufen sich Kleider, wann immer sie Lust dazu haben, sie wedeln mit ihren Kreditkarten herum, die sie haufenweise im Portemonnaie haben, und müssen nie was bezahlen, weil alles auf die Firma geht. Aber ich habe keine Firma, die meine Kreditkartenrechnung bezahlt, und hast du vielleicht eine Ahnung, wie hoch sie nach Weihnachten war? Nein, das hast du natürlich nicht.«

»Hast du eine Kreditkarte?«, fragte Kolfinna ungläubig, die noch nie gesehen hatte, dass ihre Mutter mit Karte bezahlte.

»Ja, habe ich. Warum sollte ich wohl keine haben? Hat nicht jeder arme Schlucker und Habenichts auf Island eine Kreditkarte? Ist das nicht genau der Grund, warum die Arbeiter niemals einen vernünftigen Streik zustande bringen? Aber ich habe überhaupt keine Lust, in diese blöde Oper zu gehen, das fällt mir nicht im Traum ein, aber wenn du meinst, dass du dir das leisten kannst, dann kannst du ruhig gehen, meine Liebe, und jetzt will ich nichts mehr davon hören, davon werden die Schmerzen im Darm nur noch schlimmer.«

Allein zu gehen kam für Kolfinna nicht infrage. Deshalb stattete sie Mathilda einen Besuch ab, die richtiggehend eingeschnappt reagierte, als sie hörte, was Kolfinna von ihr wollte.

»Das ist ja unglaublich, wie nett diese Frau zu dir ist, mir hat sie nie Karten geschenkt, als ich bei ihr geputzt habe, und ich habe sowieso nichts anzuziehen, siehst du nicht, wie ich zugelegt habe?«

Die überflüssigen Pfunde, von denen hier die Rede war, hatten sich allerdings, so viel man sehen konnte, hauptsächlich am Busen niedergeschlagen, denn Mathilda pumpte immer noch ab und beklagte sich bitter über den Milchüberschuss, den sie produzierte.

»An einem Tag stand ich mit der Brust über dem Waschbecken und es spritzte einfach heraus, obwohl ich die Brust nicht einmal berührt habe. Es ist einfach schrecklich, das Kind nicht bei sich haben zu können, und so soll es noch bis zum Frühjahr weitergehen, die Lungen arbeiten einfach nicht richtig, aber sobald er gesund ist, werde ich mich sterilisieren lassen, so ein Theater möchte ich nicht noch einmal erleben.«

Den Ausschlag für Mathildas Entscheidung gaben am Ende ihr eintöniges Leben, das sich momentan hauptsächlich darum drehte, ihre Milch ins Krankenhaus zu bringen und wieder nach Hause zu fahren, und Kolfinnas Gefälligkeit, Mathildas Kunden zu halten.

»Okay, ich renn mit dir in diese Oper, auch wenn ich nicht auf dieses Gejaule stehe, such mir irgendwas zum Anziehen raus.«

Mathildas Kleiderschrank barg allerdings keine großen Schätze, die meisten Sachen waren so ausgeleiert und verschlissen, dass sie kaum noch gut genug gewesen wären, um sie in einer Fischfabrik unter dem Arbeitskittel zu tragen, und Kolfinnas schwarze, enge Kleidungsstücke passten beim besten Willen nicht zu Mathildas üppigem Körper. Deswegen sah sich Kolfinna genötigt, ihr einen Rock zu nähen und sich in den Schlussverkauf zu stürzen, um ein passendes Oberteil dazu zu finden.

Trotzdem meckerte Mathilda an allem herum, als sie schließlich am Abend der Uraufführung aufgetakelt in der Eingangshalle der Oper standen.

»Himmel, Arsch und Zwirn, hier hängen aber auch wirklich die ganzen Kulturfuzzis rum. Ich muss mir was Süßes kaufen, sonst kommt es mir hoch.«

Kolfinna war nicht ganz klar, von welchen Kulturfuzzis hier die Rede war, da sie sich in dieser Szene nicht gerade gut auskannte, trotzdem fühlte sie eine leise Spannung in sich aufsteigen, als fürchte sie sich vor etwas, ohne zu wissen wovor. Die Oper war doch nichts anderes als das alte Kino, in das sie als Kind immer gegangen war.

Aber der Geruch hatte sich verändert.

Die Lichter strahlten heller, die Besucher waren kultivierter. Die meisten waren älter als sie, schienen ganz in ihrem Element und entsprechend selbstsicher. Die Frauen waren entspannt, warfen ihr Haar zurück und lachten, während die Körpersprache der Männer vermittelte, wie beschäftigt und einflussreich sie waren. Trotzdem war Kolfinna zufrieden, sich endlich unter die besseren Kreise der Gesellschaft gemischt zu haben, und blickte nach allen Seiten über das versammelte Publikum.

Mathilda moserte über ihre Konfektstückchen. Sie zog über jeden Einzelnen her, den sie vom Fernsehen oder aus der Zeitung zu kennen glaubte, der hier war ein Idiot, der dahinten ein Blödmann, alles Schwachmaten, die dem Volk Millionen aus der Tasche zogen und versuchten, ihr den Mutterschaftsurlaub zu kürzen. Drinnen im Saal ging es in diesem Ton ununterbrochen weiter, jetzt kam die Inneneinrichtung auf den Prüfstand, die abwechselnd für heruntergekommen befunden wurde oder so hässlich in der Farbe, dass es Brechreiz verursachte. Um diesen Monolog irgendwann ins Leere laufen zu lassen, war es am besten, nur zu schweigen oder zu nicken, wie es Kolfinna gerade für angebracht schien.

Doch kurz bevor sich das Husten im Saal legte und der Dirigent in den Orchestergraben ging, wurde Mathilda plötzlich still. Sie hatte einen Mann entdeckt, dem sie entweder nichts vorzuwerfen hatte oder der in ihrem Herzen irgendeine Rolle spielen musste. Mit den Augen machte sie Kolfinna auf ihn aufmerksam.

Der Rechtsanwalt.

Kolfinnas Herz schlug schneller.

Mit einer hoch gewachsenen Schönheitskönigin zur Seite schob er sich durch die Reihe vor ihnen, bemerkte die beiden, setzte eine erstaunte Miene auf, zögerte, hob die Augenbrauen, hustete, nickte ihnen zu und setzte sich.

Kolfinna meinte, seine Gedanken lesen zu können: Nicht zu fassen, beide Putzen in der Oper.

Sie sank ein bisschen tiefer in ihren Sitz. Musste husten, als es im Saal gerade still geworden war.

Es war nicht die Schuld der Musik, dass der erste Akt vollkommen an Kolfinna vorbeiging. Die Arien kannte sie schon, besonders die von Mimi, diese Arie hatte sie sich mehrfach angehört. Allerdings war sie etwas enttäuscht, dass nicht Sigurdís diesen Part hatte. Irgendwie war sie davon ausgegangen, dass sie eine der Hauptpartien singen sollte, wo war die Frau denn eigentlich?

Die Nähe des Rechtsanwalts war es, die den Musikgenuss störte.

Wer war diese Frau an seiner Seite? Warum hatte sie in dem Haus nie eine Spur von ihr entdeckt? Und während die ganze Bühne sang, checkte sie in Gedanken das Haus des Rechtsanwalts, kontrollierte Zimmer um Zimmer, um ein Indiz zu finden, machte sich an Schränken und Schubladen zu schaffen und konnte doch nichts finden.

Sie fürchtete sich davor, erneut seinem Blick zu begegnen, wenn die Lichter wieder angingen, aber diese Furcht war grundlos, denn kaum hatte das Publikum aufgehört zu klatschen, flüsterte Mathilda ihr mit scharfer Stimme zu: »Ganz schnell aufs Klo, ich muss nach meinen Brüsten sehen.«

Zum Glück war nichts aus ihnen getropft, sodass sie gesetzten Schrittes wieder nach oben gehen konnten, aber dort waren sie nicht wenig erstaunt, als sie sahen, dass jetzt alle Gäste wie selbstverständlich ein Weinglas in der Hand hielten und sich in Grüppchen lautstark unterhielten. Und sie wurden noch mehr eingeschüchtert, als ein junger Mann mit einem Tablett auf sie zueilte und ihnen ein Glas Sekt anbot.

»Ist das umsonst?«, fragte Mathilda misstrauisch.

Der nächste Auftritt gehörte Sigurdís, nach der Pause erschien sie endlich auf der Bühne, und wie sie singen konnte! Sie war die lebensfrohe Musetta, trug ein Kleid aus roter Seide und die Männer tanzten um sie herum. Sie beherrschte die Bühne.

Hier blühte die Rose auf.

Kolfinna war so froh, dass sie genau diesen Part sang und nicht den der schwachen Mimi, die kein schönes Kleid hatte. Trotzdem saß sie die ganze Zeit wie auf heißen Kohlen, ob Sigurdís den richtigen Ton treffen würde, einen Fehler hätte sie nicht ertragen, und während sie ihr nervös zuhörte, ging die Phantasie mit ihr durch, sie sah die Sängerin vor sich, wie sie duftend durch ihre Wohnung schwebte, sah ihre Kleider und die ganze Unterwäsche und in diesem Augenblick wurde ihr klar, dass sie womöglich die Einzige im ganzen Saal war, die in diese Geheimnisse eingeweiht war.

Dann vergaß sie sich selbst, ihre Probleme, die Arbeit als Putzfrau, dachte sich in die Personen auf der Bühne hinein und fühlte mit ihnen. An manchen Stellen bekam sie eine Gänsehaut. Sie schreckte nur hoch, wenn Mimi die Näherin zu husten begann.

Der nächste Schrecken kam in der zweiten Pause, als Mathilda darauf bestand, sofort nach Hause zu fahren, weil sie völlig durchnässt sei.

»Aber es kommt noch ein Akt«, sagte Kolfinna beklommen.

»Soll ich vielleicht diese Bagage hier an die Brust legen oder wie stellst du dir das vor?«, zischte ihre Freundin und Kolfinna hatte keine andere Wahl, als mit ihr zur Garderobe und dann zum Ausgang zu gehen, wobei sie Mathilda vergeblich zum Bleiben zu überreden versuchte. Die ganze Zeit über schwankte sie, ob sie selber mitgehen oder bleiben sollte, es wirkte so bemitleidenswert, allein zurückzubleiben. Sie beschloss aber doch zu bleiben und sah ihrer Freundin nach, wie sie in der kalten Nacht verschwand.

»Und dabei habe ich ihr extra einen so schönen Rock genäht«, dachte sie niedergeschlagen.

Während ihrer Auseinandersetzung hatten sich die Türen des Zuschauerraums geschlossen, und da sie keine Aufmerksamkeit erregen und niemanden vom Sitz aufscheuchen wollte, um zu ihrem Platz zu kommen, stahl sie sich auf die Balustrade und setzte sich hinter eine Säule.

Hinter der Säule saß sie dann ganz allein im Dunkeln und schaute auf die hell erleuchtete Bühne. Der Husten der Näherin verschlimmerte sich, was Kolfinna jedes Mal erschreckte, und endlich verstand sie warum. Es erinnerte sie an sie selbst. Die hustende Näherin, die hustende Putzfrau.

Sie war so betroffen, dass sie den Kopf hängen ließ.

Genau in diesem Augenblick, ohne den geringsten Zusammenhang mit dem, was vorhergegangen war, nahm sie sich plötzlich als Frau wahr. Sie war kein junges Mädchen mehr, dem man endlos verzeihen konnte, nur weil sie noch so jung war. Wenn die Leute im Saal sie betrachteten, sahen sie eine Frau. Eine Frau, die dafür verantwortlich war, was sie tat und danach beurteilt wurde.

Es kam ihr vor, als stünde sie selbst oben auf der Bühne.

Im Schutz der Säule kauerte sie sich zusammen und wagte sich nicht umzusehen, ob jemand auf sie achtete.

Starr blickte sie auf die Bühne hinunter.

Dort feierte eine Frau in ihrem Alter gerade einen großen künstlerischen Triumph. Eine Frau, die ihre Talente gehegt und gepflegt hatte und die jetzt von allen geliebt und bewundert wurde.

Sie senkte wieder den Kopf. Es war so deprimierend, erwachsen zu sein und keine Talente zu haben.

Mimi starb in den Armen ihres Liebhabers und oben auf der Balustrade hinter der Säule sang die Seele eines jungen Mädchens ihren Schwanengesang.

Die Sängerin hatte Recht gehabt.

Der Tod war schön auf der Bühne.

Auf den Dächern waren keine Vögel zu sehen, worüber sie sich sehr wunderte, denn die Erde war immer noch schneebedeckt, sodass die Vögel allen Grund gehabt hätten, sich dort aufzuhalten, wo am ehesten mit Futter zu rechnen war. Sie fragte sich, ob sie wohl irgendwo anders schliefen, und ärgerte sich, nicht mehr über die Lebensgewohnheiten der Vögel zu wissen. Sie starrte zu den Dächern hoch und hoffte, irgendeine Bewegung zu entdecken. Aber jetzt wachten die Häuser auf, aus einigen drang Klappern und Scheppern, was so klang, als räumten die Bewohner noch hastig den Frühstückstisch ab, bevor sie zur Arbeit gingen.

Die silbergraue Katze konnte Kolfinna nirgendwo entdecken, obwohl sie sich überall im weiß überzuckerten Garten der alten Dame nach ihr umschaute, denn ihr war irgendwie wohler, wenn sie wusste, wo sich das Tier aufhielt. Dann sah sie beide Katzen hinter den Spitzengardinen auf der Fensterbank liegen. Der lange Winter schlug ihnen schwer aufs Gemüt.

Wie immer hatte Listalín eine Nachricht mit einem Sonderwunsch hinterlassen. Extras fürs Gästezimmer. Kolfinna stand eine Weile mit dem Zettel in der Hand da und fühlte sich auf einmal so faul und lustlos, dass sie sich hinsetzen musste. Auf dem Küchentisch lag eine aufgeschlagene Tageszeitung, auf die sie einen kurzen Blick warf um festzustellen, was alte Frauen so lasen. Sie sah, dass sie dasselbe lasen wie sie. Und das offensichtlich mehrfach, genau wie sie es selber auch tat, denn die Zeitung war mehrere Tage alt.

Die Kritiken der Opernaufführung. Der künstlerische Triumph von Sigurdís als Musetta. Sie erhielt sogar bessere Kritiken als die Künstlerin, die den Part der Mimi gesungen hatte. Und Kolfinna fühlte eine Welle von Stolz, dass ihr schon während der Vorstellung aufgefallen war, wie gut Sigurdís gesungen hatte. Sie hatte einen gewissen Ton wahrgenommen, der die Leute verzauberte. Sie war heilfroh, ihr Blumen mitgebracht zu haben, als sie zum Putzen zu ihr ging. Eigentlich war das die Idee ihrer Mutter gewesen. »Du bringst ihr natürlich einen Blumenstrauß mit, wenn du das nächste Mal zu ihr gehst, alles andere wäre unhöflich, wo du die Karten umsonst bekommen hast«, hatte sie gesagt. Es war merkwürdig, wie häufig ihre Mutter im Gespür hatte, wie man sich in bestimmten Situationen zu verhalten hatte. Und Sigurdís hatte die Blumen in der Tat freudig entgegengenommen und ebenso das Lob, das Kolfinna den Blumen folgen ließ. Sigurdís hatte dieses Lob so begierig aufgesogen, dass Kolfinna allein deshalb mit der Lobhudelei weitermachte, weil sie so stolz war, dass Sigurdís ihre Meinung so wichtig nahm, obwohl sie doch nur die Haushaltshilfe war.

Trotzdem hatte sie in diesem Augenblick keine Lust, schon wieder über die Uraufführung und alles Weitere nachzudenken. Sie hatte genug nachgedacht.

Das Gästezimmer war so klein, dass es schwierig war, dort ihrer Arbeit nachzugehen, da sie sich mit dem Staubsauger kaum drehen konnte, ohne gegen das Bett oder den Schrank zu stoßen oder manchmal sogar an das Bücherregal, in dem dann alles umkippte. Über dem gemachten Bett lag eine Wolldecke, die so kuschelig aussah, dass sie ein unwiderstehliches Verlangen fühlte, sich eine Weile hinzulegen. Sie war hundemüde. Nachdem ihre Mutter den Fernseher ausgemacht hatte und schlafen gegangen war, hatte sie sich noch ein Video reingezogen, das sich aber als todlangweilig herausstellte. Sie fand es unerträglich, dass sie gezwungen war, diese Filme immer mitten in der Nacht anzusehen. Aber ihre Mutter musste ja unbedingt bis zum Sendeschluss Fernsehen gucken und ihr gehörte das Gerät nun einmal. Dagegen konnte man wohl kaum etwas sagen oder unternehmen.

Sie sank auf dem Bett zusammen und dachte darüber nach, ob sie wohl irgendwann auch einmal einen Fernseher besitzen würde. Während sie dort saß und darüber nachgrübelte, wie man es wohl anstellte, in den Besitz eines Fernsehers zu kommen, sah sie plötzlich den Zipfel eines Kleidungsstücks unter dem Bettüberwurf hervorlugen. Sie zog daran, bis sie ein altmodisches Nachthemd in der Hand hatte. Unwillkürlich schnupperte sie daran. Ein schwacher Geruch, der an englische Seife erinnerte.

Nach kurzem Nachdenken sprang sie auf, riss den Überwurf vom Bett und unterzog die Bettwäsche einer Untersuchung.

In diesem Bett wurde geschlafen.

Einige Gegenstände befanden sich auf der Kommode neben dem Bett: ein Buch, ein paar bitter aussehende Drops in einer Tüte, eine Brille, Handcreme, ein messingfarbener Wecker. Bei dem Buch handelte es sich um einen Liebesroman. Hatte die alte Dame eine junge Frau als Untermieterin? Sie betrachtete die Brille genauer, setzte sie auf und wusste nicht, was sie davon halten sollte. Das war die Lesebrille einer alten Frau.

Sie ließ die Brille um ihren Finger kreisen, schob sie dann wieder ins Etui und ging in den Flur. Einen Augenblick zögerte sie, bevor sie die Tür zum Schlafzimmer öffnete.

Die Kälte und Stille im Zimmer hielten sie zuerst in der Tür zurück, als warte sie darauf, dass jemand sie ins Zimmer schob. Dann erwachte sie aus ihrem Dämmerzustand, ging zum Bett und zog auch hier die weiße Überdecke weg. Die Bettwäsche war blütenweiß mit abgesetzten Bordüren, und die Bügelfalte längs der Bettwäsche zeigte eindeutig, dass das Bett unbenutzt war.

Hier hatte niemand geschlafen.

Diese unerwartete Entdeckung verblüffte Kolfinna so, dass sie sich nicht überwinden konnte, mit dem Putzen anzufangen. Aber dann verfiel sie auf die Idee, in beiden Zimmern in den Kleiderschrank zu schauen, obwohl so etwas nicht ihre Gewohnheit war. Ihre Verwunderung wuchs noch mehr, als sie entdeckte, dass im Gästezimmer die Kleidung einer alten Frau hing, während im Schlafzimmer die Garderobe eines jungen Paares untergebracht zu sein schien. Als sie die Bügel ein wenig auseinander schob, die Kleidung ein wenig genauer ansah und den Stoff befühlte, fiel ihr auf, dass diese Kleidungsstücke aus früheren Zeiten stammten. Die Abendgarderobe von Leuten, die vor langer Zeit jung gewesen waren.

Ein perlenbesetztes Kleid war ein so ausgefallenes Stück, dass sie es herausholte und sich damit aufs Bett setzte. Während sie dort mit dem Kleid auf den Knien in der kalten Stille saß, die Perlen betastete und alle Nähte betrachtete, wurde sie von einer solchen Schläfrigkeit überwältigt, dass sie für einen Moment die Augen schließen musste. Vor ihren Augen gaukelten Bilder, tanzende Menschen, Abendkleider, süße Düfte, Kerzenschein und eifrige Bedienstete. Dann verschwanden sie, lösten sich in Nichts auf, und sie fühlte nur noch ihren Körper auf der Bettkante, der immer leichter und schmaler wurde, sie hatte plötzlich den Eindruck zusammenzuschrumpfen, ihr Rücken krümmte sich, die Haare ergrauten, sie alterte, wurde zur Greisin, ihre Kraft verließ sie, aber in diesem Moment, im allerletzten Augenblick, gelang es ihr, die Augen zu öffnen. Mit wild pochendem Herzen blickte sie auf ihre Hände.

Sie waren immer noch jung.

Sie stand auf, hängte das Kleid wieder in den Schrank und machte, dass sie aus dem Zimmer kam.

Hektisch beendete sie ihre Arbeit und fühlte sich danach so ausgelaugt, dass sie sich im Wohnzimmer aufs Sofa setzen musste, um sich etwas zu erholen. Trotzdem hielt sie die Augen offen, sie war lieber auf der Hut, denn in der Stille dieses Hauses lauerte etwas Unerklärliches. An ihrem Platz konnte niemand sie von hinten überraschen.

Die Katzen lagen immer noch auf der Fensterbank hinter den Spitzengardinen und schauten hinaus in den Garten und auf den Bürgersteig, als würden sie auf jemanden warten. Unwillkürlich begann Kolfinna ebenfalls zu warten. Es bestand immerhin die Möglichkeit, dass Listalín früher aus der Tagesstätte zurückkäme und sie ein wenig mit ihr plaudern könnte.

Sie fragen, inwiefern ihr Leben schön gewesen war.

Die Uhr an der Wand tickte. Kolfinna sah sich in der Stille um und ihre Augen blieben an dem Bild der jungen Frau hängen, die ein schönes Leben gehabt hatte.

In ihrem eigenen Leben konnte immer noch nicht die Rede von etwas Schönem sein.

Und das, obwohl sie ihre Haare geschnitten und gefärbt hatte und endlos unter der Dusche gestanden hatte. Es kostete einfach so viel, ein schönes Leben zu führen. Sie betrachtete misstrauisch Listalíns Foto. Natürlich war deren Leben schön gewesen, weil sie genug Geld gehabt hatte.

In der Ferne schlug die Kirchturmuhr. Es hatte wohl keinen Sinn, auf die alte Frau zu warten, und die Stille war einfach erdrückend. Sie verließ das Haus und trat in ihre eigenen Fußspuren vom Morgen. Sie waren nicht zugeschneit.

4

Bläulich weißes Morgenlicht strömte zum Fenster herein, da die Ebereschen weder Schnee noch Blätter trugen, um es dämpfen zu können. So machte es sich einen Spaß daraus, Kolfinna zu piesacken, die sich einzig und allein damit zur Wehr setzen konnte, indem sie die Augen zusammenkniff.

Sie hatte eigentlich wie immer samstags ausschlafen wollen und versuchte deshalb, sich den Anfang eines Traums selber auszudenken, bis der Schlaf wieder die Herrschaft übernahm. Getrappel und Gerede auf der unteren Etage verzögerten aber die Reise ins Land der Träume. Sie wurde gereizt, spitzte aber dennoch die Ohren.

Sie konnte zwei Stimmen unterscheiden und erkannte an der Tonlage sofort, dass ihre Tante mütterlicherseits zu Besuch gekommen sein musste. Die beiden Schwestern unterhielten sich nie normal miteinander, sondern hatten die Angewohnheit, sich die Sätze gegenseitig zuzurufen wie zwei Marktschreierinnen. Dabei hörte keine von beiden schlecht.

Deshalb ging es unten ziemlich laut zu, während sich die beiden über den Kuchenbasar unterhielten, der zugunsten Krebskranker veranstaltet werden sollte. Das Gespräch war jedoch mit einigen Einwürfen gewürzt, die mit Kuchen wenig zu tun hatten und die wohl eher auf sie selbst gemünzt waren, soweit Kolfinna das verstehen konnte. Sie setzte sich halb im Bett auf und lauschte.

»Sind letztes Mal beim Basar nicht alle Krapfen weggegangen oder waren das die Baiserkuchen, erinnerst du dich? Nein, sie hat immer noch keine Arbeit gefunden, geht immer nur putzen. Wäre es nicht besser, noch ein paar Kuchenteller einzupacken, gab es da nicht letztes Mal viel zu wenige? Einen Mann? Nein, sie hat ja noch nicht einmal Lust auszugehen, um sich einen zu angeln. Vielleicht sollten wir auch einen Tortenheber einpacken. Ist auf dem Rücksitz noch Platz für ein paar Torten? Nein, sie hatte keine Lust, eine Fortbildung zu machen oder irgendetwas anderes, um sich weiterzuqualifizieren, wenn sie überhaupt was lernt, dann nur aus diesen Videofilmen, vor denen sie bis spät in die Nacht hängt. Hier, nimm du die Decken, ich trage die Teller.«

Lautstark verließen sie das Haus.

Kolfinna ließ sich in die Kissen zurücksinken.

»Dämliche Weibsbilder«, sagte sie laut und bedauerte, ihnen nicht ordentlich die Meinung gegeigt zu haben, auch wenn die beiden nicht direkt mit ihr gesprochen hatten. Sie hätte sie von der Treppe aus anbrüllen sollen, sie fragen sollen, ob sie nicht wüssten, wie hoch die Arbeitslosigkeit sei, ob sie nicht wüssten, wie teuer es sei auszugehen, dass ein Bier so viel kostete wie sieben Liter Milch? Diese alten Weiber hatten doch von nichts eine Ahnung, konnten sich überhaupt nicht vorstellen, was in der heutigen Gesellschaft los war.

Aber es war nur zu deutlich, dass ihre Mutter sie aus dem Haus haben wollte, um sie nicht durchfüttern zu müssen.

Und das, wo sie doch kaum etwas aß.

Als sie daran dachte, wie wenig sie immer aß, wurde sie hungrig, kroch aus dem Bett, ging die Treppe hinunter und direkt zum Kühlschrank. Sie nahm sich etwas Sauermilch mit Farinzucker. Durch das Küchenfenster blickte sie in die umliegenden Gärten, die nach dem Winter nass und grau waren, und sie wusste, dass sie genau wie sie auf den Frühling warteten. Beim Stichwort Frühling wanderten ihre Gedanken zu Mathilda, die laut ihrer Abmachung dann wieder das Putzen übernehmen würde, sodass sie selbst bald wieder auf Arbeitssuche wäre. So lange würde sie sich noch das Genörgel ihrer Mutter anhören müssen. Jeden Tag zu hören bekommen, wie teuer das Leben war. Obwohl sie Reste aus der Kantine mit nach Hause nehmen durfte. In diesem Haus vermied man Einkäufe.

Sie selbst war seit Urzeiten nicht mehr einkaufen gewesen. Dabei hatte es ihr immer so viel Spaß gemacht, zum Kochen einzukaufen.

Obst und Gemüse aus fernen Ländern, Reis und Nudeln, Nüsse und Gewürze, Geflügel und Fisch, aus all dem und weiteren Zutaten hatte sie ausgefallene Gerichte kreiert, verfeinert mit Wein oder Sahne.

»Mensch, hab ich eine Lust auf etwas Anständiges zu essen«, murmelte sie in der Küche, in der immer nur auf althergebrachte Weise gekocht wurde.

Manchmal hatte sie auch ihre Freundinnen zum Essen eingeladen, wenn sie neue Rezepte ausprobieren wollte. Das kam jetzt nicht mehr infrage. Erwachsene Leute, die bei ihren alten Eltern wohnten, konnten keine Freunde einladen. Gerieten aus diesem Grund in die Isolation.

Und mussten tagein, tagaus von Schlachtwurst und Pökelfleisch leben.

»Ich werde noch krank von diesem Essen«, dachte sie bei sich, »deshalb habe ich diese Erkältung, seit ich hier eingezogen bin.«

Die Türklinken im Haus des Rechtsanwalts waren aus Messing und so kunstvoll gearbeitet, dass sie ins Auge stachen. Trotzdem hatte Kolfinna bis jetzt noch nie Zeit darauf verwandt, sie abzuputzen oder zu polieren, bis sie eines Tages im Bad stand und sie im Spiegel hinter sich sah. Sie waren von der Feuchtigkeit und den schwefelhaltigen Dämpfen des isländischen heißen Wassers schwarz angelaufen. Die Vernunft sagte ihr, solche Kleinigkeiten lieber nicht zu beachten, sie hielten sie nur von Wichtigerem ab, aber genau diese Kleinigkeiten waren es, die den Wunsch in ihr weckten, sich intensiv mit etwas zu befassen. Konzentriert, die Zähne auf der Unterlippe, stand sie über den Knauf gebeugt und wienerte ihn mit Messingreiniger, als urplötzlich Ketills Gesicht vor ihr auftauchte. Sie stieß einen Schrei aus, wie immer hatte sie ihn nicht kommen hören, denn der Rechtsanwalt schien im Gegensatz zu normalen Menschen keinen hörbaren Schritt zu haben. Er schaute verwundert, was sie da machte, bevor er einen Kommentar dazu abgab.

»Sehe ich recht, dass du die Türklinken auf Hochglanz polierst?«

Kolfinna nickte und unterdrückte mit aller Macht ein Husten.

Da kam er ins Bad, verschränkte die Arme vor der Brust, sodass man seine männlichen Muskeln spielen sah, und sagte mit weicher, dunkler Stimme: »Ich muss gestehen, dass dein Fleiß und deine Gewissenhaftigkeit mich aus der Fassung bringen, auch wenn ich selbstredend seit langem weiß, wie gut du alles sauber hältst. Wenn alle so wären wie du, bräuchte das Land keine Rechtsanwälte mehr. Deshalb trage ich dir jetzt, ohne zu zögern, mein Anliegen vor, auch wenn es ungewöhnlich sein mag und den geltenden gesellschaftlichen Regeln zuwiderläuft, aber ich bringe es vor, weil eine Frau vor mir steht, die sich hingebungsvoll um Dinge kümmert, die alle anderen noch nicht einmal bemerken, und dabei beziehe ich mich auf Türklinken. Wärest du bereit, für mich das Haus zu hüten?«

Der Rechtsanwalt drückte sich oft so seltsam aus, dass Kolfinna den Eindruck hatte, es handele sich dabei um eine Art revidiertes Altisländisch, dass ihm dazu diente, den Gegner zu verunsichern, weshalb sie sich auf alles gefasst machte. Bestimmt steckte ein tieferer Sinn hinter den Worten, das Haus zu hüten.

Aber das war nicht der Fall. In modernem Isländisch und ohne jegliche Umschweife bat er sie, mit einem Bein im Haus zu sein, nachts am besten mit beiden, da er wegen eines schwierigen Prozesses in die Westfjorde musste und befürchtete, dass der Feuerteufel von Silvester wieder versuchen würde, sein Haus in Brand zu stecken, wenn er herausfand, dass niemand daheim war. Da er noch nicht dazu gekommen war, einen Wachdienst für das Haus zu engagieren, schlug er ihr vor, diese Aufgabe zu übernehmen, also das Haus für zwei Nächte zu bewachen, falls sie das ermöglichen könnte, die Hauptaufgabe bestünde darin, auf die Rauchmelder zu achten und die Feuerwehr zu alarmieren, falls ein Feuer ausbräche.

Als sie nicht gleich antwortete, da diese Bitte in der Tat aus dem Rahmen fiel, fügte er hinzu, dass er natürlich dafür bezahlen würde, sie könne es als Zusatzverdienst betrachten, und nannte eine Summe, die ihr Herz höher schlagen ließ. Als er dann noch darauf zu sprechen kam, wie gemütlich sie es sich hier machen könne, dass sie Filme ansehen, lesen, Musik hören und den Kühlschrank plündern dürfe, sagte sie zu. Es war nicht ihr Problem, dass der Mann so merkwürdig war.

Auf diese Art und Weise kam die Haushaltshilfe zu einem Nebenjob, der ihrem Lebensstil entsprach, und so verkündete sie zu Hause recht triumphierend, dass sie von Donnerstag bis Samstag wegen eines wichtigen Auftrags abwesend sein würde, sie würde weder zu Hause schlafen noch essen, man sie also nicht zu bekochen bräuchte.

Sie kam jedoch nicht umhin, eine genauere Erklärung abzugeben, denn ihre Mutter gab sich erst zufrieden, als sie genug über das Warum, Wo und Wieso erfahren hatte, auch wenn sie das Verhalten des Rechtsanwalts vollkommen unverständlich fand. Freundlich sagte sie: »Am besten nimmst du dir eine Handarbeit mit.«

Mit zwei Videofilmen in der Tasche und ihrem Sportdress als Schlafanzug ging Kolfinna zum Haus des Rechtsanwalts, nachdem sie ohne weitere Zwischenfälle beim Forscher geputzt hatte. Sie war ihm schon seit langem nicht mehr begegnet und hatte deshalb ihre Ruhe vor seinen Attacken gehabt. Ursprünglich hatte sie nicht vorgehabt, auch tagsüber im Haus des Rechtsanwalts zu bleiben, das war ja auch nicht Teil der Abmachung, dazu hatte sie sich nur entschieden, um ihre Mutter für eine Weile los zu sein, und sei es nur für zwei Tage. Ihr stand ja auch nicht jeden Tag ein ganzes Haus zur alleinigen Verfügung.

Ein prickelndes Gefühl der Vorfreude ergriff sie, als sie die Treppe hochging, und sie stellte sich vor, dass sie in diesem Haus wohnte, eine wohl situierte Frau, die nach einem hektischen Tag auf dem Weg nach Hause war. Es war jetzt ein ganz anderes Gefühl, die Tür aufzuschließen, als wenn sie sonst zum Putzen kam.

Zuallererst warf sie einen Blick in den Kühlschrank, dort sollte einiges Leckere zu finden sein, und tatsächlich hatte der Rechtsanwalt sich nicht lumpen lassen und sämtliche Fächer so prall mit Essen und Getränken gefüllt, dass sie es nicht über sich brachte, den Kühlschrank sofort wieder zu schließen, sondern lange davor stehen blieb, um sich die Herrlichkeiten richtig anzuschauen. Das war schon ein ganz schöner Luxus, immer einen vollen Kühlschrank mit genau solchen Lebensmitteln zu haben.

Das ist was anderes, Rechtsanwalt zu sein, dachte sie und versuchte sich vorzustellen, was für ein Gehalt er wohl hätte, kam aber zu keinem Ergebnis, denn mit den Tarifen dieser Branche hatte sie nie etwas zu tun gehabt.

Sie begann ihren Kontrollgang in der Waschküche, die nach der Brandstiftung von Grund auf renoviert worden war, stand dort lange mit sehnsüchtigem Blick in der Tür und öffnete und schloss abwechselnd die neuen Schränke, die fast alle Putzmittel enthielten, die derzeit auf dem Markt waren. Die Waschmaschine war ebenfalls neu und natürlich das modernste Modell. Sie hätte am liebsten sofort angefangen zu waschen.

Sie beendete ihren Rundgang im Keller, den sie bislang noch nie erkundet hatte, weil er so finster und kalt war. Aber die kleinen Kellerfenster an der westlichen Seite konnten auf den Feuerteufel ebenso einladend wirken wie die Fenster der Waschküche, weswegen sie dort unbedingt nach dem Rechten sehen wollte. Der Keller überraschte sie, vor allem der kleine, saubere und freundliche Weinkeller, in dem mindestens dreißig bis fünfzig Flaschen auf entsprechenden Gestellen lagerten. Dort fand sich auch die Outdoor- und Sportausrüstung des Rechtsanwalts, Wanderschuhe, Skier, Angelruten, Golfausrüstung, Tennisschläger, dieser Mann besaß einfach alles. Alles war ordentlich verstaut, nicht weniger systematisch als in der oberen Etage. Sie konnte nicht begreifen, wie man dermaßen durchorganisiert sein konnte. Wo lernte man so etwas?

Durch seine Sorgfalt im Kleinen wie im Großen lastete die Verantwortung noch schwerer auf ihr, und seine exzentrische Art tat ihr Übriges, sodass sie dasaß wie auf glühenden Kohlen, obwohl sie ursprünglich geplant hatte, es sich in diesem Haus richtig gemütlich zu machen. Jede Stunde ging sie durchs Haus und spähte durch alle Fenster, konnte keine Ruhe finden, war immer in Bewegung und schreckte jedes Mal zusammen, wenn von draußen ein Geräusch hereindrang. Szenen aus alten Filmen kamen ihr ins Gedächtnis, vor allem solche, die sich um Leute in einer ähnlichen Situation drehten. Meist hatte der Feind sich ins Haus geschlichen, bevor abgeschlossen wurde, war bewaffnet und wartete dann ruhig auf die Dunkelheit, im Keller oder in einem Schrank oben im Dachgeschoss. Bei dieser Erinnerung überfiel sie Panik, sie stürzte in das Spielzimmer des Rechtsanwalts, griff sich eins seiner Gewehre und patrouillierte anschließend damit durchs Haus wie ein Soldat. Dann bekam sie selber Angst vor dem Gewehr, mit dem sie sowieso nicht umgehen konnte, brachte es an seinen Platz zurück und setzte sich wieder ins Wohnzimmer. Dort saß sie stocksteif und wartete auf ein Geräusch oder einen Geruch, aber vergeblich. Zu diesem Zeitpunkt bereute sie bereits, sich auf diese Verpflichtung eingelassen zu haben, denn jetzt schien das Haus selbst in der nächtlichen Stille zum Leben zu erwachen, aus allen Ecken erklangen knarrende und knackende Geräusche, das Holz stöhnte, während es sich im aufkommenden Nachtfrost zusammenzog. Tagsüber kannte sie jede Nische und jeden Winkel in diesem Haus, aber dieses nächtliche Haus war ihr ganz und gar unbekannt. Wie der Mann es aushalten konnte, hier mutterseelenallein auszuharren, war ihr ein Rätsel.

Schließlich riss sie sich zusammen, briet sich einen Hamburger und guckte Videos bis zum frühen Morgen.

Die erste Nacht ging ohne Brandstiftung vorüber.

Am Morgen putzte sie wie geplant das Haus der alten Frau, allerdings fühlte sie sich so steif und kraftlos, dass sie Probleme mit den Extras hatte. Sie war davon überzeugt, dass sie schlagartig einschlafen würde, sobald sie das Haus des Rechtsanwalts wieder betreten würde, aber das war ein Irrtum. Sie lag hellwach im Gästezimmer und starrte in die Luft.

»Ich bin einfach völlig überdreht«, dachte sie, »das macht das Alleinsein.« Sie begann zu grübeln, wie es wohl sein würde, ganz allein zu wohnen, ob sie die Einsamkeit ertragen könnte, ob sie sich wohl einen Mann angeln musste, damit sie nicht anfing, Selbstgespräche zu führen wie eine alte Frau, oder ob eine Katze es auch tun würde. Schließlich schlummerte sie in der warmen Aprilsonne ein und wachte am Abend gut aufgelegt wieder auf. Sie sehnte sich danach, ein Bad einlaufen zu lassen und sich im piekfeinen Badezimmer des Rechtsanwalts im Schaum zu aalen, traute sich aber nicht, weil ihr aus verschiedenen Filmen noch lebhaft vor Augen stand, wie Mörder sich von hinten an Frauen heranschlichen, die gerade ein Bad nahmen. Stattdessen wusch sie sich einfach mit einem Waschlappen. Dann flatterte sie wie ein Schmetterling von Zimmer zu Zimmer, strich über alle Sachen, die ihr in den Weg kamen und genoss es, nicht mehr in das Kostüm der Putzfrau gepresst zu sein, die hier mittwochs sauber machte. Sie setzte alle Spielzeugeisenbahnen in Bewegung und beobachtete verzückt, wie sie die Schienen entlangsausten. Sie hatte schon öfter davon geträumt, einmal Zug zu fahren, in einem Zug zu essen und zu schlafen, und phantasierte sich in einen der Spielzeugzüge hinein.* In Benidorm hatte sie keinen einzigen Zug gesehen.

Im Arbeitszimmer neben dem Wohnzimmer waren die beiden Computer das einzig Interessante. Sie fuhr beide Rechner hoch. Der eine ähnelte dem Modell, mit dem sie in der Telefonzentrale gearbeitet hatte, der andere war neuer und deswegen traute sie sich nicht an ihn heran. Sie spielte ein paar Runden Patience und dachte wehmütig an ihre Arbeit in der Telefonzentrale zurück; sie verstand immer noch nicht, wieso ihr gekündigt worden war, ausgerechnet ihr, mit ihrer lächelnden Telefonstimme. Sie öffnete ein paar Dateien, fand aber nichts, was ihr Interesse weckte, es handelte sich ausschließlich um trockene Briefe, und sie kannte weder die Adressaten noch verstand sie, worum es ging. Aber sie entdeckte eine Datei, die ihr gut gefiel und die mal wieder typisch war für den Rechtsanwalt. Es war ein Bücherverzeichnis. Alle Bücher waren nach Kategorien geordnet und trugen einen Vermerk, in welchem Regal sie zu finden waren. Damit verbrachte der Rechtsanwalt also seine Zeit, wenn er allein zu Hause war. Kolfinna musste an den Forscher denken, der bestimmt hundertmal so viele Bücher hatte, die wie Treibgut in der ganzen Wohnung verstreut waren. Wenn sie einmal einen Computer besitzen würde, wollte sie auch ein Verzeichnis über all ihre Bücher anlegen. Allerdings müsste sie dazu wohl erst mal ein paar Bücher haben.

Sie hatte gar nicht vorgehabt, in die Ordner im Regal zu schauen, ihre Finger schienen sie ganz von selbst herauszuziehen, und auf ein-

* In Island gibt es keine Eisenbahnen.

mal kam ihr der Gedanke, dass sie dort eventuell seine Gehaltsabrechnung finden könnte. Aber der Rechtsanwalt bekam wohl keine Gehaltsabrechnung wie gewöhnliche Leute. Hingegen fand sie Kontoauszüge, die sie studierte. Ihr schwindelte, als sie die Summen sah, die auf seinem Konto eingingen. Das war nicht gerade Taschengeld. Viele Millionen Kronen in einem Monat.

»Der Typ ist ja unglaublich reich«, murmelte sie schockiert. Aber dann kam ihr in den Sinn, dass es sich dabei vielleicht um das Geld der Anwaltskanzlei handelte. Das musste es wohl sein, alles andere wäre nicht normal. Aber diese Unsummen hatten sie so aus der Fassung gebracht, dass sie sich nicht mehr auf die Patience konzentrieren konnte. Sie rannte durchs ganze Haus, bis sie sich wieder beruhigt hatte.

Nach Mitternacht bekam sie Hunger und schob ein Hähnchen in den Backofen. Es war ein einmaliges Gefühl, um Mitternacht zu kochen. So frei. Und während das Hähnchen vor sich hin brutzelte, tänzelte sie durchs Haus, vom Keller in die Waschküche und dann auf den Dachboden; als sie von dort die Treppe wieder herunterkam, kam sie auf die Idee, Hausherrin zu spielen. Die Ehefrau des Rechtsanwalts Ketill Fichter. Sie gab sich gesetzt.

Wie es sich für eine feine Dame gehörte, speiste sie im Esszimmer. Zuerst war sie das Hausmädchen und legte das beste Geschirr auf, das sich in der Anrichte fand, Porzellanteller, Silberbesteck und Kristallgläser, aber als sie das Essen aufgetragen und die Kerzen angezündet hatte, wechselte sie auf der Stelle die Rolle und war jetzt die Dame des Hauses, vornehm und distinguiert.

Auch wenn kein edler Tropfen im Weinglas war, sondern nur Cola aus der Dose, und die Mahlzeit auch eher an Fastfood erinnerte als an ein Essen à la carte, die Tischsitten der Dame des Hauses waren formvollendet. Ihr Auftreten wurde allein schon dadurch verändert, dass sie aufrecht am Tisch saß, von teurem Porzellan aß und aus einem schönen Glas trank. Ihre Gedanken flackerten hin und her wie die Kerzenflamme auf dem Tisch, und urplötzlich ging ihr ein Licht auf: Das hier war das schöne Leben. Hatte Listalín von einem solchen Leben gesprochen? Dem Leben einer feinen Dame?

In diesem Haus hatte sie bislang nicht die geringste Spur einer Frau entdecken können. Keine Kleidung, kein Schmuck oder sonstige Kleinigkeiten, die mit einer Frau verbunden waren, alles in diesem Haus gehörte zu ihm und auch die Einrichtung sah so aus, als sei sie fachgerecht nach seinen Wünschen und seinem Geschmack gefertigt worden. Sie war sich jedoch sicher, dass sich irgendwo ein Hinweis finden musste, falls doch mal eine Frau im Haus gelebt hatte. Irgendwo gab es bestimmt einen verborgenen Hinweis.

Sie stand vom Tisch auf und begann nach Fotoalben zu suchen, fand jedoch kein einziges. Die einzigen Bilder, die sie entdeckte, lagen ordentlich aufgestapelt im Bücherregal, Bilder von einem Angelausflug, Männer mit Lachsen und Angeln. Keine Frau. Noch nicht einmal die, die ihn in die Oper begleitet hatte. Sie durchsuchte Schränke und Schubladen in der Hoffnung, irgendwas zu finden, und sei es nur ein Taschentuch, Handschuhe, einen Schal, Ohrringe, eine Bürste, etwas, das aus Unachtsamkeit liegen geblieben war, fand aber nichts. Sie ließ sich wieder auf den Esszimmerstuhl fallen und stocherte in ihrem kalten Hähnchen herum.

»Was geht es mich auch an, ob hier einmal eine Frau im Haus war«, sagte sie mürrisch.

Aber dann kam ihr ein Geistesblitz, was sicher mit der Zubereitung des Hähnchens in Zusammenhang stand, denn auf einmal fielen ihr Kochrezepte ein. Alle Frauen sammelten Rezepte. Auf Zetteln, die sie hastig in Kochbücher oder irgendwelche Mappen steckten, um sie dann für lange Zeit zu vergessen.

Die Kochbücher des Rechtsanwalts und eine Mappe mit Rezepten standen in einem offenen Regal in der Küche. Sie blätterte jedes einzelne Buch durch, sah sich die handschriftlichen Rezepte an, sortierte sie nach der Schrift, holte das Adressbuch des Rechtsanwalts, verglich die Schrift darin mit den Zetteln und sah, dass sie den Nagel auf den Kopf getroffen hatte. Die meisten Zettel hatte jemand anderes als der Rechtsanwalt geschrieben. Mit einer weiblichen Handschrift.

»Sie hat aber keine so schöne Schrift wie ich«, sagte sie abschätzig.

Er hatte also doch mit einer Frau zusammengelebt.

Nach dieser Ermittlung überkam sie eine solche Müdigkeit, dass sie sich im Wohnzimmer in einen Sessel setzen musste. Als es schon fast Morgen war und sie immer wieder vor ihrem Krimi einnickte, ging sie nach oben ins Gästezimmer, um sich noch einen Augenblick hinzulegen, bevor sie nach Hause ging. Danach wollte sie verschwinden, damit der Rechtsanwalt nicht den Eindruck bekam, dass sie die ganze Zeit dort herumgehangen hatte. Was sie allerdings zum größten Teil getan hatte.

War es der Geruch, der sie weckte, oder die leichte Berührung einer warmen Hand auf ihrer nackten Haut? Noch bevor sie die Augen aufschlug, wusste sie, wer da schweigend auf ihrer Bettkante saß und sie musterte. Dieser männliche Duft war ihr schon einmal in die Nase gestiegen. Sie sah ihm direkt in die Augen, die belustigt zu glitzern schienen, woraufhin er höflich bemerkte: »Ich bin wieder da.«

»Niemand hat das Haus angesteckt«, verkündete sie, als sei dies im Moment das dringlichste Anliegen, und hielt dann verlegen die Hand vor den Mund. Sie hatte im Schlaf geseibert.

»Du hast einen schönen Mund«, sagte er und rührte sich immer noch nicht vom Fleck.

»Ich bin einfach eingeschlafen«, stöhnte sie entschuldigend. Verzweiflung ergriff sie, weil sie ungeschminkt war und seit zwei Tagen die Haare nicht gewaschen hatte, während er so wohlriechend, sauber und schön dort saß, was sollte er von ihr denken, so wie sie aussah?

»Ich habe Salzfisch aus den Westfjorden mitgebracht«, sagte er. »Darf ich Madame vielleicht zum Essen einladen?«

Eigentlich hatte sie so kurz nach dem Aufwachen keine Lust auf Salzfisch, aber die Anrede Madame kitzelte auf irgendeine Art und Weise ihre Eitelkeit, sie konnte sich nicht daran erinnern, je in ihrem Leben so genannt worden zu sein. Deshalb nahm sie die Einladung dankend an und beschloss, den Fisch irgendwie hinunterzuwürgen, das würde sie schon nicht umbringen.

Bereits zum zweiten Mal an diesem Tag saß sie an dem glänzenden Esszimmertisch, diesmal aber mit ein wenig Herzklopfen und einem schönen Mann gegenüber, der es verstand, den Tisch zu decken und jungen Frauen gegenüber ein elegantes Benehmen an den Tag zu legen, auch wenn sie nur Jeans trugen und deswegen nicht gerade viel Weiblichkeit ausstrahlten, ja, das war etwas anderes als diese Typen, die sie aus der Kneipe kannte und die einen kurz vor der Sperrstunde anzubaggern versuchten. Als er das Essen auftrug und ihr Wein einschenkte, wurde sie ganz verlegen, aber gleichzeitig stieg ihre Achtung.

»Ist das der Salzfisch«, fragte sie ungläubig und deutete auf das appetitlich aussehende Gericht in der Schüssel.

»Bacalao, auf spanische Art«, sagte er selbstgefällig. »Und dazu trinken wir natürlich einen spanischen Rotwein, keinen Weißwein, ja, ich sehe, dass du dich wunderst, aber in diesem Fall geht der Fisch als Fleisch durch. Ich kann dir das Rezept dafür geben, wenn es dir schmeckt, Salzfisch, Paprika, Sahne, alles zusammen im Ofen überbacken, eine einmalige Delikatesse.«

Er blickte von der Delikatesse hoch.

»Sollten wir nicht spanische Musik auflegen, damit die Stimmung zum Essen passt, was meinst du? Was hältst du zum Beispiel von Albeniz? Oder von Granados?«

Kolfinna sagte nur, sie habe dagegen nichts einzuwenden und wusste immer noch nicht recht, wie sie sich verhalten sollte, schließlich aß sie nicht jeden Tag um drei Uhr nachmittags spanische Gerichte und trank dazu Rotwein. Das Schlimmste war jedoch, dass sie nicht wusste, worüber sie sich mit ihm unterhalten sollte, da die Kunst der Konversation bei ihr zu Hause nicht gepflegt worden war. Das war peinlich, denn Ketill schien genauso wenig zu wissen, worüber sie sich am besten unterhalten sollten.

Die Musik verhinderte ein unangenehmes Schweigen.

Aber sie wollte doch unbedingt gut gelaunt und fröhlich wirken und brachte die Unterhaltung deshalb schließlich mit Fragen und Verhören in Gang, wie sie es seit langem von ihrer Mutter gewöhnt war. Ohne Vorwarnung rutschte ihr eine Frage heraus, die sie eigentlich nie hatte stellen wollen. Sicherlich war es das Rezept, das den Anstoß dazu gab.

»Bist du verheiratet?«

»Hast du den Eindruck?«

»Nein, ich meinte nur, ob du irgendwann einmal verheiratet warst?«

Er hob die Gabel und nippte am Wein, bevor er ihr schleppend antwortete: »Ich war verheiratet, aber nicht sehr lange.«

Keine besonders präzise Information. Sie konnte aber ihre Neugier nicht im Zaum halten und fragte ihn, ob er ausländischer Abstammung sei, wegen seines Nachnamens. Er gab zurück, dass sein Vater Deutscher gewesen sei. Dann schwiegen sie beide.

Je mehr sie aß, desto besser schmeckte ihr das Essen, und mit jedem Schluck fühlte sie sich behaglicher. Das Herzklopfen hatte sich gelegt, jetzt gab die spanische Musik den Takt an.

»Und was ist mit dir?«, fragte er plötzlich und legte das Besteck gekreuzt auf den Teller. »Verheiratet? Unverheiratet? Zusammenlebend? Geschieden? Alte Jungfer?«

Das letzte Wort fand sie so lustig, dass sie laut auflachen musste. Er betrachtete ihren Mund und ihre Zähne und lachte mit. Sie wusste selber nicht, ob es am Lachen lag oder der Wirkung des spanischen Weins zuzuschreiben war, dass sie auf einmal begann, ihm von sich zu erzählen und ihrem idiotischen Freund Sævar, mit dem sie einmal zusammengewohnt hatte. Er hörte ihr aufmerksam zu, woraufhin sie zum nächsten Thema überging und ihm von der Arbeit in der Telefonzentrale erzählte, vom Stellenabbau und der Arbeitslosigkeit, er hörte immer noch aufmerksam zu, sodass sie ein weiteres Thema anschnitt, Mathilda und ihre eigene Mutter, an die sie nun wie eine Gefangene gekettet war, aber bei diesem Thema sank ihre Stimmung so, dass sie den Faden verlor.

»Mein Leben ist also nie besonders aufregend gewesen«, beendete sie ihre Lebensgeschichte.

»Ich habe den Eindruck, dass dein Leben eigentlich ganz in Ordnung war?«

»Ja, aber nicht schön«, sagte sie dumpf.

Ein Grinsen lief über sein Gesicht. Die Haushaltshilfe war hochtrabend geworden.

»Das ist noch niemandem gelungen, ein schönes Leben zu führen«, sagte er.

»Doch, ich kenne eine alte Frau, deren ganzes Leben schön war.«

»Interessant, die Dame würde ich gern einmal kennen lernen. Ich habe noch nie jemanden in einer Angelegenheit vertreten, in der es um ein schönes Leben gegangen wäre, aber man kann ja nie wissen, was noch kommt, sodass man sich vielleicht mit der Frage beschäftigen sollte, was ein schönes Leben ist. So wie sich mir die Sache darstellt, denke ich, dass Schönheit hauptsächlich in den Dingen zu finden ist, die einem das Leben angenehm machen. Eine schöne Umgebung, die Kunst, gutes Essen – ein schönes Leben liegt in der Möglichkeit, wählen und ablehnen zu können. Aber die Voraussetzung dieser Freiheit ist Geld. Ohne Geld geht einem die Hälfte der Möglichkeiten im Leben verloren.«

»Meinst du damit, dass man sich ein schönes Leben kaufen kann?«

»Man kann alles kaufen.«

»Aber nicht die Liebe.«

»Sie ist das Erste, was sich zum Kauf anbietet«, sagte er trocken. »Die Geschichte zeigt, dass ein gebildeter Mann in einer guten Position, der Haus und Auto besitzt, fast jede Frau haben kann, die er möchte.«

Das schien ein lehrreicher Nachmittag zu werden.

»Also muss man Geld haben«, seufzte sie.

Er nickte und stand dabei auf, als sei ihm plötzlich etwas eingefallen. Er kehrte sofort mit seiner Pfeife und einem Scheck zurück, den er der Haushaltshilfe überreichte. Sie nahm ihn ehrfürchtig entgegen und war halbwegs verwirrt, als sie sah, dass sie an zwei Tagen so viel verdient hatte wie sonst ungefähr in einem halben Monat, und das obendrein noch schwarz.

»So ein Nebenjob zahlt sich aus«, murmelte sie.

»Nebenjobs und noch mehr Nebenjobs, ja«, sagte er und setzte sich zurecht. »Um in diesem Land etwas zu erreichen, musst du viele Nebenjobs annehmen, aber merke dir eins, du musst investieren und sparen, sparen und investieren, erst dann machen die Nebenjobs einen Sinn.«

»Wie fängt man das an?«

»Du fängst damit an, zehn Prozent deiner Einnahmen beiseite zu legen, auf einem Sparbuch oder in Pfandbriefen und Aktien, wenn du Zeit hast, den Markt zu beobachten, und ehe du dich versiehst, bist du eine reiche Frau, Kolfinna.«

»Wie lange dauert das?«, stieß sie hastig hervor.

»Nach fünf Jahren hast du dir ein solides Standbein verschafft, dann kannst du anfangen zu planen.«

»Fünf Jahre«, sagte sie laut. »Da bin ich ja schon uralt.«

»Weißt du irgendwas Besseres mit der Zeit anzufangen?«, fragte er und seine Augen wirkten auf einmal so merkwürdig kalt.

Sie gab keine Antwort, denn sie wusste zwar nichts Besseres mit ihrer Zeit anzufangen, hingegen wusste sie immer etwas mit ihrem Geld anzufangen. Sie nahm einen tiefen Schluck aus ihrem Glas und setzte es dann entschlossen wieder ab.

»Wie würdest du es an meiner Stelle anfangen?«

Er trug die Teller ab, zündete seine Pfeife an, goss die letzten Tropfen aus der spanischen Flasche in die Gläser, lehnte sich zurück und begann dann mit seiner weichen, dunklen, männlichen Stimme zu sprechen, die ihr die Knie weich werden ließ.

»Du musst dir ein Ziel stecken. Was möchtest du, wohin willst du, was hast du mit deinem Leben vor?«

Solche Fragen brachten sie aus der Fassung. So etwas Ähnliches hatte die Opernsängerin auch gesagt, wenn sie sich recht erinnerte, sollte sie sich darüber klar werden, wer sie selbst war und welches Image sie hatte, was sie beides nicht wusste, und nun wollte dieser Mann wissen, was für Ziele sie hatte und was sie vorhatte. Sie sank auf ihrem Stuhl zusammen und starrte für einen Moment in ihren Schoß, bevor sie ihn wieder ansah.

»Ich meine, muss man denn immer ein Ziel haben, muss das alles so kompliziert sein, ich wollte doch bloß wissen, wie man es anstellt, ein bisschen reich zu werden, ungefähr so wie du, wenn's recht ist.«

So im Nachhinein betrachtet, fand sie ihren Ausspruch ganz witzig.

»Frauen werden nie reich«, sagte er ohne Umschweife. »Ich kenne keine einzige Frau in ganz Island, die aus eigener Kraft reich geworden ist.«

»Jetzt mach aber einen Punkt«, gab sie zurück, denn jetzt konnte sie ihm nicht mehr folgen, »ich habe schon von so vielen reichen Frauen hier in Island gehört.«

»Keine Frau ist hier aus eigener Kraft reich geworden. Die betuchten Isländerinnen haben alle einen reichen Vater oder Ehemann, die ihnen den Rücken gestärkt haben«, erwiderte er so kategorisch, als läse er aus einem Gesetzbuch vor. Dann fuhr er fort und redete sich in Fahrt.

»Wenn man deine Herkunft in Betracht zieht, wirst du niemals reich, es sei denn, du angelst dir einen begüterten Mann, der dir was bieten kann. Auf der anderen Seite könntest du aber zufrieden stellend leben, wenn du nur mit deinen Pfunden wuchern würdest, statt dich ziellos in der Gesellschaft treiben zu lassen und dich Fortschritt und Wirtschaftswachstum in den Weg zu stellen, wie es sich die heutige Jugend zum Ziel gesetzt zu haben scheint. Niemand wird davon reich, die ganze Zeit nur vor dem Computer und dem Videorecorder zu hängen. Was, zum Beispiel, hast du in der Zeit gemacht, in der ich mir ein Zuhause geschaffen und ein ganzes Unternehmen aufgebaut habe?« Als er sah, dass er sie vor den Kopf gestoßen hatte, fügte er freundlich hinzu: »Wie hat dir der Bacalao geschmeckt?«

»Gut natürlich«, erwiderte sie kurz angebunden, denn sie hatte keine Lust sich anzuhören, dass sie zu den Leuten gehöre, die das Wirtschaftswachstum im Land zunichte machten, außerdem konnte sie sich beim besten Willen nicht daran erinnern, was sie die ganze Zeit über getan hatte, die Tage waren einfach vorübergegangen, zu Wochen, dann zu Jahren geworden, dagegen war sie machtlos gewesen.

Der Zauber, dem sie über dem Essen und dem Wein für einen Augenblick erlegen war, war verschwunden, in diesem Haus hatte sie zum jetzigen Zeitpunkt nichts mehr verloren.

»Danke für die Einladung«, sagte sie und stand auf, aber bevor sie auch nur einen Schritt machen konnte, sprang er auf, legte ihr die Hände auf die Schultern und sagte, dass sie noch einen Kaffee trinken müsse, ob sie denn nach dem Essen keine Lust auf Kaffee hätte?

»Nein, ich glaube nicht«, erwiderte sie im selben Tonfall, aber er schaute sie bittend an und sagte leise: »Erlauben Sie mir doch, Ihnen einen Kaffee anzubieten, Madame.«

Madame war das Zauberwort, wie konnte man einem Mann etwas abschlagen, der auf diese Art und Weise mit einem sprach? Selbst wenn man sauer war.

»Er ist gar nicht gekommen, dieser Brandstifter, den du erwartet hast«, sagte sie, als er den Kaffee brachte.

»Er wird kommen.«

Die Musik schien ihn in diesem Moment ganz gefangen zu nehmen. Er machte ein Gesicht, als würden ihn schmerzliche Erinnerungen einholen.

Sie betrachtete die Bilder an den Wänden, um den Blick auf etwas anderes als auf ihn zu heften. Aber er schien ihre Bewegungen und ihre Blicke genau zu verfolgen, obwohl er so abwesend wirkte.

»Gefallen dir die Bilder?«

»Nein, ich finde sie grauenvoll«, sagte sie, weil sie keine Lust mehr hatte, noch länger höflich zu sein.

Er war amüsiert: »Diese Bilder stammen von den begabtesten und berühmtesten Künstlern des Landes und du findest sie hässlich. Aber wir werden es niemandem weitersagen. Vielleicht findest du ja auch diesen geschmacklosen Kitsch schön, den die meisten Leute bei sich zu Hause hängen haben. Was für Bilder gefallen dir denn?«

»Einfach solche Bilder, wo man sich vorstellen kann, was sie darstellen sollen, oder so«, sagte sie, war in Gedanken aber längst woanders.

»Sag mal, wer macht hier eigentlich die Wäsche?«

Er griff sich an die Stirn, als habe er plötzlich Kopfschmerzen. Dann erwiderte er mit übertriebener Höflichkeit: »Manches bringe ich in die Reinigung, anderes wasche ich selbst.«

Sie sah ihn so offenherzig an, als habe er gerade eine ewige Wahrheit verkündet.

»Wir sollten mal zusammen ins Kunstmuseum gehen«, sagte er tiefernst.

Sie war sich nicht sicher, ob das ein Scherz sein sollte oder nicht und sah ihm misstrauisch ins Gesicht, gegen weitere merkwürdige Bemerkungen gewappnet, aber es kam nichts mehr, er war mit seinen Gedanken bei der Musik, diesem berückenden Gitarrenspiel, das kein Ende zu nehmen schien. Sie plante, bald mit ein paar kleineren Einwürfen wie »also dann« ihren Aufbruch anzukündigen und hob die Tasse, um den letzten Schluck Kaffee zu trinken. In diesem Augenblick spürte sie, dass sich etwas verändert hatte.

War es sein Gesicht, die Bewegungen, der Geruch? Ohne aufzusehen fühlte sie, wie er sie betrachtete, was er wollte, wonach er sich sehnte, und ihr Herz begann wild zu schlagen, denn sie sehnte sich ebenfalls danach, ihr ganzer Körper schmerzte, es war so lange her, dass jemand sie zum letzten Mal berührt hatte. Die Vernunft warnte sie zwar, dass daraus nichts werden konnte, nicht zwischen ihnen beiden, sie hatten nichts gemeinsam, aber dann fiel ihr plötzlich etwas viel Wesentlicheres ein, sie hatte sich seit Ewigkeiten keine neue Unterwäsche gekauft, sie würde tot umfallen, wenn er sie in diesen alten Lumpen sah, das kam nicht infrage, ausgeschlossen.

Sie schaute ihn kurz an, sah genau den Gesichtsausdruck, den sie erwartet hatte, diesen verschwommenen Blick, den Männer bekamen, wenn sie Verlangen nach einer Frau hatten, sodass sie mit zitternden Händen die Tasse auf den Untersetzer knallte, einen erstaunten Blick auf ihre Uhr warf und aufstöhnte: »O je, Mama wartet doch auf mich!«

Er rührte sich nicht. Auf dem Weg zur Tür rief sie ihm über die Schulter noch ein Dankeschön fürs Essen zu und verließ das Haus.

Die Unterwäsche, die sie sich kaufte, stand in keinem Verhältnis zu ihrem Lohn, ebenso wenig wie das meiste, was sie benötigte, aber sie war so seidenweich und schön genäht, dass sie gar nicht mehr davon ablassen konnte, über den Stoff zu streichen und ihn ans Gesicht zu halten. Das war sicher keine Investition, die sich vervielfachte, außer am Ende vielleicht im übertragenen Sinn, aber doch ein wertvolles

Stück für die Ausstattung einer jungen Frau, die bis jetzt nur angegraute Unterwäsche besaß. Während sie putzte und einiges aus der Kommode aussortierte, um Platz für ihre neue Spitzenwäsche zu haben, dachte sie an Ketills Worte, die ihr das ganze Wochenende keine Ruhe gelassen hatten. Wirtschaftswachstum und Fortschritt, sparen und investieren. Warum hatte man ihr so was nicht in der Schule beigebracht? Warum hatte ihre Mutter ihr nie beigebracht, mit Geld umzugehen? Das Einzige, was sie je getan hatte, war über die Preise zu jammern.

Ihre Mutter war geizig, das war das Problem.

Ihre bitteren Gedanken brachten sie ins Grübeln, was ihre Mutter eigentlich mit ihrem Geld machte. Sie war sich sicher, dass von dem Lohn ihrer Mutter noch etwas übrig blieb, wenn sie die täglichen Ausgaben beglichen hatte, denn das Haus war abbezahlt. Und für seinen Unterhalt gab sie mit Sicherheit nichts aus, denn es fiel ja fast zusammen. Für Heizung, Strom und Wasser bezahlte sie auch nicht viel, schließlich herrschte hier immer eine Grabeskälte, nie brannte unnütz ein Licht in einem leeren Zimmer, die Elektrogeräte wurden nur im äußersten Notfall angeschlossen, und das Telefon wurde eigentlich nur benutzt, wenn es sich um etwas ganz Dringliches handelte. Weil ihre Mutter zu geizig war, die Kabelgebühren zu bezahlen, hatten sie nur ein Programm und auch nur eine einzige Zeitung abonniert; wenn sie einmal nichts aus der Kantine mitbringen konnte, kaufte sie immer nur die billigsten Lebensmittel ein, niemals leistete sie sich neue Sachen, sie rauchte schon seit langem nicht mehr, trank keinen Wein, aß keine Süßigkeiten, ging nie ins Restaurant, ins Theater oder Kino, das Einzige, was sie sich ab und zu erlaubte, war ein Besuch beim Frisör – wo ließ diese Frau eigentlich ihr Geld?

Am nächstliegenden schien ihr, dass das restliche Geld auf ein Sparbuch wanderte. Frauen im Alter ihrer Mutter hatten eine besonders innige Beziehung zu Sparbüchern.

Sie marschierte hinunter in die Küche, um sich einen Kaffee zu machen und ihre Bitterkeit herunterzuschlucken, doch bevor sie sich versah, hatte sie begonnen, nach einem Sparbuch Ausschau zu halten und wie zufällig ein paar Schubladen und Schränke zu öffnen. Langsam wurde ihre Suche zielgerichteter, obwohl ihr gleichzeitig klar war, dass sie genauso gut eine Nadel im Heuhaufen hätte suchen können.

In den dreißig Jahren, die ihre Mutter in diesem Haus lebte, hatte sich alles Mögliche angesammelt: Leintücher, Tischdecken, Häkeldeckchen, Stoffreste, Schnittmuster, Briefe, Fotos, Rezepte, Nähzeug, Servietten und Zeitungsausschnitte von der Garderobe der weiblichen Mitglieder der britischen Königsfamilie. All dies hatte ihre Mutter unsystematisch in die Küchenschränke, Wohnzimmerschränke und die Schränke und Kommodenschubladen in ihrem Schlafzimmer gestopft. Nichts wurde weggeworfen, noch nicht einmal alte Strumpfbänder. Dieses Sammelsurium hätte genauso gut einer Frau gehören können, die lange Zeit in einem vom Krieg verheerten Land gelebt hatte und nichts wegwarf aus Angst, nichts kaufen zu können.

Je länger sie suchte und kramte, desto hemmungsloser wurde sie. Sie räumte das Unterste zuoberst, aber ein Sparbuch fand sie nicht. Erbitterung kroch in ihr hoch, als sie auf allen vieren vor dem Kleiderschrank lag. Dann gab sie die Suche auf und tröstete sich mit dem Gedanken, dass selbst Profis hier das Handtuch geworfen hätten. Kein Mensch konnte zwischen all diesem Krempel etwas finden.

Als die größte Erregung sich etwas gelegt hatte, begann sie darüber nachzudenken, welchen Zweck die Suche gehabt hatte, und kam zu dem Ergebnis, dass es keinen gab. Sie hatte einfach nur wissen wollen, ob sich in diesem Haus Geld verbarg.

Noch am selben Tag eröffnete sie ein Sparkonto und zahlte den Rest des Geldes, das sie von Ketill erhalten hatte, dort ein. Als sie wieder zu Hause war, betastete und betrachtete sie das Buch ebenso wie die Unterwäsche und versteckte es anschließend unter ihren seidenweichen Besitztümern in der Kommodenschublade. Das Guthaben flößte ihr so viel Selbstvertrauen ein, dass sie sich auf zwei in der Zeitung ausgeschriebene Stellen bewarb, einmal als Kellnerin in einem Hotel und einmal als Schreibkraft in einem Unternehmen. Sie strotzte so vor Optimismus, dass sie fast das Gefühl hatte, beide Stellen bereits sicher zu haben.

Aus Anstandsgründen wollte sie Mathilda über ihre Pläne in Kenntnis setzen, schließlich war nie geplant gewesen, dass sie die Arbeit als Putzfrau länger als bis zum Frühjahr übernahm, aber die Reaktion ihrer Freundin fiel schlimmer aus als erwartet. Mathilda hatte gerade eine Stinkwut auf die ganze Gesellschaft, und das schloss Kolfinna mit ein, hauptsächlich weil sie sich nicht allein und ohne Unterstützung mit drei Kindern durchs Leben schlagen musste wie sie.

»Bist du nicht mehr ganz richtig im Kopf, Mensch? Willst du, dass ich ausgerechnet jetzt putzen gehen und mich abrackern soll, wo ich den Kleinen gerade erst nach Hause holen durfte? Dass du so mies sein kannst! Hast du mir nicht versprochen, das bis zum Frühjahr zu übernehmen, oder wie, es ist ja schließlich gerade erst April, und außerdem brauchst du dir gar nicht einzubilden, dass du diese Stellen kriegst, auf die du dich beworben hast, auf eine Stelle kommen hundert Bewerber, das habe ich in der Zeitung gelesen, liest du vielleicht keine Zeitung oder was? Warum arbeitest du nicht abends noch etwas nebenher, hier oben im Kiosk mit der Videothek suchen sie jemanden, warum fragst du nicht mal den Typ dort? Außerdem finde ich es einfach unmöglich, wie selten du mich besuchst, ja, du brauchst mir gar nicht ins Wort zu fallen, so bist du immer schon gewesen, interessierst dich nur für deinen eigenen Scheiß.«

Und das, wo Kolfinna fand, dass sie eigentlich ständig an andere dachte.

Eigentlich hatte sie sich ihre Zukunft anders vorgestellt, als in einem Kiosk zu jobben, aber sie hatte noch nie so dringend Geld gebraucht, und deshalb dachte sie bei sich, es wäre vielleicht gar nicht dumm, den Kerl zu fragen, ob er jemanden brauchte. Sie konnte ja einfach dort aufhören, sobald sie die Stellen bekam, auf die sie sich beworben hatte. Sie schlenderte eher planlos als zielstrebig zur Videothek und fragte den Besitzer, den sie vom Sehen kannte, ob es stimmte, dass er eine Verkäuferin suche. Sie war sich bereits im Vorhinein sicher, dass er das weit von sich weisen würde, aber zu ihrer

Verwunderung kam es anders, er wollte sie einstellen, wenn sie an ein paar Abenden in der Woche käme, ob sie möglichst gleich am kommenden Freitag beginnen könne?

»Kein Problem«, erwiderte Kolfinna und schwebte aus dem Laden.

Der Tag war ein einziger Triumphzug gewesen, erst hatte sie sich edle Unterwäsche gekauft, ein Sparbuch eröffnet und dann Arbeit gesucht und Arbeit gefunden. Es war also nicht verwunderlich, dass sie beim Abendessen recht gesprächig war.

»Gibt's was Neues von deinen Arbeitskolleginnen?«

Ihre Mutter ließ sich Zeit mit der Antwort, schließlich hatte sie es nicht nötig, sich mit Kolfinna gut zu stellen, sie spritzte Ketchup auf ihren Fleischpudding und gab schließlich lang gezogen zurück: »Waaas?« Kolfinna fand es eine eigentümliche Angewohnheit für eine Frau in ihrem Alter, Ketchup auf jedes Essen zu tun. Nachdem sie den ganzen Teller mit roten Punkten verziert hatte, die Kolfinna an Blutspritzer erinnerten, antwortete ihre Mutter schleppend: »Na ja, ich denke, es geht ihnen gut. Sigrid fühlt sich im Moment etwas schlapp, das ist ja nichts Neues, die Sache ist bloß, dass wir ihre Arbeit mit übernehmen müssen, wenn sie nicht kommt, denn die hohen Herren sind ja zu geizig, um noch eine Stellvertretung einzustellen. Dieses Herumstehen den ganzen Tag ist einfach entsetzlich, ich bin dieser Arbeit langsam nicht mehr gewachsen, so gesehen könnte ich genauso gut krank feiern wie Sigrid, denn so langsam habe ich auch das Gefühl, dass meine Nieren versagen, oder irgendwas anderes an dieser Stelle, zumindest habe ich dort hinten Schmerzen von oben bis unten, aber man will ja nicht dauernd jammern, das war noch nie meine Art.«

An Appetit fehlte es ihr allerdings nicht, die roten Tropfen verschwanden einer nach dem anderen. Kolfinna fragte, ob sie mit dem Arzt gesprochen habe.

»Nein, ich habe nicht mit dem Arzt gesprochen und das habe ich auch nicht vor, im Gesundheitszentrum ist jetzt ein neuer Arzt, und ich sehe gar nicht ein, alles über mich und meine Krankheiten herunterzuleiern, nur damit er weiß, worum es geht.«

Der Fleischpudding wurde mit großer Geschwindigkeit in kleine Stücke geschnitten, worauf das Messer zur Seite wanderte und die Gabel schnell und unablässig hin und her ging. Kolfinna hatte noch nie darauf geachtet, wie ihre Mutter aß, aber da sie vor kurzem noch mit dem Rechtsanwalt beim Essen gesessen hatte, verglich sie unwillkürlich die Tischsitten der beiden miteinander. Da klaffte ein gewaltiger Unterschied. Wie schrecklich, wenn die Leute, bei denen sie putzte, ihre Mutter beim Essen sähen. Aber sie hielt jeden Kommentar darüber zurück und beschloss, dass es das Beste sei, das Gespräch auf andere Themen als Ärzte und Krankheiten zu lenken, da diese Gespräche zu oft im Streit endeten.

»Ich werde ab jetzt abends in der Videothek arbeiten, morgen fange ich dort an«, verkündete sie und wartete auf die Reaktion.

Ihre Mutter betrachtete sie über ihre Brille hinweg und seufzte so tief, als habe sie tagelang ohne Unterbrechung geschuftet: »Wieso kannst du dir nicht eine anständige Arbeit suchen, wie andere Leute in deinem Alter auch. Die Tochter meiner Arbeitskollegin hatte keine Probleme, eine gute Stelle zu finden. Videoverleih, pah, so einen Arbeitsplatz hast du dir also ausgesucht. Ja, das ist wohl der richtige Ort für dich, da wird's dir wohl nicht langweilig werden.«

»Ich habe mich auch auf eine Stelle als Kellnerin beworben und auch als Schreibkraft, das ist heute rausgegangen.«

»Das will ich aber erst mal mit eigenen Augen sehen, dass du eine solche Stelle bekommst, ohne Erfahrung oder irgendeine Ausbildung in der Richtung, aber es ist sicherlich nicht das Dümmste, wenn du dich aufraffst, mal etwas auszuprobieren, meiner Meinung nach solltest du das öfter tun. Es wird jetzt auch mal Zeit, dass du mehr Haushaltsgeld bezahlst. Das machen so gut wie alle in deinem Alter, ich bekomme das Essen nicht umsonst und das hier ist kein Hotel, falls du das geglaubt haben solltest. Außerdem kann ich gar nicht begreifen, wo dein Geld geblieben ist, du hast doch jeden Monat an die fünfzigtausend Kronen nach Hause gebracht, fast so viel wie mein Lohn, trotzdem soll ich, bitte schön, alle Rechnungen bezahlen. Wo lässt du eigentlich dein Geld?«

Kolfinna musste sich zurückhalten, um diese Frage nicht gleich an ihre Mutter zurückzugeben. Aber sie wusste, wenn die Unterhaltung erst einmal um finanzielle Dinge kreiste, konnte es darauf hinauslaufen, dass ihr Sparbuch entdeckt wurde, und dann war zu erwarten, dass sie mehr zum Haushaltsgeld beitragen musste. Deshalb erwiderte sie nichts, hüstelte nur und erklärte, dass wohl der Frühjahrsschnupfen im Anzug sei.

Vor dem Schlafengehen betrachtete sie den Traum aus Spitze noch einmal und beschloss, nur noch in der neuen Unterwäsche zum Rechtsanwalt zu gehen. Auch wenn sie darin putzen musste. Man konnte ja nie wissen, ob dort nicht noch einmal etwas Ähnliches passieren würde wie beim letzten Mal. Am nächsten Morgen, als sie zu ihm putzen ging, stand sie besonders früh auf und duschte, bevor sie sich anzog. Sie stand unter der Dusche, bis ihre Haut rot wurde. Aber der Rechtsanwalt ließ sich nicht blicken während sie putzte. Jedes Mal, wenn sie draußen ein Auto hörte oder irgendein anderes Geräusch, stellte sie den Eimer beiseite und lauschte in der Hoffnung, seine Schritte zu hören. Trotzdem war sie die ganze Zeit auf der Hut. Sie wusste, dass dieser Mann einen unhörbaren Schritt hatte, sodass er jederzeit hinter ihr stehen konnte, wenn sie sich umdrehte. Aber so oft sie sich auch umdrehte, nie stand er hinter ihr. Im Laufe des Tages kam sie zu der Überzeugung, dass sie ihn beleidigt hatte, indem sie Hals über Kopf aus dem Haus gelaufen war, eine richtige Dame benahm sich bestimmt nicht so. Als sie sich aber gegen Mittag daran machte, die Küche in Angriff zu nehmen, sah sie auf dem Küchentisch ein Päckchen und einen Zettel.

Darauf stand: »Mein Bacalao hat dir geschmeckt. Probier dieses Rezept aus.«

In dem Päckchen war Salzfisch, auf der Rückseite des Zettels stand das Rezept.

Als ihre Mutter am Abend mit hängenden Schultern von der Arbeit nach Hause kam, sagte Kolfinna aufgeregt: »Morgen koche ich.«

Ihrer Meinung nach musste ihre Mutter endlich mal begreifen, dass das Leben nicht nur aus gekochtem Salzfisch bestand.

Am nächsten Tag kaufte sie alles ein, was sie für dieses exklusive Gericht brauchte, und noch einiges mehr, weil es ihr immer so viel

Spaß machte, fürs Essen einzukaufen. Dann machte sie sich mit solchem Feuereifer ans Kochen, dass die Funken stoben. Die Messer zischten, als sie das Gemüse klein schnitt, es sang in der Pfanne, als sie den Salzfisch anbriet, und als sie die Nudeln kochte, beschlugen die Fenster von innen. Während das Gericht vor sich hin köchelte, räumte sie die Küchenutensilien zusammen, die überall verstreut lagen, weil die Zubereitung ziemlich kompliziert gewesen war. Dann kramte sie in allen Schubladen, bis sie eine Tischdecke fand, die weder ausgeblichen noch an den Rändern ausgefranst war. Sie legte sie auf und reckte sich dann im Oberschrank nach dem uralten und gelblichrosa getönten Sonntagsgeschirr, Made in Poland, und knallte zwei Teller auf den Tisch.

Sie hörte ihre Mutter im Eingang und wartete gespannt in der Küche. Ihre Mutter erschien im Türrahmen, schnupperte kurz, starrte auf den gedeckten Tisch und schwieg verbissen. Kolfinna wartete auf ein Lob.

»Das ist das gute Geschirr«, sagte ihre Mutter schließlich.

Kolfinna entgegnete, ob es nicht in Ordnung sei, das Zeug auch mal zu benutzen.

»Das ist die gute Decke«, fuhr ihre Mutter fort.

Kolfinna fühlte sich mittlerweile etwas genervt, aber als sie den Bacalao aus dem Ofen holte, gewann die Freude wieder Oberhand und sie konnte ihren Stolz nicht verbergen, als sie die Schüssel auf den Tisch stellte.

»Das ist mit Paprika, Lauch, Knoblauch, die Soße natürlich mit Sahne, ein spanisches Gericht«, sagte sie bescheiden in dem Bewusstsein, dass sie ausgezeichnet kochen konnte, auch wenn sie das in diesem Haus noch kaum unter Beweis gestellt hatte.

Ihre Mutter setzte sich an den Tisch und nahm sich eine winzige Portion. Sie stocherte mit der Gabel in ihrem Teller: »Was soll da drin sein?«

»Das ist Salzfisch, Mensch! Mit Sahne und Paprika und so weiter«, wiederholte Kolfinna und hob die Stimme.

Ihre Mutter begann zu essen und schluckte jeden Bissen voller Misstrauen hinunter.

»Billig war das nicht gerade«, murmelte sie vor sich hin, begann aber allmählich, schneller zu essen. Sie leerte ihren Teller und Kolfinna fragte, ob sie nicht noch ein bisschen nachnehmen wolle.

»Gegessen muss es ja wohl werden, wenn schon so viel Geld für die Zutaten verschwendet wurde«, erwiderte ihre Mutter ungehalten und nahm sich noch einmal. Dieses Mal aß sie noch schneller. Soweit Kolfinna sehen konnte, schien ihr das Essen zu schmecken, weshalb sie sie nach dem zweiten Teller freundlich fragte, ob sie sich nicht noch ein bisschen nehmen wolle, damit sie die Reste nicht wegwerfen müssten.

»Ich habe eigentlich gar keinen Appetit«, sagte ihre Mutter müde und nahm sich ein drittes Mal. Der Teller war randvoll.

»So kann man Salzfisch auch zubereiten«, sagte Kolfinna zufrieden mit sich und fand die Zeit gekommen, das Gespräch auf ihren Anteil an dieser Variation des isländischen Salzfischs zu lenken und Anerkennung für ihre Initiative einzuheimsen.

Ihre Mutter schmatzte und zerdrückte den Fisch in der Soße: »Ganz normal gekocht finde ich ihn aber mindestens genauso gut.«

Der Betrieb im Videoverleih gefiel Kolfinna, es hob ihre Laune, so viele neue Gesichter zu sehen und sich mit den Leuten über die Filme zu unterhalten, ihnen zu erzählen, wovon sie handelten und ob sie ein Happy End hatten. Sie war in ihrem Element und fühlte sich von Anfang an wohl. Der Besitzer merkte rasch, dass seine Angestellte die Kunden gut und sachkundig bediente und ließ sich deshalb abends immer seltener blicken.

Die beste Zeit war nach zehn. Dann war meist wenig Betrieb und sie konnte einen Film in den Recorder an der Theke einlegen und mit einem Auge hinschauen. Manchmal auch mit beiden. Sie sah jeden Film, der neu herauskam und bekam nie genug. Der größte Vorteil bei der Arbeit war natürlich, dass sie jetzt nach Belieben Videos mit nach Hause nehmen konnte, und wenn ihre Mutter sie nachmittags vor dem Fernseher überraschte, brauchte sie keine Entschuldigung mehr für ihre Faulenzerei zu finden, sondern sagte einfach, man habe sie gebeten, den Film anzusehen, damit sie den Kunden davon erzählen konnte.

»Was für eine Hottentottenarbeit ist das eigentlich?«, fragte ihre Mutter wütend. Dann beschloss sie, dass Kolfinna ab nächsten Monat mehr Haushaltsgeld bezahlen musste. Genau das hatte Kolfinna befürchtet.

Ganze Tage dachte sie darüber nach, wie sie ihre Einkünfte steigern, mehr sparen, mehr beiseite legen könnte, schließlich wollte sie nicht zu denen gehören, die Fortschritt und Wirtschaftswachstum zunichte machten, so viel war sicher. Auf ihre Bewerbungen hatte sie keine Antwort erhalten und mittlerweile hatte sie das Gefühl, dass Mathilda in diesem Punkt Recht gehabt hatte; diese Stellen würde sie nicht bekommen, wahrscheinlich gab es Dutzende von Mitbewerbern. Sie beschloss, demnächst noch einmal ins Beratungs- und Arbeitsvermittlungszentrum zu gehen. Trotzdem fand sie es unverschämt von diesen Arbeitgebern, sich bei den Bewerbern noch nicht einmal zu melden – so wollte sie sich auf keinen Fall verhalten, wenn sie erst mal ein eigenes Geschäft hatte. Sie hatte nämlich in letzter Zeit große Träume. Sie wollte nicht nur eine eigene Wohnung, sondern auch ein eigenes Geschäft. Klein und überschaubar. Einen kleinen Laden. Dann würde sie nie wieder arbeitslos sein. Im Gegenteil, dann könnte sogar Mathilda Arbeit bei ihr bekommen.

Sie wusste gar nicht, wieso ihr auf einmal diese Idee gekommen war. Es schwirrten aber noch mehr Ideen in ihrem Kopf herum, und am wildesten schwirrte der Gedanke mit dem Nebenjob. Wie konnte sie an Nebenjobs kommen? Am besten so etwas wie bei Ketill, als sie das Haus bewachte? Als sie eines Abends im Computer der Videothek nach einem Film suchte, der dort verzeichnet sein musste, fiel ihr das elektronische Ablagesystem des Rechtsanwalts wieder ein, und im gleichen Augenblick kam ihr eine Idee.

Und zwar keine schlechte Idee.

Aufgrund ihrer intensiven Lektüre von Frauenzeitschriften wusste sie, dass man als Frau korrekt gekleidet sein musste, wenn man zu einem Bewerbungsgespräch ging. Mit diesem Wissen gewappnet machte sie sich am Donnerstagmorgen hübsch und zog den roten

Pullover an, den sie auf Ratschlag der Sängerin gekauft hatte. Zuvor hatte sie geduscht. Derart zurechtgemacht und wohlriechend marschierte sie unter dem Vorwand zum Forscher, dort putzen zu wollen, aber eigentlich ging es ihr darum, sich einen weiteren Nebenjob zu sichern.

Sie hatte Flosi an den vergangenen Donnerstagen kaum zu Gesicht bekommen, aber ihre Kommentare über den pfleglichen Umgang mit dem Badezimmer hatte er sich offensichtlich zu Herzen genommen. In letzter Zeit hatte es dort nur noch nach Seife gerochen. Ansonsten hatte er sich allerdings keinen Deut verändert und schien nach wie vor seinen ganzen Ehrgeiz darauf zu richten, seine Wohnung in eine Mülldeponie zu verwandeln.

Meistens kam sie beim Putzen ins Schwitzen, besonders in diesem Haus, wo sie sich ständig nach etwas bücken musste. Deshalb wollte sie die Sache so schnell wie möglich hinter sich bringen, solange sie noch angenehm duftete. Um auf Geräusche aus dem Arbeitszimmer achten zu können, ohne wieder an der Tür horchen zu müssen, begann sie im Wohnzimmer. Sie hörte nichts, spürte aber, dass sie nicht allein in der Wohnung war. Nervös trat sie von einem Bein aufs andere, da sie nicht recht wusste, ob sie es wohl wagen konnte, ihn bei seiner wissenschaftlichen Arbeit zu stören. Schließlich kam ihr die Idee, ihn mit dem Heulen des Staubsaugers aus seinem Zimmer zu locken beziehungsweise ihn auf diese Weise daraus zu vertreiben. Das wirkte.

»Mensch, was machst du hier für einen verdammten Lärm«, beschwerte er sich lautstark und stand in der Tür.

Sie machte den Staubsauger aus: »Ich sauge doch nur.«

»Muss das sein?«, fuhr er wütend fort, beruhigte sich dann aber allmählich und betrachtete sie, musterte sie von oben bis unten, wobei sich sein Gesichtsausdruck langsam veränderte.

Kolfinna wusste, dass sie diese Schlacht gewinnen würde, wenn sie ihre Trümpfe clever genug ausspielte.

»Soll ich vielleicht in deinem Arbeitszimmer staubsaugen?«, fragte sie mit weicher Stimme und ging auf ihn zu, damit er ihr Parfüm riechen konnte.

Sie konnte an seinen Nasenflügeln ablesen, dass ihr Duft ihm in die Nase stieg.

Sie trat noch näher an ihn heran, sodass er zu einer Antwort genötigt war.

»Wenn es unbedingt sein muss, kannst du meinetwegen einen Augenblick dort drinnen saugen. Aber nur für ein paar Sekunden.«

Er blieb ihr dicht auf den Fersen, während sie mit dem Staubsauger hantierte, tat jedoch so, als interessiere ihn das gar nicht, blätterte in Büchern und Unterlagen und sah mit scharfem Blick aus dem Fenster. Sie wusste, dass jetzt der richtige Augenblick gekommen war und schaltete den Staubsauger aus. Ließ ihre Stimme ganz sanft werden.

»Hör mal, mir ist da was eingefallen, aber ich bin mir nicht sicher, ob das für dich von Interesse ist.«

Er sah sie aufmerksam an und wartete ab.

»Du hast doch so viele Bücher, mir ist eingefallen, ob du nicht, also, vielleicht willst du sie ja im Computer verzeichnet haben, dann weißt du, welche du hast und so?«

Offensichtlich hatten seine Gedanken im Moment nicht in erster Linie um seine Bücher gekreist. Er schaute sie ungläubig an, die Enttäuschung stand ihm ins Gesicht geschrieben, bis er den Blick schließlich teilnahmslos auf seine Bücher richtete. Aber er sagte kein Wort.

Sie hatte Probleme, ihr Anliegen deutlich zu machen.

»Ja also, ich weiß, dass andere mit so vielen Büchern es so machen, und weil ich so was ganz gut kann, habe ich mir gedacht, ich könnte dir anbieten, das für dich zu erledigen, so als Nebenjob.«

Plötzlich schien sich der Nebel der Verständnislosigkeit in seinem Kopf etwas zu lichten, und sie glaubte sogar ein leichtes Grinsen zu erkennen.

»Wie hoch ist die Bezahlung?«, fragte er und starrte unverwandt auf ihre rote Lippen.

»Nach Vereinbarung.«

»Und wo gedenkst du zu arbeiten?«

»Einfach hier drin, an diesem Computer.«

»Und wo soll ich in der Zwischenzeit bleiben?«

Sie zuckte mit den Schultern und versuchte in Gedanken, einen passenden Aufenthaltsort für ihn zu finden.

Er verlor die Geduld.

»Wofür brauchst du denn so einen Nebenjob?«

»Ich spare für eine eigene Wohnung.«

»Hast du keinen Freund?«, fragte er unverschämterweise.

»Nein, ich wohne bei meiner Mutter, falls du nichts dagegen hast«, erwiderte sie ungehalten, denn sie fand, dass er mit ihr redete wie mit einem Kind.

Er verschwand in Windeseile in der Diele, aber bevor er die Tür hinter sich zuknallte, rief er zurück: »Hinterlass deine Telefonnummer, ich werde darüber nachdenken.«

Sie wusste, dass Forscher viel und lange nachdenken mussten und zudem schusselig und vergesslich waren, sodass sie in der nächsten Zeit nicht mit einer Antwort rechnete. Aber Flosi schien nicht zu diesem Typ zu gehören, er schien schnell zu denken und Entscheidungen zu treffen. Vielleicht gehörte diese Angelegenheit ja auch nicht zu den akademischen Disziplinen, die intensiver Denkarbeit bedurften.

Er rief noch am gleichen Abend um zehn Uhr an.

Es war Kolfinnas freier Abend und sie hatte die Gelegenheit genutzt, Wäsche zu waschen, denn als Frau, die wieder mit einem Bein im Arbeitsleben stand, musste sie ihre Sachen in Ordnung halten. Deshalb war sie gerade unten in der Waschküche, als das Telefon klingelte, und ihre Mutter, die gelangweilt vor dem Fernseher saß, war schneller am Telefon. Sie kam ungläubig die Treppe hinunter und sagte fragend: »Da ist ein Mann am Telefon, der dich sprechen will?«

Kolfinna hatte keine Ahnung, wer das sein könnte, sie hatte in letzter Zeit keinen Mann kennen gelernt, da sie sich schon lange nicht mehr ins Nachtleben gestürzt hatte. Sie vermutete deshalb, dass es sich um den Eigentümer der Videothek handelte, hob etwas nervös den Hörer hoch und versuchte, ein Lächeln in ihre Stimme zu legen wie in früheren Zeiten in der Telefonzentrale.

Ohne Umschweife oder weitere Einleitung begann er kurz und bündig das Gespräch: »Flosi hier.«

»Was? Ach so«, sagte sie.

»Du kannst dieses Bücherverzeichnis anlegen, wenn du willst.«

»Tatsächlich?«

»Wir besprechen das, wenn du das nächste Mal zum Putzen kommst. Bis dann.«

Damit war das Gespräch beendet.

Sie drehte sich um und stieß mit ihrer Mutter zusammen, die mit verschränkten Armen direkt hinter ihr stand und mit gerunzelten Brauen jedes Wort verfolgt hatte, auch dass Kolfinna kaum zu Wort gekommen war.

»Wer war das?«, fragte sie gespannt.

Aus alter Gewohnheit begann Kolfinna ihrer Mutter zu erklären, worum es ging, aber noch während sie es ihr gestikulierend auseinander setzte, dachte sie, wie nervig sie es fand, immer über jeden Schritt und sämtliche Privatangelegenheiten Rechenschaft ablegen zu müssen. Von Kindheit an hatte ihre Mutter das verlangt, und wenn sie dem nicht Folge leistete, führte das unweigerlich zu Schmollen und dicker Luft. Und obwohl sie inzwischen bald dreißig war, musste sie immer noch ihr Privatleben vor dieser Frau ausbreiten, die dort mit vorstehendem Bauch in einem uralten Jogginganzug und Lesebrille auf der Nase dastand und die Mundwinkel nach unten zog. Diese Frau, die sie immer nur zurechtgewiesen hatte, die nie lieb zu ihr gewesen war. Nie hatte sie Kolfinna gelobt, zum Lernen angespornt oder dazu, ihre sonstigen Talente zu entwickeln, die sie als Mutter doch hätte erkennen müssen, nein, nie hatte sie sie angespornt, und vielleicht war sie deswegen, genau deswegen, so missraten, ein Loser, wie ihre Freundin es ausgedrückt hatte.

Mitten in ihrem Bericht brach sie ab, kniff die Lippen zusammen und ging zur Kellertür.

Ihre Mutter war weder in ihrer Neugier noch in ihrem Misstrauen zu bremsen.

»Zuerst verdienst du dir zusätzliches Geld bei diesem Rechtsanwalt und hängst deshalb nächtelang bei ihm herum, und jetzt willst du einen Nebenjob bei irgendeinem anderen Akademikus annehmen und musst auch wieder zu Gott weiß was für Tageszeiten bei ihm im Haus sein, ich frage mich eins, hast du was mit diesen Männern, und wenn ja, warum können sie dich dann nicht wie jeder anständige Mann ins Kino einladen, also, was ist da zwischen euch?«

»Der Putzeimer«, entgegnete Kolfinna brüsk und ging hinunter in die Waschküche.

Sie hatte gerade zwei Jeans in die Maschine gestopft, da stand ihre Mutter schon wieder hinter ihr.

»Es mag ja sein, dass hier in Island mittlerweile alles ungeheuer freizügig ist, aber das ändert nichts daran, dass Frauen einen schlechten Ruf kriegen, wenn sie so von einem Mann zum anderen wandern, und eins sag ich dir, die wollen gar nichts von dir, auch wenn du mit ihnen ins Bett gehst, solche Typen sind das.«

Kolfinna war inzwischen so wütend, dass ihr fast der Kopf platzte.

»Nein, ganz richtig, die wollen gar nichts von mir, weil sie tolle Eltern hatten, die ihnen eine gute Ausbildung ermöglicht haben und ihnen geholfen haben, es im Leben zu etwas zu bringen. Die ihnen Geld für einen guten Start geliehen haben, während ich bloß eine geizige Mutter mit einem Kantinenjob habe und der ich immer scheißegal war!«

Ihre Mutter kniff die Augen zusammen und schnaubte durch die Nase.

»Musst du unbedingt so viel Waschpulver benutzen«, keifte sie.

»Wenn du mich so überwachst, nehme ich die ganze Packung!«, schrie Kolfinna.

»Du brauchst mich gar nicht anzuschreien, meine Liebe, denn das ist mein Waschmittel und das ist mein Haus, selbst wenn ich nur in einer Kantine arbeite, und wenn du dir jetzt nebenher so viel Geld mit Putzen verdienst, kannst du langsam mal anfangen, auch hier im Haus zu putzen, genauso wie ich auch, oder glaubst du vielleicht, du bist hier im Hotel oder was, und außerdem tust du ab jetzt auch mehr zum Haushaltsgeld dazu, du benutzt nämlich genau wie ich Telefon, Strom und Heizung, obwohl du dich bisher immer drum herumgedrückt hast, auch nur eine einzige Rechnung zu bezahlen!«

Mit dem Fuß knallte Kolfinna die Waschmaschine zu.

»Ja, und du hast dich immer darum herumgedrückt zu bezahlen, was andere Eltern für ihre Kinder ausgegeben haben, Musikunterricht oder ein Instrument oder Jazzballett oder Skifahren, du warst ja zu geizig, um mir Skier zu kaufen oder Schulbücher und Klamotten, ich habe in der Schule aufgehört, weil ich immer herumlaufen musste wie das Kind von armen Leuten! Du warst zu geizig, um mir Geld für irgendwas zu geben, du hast dich ja immer nur um deinen eigenen Scheiß gekümmert oder um irgendwelche verdammten allein erziehenden Mütter oder uralten Omas, die sowieso abkratzen! Ich kapiere nicht, wieso ihr mich überhaupt in die Welt gesetzt habt, wo ihr doch eigentlich viel zu geizig wart, um euch ein Kind zu leisten!«

Ihre Mutter zitterte.

»Dem Himmel sei Dank, dass dein Papa nicht mehr lebt und das nicht hören muss.«

»Papa, Papa, ja was?! Was für ein verdammter Papa, der hat sich doch nie um mich gekümmert, der hat doch immer bloß in die Luft oder in die Glotze gestarrt, wenn er zu Hause war, immer am Krepieren wegen irgendwelcher Schmerzen oder vor lauter Depressionen, warum zum Teufel hat er überhaupt noch ein Kind gemacht, als er schon viel zu alt und tatterig war, um sich darum zu kümmern!«

»Ich glaube, du bist übergeschnappt«, sagte ihre Mutter fassungslos und ging ein Stück die Treppe hinauf.

»Ja, ich bin übergeschnappt, übergeschnappt!«, kreischte Kolfinna und trat immer wieder gegen die Waschmaschine.

Ihre Mutter rannte die Treppe hinauf.

Völlig erschöpft sackte Kolfinna über der Waschmaschine zusammen und hing mit dem Oberkörper darüber, bis es sie schmerzte. Dann schleppte sie sich in ihr Zimmer hinauf, schloss die Tür ab und trat auf den Balkon, um in der kühlen Nachtluft tief durchzuatmen. Dort saß sie zusammengekauert und schaute über die Dächer, bis sie vor Kälte steif war.

Als sie später am Abend ins Bad ging, stieg ihr von unten aus dem

Wohnzimmer ein altbekannter Geruch in die Nase. Ihre Mutter hatte wieder angefangen zu rauchen.

Am nächsten Tag hörte sie ein Husten von oben, als sie kurz nach Mittag nach Hause kam. Sie legte die Schlüssel auf das Telefontischchen, knöpfte den Mantel auf, schaute auf das Telefon, während sie auf ein zweites Husten wartete, hängte den Mantel auf und ging schleppenden Schrittes die Treppe hinauf.

Die Tür zum Zimmer ihrer Mutter war angelehnt, und sie drückte sie ein kleines Stück auf. Ihre Mutter lag auf der Seite und hatte das Gesicht zur Wand gedreht, bis auf die Schuhe komplett angezogen, ohne eine Decke über sich. Kolfinnas Blick ruhte für einen Augenblick auf dem Körper ihrer Mutter, ihren schmalen Schultern und den Hüften, die in dieser Position noch breiter schienen als sonst, sie musterte den Rock und den Pullover, die ihre Mutter seit Monaten zur Arbeit in der Kantine trug, und die Laufmasche am linken Bein.

Das war ihre Mutter.

Warum achtete die Frau nicht mehr auf ihr Äußeres?

»Bist du krank?«, fragte sie leise und tonlos. Vielleicht schlief ihre Mutter ja. Vom Bett kam keine Antwort, aber Kolfinna hatte trotzdem das Gefühl, dass sie sich nur schlafend stellte, um nicht antworten zu müssen. Sie hatte sich offenbar in die Schmollecke zurückgezogen, würde nun nach alter Manier einige Tage dort bleiben und weiter in der Rolle des Opfers verharren, wenn niemand sie dort herausholte. Dieses Spiel kannte Kolfinna und ließ sich dadurch nicht beirren.

Aber um zu zeigen, dass sie nicht mehr ganz und gar böse war, auch wenn sie mal einiges klargestellt hatte, und dass es unter ihrer Würde war zu schmollen wie diejenigen in diesem Haus, die älter waren, nahm sie eine Wolldecke vom Stuhl und deckte ihre Mutter damit zu.

»Ich brauch keine Decke«, stieß ihre Mutter hervor, ohne den Kopf zu bewegen.

»Bist du krank?«, fragte Kolfinna noch einmal und versuchte, ihre Stimme möglichst unbeteiligt klingen zu lassen, um ihr zu zeigen, dass ihr das total egal war.

Sie bekam keine Antwort.

»War die Kantine heute geschlossen?«

Diese Worte zeitigten die erwünschte Wirkung.

»Wann ist die Kantine wohl jemals geschlossen gewesen, glaubst du, die Leute bräuchten nichts zu essen, oder was? Nein, ich fühle mich bloß nicht wohl und wollte meine Ruhe haben.«

»Was fehlt dir denn?«

»Weiß nicht.«

»Willst du nicht zum Arzt gehen, um dich durchchecken zu lassen?«

»Ich möchte gar nichts durchchecken lassen, und kümmer du dich um deinen eigenen Kram.«

Kolfinna gab es auf und ging in ihr Zimmer. Nachdem sie sich etwas hingelegt hatte, bekam sie irgendwann Hunger und sah kurz nach ihrer Mutter, bevor sie in die Küche ging. Sie lag immer noch unter der Decke.

Als sie eine Weile in der Küche gesessen und Kaffee getrunken hatte, fiel ihr plötzlich auf, dass sie heute wohl selber kochen musste, wenn sie etwas essen wollte. Sie konnte nichts Essbares im Kühlschrank entdecken, zumindest nichts, aus dem man ein Essen zubereiten konnte, also lief sie schnell zum nächsten Lebensmittelladen und holte Hackfleisch. Genauso energisch machte sie sich an die Arbeit, als sie wieder zu Hause war, spülte das Geschirr, brachte den Müll raus und kochte Frikadellen mit Kartoffeln und Soße. Ihre Mutter hatte offenbar geschlafen und sich ein wenig erholt, denn sie schien nicht mehr eingeschnappt, als Kolfinna sie zum Essen rief. Eine Wange war rot und ihr Haar türmte sich auf einer Seite unnatürlich auf, aber die Tatkraft ihrer Tochter schien sie milder gestimmt zu haben, denn als Kolfinna sie fragte, wie es ihr gehe, erwiderte sie in beinahe natürlichem Tonfall: »Mir tut von oben bis unten alles weh.«

Trotzdem aß sie mit gesundem Appetit.

»Wo denn hauptsächlich?«, fragte Kolfinna, um dieses freundliche Gespräch noch ein wenig zu verlängern.

»Es strahlt irgendwie vom Brustbein bis zum Kopf aus, mir tut einfach alles weh.«

»Dann solltest du dich aber wirklich mal untersuchen lassen.«

»Nein, das kommt überhaupt nicht infrage, zu diesem neuen Arzt gehe ich nicht, das ist doch so ein Kerl, der frisch von der Uni kommt und nicht die geringste Ahnung hat, ich verstehe den alten Arzt nicht, dass er sich so einen jungen Spund vertreten lässt.«

Es entging Kolfinna nicht, dass die Grammatik ihrer Mutter nicht ganz astrein war, aber aus langer Erfahrung wusste sie, dass Korrekturvorschläge nicht wohl wollend aufgenommen wurden, und so sattelfest war sie selber in Grammatik nun auch wieder nicht. Sie hielt sich deshalb zurück und sagte nur, dass der junge Arzt, der den Posten übernommen hatte, schon weit über dreißig und deshalb sicher nicht ganz unfähig sei.

»Was soll der schon können. Außerdem muss man dann schon wieder seine ganze Krankengeschichte von vorn erzählen, all das, was der andere Arzt in dreißig Jahren mitbekommen hat, und es bleibt dabei, ich habe keine Lust, so einem jungen Spund alles über mich und meine Krankheiten zu erzählen.«

»Das brauchst du nicht, das steht doch alles in deiner Krankenakte.«

»In meiner Krankenakte?«

»Ja, oder im Computer. Sie haben dich bestimmt schon im Computer.«

»ICH soll im Computer sein?«

»Alle persönlichen Informationen sind heutzutage im Computer gespeichert, sag bloß, dass du das nicht gewusst hast?«

Ihre Mutter legte die Gabel beiseite, mit der sie in den letzten Minuten gefuhrwerkt hatte wie mit einem Spaten, und sagte bitter: »Aha, so weit ist es also mit diesem Land gekommen. In der Privatsphäre wird rumspioniert wie früher hinter dem eisernen Vorhang.«

Eine sachliche Diskussion war zu diesem Zeitpunkt nicht mehr zu erwarten, deshalb hielt Kolfinna den Mund und aß ihre Frikadellen. Ihre Mutter war durch diese Informationen so aus der Fassung gebracht, dass sie sagte, sie könne keinen Bissen mehr hinunterbekommen. Sie knallte das Besteck auf den Teller und suchte nach einer Zigarette. Dann rauchte sie schweigend und betrachtete mit angeekeltem Blick das Spülbecken, als sei es schuld an diesem Zustand.

Kolfinna gab vor, noch eine Maschine waschen zu wollen und ging in den Keller.

Eigentlich hatte sie kein einziges Teil, das gewaschen werden musste, aber die Stimmung oben war einfach zu erdrückend.

Sie setzte sich auf die Holzkiste und starrte vor sich hin. Unweigerlich fiel ihr Blick auf ihre Hände. Die Falten rund um die Fingerknöchel kamen ihr tiefer vor. Die Haut war auch gröber geworden, die Adern traten stärker hervor.

Das kam vom Putzen.

Trotzdem konnte sie sich glücklich schätzen, bei all diesen Leuten putzen zu dürfen, die so schöne Wohnungen hatten und mitten im kulturellen Leben standen. Von dieser Erfahrung würde sie sicher lange profitieren.

»Am schlimmsten ist, dass man so viele Selbstgespräche führt, wenn man so allein vor sich hin putzt«, murmelte sie.

Kritisch betrachtete sie ihre roten Hände.

In einigen Jahren würde sie anfangen, alt zu werden. Dann käme sie in die Wechseljahre, und nach und nach würde ihr Körper langsam den Geist aufgeben. Wie ihre Mutter würde sie es vor Schmerzen nicht aushalten können.

All das stand kurz bevor. Trotzdem hatte ihr Leben gerade erst begonnen. Sie hatte die Zeit für komplette Nichtigkeiten verschwendet.

Sie legte sich die Hand auf den Bauch, weil dort die Angst nagte. Furcht vor dem Alter.

Die Nacht verbrachte sie damit, die Frühjahrsfliegen zu beobachten, die an den Fensterscheiben surrten.

Schlafen diese dämlichen Fliegen eigentlich nie?, fragte sie sich.

Dumpfer Chorgesang empfing Kolfinna, als sie die Wohnung der Opernsängerin betrat. Sie bemerkte sofort, dass die Hochstimmung, die dort in den ersten Wochen nach der Uraufführung geherrscht hatte, verschwunden war. Einen solchen Choral hatte sie noch nie gehört, es klang, als seien die Toten auferstanden, um die Freude zu Grabe zu tragen. Reglos blieb sie in der Tür stehen und hoffte darauf, irgendwo ein Lebenszeichen zu entdecken, irgendeine Bewegung in der Wohnung, denn bei dieser Musik hatte sie wenig Lust zu erkunden, was in der Wohnung los war.

Nach längerem Warten sah sie ein, dass es so nicht weitergehen konnte, und schlich den Flur entlang. Das Wohnzimmer war leer, niemand war in der Küche, im Schlafzimmer auch nicht, aber es entging ihr nicht, dass zwei Leute im Bett geschlafen hatten. Oder sich geprügelt hatten. Die Bettwäsche war zusammengeknuddelt, hing halb auf und halb neben dem Bett, ein Kissen lag auf dem Boden und überall im Raum waren Klamotten verstreut.

Die Tür zum Badezimmer war angelehnt, aber ein Lichtspalt verriet, dass dort drinnen jemand war. Oder mehrere. Alles in ihr sperrte sich dagegen, die Tür zu öffnen.

Sie legte das Ohr an die Tür und lauschte, ob sie Wasser plätschern hörte, aber der Gesang aus dem Wohnzimmer, der jetzt seinen Höhepunkt erreicht hatte, übertönte alle anderen Geräusche. Eine Weile war sie unschlüssig, da sie nicht wusste, ob sie vielleicht zu zweit da drin waren, aber dann fielen ihr diverse Filmszenen ein, wo Leute tot in der Badewanne lagen. Sie holte tief Luft und machte die Tür auf.

Sigurdís lag mit geschlossenen Augen in der Badewanne.

Ihr Haar war nass und Wasser lief ihr in Strömen über das Gesicht. Kolfinna war sich nicht sicher, ob es sich um Badewasser oder Tränen handelte. Der Badeschaum war zusammengefallen, sodass ihr schön geformter, wohlgerundeter Körper deutlich zu sehen war. Kolfinna starrte ihn an.

Da öffnete Sigurdís die Augen, blickte ihr direkt ins Gesicht, als ob sie die ganze Zeit gewusst hätte, dass sie da war, und murmelte etwas.

»Was?«, fragte Kolfinna und kam näher, weil sie wegen des Gesangs kein Wort verstanden hatte.

Sigurdís schob sich etwas höher, bedeutete ihr mit dem Zeigefinger, näher zu kommen, drückte ihr einen gelben Badeschwamm in die Hand und sagte bittend: »Sei so nett und wasch mir den Rücken.«

Ihre geschwollenen Augen verrieten deutlich, dass sie geweint hatte, deswegen mochte Kolfinna ihr diese Bitte nicht abschlagen, obwohl es nicht zum Aufgabenbereich einer Haushaltshilfe gehörte, Leute zu baden, die bei voller Gesundheit waren. Sigurdís setzte sich auf, sodass Kolfinna nicht umhin konnte, ihren Busen zu sehen. Obwohl sie beim Duschen im Schwimmbad schon hundertmal nackte Frauen gesehen hatte, war ihr der Anblick diesmal unangenehm.

Sie krempelte die Ärmel ihrer Bluse auf und griff nach dem Schwamm. Sie erschrak, als sie den Rücken der Sängerin sah. Eine Rötung und undeutliche Striemen deuteten darauf hin, dass sie geschlagen worden war. Zögernd und vorsichtig rieb sie ihr mit dem Schwamm über den Rücken. Sie fand es unangenehm, so etwas mit ansehen zu müssen, und wunderte sich, was für Liebesspiele hier in der Nacht stattgefunden hatten, irgendwas musste vorgefallen sein, so rot und verquollen wie die Frau war und das Bett ein einziges Schlachtfeld. So dramatisch waren ihre Liebesspiele seinerzeit nie verlaufen. Aber sie fragte nichts, solche Dinge gingen eine Haushaltshilfe nichts an.

Der Choral im Wohnzimmer ebbte ab.

Kolfinna war erleichtert. Nach einer kurzen Pause fragte sie im Plauderton, obwohl sie sich für die Antwort gar nicht interessierte: »War das der Chor aus dem Skagafjördur?«

»Nein, das war der Freiburger Bachchor, mit dem Requiem von Brahms.«

»Requiem?«

»Ja, so was wird für die Toten gesungen.«

»Ist jemand gestorben, den du gekannt hast?«

»Ich sterbe.«

Eine lange Stille entstand. Dann erhob Sigurdís sich in ihrer ganzen Nacktheit aus dem Wasser und schien dabei vom Tod so weit entfernt, dass Kolfinna vor Verlegenheit den Blick senkte und auf die Badezimmerfliesen starrte. Sie bat um ein Handtuch, und als Kolfinna ihr eins reichte, stieg sie wie eine Göttin aus der Badewanne und bat Kolfinna darum, ihr den Rücken abzutrocknen. Eine lange Strähne hatte sich aus dem aufgesteckten Haar gelöst und Kolfinna drückte sie mit dem Handtuch aus, bevor sie begann, die heiße und duftende Haut abzutrocknen.

Da griff Sigurdís nach ihrem nackten Arm, legte ihn an ihr Gesicht und ließ ihre Lippen über Kolfinnas Haut gleiten.

Kolfinna konnte sich nicht rühren und wusste nicht, ob sie das schön oder unangenehm fand. Einige Sekunden vergingen, dann flüsterte Sigurdís: »Dein Körper riecht so verlockend.«

Dann bedeckte sie ihre Augen mit dem Arm. Ihre Schultern zuckten.

Kolfinna war sprachlos. Als sie später über diese Szene nachdachte, konnte sie sich nicht mehr daran erinnern, ob sie zuerst das Handtuch um Sigurdís gewickelt und sie dann in den Arm genommen hatte, oder ob sie sie erst eine Weile nackt im Arm gehalten und dann das Handtuch um sie gelegt hatte.

Aber im Spiegel sah sie, dass Sigurdís die Augen zusammenkniff, als würde ein innerer Schmerz sie überwältigen.

Sie reichte ihr den Bademantel, Sigurdís zog ihn an, ohne dabei ein einziges Mal in den Badezimmerspiegel zu blicken, und sagte: »Ich werde nicht mehr lange hier weilen, meine Seele liegt im Sterben.«

Kolfinna begriff den Ernst der Lage. Sie wusste nicht, wie man sich in solchen Fällen am besten verhielt, glaubte aber, es sei vielleicht ratsam, einen Kaffee zu kochen und über die Dinge zu reden.

Sie setzten sich in die Küche, die Sängerin sah mit stumpfem Blick aus dem Fenster und sagte kummervoll: *»Solch' schwarzen Tag wie diesen sah ich nie.«*

»Nein, okay«, erwiderte Kolfinna entschieden, als sei dieses Thema damit abgehakt, denn sie wollte verhindern, dass sich Sigurdís wieder in ihre traurigen Theaterstücken vertiefte. »Und wohin machst du dich auf den Weg, wenn ich fragen darf?«

»Ich habe vor, mich ins Ausland abzusetzen«, sagte Sigurdís kläglich.

Kolfinna war völlig durcheinander. Es war also alles nur ein Missverständnis, die Frau hatte gar nicht vor, sich umzubringen.

»Wieso denn, musst du denn nicht in der Oper singen?«, stammelte sie.

»Die letzte Vorstellung ist jetzt im April und direkt am nächsten Tag, Kolfinna, direkt am nächsten Tag bin ich weg, das kann ich dir schwören. Island ist zu eng für mich. Hier muss man ja den ganzen Tag in Trance verbringen, um durchzuhalten.«

Kolfinna verstand nicht ganz, was Island mit gewalttätigen Liebhabern zu tun hatte, und noch weniger mit Trance. Die vergangene Nacht schien im Leben der Sängerin keine große Rolle zu spielen. Geistige Enge quälte sie mehr, klang aus den Andeutungen heraus.

»All diese Leute mit ihren Ansprüchen machen mich fertig, diese ständige Einmischerei, dieser Neid und dieser Tratsch. Außerdem ist das kulturelle Leben hier so eingleisig und provinziell, dass Künstler wie ich deshalb Qualen durchstehen. Und ihre Fähigkeiten verlieren.«

Kolfinna wusste nicht mehr, was sie davon halten sollte.

Sigurdís stürzte eine Tasse tiefschwarzen Kaffee hinunter, wischte sich mit zwei Fingern die Mundwinkel ab und seufzte: »Ich will zu meinen Freunden nach Italien. Mein Liebesleben läuft völlig aus dem Ruder.«

Jetzt kam es endlich. Darauf hatte Kolfinna gewartet. Aber zu ihrer schmerzlichen Enttäuschung schien die Sängerin es bei diesen Informationen über ihr Liebesleben belassen zu wollen.

»Während ich weg bin, brauche ich eigentlich keine Haushaltshilfe, aber ich möchte, dass du deine Einkünfte behältst, weil du so eine wunderbare Haushaltshilfe bist, Kolfinna, und deshalb ist mir eingefallen, ob du hier unterdessen nicht Hausputz auf der ganzen Linie machen könntest. Alles säubern, was anliegt, Schränke auswaschen, die Blumen umtopfen, die Gardinen waschen, alles lüften, was man lüften kann, Decken, Kissen, die Sachen, die ich hier zurücklasse, meine Mäntel, Kleider, meine Unterwäsche, ja genau, schüttel meine Unterwäsche auf.«

Dann erhob sich die Sängerin müde, bedankte sich für den Kaffee und sagte, sie müsse sich jetzt fertig machen, weil sie mit ein paar Leuten verabredet sei.

Sie zog noch nicht einmal die Bettdecke zurecht, bevor sie ging. Als sei es ihr vollkommen egal, ob die Haushaltshilfe gezwungen war, ihre Nase in die Hinterlassenschaften ihres wilden Nachtlebens zu stecken.

Kolfinna wusste nicht, was sie davon halten sollte. Während sie das Wasser auf dem Fußboden des Badezimmers aufwischte, dachte sie über das Intimleben berühmter Menschen nach, das offenbar sehr viel aufregender war als ihr eigenes. Sie setzte sich auf die Toilette und wurde den Gedanken an die Sängerin nicht los, die zweifellos in der Nacht verprügelt worden war, sich aber nichts daraus machte. Und nur sagte, man müsse den ganzen Tag in Trance verbringen, um das auszuhalten.

Ihr kam der Gedanke, dass sie eigentlich selbst den ganzen Tag in Trance war. Nicht wusste, welches Ziel sie hatte, was sie wollte, sie wusste ja noch nicht einmal etwas mit sich anzufangen, wenn sie ab mittags frei hatte. Entweder guckte sie Filme oder lag in ihrem Zimmer und starrte Löcher in die Luft. In so einer Art Dämmerzustand.

Da Flosi mit ihr über das Registrieren der Bücher sprechen wollte, konnte sie mit gutem Gewissen an die heilige Tür klopfen, als sie zu ihm kam, was sie auch direkt tat, nachdem sie sich einen Weg durch die Berge von Schuhen in der Diele und die Zeitungen im Wohnzimmer gebahnt hatte. Als niemand Herein rief, öffnete sie die Tür, aber das Zimmer war leer. Sie vermutete, dass er vergessen hatte, was sie am Telefon ausgemacht hatten, und auch wenn mit dieser Abmachung nicht gleich ihr Leben oder ihre Zukunft auf dem Spiel stand, so war sie dennoch enttäuscht, ihn nicht anzutreffen. Sie setzte sich auf einen Stapel Zeitungen im Sofa und blieb eine ganze Weile dort sitzen.

»Warum vergessen mich eigentlich immer alle?«, murmelte sie.

Es gab kein Entrinnen, es musste geputzt werden, und so ging sie denselben Weg zurück in die völlig chaotische Küche, wobei sie fast über einen Schlauch gefallen wäre, der quer durch den Raum in den Garten lief. Noch bevor sie diesen neuen Gegenstand, der sich zu dem ganzen anderen Schrott gesellt hatte, einordnen konnte, sah sie ihn durchs Fenster.

Er hatte sein Fahrrad mitten in den Garten gestellt, stand kriegerisch mit einem robusten Gartenschlauch in den Händen davor und spritzte es mit voller Kraft ab wie jemand, der gerade ein brennendes Haus löscht. Er hatte nichts von einem Hochgelehrten an sich, wie er so dastand in einem blauen Hemd und Jeans, nass von oben bis unten. Den Gartenschlauch hatte er am Wasserhahn in der Küche angeschlossen.

Sie stöhnte.

Irgendetwas zog sie dennoch zu ihm hin, ob es die Sonne war oder der Frühling oder die Wasseraktion selbst, war ihr nicht klar, sie spürte nur, dass sie ihm zusehen wollte. So stellte sie sich leise in die Tür zum Garten und studierte seinen Rücken genau. Breite Schultern, schmale Hüften, kräftige Schenkel. Sie musste sich eingestehen, dass sie selten einen Mann mit einer so schönen Rückansicht gesehen hatte. Sie dachte darüber nach, wie er wohl als Liebhaber wäre.

Plötzlich sagte er, ohne sich umzudrehen oder auch nur über die Schulter zu sehen: »Ich bin so gut wie fertig.«

Kolfinna spähte umher, konnte aber niemanden entdecken, an den diese Worte gerichtet sein könnten, mit ihr sprach er wohl kaum, da er sie ja noch nicht einmal gesehen hatte. Der einzige Gesprächspartner, der infrage kam, war das Rad. Aber das sah diesem Typen natürlich ähnlich, mit seinem Fahrrad zu sprechen, das konnte sie nicht überraschen.

Mit einem Handgriff drehte er das Wasser ab, ließ den Schlauch fallen, und während er auf sie zueilte, sagte er im Kasernenhofton: »Das wurde aber auch Zeit, dass du dich endlich blicken lässt.«

Damit ging er an ihr vorbei ins Haus hinein und mit offenem Mund sah sie, wie er mit seinen nassen Gummistiefeln über den Boden trampelte, den Hahn zudrehte, die Stiefel in der Diele von den Füßen kickte und auf sein Arbeitszimmer zusteuerte.

Sie war so durcheinander, dass sie kaum wusste, was zu tun war, aber nach einigem Seufzen und Stöhnen schraubte sie mit den Fingerspitzen den Schlauch vom Wasserhahn, als sei er von oben bis unten mit ansteckenden Bazillen besetzt, zog ihn hinter sich her in den Garten und ließ ihn dort fallen. Mit Horror sah sie sich den Küchenfußboden an. Sie spürte, dass sie nicht mehr die Kraft hatte, diese Putzerei noch länger durchzuhalten.

Da hörte sie ihn ungeduldig nach ihr rufen: »Mensch, kommst du vielleicht mal endlich?«

Die Hände vor der Brust verschränkt ging sie unsicher und in Abwehrhaltung auf sein Zimmer zu. Er saß am Computer und wies gereizt auf den Platz neben sich, er wolle sie einarbeiten, ob das nicht der Sinn der Sache gewesen sei?

Sie war auch der Meinung, dass das der Sinn der Sache war, und sah auf den Bildschirm, während sie sich einen Stuhl heranzog und neben ihn stellte. Er sagte mit einer Spur Selbstgefälligkeit, dass er alles für sie vorbereitet habe, und wies sie dann ein, wie er die Bücher registriert haben wollte. Die Romane sollten nach Autoren geordnet werden, für die fremdsprachigen Bücher, Autobiographien und Reiseberichte gab es jeweils eine eigene Spalte, die wissenschaftlichen Bücher sollten hingegen zuerst nach dem Fach, dann nach Autor sortiert werden. »Glaubst du, du kommst damit klar?«, fragte er dann zweifelnd und schaute sie an.

Sie nickte selbstbewusst, war in Gedanken aber mehr bei seinen Schultern, die nur wenige Zentimeter von ihr entfernt waren.

»Wenn du zum Beispiel bei den ausländischen Büchern nicht erkennen kannst, ob sie unter Genetik oder Ökologie gehören, legst du sie zur Seite und fragst mich später danach.«

Sie nickte immer noch, voll guten Willens.

»Okay, am besten versuchst du es mal, hier hast du ein Buch, trag es an der richtigen Stelle ein.«

Er rutschte zur Seite, damit sie an die Tastatur kam. Sie nahm die richtige Schreibhaltung ein, griff nach dem Buch, prägte sich mit scharfem Blick den Namen des Autors und den Titel ein und schrieb beides sorgfältig nieder. Blickte ihn dann mit siegessicherer Miene an.

»Geht das leichter, wenn man dabei die Lippen bewegt?«, fragte er.

Er wollte sie ärgern, das spürte sie, auch wenn sie nicht verstand, was dahinter steckte. Aber sie wollte ihm nicht den Gefallen tun aufzubrausen und entgegnete nur ruhig, ob er nicht noch weitere Bücher besäße, die sie eintragen sollte?

Ihre Scharfsinnigkeit schien ihm ein wenig den Schwung aus den Segeln zu nehmen, er betrachtete die Bücherwand, ächzte und stand auf.

»Du kannst dich erst einmal an den Donnerstagnachmittagen damit beschäftigen, ich bezahle dich pro eingetragenes Buch.«

Dann ging er geräuschvoll aus dem Zimmer und Kolfinna hatte den Eindruck, dass sie ihm auf die Nerven ging, aber davon ließ sie sich nicht irritieren, denn ihr war ja sowieso klar, dass er kein Benehmen hatte.

Dieser Nebenjob gefiel ihr gut und erinnerte sie an die glücklichste Zeit in ihrem Leben, als sie die Telefonistin mit der strahlenden Stimme war, anerkannt in ihrem Job und immer gut drauf. Sie schaute auf den Computer vor sich und fragte sich, was eigentlich aus diesem Mädchen geworden war und was in Zukunft aus diesem Mädchen werden würde.

Aber der Rechner konnte die Zukunft nicht berechnen und schwieg.

Aber sie wollte so schnell wie möglich mit den Putzarbeiten fertig werden, um sich der Aufgabe zuzuwenden, die ihren Fähigkeiten am meisten entsprach, und sauste deshalb wie ein Wirbelwind mit Mopp und Staubsauger durch die Wohnung. Klappernd spülte sie das Geschirr ab, das seit einer Woche unangetastet im Spülbecken gelegen hatte, und scheuerte furios den Boden, der vorsätzlich mit Fußspuren übersät worden war. Kurz nach Mittag konnte sie sich schließlich an den Computer setzen und war so gespannt und in Hochstimmung, dass sie erst gegen Abend spürte, wie hungrig sie war. Da mopste sie sich einen Apfel aus dem Kühlschrank, denn Obst gab es in diesem Haus immer genug. Offensichtlich ernährte sich der Forscher hauptsächlich davon, da man es nicht zu kochen brauchte. Ihre Recherchen hatten ergeben, dass der Mann in erster Linie von Milch, Obst und Haferbrei lebte. Obwohl sie von dem

Kantinenessen ihrer Mutter auch nicht gerade begeistert war, musste sie zugeben, dass es immer noch besser war als dieses Schimpansenfutter. Dann schüttelte sie alle Gedanken ab, die ums Essen kreisten, und machte sich wieder daran, den Computer mit Literatur zu füttern.

Das Glück war auf ihrer Seite, denn im ersten Regal standen isländische Romane und Übersetzungen ausländischer Bücher, sodass kein Zweifel aufkommen konnte, wie sie einzuordnen waren, da der Inhalt leicht zu erschließen war. Sie nahm ein Buch nach dem anderen, las Autor und Titel laut, trug das Buch ein und blätterte anschließend noch ein bisschen darin herum um zu sehen, ob etwas hineingekritzelt war, auch wenn sie das nichts anging. Aber die meisten waren unbeschrieben. Sie fühlte sich ganz wohl in diesem Tempel der Gelehrsamkeit und musste zugeben, dass es toll wäre, all diese Bücher gelesen zu haben. Sie stellte sich vor, sie hätte sie auch alle gelesen, säße nun zwischen all den anderen Geistesgrößen und würde über den Inhalt referieren, ernst und wissenschaftlich.

Die Zeit verflog, aber gegen fünf schien es ihr am besten, den Computer herunterzufahren und zu verschwinden, bevor der Muffel wieder nach Hause käme, denn sie wollte nicht wieder mit ihm aneinander geraten. Aber genau das passierte.

Sie machte sich gerade zum Gehen fertig, zufrieden mit dem Ergebnis des Tages, als sie die Tür laut zufallen hörte. Sie blieb einen Augenblick still stehen und fragte sich, ob er je im Leben eine Tür geschlossen hatte, ohne sie zuzuknallen. Er guckte verwundert, als er ihr begegnete.

»Bist du immer noch hier?«

»Ja, nein, also, ich bin auf dem Weg nach draußen«, sagte sie und versuchte fröhlich zu klingen, wie alle Frauen, die versuchen, den Frieden zu wahren. Während sie ihre Jacke anzog, ließ sie ein paar fachmännische Worte fallen, um ihm zu zeigen, dass sie ihre Aufgabe voll im Griff hatte:

»Es waren auch ein paar Kinderbücher dabei, ich habe einfach eine neue Liste für sie angelegt.«

»Kinderbücher?«, fragte er völlig verblüfft.

»Ja, da gab es einige, Huckleberry Finn, Robinson Crusoe und noch ein paar andere.«

Er starrte sie zuerst mit verwundertem Gesichtsausdruck an und nickte dann immer wieder mit dem Kopf wie jemand, der etwas gar nicht fassen kann.

»Kinderbücher, aha, interessant, hast du noch mehr davon gefunden, Pippi Langstrumpf zum Beispiel?«

»Nein«, sagte sie und zog das Wort nachdenklich in die Länge, denn sie konnte sich nicht entsinnen, dieses Buch gesehen zu haben.

»Wie ich höre, kennst du dich mit Literatur ausgesprochen gut aus, liest du vielleicht viel?«, fragte er in zuckersüßem Ton.

»Nein, nicht besonders«, musste sie zugeben. »Eigentlich bin ich mehr für Zeitschriften und so was.«

»Aha, so was«, wiederholte er, »dafür bist du also, Vogue und Elle, Bazar, Cosmopolitan. Genau, da kannst du dich über alles informieren, was für dein Leben und dein Glück von Bedeutung ist, was für eine Frisur du dir machen musst, wie du dich schminken und dich anziehen sollst, wie du in deinem Sekretärinnenjob weiterkommst, dich einrichtest, und nicht zuletzt, was du tun musst, um sexy zu sein.«

Sie wusste nicht so recht, was sie von diesem Kommentar halten sollte.

»Was du alles über diese Zeitschriften weißt.«

»Ich halte mich über alles Mögliche auf dem Laufenden. Byron hat gesagt, dass Frauen die besseren Menschen seien als Männer, und ich glaube, dass ich dem Kerl in gewisser Weise sogar beipflichte, aber ich meine trotzdem, und jetzt senke ich die Stimme, wie du hörst, ich meine, dass das, was euch am meisten im Weg steht, eure eigene Dummheit ist, meine Liebe.«

Mit diesen Worten ging er in den Tempel der Weisheit und knallte die Tür hinter sich zu.

Nach Atem ringend wankte sie aus dem Haus.

Inzwischen standen vor immer mehr Haustüren des Viertels Teller mit Fischresten, denn jetzt gingen die Katzen wieder richtig auf

Streifzug, ausgehungert und abgemagert nach langen Monaten der Appetitlosigkeit im Spätwinter. Das wussten die alten Frauen, die jede Gelegenheit nutzten, sich draußen vor der Tür mit etwas zu beschäftigen. Die Frühjahrssonne hing schlapp über der Stadt und verschwand ein ums andere Mal hinter einer Wolke, nur damit die Stadtbewohner sie noch heißer herbeisehnten. Aber Kolfinna stand nicht der Sinn danach, bei diesem Versteckspiel mitzumachen, sie hatte schlecht geschlafen und die erste Frühjahrserkältung erwischt. Gebückt und geistesabwesend ging sie bei Listalín die Treppe hinauf und schreckte zusammen, als jemand aus dem Garten nach ihr rief.

Listalín hielt eine Harke in der Hand und stand putzmunter in hellbrauner Jacke und langer Hose hinter einem eindrucksvollen Haufen mit Gartenabfällen und sah aus wie eine junge Frau, die einer strahlenden Zukunft entgegensieht. Sie lächelte, die Sonne lächelte zurück und plötzlich bemerkte Kolfinna, dass der Frühling da war. Sie hörte seinen Atem rings um sich herum. Die Vögel waren oben in den alten Bäumen schwer beschäftigt und kümmerten sich keinen Deut darum, dass gelbe, wache Augen jede ihrer Bewegungen verfolgten. Beide Katzen lauerten im Gebüsch. Sie trugen noch mehr Glöckchen um den Hals, die Silbergraue hatte inzwischen drei, und die Schwarze mit ihren weißen Söckchen trug jetzt auch eine, woraus man wohl schließen konnte, dass ihr Seelenleben wieder ein wenig ins Lot gekommen war.

»Wie niedergedrückt die junge Frau heute aussieht, hast du letzte Nacht nicht gut geschlafen, meine Liebe?«, fragte Listalín.

Die Haushaltshilfe konnte nicht von der Hand weisen, dass sie unausgeschlafen war, sagte aber, dass sie sich ansonsten wohl fühle. Sie ging auf die alte Frau zu und sie betrachteten eine Weile den Haufen mit Gartenabfällen und Papierschnipseln, die der Winterwind wie immer in den Garten geweht hatte.

»Ja Kolfinna, jetzt stehen die Frühjahrsarbeiten im Garten an, nicht mehr und nicht weniger, ich kann dir gar nicht beschreiben, wie wundervoll es ist, bei solchem Wetter früh aufzuwachen und gleich in den Garten zu gehen. Bist du nicht auch glücklich, dass nun endlich der Frühling da ist?«

»Ist der Goldregenpfeifer schon da?«*

»In den Nachrichten wurde davon noch nichts gesagt. Aber jetzt bin ich mit meiner Arbeit für diesen Morgen fertig. Eigentlich müssten jetzt die Fenster von außen geputzt werden, früher haben das meistens meine beiden Jungs gemacht, aber sie sind jetzt immer so beschäftigt. Kannst du vielleicht die Fenster von außen putzen?«

»Kein Problem«, sagte Kolfinna, »ich habe ja auch fünf Jahre lang einen Haushalt geführt.«

»Ach ja, mein Mädchen, das war wirklich ein Dummkopf, der dich hat gehen lassen.«

»Du bist heute aber hübsch angezogen«, sagte Kolfinna und wollte das Gespräch auf andere Themen lenken, um unangenehmen Erinnerungen aus dem Weg zu gehen.

»O ja, weißt du, wir Senioren machen heute einen Ausflug aufs Land, wir singen und trinken gemeinsam Kaffee. Die beiden Mädels wollen zuerst zu mir kommen, du weißt, Gudrun und Margét, dann machen wir uns gemeinsam auf den Weg, um zehn Uhr müssen wir da sein. Heutzutage wird so viel für uns Senioren getan, wir sind immer auf Trab, es ist ein Glück, in Island alt werden zu können.«

»Mama ist da anderer Meinung«, sagte Kolfinna brüsk, »sie sagt, dass alte Leute hier schlecht behandelt werden. Dass die Rente nicht einmal fürs Essen reicht, geschweige denn für Medizin, außerdem wirft man sie todkrank aus dem Krankenhaus, weil überall immer nur gespart und gekürzt wird, und sie meint, dass niemand Achtung vor alten Leuten hat. Sie war total genervt, als sie zu ihrem sechzigsten Geburtstag einen Brief bekommen hat, in dem stand, dass sie nun zu den Senioren gehöre. Sie sagt, es sei unverschämt, Leute als alt abzustempeln, die gerade mal sechzig sind. Sie meint, Zahlen sagen nichts über das wahre Alter aus.«

Sie genoss es zu schildern, wie negativ ihre Mutter dachte.

* Viel wichtiger als der offizielle Frühjahrsbeginn ist für Isländer die Ankunft des Goldregenpfeifers, als Zeichen, dass der Frühling endlich da ist. Sobald die Ersten dieser Zugvögel gesichtet werden, wird in allen Medien darüber berichtet.

»Das hat deine Mutter aber richtig erkannt«, sagte Listalín und ließ die Harke fallen, um ihre Worte zu unterstreichen.

»Da hat sie absolut Recht, diese Alterseinteilung ist einfach unerträglich, ich habe mich mit sechzig noch blutjung gefühlt, das kannst du mir glauben. Jaja, meine Liebe, sie werfen uns alte Leute aus dem Krankenhaus und gehen davon aus, dass sich die Verwandten um uns kümmern können, natürlich vor allem die Frauen, als ob die nicht schon genug zu tun hätten mit ihrer Doppelbelastung, gleichzeitig arbeiten zu gehen und einen großen Haushalt zu führen. Ich habe auch schreckliche Angst davor, krank zu werden, und ernähre mich deshalb die ganze Zeit gesund und bewege mich so viel wie möglich. Ja, vielleicht ist es doch kein so großes Glück, in Island alt zu werden, selbst wenn sie uns ab und zu in einen Bus stecken. Gudrun und Margét haben sich schon öfter über ihre Rente beschwert, aber sie sind auch über alle Maßen geizig, die Guten. Ich hatte ein bisschen mehr Glück als die beiden, weil mein Mann weit vorausgedacht und für die Zukunft vorgesorgt hat, damit ich es einigermaßen gut haben würde, falls er vor mir sterben würde. Solche Männer gibt es hier in Island nicht viele, das kann ich dir versichern, Kolfinna.«

Als die Rede auf finanzielle Fragen kam, erwachte Kolfinnas Interesse sofort, und bevor sie sich versah, hatte sie Listalín die Frage gestellt, ob sie viel Geld habe. Die Worte waren kaum heraus, da spürte sie schon, wie unhöflich ihre Frage war. Aber Listalín schien diesen Fauxpas ihrem Alter zuzuschreiben und nahm ihr die Frage offenbar nicht übel.

»Das würde ich nicht sagen, Kolfinna, aber zumindest ist genug da für die Beerdigung und den Leichenschmaus, ich lebe in diesem wunderbaren Haus mit den eleganten Möbeln, und dann habe ich auch noch ein bisschen auf der hohen Kante, ich bin immer vorsichtig mit meinem Geld umgegangen.«

Jetzt brannte Kolfinna die Frage auf der Seele, auf die sie sich schon so lange eine Antwort erhoffte. Sie trat unschlüssig von einem Bein auf das andere und räusperte sich, bevor sie sie stellte.

»Du hast einmal gesagt, dass dein ganzes Leben schön gewesen ist. Wie hast du das gemacht, ich meine, wieso war dein Leben so schön?«

Listalín stellte einen Fuß auf die Harke und lehnte sich gegen den Schaft, während sie intensiv über die Frage nachdachte: »Also, du kannst einem ja vielleicht Fragen stellen. Meine Güte. Aber es muss eine Antwort auf diese Frage geben, das weiß ich, auch wenn ich sonst nicht viel weiß.«

Sie blickte nachdenklich nach rechts, wo etwas ihre Aufmerksamkeit auf sich zog: »Ach, sieh mal, wer da gerade angehumpelt kommt. Na, wie die sich fein gemacht haben, man könnte glauben, sie gingen zu einem Rendezvous!«

Kolfinna sah in dieselbe Richtung und bemerkte zwei weißhaarige Köpfe, die sich dem Tor näherten. Sie hatten sich untergehakt, schauten nach unten, nickten vor sich hin und flüsterten miteinander, die eine hoch gewachsen und hager, die andere klein und zierlich. Sie halfen sich gegenseitig, das Tor zu öffnen, hörten aber nicht auf zu tuscheln und zuckten zusammen, als Listalín ihnen zurief: »Wollt ihr zu einem Rendezvous, Mädels?«

Die alten Damen blieben abrupt stehen und standen da wie zwei Statuen, während sie versuchten, sich zu orientieren.

Kolfinna sah sie missmutig an. Immer mussten die zwei ihr in die Quere kommen, wenn sie gerade unbedingt über die wichtigen Dinge im Leben sprechen wollte.

Listalín gesellte sich zu ihnen, und bald hatten die drei angefangen zu kichern wie Schulmädchen und sich gegenseitig von oben bis unten zu betrachten, als würden sie sich auf ein Rendezvous vorbereiten. Dann wendeten sie sich Kolfinna zu.

»Ach, da ist ja das Mädchen für den Haushalt. Schönen guten Tag, meine Liebe, wie geht's und steht's mit dem Putzen?«

Die Haushaltshilfe erwiderte, es ginge gut, worauf sie näher kamen.

»Und wie steht es mit den jungen Leuten, bei denen du putzt, leben sie immer noch allein?«

Kolfinna gab zurück, nichts Gegenteiliges bemerkt zu haben, worauf die alten Damen die Hände zusammenschlugen und ganz fassungslos waren, wie es inzwischen mit der Gesellschaft stand, das ginge ja auf keine Kuhhaut mehr. Dann steckten die drei wieder ihre Köpfe zusammen, und Margét, die früher Kindermädchen bei Listalín gewesen war, ließ die gesellschaftlichen Probleme plötzlich auf sich beruhen und fragte unvermittelt: »Hast du vielleicht ein Auto?«

»Auto?«, fragte Kolfinna. »Nein, ich habe kein Auto.«

»Sie hat kein Auto«, sagte Margét zu Gudrun.

»Sie hat kein Auto«, sagte Gudrun zu Listalín.

»Na, hört mal, das macht doch nichts, wir nehmen einfach ein Taxi«, sagte Listalín schnell, als wolle sie nicht, dass die Haushaltshilfe es sich zu Herzen nahm, kein Auto zu besitzen.

Während sie ins Haus trabten, um ein Taxi zu rufen, erklärten sie entschuldigend, dass ihre Verwandten sie üblicherweise auf dem Weg zur Arbeit in der Tagesstätte absetzen würden, aber da sie heute erst um zehn da sein müssten, fiel die Mitfahrgelegenheit natürlich aus.

Kichernd wie junge Mädchen auf Klassenfahrt trippelten sie dann zum Taxi. Kolfinna sah ihnen nach und fühlte sich einen Augenblick wie eine gesetzte Mutter, die ihren Kleinen nachsieht, die in die große weite Welt ziehen. Zum ersten Mal im Leben spielte sie mit dem Gedanken, ein Auto zu besitzen, ganz für sich allein. Ein kleines Auto, das immer blitzsauber war. Dann könnte sie aus der Stadt heraus, wann immer es ihr passte. Seit über einem Jahr war sie nirgendwo mehr gewesen. War kaum aus ihrem Viertel herausgekommen.

Aber das Auto stand nicht an erster Stelle. Zuerst kam die Wohnung.

Die Arbeit, die jetzt auf sie wartete, war eine Fortsetzung der Frühjahrsarbeiten im Garten. Sie nahm alle Gardinen herunter und putzte die Fenster von außen und innen. Sie blieb freiwillig bis zum späten Nachmittag, obwohl sie wusste, dass sie für diese zusätzliche Arbeit nicht bezahlt werden würde.

Die Frühlingslüfte, von denen die älteren Frauen so angeregt worden waren, hatten nicht weniger Einfluss auf jüngere Einwohner des Viertels, vor allem was Putzen und Säubern betraf, denn vor dem

Abendessen rief kein Geringerer als der Rechtsanwalt an und bot ihr einen Nebenverdienst beim Frühjahrshausputz an.

Er begann das Gespräch höflich, wünschte Guten Abend, sagte, wer am Apparat war, fragte, wie es ihr ginge und ob sie nicht Frühlingsgefühle habe, und sie durchlebte die Gefühle, die sie immer bekam, wenn sie diese tiefe und beruhigende Männerstimme hörte. Er kam schnell zur Sache und wollte nur wissen, ob sie bereit sei, zusätzlich für ihn samstags zu arbeiten, kurz gesagt, den Frühjahrshausputz zu übernehmen, mit allem Drum und Dran. Sich beispielsweise Fenster und Schränke vorzuknöpfen, mit anderen Worten all diejenigen Arbeiten zu verrichten, die normalerweise nicht zur wöchentlichen Routine gehörten.

Sie war sich nicht sicher, ob sie sich freuen oder ärgern sollte, einerseits hatte sie die Nase voll vom Fensterputzen, aber andererseits fühlte sie sich so geschmeichelt, dass er sie angerufen hatte, extra sie angerufen und sozusagen ihre Nähe gesucht hatte, dass sie erklärte, es sei kein Problem, am Samstag vorbeizukommen.

Erwartungsgemäß fühlte sie sich unsicher und ängstlich, als sie den Weg zu Ketills Haus hinaufging, obwohl sie sich für dieses Zusammentreffen gut vorbereitet und die neue Unterwäsche angezogen hatte.

Es war anders, an einem Samstag diese Tür zu öffnen.

Als sie von einem Zimmer ins andere gegangen war und die Tatsache verdaut hatte, dass er überhaupt nicht zu Hause war, fühlte sie sich innerlich seltsam benommen.

Immer dasselbe, dachte sie. Und das, wo ich stundenlang unter der Dusche gestanden habe.

Auf dem Küchentisch lag ein Zettel mit ausführlichen Anweisungen, was in Angriff zu nehmen war, wie er es ausdrückte. Im oberen Stockwerk die Fenster von innen, die Schränke in allen Räumen, die Badezimmereinrichtung, Gardinen abnehmen, die Modelleisenbahn gründlich reinigen, die Gewehre im Schrank polieren.

»Der Mann hat einen Putzfimmel«, verkündete sie dem Zettel.

Sie tröstete sich damit, dass die untere Etage mit keinem Wort erwähnt war, und schloss daraus, dass sie später in Angriff genommen werden sollte. Sie fing mit den Fenstern an, denn sie wusste, dass sie bei der Arbeit ins Schwitzen geraten würde, und als zuletzt die Reihe an die Modelleisenbahn kam, hatte sie sich unter den Armen frisch gemacht und sich gekämmt, um auf alles vorbereitet zu sein.

Die Züge sausten unentwegt im Kreis herum, aber in ihrer Vorstellung war dieser Kreis die ganze Welt und sie selbst saß in einem der Waggons auf einer Fahrt ins Blaue, niemand wusste wohin, nicht einmal sie selbst, aber dort saß sie in einem teuren Kostüm, geschminkt, nach Parfüm duftend und mit einem prallvollen Portemonnaie, las internationale Zeitungen und tat, als sähe sie die bewundernden Blicke ihrer Mitreisenden nicht.

Gerade noch rechtzeitig hörte sie sein Auto.

Sie beeilte sich, die Eisenbahn abzuschalten und nahm Putzhaltung ein.

Sie hörte ihn ins Haus kommen, die Treppe hinauf, ins Schlafzimmer, ins Gästezimmer, die Tür bewegte sich langsam und dann stand er in der Öffnung, lächelte, nickte und begrüßte sie mit: »Madame.«

Sie hörte die Engel singen. Sie liebte diesen Gruß. Sie fühlte sich wie eine Dame. Trotzdem erwiderte sie ihn nur mit ihrem alltäglichen »Hi«, wie sonst auch.

Die nächsten Stunden waren die schönsten, die sie je erlebt hatte. Sie putzte oben, er putzte draußen seinen Jeep, genau wie sie in Jeans, sie wirkten wie ein Ehepaar, das sich an einem sonnigen Samstag um den Haushalt kümmert. Ab und zu schaute sie aus dem Fenster, um zu sehen, was er in diesem Augenblick machte, oder um zu beobachten, wie er sich bewegte, man konnte alles um sich herum vergessen, wenn man ihm beim Polieren seines Autos zusah.

Wie er sich streckte, wie er sich bückte, wie geschmeidig sein Körper war. Geschmeidig wie ein Raubtier, das kraftvoll und lautlos seine Beute anspringt. Wenn sie doch bloß seine Beute wäre.

Sie hatte gerade die Vorhänge abgenommen und faltete sie zusammen, als er plötzlich unten aus dem Treppenhaus resolut nach ihr rief, in diesem Ton, den Männer samstags ihren Ehefrauen gegenüber anschlagen: »Kolfinna, jetzt gehen wir in die Gemäldegalerie.«

Sie trippelte die Treppe zu ihm hinunter.

Nie wäre ihr in den Sinn gekommen, dass sie einmal bei strahlender Sonne an der Seite von Rechtsanwalt Ketill Fichter durch das Thingholt-Viertel spazieren würde, lässig in Jeans gekleidet auf dem Weg zur Nationalgalerie, nur um Bilder anzuschauen. In der Hoffnung, jemandem zu begegnen, den sie kannte, blickte sie sich dauernd um.

»Warum willst du, dass ich mir diese Bilder anschaue?«, fragte sie.

»Weil du meine Kunstwerke so hässlich findest.«

Sie begriff den Zusammenhang nicht und schaute ihn mit großen Augen an.

»Wenn du genügend Gemälde angeschaut hast, wirst du auch meine Bilder schön finden.«

Sie erwiderte nichts, weil sie noch immer nicht begriff, was seine Absicht war und was es ihn anging, welche Bilder sie schön fand. Aber wenn er es unbedingt wollte, hatte sie nichts dagegen, den Nachmittag mit ihm zu verbringen.

»Welche Maler kennst du überhaupt?«

Sie kannte Kjarval und Ásgrímur, denn sie hatte Bilder von ihnen gesehen, als sie noch in der Schule war, und dann suchte sie ein paar Namen zusammen, an die sie sich vom Hörensagen erinnern konnte und die nicht so schwierig auszusprechen waren: Rembrandt, Dalí, Picasso.

Mehr fielen ihr im Augenblick nicht ein.

Er gab ein Brummen von sich.

Kurz vor der Nationalgalerie blieb er stehen und erklärte wie ein Museumspädagoge: »Im Augenblick werden hier nur isländische Maler ausgestellt. Wir beginnen bei den alten Meistern und enden bei den zeitgenössischen Werken, die du so hässlich findest.«

Er suchte in seinen Taschen nach der Pfeife.

»Danach solltest du dir etwas über die internationalen Maler anlesen.«

Sie beobachtete seine Hände.

»Wer weiß, vielleicht wirst du nochmal berühmte Museen im Ausland besichtigen«, fügte er hinzu und blickte scharf zu den Enten auf dem Stadtteich hinüber.

Kolfinna unterdrückte ein Gähnen. Sie schaute auf das weiße Haus.

»Bist du früher hier zum Tanzen gegangen, als das noch eine Disco war?«

»Das Haus ist abgebrannt, bevor ich dazu gekommen bin.«

»War das eigentlich Brandstiftung?«

»Keine Ahnung. Im Übrigen geht es auch gar nicht um einen Brand, der früher mal passiert ist, sondern um die Kunstwerke, die heute hier aufbewahrt werden.«

Sie begriff, dass es galt, sich von nun an über Alltäglichkeiten zu erheben.

Sie betraten das Museum, für das sie sich nie interessiert hatte, obwohl es ganz in der Nähe war, und ein angenehmer Geruch schlug ihr entgegen. Eigentlich war es kein bestimmter Geruch, aber sie hatte das Gefühl, sie müsse nur lange genug dastehen und sich nicht vom Fleck rühren, um ein schwaches Odeur von Ölfarben, Parfüm und Kaffee auszumachen. Sie spähte umher, aber er nahm sie beim Arm und zog sie mit sich in die Ausstellungsräume. Drinnen befanden sich bereits einige Kunstliebhaber.

»Hier siehst du unsere alten Meister«, flüsterte er, und sie wusste nicht, ob er wegen seiner Verehrung für diese Meister seine Stimme gesenkt hatte oder um nicht unnötigerweise die Aufmerksamkeit der anderen Anwesenden auf die Lehrstunde zu lenken.

Und er zählte sie alle auf: Thórarinu, Jón, Finnur, Gunnlaugur, Thorvaldur, und zu jedem Gemälde folgte eine kurze Belehrung. Sie wusste vor lauter Namen und Bildern nicht mehr, wo ihr der Kopf stand. Mitten in einem solchen Vortrag beschlich sie schließlich ein Verdacht, weswegen er sie in diesen gläsernen Palast geschleppt hatte. Er genoss das selber in vollen Zügen. In seinen Augen las sie Leidenschaft.

»Warum bist du eigentlich nicht Maler geworden?«, unterbrach sie ihn.

Er verstummte abrupt und blickte sie erstaunt an. Dann fummelte er wieder an seiner Pfeife herum, kaute auf dem kalten Mundstück und blickte sich um: »Da sagst du was.«

Sie wartete ab.

Er war ziemlich kurz angebunden: »Mein Vater hielt das für brotlose Kunst.«

»Aber du hast einmal mit dem Gedanken gespielt?«

»Ich habe eine Zeit lang Kunst studiert, bin dann aber zu Jura übergewechselt. Ich beschloss, das zu meinem Hobby zu machen, womit ich mich am liebsten beschäftige, und das zum Beruf, was mir die zweitgrößte Befriedigung gewährt.«

»Aber zu Hause bei dir habe ich nichts dergleichen gesehen«, sagte sie und meinte Pinsel und Staffelei.

Er wusste, was sie meinte, sein Gesicht verdüsterte sich und er erklärte kurz: »Ich habe schon lange nicht mehr gemalt.«

Seine Miene lud nicht zu weiterer Unterhaltung über seine eigene künstlerische Betätigung ein, und sie ließ davon ab, Fragen zu stellen. Die beiden gingen weiter, sie ein wenig voraus.

Dann endlich sah sie ein Bild, das ihr Interesse weckte. Sie blieb stehen, verschränkte die Arme, schaute genauer hin. Trat ein paar Schritte zurück, überlegte, trat wieder vor und ging ganz dicht an das Bild heran, betrachtete die Pinselstriche, um dann langsam wieder zurückzutreten, ohne die Augen vom Bild abzuwenden. Sie wurde unruhig.

»Bei den Heißwasserquellen. Kristín Jónsdóttir«, flüsterte er und neigte seinen Kopf zu ihr. Er war ganz offensichtlich angetan vom Interesse seiner Schülerin und schaute sie beinahe gerührt an. Daraufhin begann er wieder zu dozieren.

Sie hörte gar nicht zu, sie hörte gar nichts, alle Geräusche waren auf einmal gedämpft, sie sah nur das Bild und die Farben, die blau, grün, gelb und weiß vor ihren Augen tanzten. Frauen, die draußen in Gottes freier Natur Wäsche wuschen.

Aus den heißen Quellen stieg Dampf auf, der die Seelen und die kompakten Rundungen der Körper vereinte. Sie beugten sich über die Waschstelle mit ihren Schürzen und Kopftüchern, rundlich und kräftig, aber auch weiblich und weich. Sie schaute auf die Hände der Frauen, spürte, wie heiß sie waren und wie sie brannten und schmerzten, und sie massierte die eigenen Hände, denn sie waren jetzt mit in das heiße Wasser eingetaucht, sie fühlte die heißen Dämpfe in ihrem Gesicht und merkte, wie die feuchten Kleider an ihrem Körper festklebten, sie spürte die Schmerzen im Rücken und in den Knien, und sie wusch, rubbelte und wrang, so wie ihre Mutter es getan hatte, ihre Großmutter, ihre Urgroßmutter.

»Sie haben damals wohl sechsunddreißig Stunden gebraucht, um die Wäsche in den heißen Quellen zu waschen«, sagte er und schien gerade einen längeren Vortrag zu beenden.

»Wer?«, fragte sie so geistesabwesend, als befände sie sich in einer ganz anderen Welt.

»Die Frauen hier früher. Aber wollen wir jetzt nicht in die oberen Säle gehen und uns mit moderner Kunst befassen, auch wenn du sie hässlich findest?«, sagte er, packte sie beim Arm und führte sie nach oben. Kaffeeduft schlug ihr entgegen. Sie sehnte sich nach Kaffee. Sie war völlig erschöpft.

In den oberen Sälen begannen die Vorträge von neuem und hier war er in seinem Element. Aber obwohl er geistreich und witzig war, wenn er die Striche, Kreise und leeren Flächen interpretierte, die ihrer Meinung nach kennzeichnend für diese Bilder waren, gelang es ihm nicht, ihr Interesse zu wecken.

Ihre Gedanken kreisten ständig um die Wäscherinnen.

»Das hat ja überhaupt keinen Sinn«, stöhnte er. »Entweder hast du überhaupt kein Auge für Kunst oder du bist in dieser Hinsicht noch nicht reif genug.«

»Ich hätte jetzt so gern einen Kaffee«, sagte sie.

»Es ist interessant«, begann er, als sie einen Platz am Fenster des Museumscafés gefunden hatten, »aber es ist häufig so, dass ein ganz bestimmtes Bild für einen zum Lieblingsbild wird. Und auch wenn man die berühmtesten Gemäldegalerien der Welt abklappert und die größten Kunstwerke der Welt betrachtet, an diesem einen Bild hängt man mit seinem ganzen Herzen.«

Er schien ihren Seelenzustand verstanden zu haben.

»Ich habe sie alle besichtigt, die italienischen, französischen, spanischen, deutschen, amerikanischen Museen, aber dieses eine Bild, das ich einmal als junger Mann in Oslo gesehen habe, hat mich so fasziniert, dass es bis auf den heutigen Tag einen besonderen Platz in meinem Herzen hat.«

»War das auch so eine moderne Kleckserei?«

»Das war der Münzensammler des dänischen Malers Hammershøj. Gemalt in einem Stil, den du akzeptieren würdest.«

Sie fand den Namen interessant und bat ihn, ihr etwas mehr über dieses Gemälde zu erzählen.

Er dachte ein wenig nach.

»Aus der Ferne sieht das Bild wie eine grauschwarze Fläche aus, aber wenn man genauer hinsieht, sitzt da ein Mann an einem Tisch, der beim Schein von zwei Kerzen Münzen betrachtet. Hinter dem Mann erkennt man ein Fenster und eine Tür, die ganz offensichtlich bei Tageslicht weiß sind, auch wenn sie auf dem Bild dunkel erscheinen und ihrer Form nach zu urteilen, befindet sich der Mann in einem reichen Haus, obwohl keine anderen Möbel zu sehen sind als der Tisch und der Stuhl, auf dem er sitzt. Das Kerzenlicht ist schwach, der Mann ist umgeben von einem dunkelgrauen Schein, der manchmal eine grünliche Schattierung erhält. Das Licht in diesem großen, leeren Raum unterstreicht die Einsamkeit dieses Mannes, der aber trotzdem Kraft, Ruhe, Geduld und Zähigkeit ausstrahlt. Aber das Merkwürdigste ist, dass Tisch, Fenster und Tür eine Seele zu haben scheinen.«

Sie hörte aufmerksam zu. Wie oft war es ihr so vorgekommen, als hätten die Gegenstände in den Häusern, in denen sie putzte, eine Seele.

Sie schwiegen beide, und jeder dachte an sein Bild.

Die Wäscherinnen rackerten sich in ihrem Kopf ab, sie rieben, spülten, wrangen aus. Angst packte sie, dass sie vielleicht mit der Zeit so werden würde wie sie. Selbst wenn sie aufhören würde, von Haus zu Haus zu gehen und zu putzen, vielleicht würde sie trotzdem so werden wie sie.

Sie schaute eine Weile in ihre Kaffeetasse und fragte dann langsam und ruhig, so als hielte sie nur das Gespräch aufrecht und habe gar kein besonderes Interesse an diesem Thema:

»Wie hast du es geschafft, Karriere zu machen und zu Geld zu kommen?«

»Ich dachte, wir würden über Kunst sprechen«, antwortete er und betrachtete ihr Gesicht intensiv. Als er sah, dass ihre Augen nach einer Antwort verlangten, stöhnte er auf, als habe er alles bis obenhin satt, inklusive sie.

»Ich habe dir schon mal gesagt, Kolfinna, dass man sich zuerst ein Ziel setzen und dann darauf hinarbeiten muss. Was strebst du an?«

Schon wieder dieses verdammte Ziel.

»Okay«, sagte sie irritiert. »Ich würde gerne ein kleines Geschäft oder so was besitzen.«

»Wie ich dir schon früher gesagt habe, musst du dafür fünf Jahre lang schuften und jede einzelne Krone zusammenkratzen.«

»Fünf Jahre?«

»Fast alles dauert fünf Jahre. Das habe ich dir auch schon gesagt.«

Sie starrte deprimiert in die Kaffeetasse: »Das heißt dann, dass ich weiterhin bei Mama leben muss.«

»Wie schrecklich«, sagte er, schien sie aber trotzdem nicht sehr zu bedauern.

»Ich kann überhaupt nicht mit Geld umgehen«, flüsterte sie.

»Möchtest du, dass ich dir das beibringe?«, erwiderte er ebenfalls flüsternd.

»Ja, danke«, sagte sie, ohne ihn ernst zu nehmen.

Das hätte sie aber besser getan, denn er war ein Mann, der meinte, was er sagte. Solchen Menschen war sie bloß nie zuvor begegnet. Alle, die sie kannte, sprachen nur über das, was sie tun wollten, dann aber nie taten. Dieser Mann setzte seine Worte in die Tat um. Er stand auf und erklärte, dass die Unterweisung am besten bei ihm zu Hause stattfinden würde.

»Jetzt gleich?«, fragte sie verwirrt.

»Wann denn sonst, wenn nicht jetzt gleich?«

Die Lektion, die sie in der Gemäldegalerie gelernt hatte, beschäftigte sie immer noch, während sie auf dem gleichen Weg zurückgingen. Wieder und wieder überwältigte es sie, wenn sie daran dachte, wie viel Arbeit ihr bevorstand, falls sie auf eigenen Beinen stehen wollte.

»Wäre es nicht ganz gut, zunächst mal in ein Auto zu investieren?«, fragte sie gedankenverloren.

»Nein, Autos sind eine schlechte Investition. Die verschleißen, verrosten und verlieren an Wert. Ich rate dringend vom Autokauf ab.«

»Aber die Typen kaufen sich doch alle Autos?«

»Männliche Wesen haben meist doppelt so viel Gehalt wie weibliche, und die können sich deswegen solchen Luxus eher leisten.«

Sie wurde von Minute zu Minute bitterer.

Sie gingen den Weg zum Haus hinauf, als er sich zu ihr umdrehte und sagte, er sei hungrig geworden, aber da er keine Lust zum Kochen habe und eine lange anstrengende Unterweisung in Wirtschaftswissenschaften anstünde, sei es vielleicht angebracht, zunächst eine Grundlage in den Magen zu bekommen. Er wollte mit dem Auto etwas zu essen holen, vielleicht chinesisch, sie solle sich derweilen Kunstbücher anschauen. Dann schwang er sich in den Jeep, als sei es die größte Selbstverständlichkeit von der Welt, der Haushaltshilfe beizubringen, wie man sich im Finanzdschungel zurechtfindet.

Sie setzte sich mit einem Stapel Bücher auf das Sofa und musste viele durchblättern, bis sie das Gemälde mit dem Münzsammler fand. Es war fast schwarz, wie er gesagt hatte. Die Farben gingen ineinander über, aber trotzdem konnte man einen einsamen Mann in einem kahlen Zimmer erkennen.

Wie oft fühlte sie sich nicht selbst so einsam.

Sie verlor das Interesse an Malerei und stapfte nach oben, wo die Eisenbahnanlage auf sie wartete. Sie schaltete sie ein, stützte sich mit den Ellbogen auf den Tisch und starrte auf die Züge, die mit ihr in die weite Welt hinausfuhren.

Ab und zu blickte sie aus dem Fenster, um zu sehen, wann er zurückkam, denn sie wollte sich nicht bei dieser Beschäftigung ertappen lassen, und endlich sah sie ihn in die Einfahrt einbiegen. Aber als er ausstieg, hielt im gleichen Augenblick ein anderes Auto beim Gartentor. Zwei junge, kräftige Männer sprangen aus dem Auto und rannten zu ihm herüber. Es kam ihr ganz so vor, als würden sie Geld von ihm eintreiben wollen. Er machte abwehrende Bewegungen, als wolle er nichts mit ihnen zu tun haben, aber sie ließen sich nicht abwimmeln und blieben ihm dicht auf den Fersen. Sie waren augenscheinlich stinkwütend. Er wandte sich ihnen zu und sagte etwas mit Nachdruck, und in dem Augenblick passierte alles gleichzeitig, die Tüte mit dem Essen flog ihm aus der Hand und die Prügelei begann.

Sie starrte entsetzt auf die Szene. Sie hatte schon früher einmal mit angesehen, wie Männer sich prügelten, und das hatte mit Verletzungen und Verhaftungen geendet.

»Dschiises Kraist, was soll ich bloß machen?«, fragte sie sich ratlos. Sie wusste nicht, ob sie sich in einem Schrank verstecken sollte, um nicht auch in die Schlägerei verwickelt zu werden, oder ob sie die Polizei anrufen sollte. Sie lief am Fenster hin und her und konnte sich nicht entscheiden, was sie machen sollte, aber dann erinnerte sie sich auf einmal an eine ähnliche Szene in irgendeinem Film. Sie reagierte genau wie die Filmheldin, öffnete den Gewehrschrank, riss ein Gewehr heraus, lief damit die Treppen hinunter und hinaus auf die Vortreppe. Dort stellte sie sich in Positur, legte das Gewehr an die Wange, kniff das eine Auge zu und zielte.

Die Schlägerei war in vollem Gange, sie hatten ihn untergekriegt, traten auf ihn ein und zerrten ihn wieder auf die Beine, um von neuem auf ihn loszugehen, als einer der beiden sie auf der Treppe erblickte. Er ließ augenblicklich sein Opfer los, und sein Kumpan, der spürte, dass irgendwas schief gelaufen war, schaute keuchend in die gleiche Richtung.

Keiner von beiden rührte sich.

Was mach ich jetzt bloß, dachte sie, denn sie hatte keine Ahnung, wie man mit einem Gewehr umgeht.

Ketill bewegte den Kopf und erblickte sie auf der Treppe. »Kolfinna, nein!«

Sie senkte das Gewehr ein wenig, um sie besser im Blick zu haben. Sie schienen so langsam zu kapieren, um was es ging. Ohne die Augen von ihr abzuwenden, bewegten sie sich langsam von Ketill weg.

Was tu ich als Nächstes, dachte sie.

Das Opfer hatte sich hochgerappelt, blutig und zerschunden. Er wankte zu ihr hin und fuchtelte mit den Armen.

»Liebe Kolfinna, nimm um Gottes willen das Gewehr runter!«

Die Angreifer zogen sich mit ausgebreiteten Armen zurück, als wollten sie Kapitulation signalisieren, aber dann sagte einer von ihnen verächtlich: »Die traut sich doch überhaupt nicht zu schießen.«

Da wurde sie wütend.

»Bleibt gefälligst stehen, während ich euch im Visier habe«, sagte sie kalt.

Da waren sie nicht mehr zu halten. Sie rannten los, kamen sich dabei gegenseitig in die Quere, rissen die Autotüren auf und waren im nächsten Augenblick verschwunden.

Das Gewehr wurde ihr aus der Hand gerissen.

»Los, rein ins Haus mit dir!«

Nach Atem ringend schob er sie ins Haus, und erst dann merkte sie, dass sie fix und fertig war.

»Bist du wahnsinnig, wie bist du bloß auf so eine Schnapsidee gekommen!«, schrie er.

Sie begann zu zittern, denn sie wusste natürlich, dass sie etwas total Verrücktes getan hatte, aber gleichzeitig war sie wütend und sauer, denn schließlich hatte sie ja ihm zu Hilfe kommen wollen.

»Ich wollte dich doch bloß retten«, flüsterte sie mit erstickter Stimme.

»Mich retten«, schrie er in der gleichen Lautstärke, »du hättest die umbringen können, Mensch, die können uns wegen versuchten Totschlags anzeigen. Du hättest einfach die Polizei anrufen sollen, als sie auf mich losgingen, dann hätten wir jetzt ein polizeiliches Protokoll!«

Sie war den Tränen nahe, weil sie sich so schämte. Immer machte sie alles verkehrt. Geknickt ging sie zur Tür.

»Nein, Kleine, komm her, nicht aufregen, es ist doch alles vorbei.«

Sie stand da wie Falschgeld und schaute unterwürfig auf seine blutige Wange.

Er befühlte sich die Lippen.

»Wie bist du bloß auf diese Idee gekommen? So was macht man doch bloß im Kino, weißt du das denn nicht?«

Das war ihr eigentlich klar, aber um ihn von dieser Tatsache abzulenken, fragte sie: »Sind deine Zähne in Ordnung?

Er fuhr sich mit der Zunge über die Zähne: »Ich glaube schon.«

»Oder ist vielleicht was gebrochen?«

»Ich glaube nicht, höchstens ein paar Prellungen.«

»Meinst du nicht, dass du besser zur Ambulanz fahren solltest?«

»Glaubst du, dass irgendetwas genäht werden muss?«

»Nein, eigentlich nicht. Was waren denn das für Typen?«

»Irgendwelche Kerle, die sich mit Anabolika voll pumpen. Sie sind wohl der Meinung, mit mir noch eine Rechnung offen zu haben.«

Er erklärte, nach oben ins Bad gehen und sich säubern zu wollen. Er humpelte die Treppen hinauf, und da sie fand, dass die Sache sie etwas anging, lief sie hinter ihm her. Er machte den Oberkörper frei, drehte den Hahn auf, spritzte sich immer wieder mit beiden Händen das Wasser ins Gesicht, bis es nicht länger vom Blut rot gefärbt wurde. Dann griff er nach einem sauberen Handtuch, trocknete sich ab und blickte forschend in den Spiegel.

Sie betrachtete Brust, Schultern und Arme. Dann besah sie sich den Kopf.

»Die Wunde an der Augenbraue muss unbedingt desinfiziert werden. Außerdem hast du eine Verletzung hinter dem Ohr.«

Er nahm Spiritus und Watte aus dem Schrank und sie bot ihm an, die Wunden zu säubern.

»Diesen Anblick werde ich nie vergessen«, sagte er. »Dich da auf der Treppe stehen zu sehen mit einem Gewehr in der Hand, eiskalt wie ein Mafiaboss.«

Sie wusste nicht, ob das ein Tadel oder ein Lob sein sollte. Sie versuchte, die Wunden sorgfältig zu säubern.

»Tu den verdammten Spiritus weg«, sagte er plötzlich, riss ihr die Sachen aus der Hand und zog sie an sich, bevor sie reagieren konnte.

Sie hätte nie geglaubt, dass es auf diese Weise geschehen würde. Und doch hatte sie geahnt, dass es früher oder später geschehen würde. Trotzdem war sie nicht darauf vorbereitet. Aber er war es, und sie hätte es sehen können, wenn sie es hätte sehen wollen.

Seine Liebkosungen waren stürmisch und fordernd, und zuerst erwiderte sie sie, denn sie war verwirrt und wusste nicht, was sie wollte oder ob sie wollte. Er bog ihren Körper zurück und übersäte ihren Hals und die Brust mit Küssen. Unsanft und ungeduldig presste er seine Lenden gegen die ihren, als hätten sie schon lange dorthin gehört, und sie roch und schmeckte den Duft von Haut, Schultern und Oberarmmuskeln, spürte seine Hände an ihrem heißen Körper, nahm wahr, dass er vorne ihre Hose aufknöpfte und hinten den BH aushakte, aber immer noch wusste sie nicht, ob sie auch wollte.

Sie war nicht bereit, er war ihr zu drängend, zu grob. Es kam ihr so vor, als sei sie nur irgendeine Frau und nicht sie selbst, als habe er nur Verlangen nach irgendeiner Frau und nicht nach ihr, Kolfinna. Er sagte ihr nichts Nettes, kein Wort, nur Lüsternheit lenkte seinen Sinn und seine Hände, die immer mehr wollten und immer fordernder wurden, aber kein Verlangen in ihr weckten. Sie wollte am liebsten um sich schlagen, sie hatte Angst bekommen.

Er schob sie, ohne seinen Griff zu lockern, aus dem Badezimmer ins Schlafzimmer, und sie wusste, dass sie sich dem Bett näherten, aber noch bevor ihre Beine daran stießen, hielt er inne, um sie zu entkleiden, er zog ihr mit beiden Händen das T-Shirt über den Kopf. Da endlich traf sie eine Entscheidung. Kaum hielt er das T-Shirt in den Händen, nahm sie Reißaus und rannte aus dem Zimmer. Sie war schon mitten auf der Treppe, als sie hörte, dass er begriffen hatte, was los war. Er fluchte und sie hörte, wie er hinter ihr her kam, aber da war sie schon im Flur. Sie konnte ihre Jacke vom Bügel reißen, stieß die Haustür auf, gelangte nach draußen und knallte die Tür zu.

Zum zweiten Mal stand sie in einem merkwürdigen Zustand draußen auf der Vortreppe. Diesmal oben nur mit einem baumelnden BH bekleidet. Im Laufen gelang es ihr, das teure Teil festzuhaken und die Jacke überzuziehen. Ohne sich auch nur ein einziges Mal umzublicken, um festzustellen, ob er hinter ihr herkam, rannte sie so schnell sie konnte durch die Straßen, bis sie fast zu Hause war.

Er war ihr nicht nachgelaufen. Sie hatte gewusst, dass er das nicht tun würde.

Sie verlangsamte das Tempo und blickte sich um, um zu sehen, ob jemand sie beobachtete. Aber an diesem schönen Samstag richteten die Leute ihr Augenmerk auf andere Dinge, viele werkelten bei dem guten Wetter noch in ihren Gärten herum, schnitten Bäume und Hecken, pflanzten ein und reparierten Zäune. Aus offenen Türen drangen Musik und Essensgerüche, und in einigen Gärten wurde gegrillt. In den Bäumen sangen am Ende dieses herrlichen Tages fröhliche Vögel.

Der Nestbau in den alten Bäumen war beendet und die Luft war voll vom Gezwitscher besorgter Vogeleltern, die Würmer im Schnabel trugen und hektisch durch die Gärten schwirrten. Im Gras schlichen die Katzen mit dem Bauch auf der Erde, angespannt und abgekämpft, denn jetzt war Hochsaison für sie. Kolfinna öffnete die Tür für die schwarze, die hereinwollte, um sich zu stärken, und ihr schnurstracks in die Küche folgte. Wie gewöhnlich wartete dort ein Zettel auf sie: Extras fürs Wohnzimmer, wenn sie so lieb sein wollte, und die Porzellanfiguren mit Essigwasser reinigen.

»Wenn die Leute bloß wüssten, wie abwechslungsreich Putzen ist«, sagte sie zu der Katze.

Die Essigbehandlung dauerte über eine Stunde, und während sie das Porzellan und die Katzenfigürchen bürstete, abspülte und blank rieb, ging es ihr durch den Sinn, was das ganze Zeug wohl gekostet haben mochte.

»Solche Dinge besitzt man nicht, ohne Geld dafür zu haben. Solche Häuser haben eine lange und vornehme Geschichte, hier haben betuchte und gebildete Menschen gewohnt, die oft ins Ausland gefahren sind«, sagte sie und meinte, die Katze würde ihr noch zuhören.

Und dann wurde ihr klar, dass Listalín eine von den Frauen war, die deswegen reich waren, weil sie den richtigen Mann geheiratet hatten. Der Gedanke machte sie traurig. Sie erinnerte sich wieder an das letzte Wochenende. Sie hatte die Gelegenheit nicht beim Schopf gepackt.

Das Essigwasser hatte ihre Hände ausgelaugt, die Handrücken brannten und sie schaute sich nach einer Handcreme um. Eine Weile suchte sie zerstreut, denn der Gedanke an all die Gelegenheiten, die ihr aus eigener Dummheit durch die Lappen gegangen waren, ließ sie nicht los. Sie ging in das Gästezimmer, weil sie sich erinnern konnte, dort eine Tube gesehen zu haben, aber als sie dort nichts fand, öffnete sie das kalte Zimmer, denn man konnte ja nie wissen, wo alte Damen ihre Dinge herumliegen lassen.

Sie sah sofort die Tube auf der Fensterbank, denn dort lag nichts anderes. Die alte Frau hatte am Fenster gestanden und sich die Hände eingerieben. Vielleicht hatte sie die Vögel im Garten beobachtet.

Kolfinna stand nachdenklich am Fenster, während sie sich die Hände eincremte. Sie dachte an die Vögel, die es problemlos geschafft hatten, sich ein Heim zu bauen, und sie verstand nicht, weswegen ihr das nicht gelang. Und wieder dachte sie an das letzte Wochenende, als sie reagiert hatte wie ein kleines Kind und einfach weggelaufen war. Sie überlegte, ob ihr vielleicht bisher einfach noch nicht aufgefallen war, dass etwas mit ihr nicht stimmte. Dann kam die Gewissensfrage: Hätte es eine Chance auf eine Zukunft mit diesem Mann gegeben, wenn sie mit ihm geschlafen hätte? Bräuchte so ein kultivierter Mann nicht eine kultivierte Frau? Eine Person, die etwas von Malerei und dergleichen verstand? Wäre ihre Position nicht besser gewesen, wenn sie etwas vorweisen könnte, wenn sie einen Abschluss in irgendwas hätte?

»Ich habe keine Chance«, sagte sie zu den Vögeln im Garten.

Dann sah sie das Nest.

Die endlose Fütterungszeit mit dem dazugehörigen Tschilpen und Piepsen war in vollem Gang. Sie beobachtete das Familienleben in dem Baum.

Ihre Gedanken schweiften ab, sie wurde schläfrig und fühlte sich bleischwer. Den Baum sah sie auf einmal nur noch im Nebel. Dann sah sie sich selbst in diesem Nebel, ihr Zuhause, sie gab ihren Kindern zu essen, alle waren so hungrig, es gab so viel zu tun. Ihre Arme hoben die Kinder hoch, setzten sie ab, zogen sie an, zogen sie aus, ihre Hände arbeiteten und arbeiteten, sie massierte sie und rieb und rieb, sie wurden knochig, mager und steif, die Haut dünn und verwelkt. Da schreckte sie hoch und sah alles wieder klar. Sie schaute entsetzt auf ihre Hände.

Sie waren noch jung.

»Langsam habe ich es satt«, sagte sie ärgerlich. »In diesem Zimmer ist man immer irgendwie in Trance.«

Sie marschierte hinaus und knallte die Tür heftig zu. Dann putzte sie mit zusammengekniffenen Lippen die Böden.

5

Dem kleinsten Sonnenstrahl gelang es, sich zwischen dem dichten Laub und den weißen Blüten der Eberesche durchzuschlängeln und fröhlich auf Kolfinnas Gesicht zu fallen, die aber alles andere als dankbar war und sich nur ärgerlich das Oberbett über den Kopf zog. Sie fühlte sich an diesem Sommermorgen schläfrig und deprimiert.

Heute war sie dreißig geworden.

Es wäre richtig gewesen, sich über den Lichtstrahl zu freuen, denn ohne ihn wäre das Zimmer düster und traurig gewesen, aber an diesem besonderen Tag hatte sie Kopfschmerzen und glaubte, sie dadurch vertreiben zu können, wenn sie nur lange genug schliefe, und deswegen konnte sie die Helligkeit nicht vertragen. Sie hatte sich die Nacht um die Ohren geschlagen, war mit Alma und Elva unter dem Vorwand durch die Cafés und Lokale gezogen, ihren Geburtstag zu feiern. Aber in Wirklichkeit hatte sie nach Männern Ausschau gehalten.

Doch sie war keinem begegnet. Die meisten Männer, die sie attraktiv fand, waren zu betrunken gewesen, und von solchen Typen hatte sie genug. Jetzt wusste sie ja schließlich auch, dass es andere Männer gab. Gebildete, finanziell gut gestellte, distinguierte Männer, die junge Frauen mit Madame anredeten. So einen Mann wollte sie haben. So einen Mann hätte sie vielleicht bekommen können. Vielleicht.

»Du lieber Himmel, jetzt bin ich dreißig«, röchelte sie in das Kopfkissen.

Die Wärme im Zimmer verhinderte, dass sie in Depressionen versank, und es dauerte nicht lange, bis sie unter Schnaufen und Stöhnen das Oberbett abgeworfen hatte. Das eine Auge zugekniffen, schaute sie auf den roten Wecker und sah zu ihrer Verwunderung, dass Mittag schon längst vorbei war. Sie spitzte die Ohren, lauschte auf irgendwelche Geräusche und hörte schließlich Stimmen im Garten und das Weinen eines Kindes.

Die Neugierde trieb sie aus dem Bett. Sie öffnete die Balkontür und steckte den Kopf heraus.

Mathilda war mit ihrer Kinderschar erschienen.

Den Jüngsten, der ab und zu brüllte, hielt sie auf dem Arm. Die beiden anderen Kinder beugten sich über einen alten Puppenwagen, mit dem sie früher gespielt hatte, ihre Mutter erzählte ihnen etwas, und ihrem Benehmen nach zu urteilen, schien sie sich für die Großmutter der drei Kinder zu halten.

Ihre Mutter, Mathilda und die Kinder genossen die Sonne, hatten die Gesichter der Sonne entgegengestreckt und plauderten und schwätzten mit nackten Oberarmen über einer Tasse Kaffee. Kolfinna konnte sich nicht erinnern, jemals so ein gemütliches Plauderstündchen mit ihrer Mutter gehabt zu haben.

Unglaublich, wie gut die beiden sich verstehen, dachte sie bitter.

Sie blickte abschätzig auf ihre Freundin hinunter, diese allein erziehende Mutter, die keinen Pfennig besaß und ihr ganzes Leben lang von Haus zu Haus gehen würde, um den Dreck von anderen wegzumachen, die ihr ganzes Leben lang dem Sozialamt zur Last fallen würde, weil sie sich dreimal hatte schwängern lassen. Sie gelobte sich, niemals so zu werden wie Mathilda.

Sie hat überhaupt keine Chance, dachte sie. Kein Wunder, dass manche behaupten, Frauen seien dumm.

Aber dann schoss ihr der Gedanke durch den Kopf, dass ihrer beider Leben, abgesehen von den Kindern, eigentlich gar nicht so unähnlich waren, und der Schweiß brach ihr aus.

Sie zog die Nase hoch. Die beiden Frauen unten schauten hoch.

Mathilda reagierte blitzschnell: »Verdammt nochmal, was du dir zusammenschlafen kannst. Du hast wohl heute Nacht einen draufgemacht?«

»Ich hab bis in die frühen Morgenstunden versucht, mir einen

Typen zu angeln«, schoss Kolfinna zurück und tat, als sähe sie die missbilligende Miene ihrer Mutter nicht. »Ich finde es richtig, mir einen an Land zu ziehen, bevor ich Kinder in die Welt setze.«

Mathilda blinzelte zu ihr hoch.

»Kein Grund, um mich dirty anzumachen«, sagte sie langsam.

Kolfinna lehnte sich über die Brüstung: »Hör mal, übernimmst du nicht ab dieser Woche wieder die Putzerei?«

Ihre Mutter stand auf und Kolfinna kam es so vor, als ob ihre Unterlippe ein wenig zitterte.

»Das kannst du dir doch wohl denken, dass Mathilda nicht ausgerechnet jetzt wieder mit dem Putzen anfangen kann, der Kleine ist doch gerade erst nach Hause gekommen. Du wirst doch wohl bis zum Herbst für sie einspringen können, es sieht ja auch keineswegs danach aus, als hättest du irgendwas Dringlicheres zu tun.«

»Putzen ist doch keine anständige Arbeit«, erwiderte Kolfinna brüsk und verwendete die gleichen Worte, die ihre Mutter im vergangenen Herbst hatte fallen lassen.

Ihr Mutter zuckte ein wenig zusammen und blickte Mathilda entschuldigend an, die sich noch gar nicht zu diesem Thema geäußert hatte.

»Ja, ich such mir jetzt eine Arbeit«, sagte die Haushaltshilfe heftig, »eine Arbeit, wo ich Urlaub kriege, krankfeiern kann und in die Rentenversicherung einbezahle, und sobald ich eine Stelle habe, höre ich auf, für dich zu putzen.«

Mathilda blickte träge hoch zum Balkon: »Jetzt reg dich doch ab, Kolfinna, und mach, dass du nach unten kommst, ich habe ein Geburtstagsgeschenk für dich.«

Das Geburtstagskind verstummte auf der Stelle und beeilte sich, nach unten zu kommen.

Die Schuhe des Forschers, über die Kolfinna den ganzen Winter lang hatte hinwegsteigen müssen, waren aus dem Gang verschwunden. Sie traute ihren Augen nicht, runzelte die Brauen, starrte einen Augenblick ungläubig in die Wohnung und horchte, bekam dann aber das Gefühl, dass drinnen ebenfalls jemand horchte. Sie trat zögernd ein, so als würde sie mit dem Schlimmsten rechnen, sah, dass die Tür zum Arbeitszimmer weit offen stand und ging darauf zu.

Drinnen stand Flosi unbeweglich, so als hätte er darauf gewartet, dass sie erscheinen würde. Er hielt einen Papierstapel in der Hand, und auf dem Tisch stand ein Karton, in den der Papierstapel offensichtlich wandern sollte. Der Mann schien tatsächlich aufzuräumen, und ungläubig starrte sie abwechselnd ihn und den Karton an. Er starrte unverschämt zurück: »Auch schon auf den Beinen?«

Jetzt war das Maß endgültig voll.

Wieso mache ich das eigentlich, dachte sie; der kann doch seinen Dreck alleine wegputzen. Sie ging zurück in die von Schuhen befreite Diele und griff gerade nach der Türklinke, als ihr nachgerufen wurde:

»Entschuldigung.«

Sie erstarrte an der Tür, die Arme hingen schlaff an ihr herunter. Er wartete hinter ihr. Jetzt sollte sie sich eigentlich umdrehen und etwas sagen. Sie zögerte es so lange wie möglich hinaus, denn ihr fiel nichts ein, was sie sagen konnte. Dann erinnerte sie sich, dass er um Entschuldigung gebeten hatte, und das war ja an und für sich schon ein Fortschritt. Sie drehte sich um.

»Was meinst du eigentlich damit, ob ich auch schon auf den Beinen bin?«

»Nichts. Das war nur meine übliche schlechte Laune.«

»Bist du schon immer so übellaunig gewesen?«

»Nein, ich war eigentlich ein ziemlich fröhliches und unkompliziertes Kind, bis ich dreißig wurde, oder anders ausgedrückt, bis die Qualen des Erwachsenendaseins hereinbrachen.«

Weil der Ton in seiner Stimme sie unsicher machte, wechselte sie das Thema und fragte, was er mit den ganzen Schuhen gemacht hatte.

»Die sind jetzt in einem großen Karton. Aber lass dir bloß nicht einfallen, dass du ihn in die Mülltonne entsorgen kannst. Es gibt schon genug Müll in dieser Gesellschaft. Anlässlich meiner Promotion und einer neuen Stelle an der höchsten Bildungseinrichtung dieses Landes war ich gezwungen, den Schuhbestand zu erneuern. Aber den Karton mit den alten Latschen rührst du mir nicht an, der wird an Bedürftige und andere Leute weitergegeben, die es sich nicht leisten können, einen Doktortitel zu erwerben.«

Diese Bemerkungen über den Müll ausgerechnet von ihm fand sie grotesk, aber da sie sich nicht mit ihm anlegen wollte, ging sie nicht darauf ein, sondern fragte, um das Gespräch in Gang zu halten, worin er seinen Doktor gemacht habe.

»In Molekularbiologie, falls dir das etwas sagt.«

Es sagte ihr nicht das Geringste.

»Wird das gut bezahlt?«, fragte sie, denn das spielte ja schließlich die größte Rolle.

»Kolfinna, wessen-Tochter-auch-immer-du-sein-magst, wenn Leute wie ich und meine Kollegen das Privileg genossen haben, viele, viele Jahre studieren zu können, müssen sie sich ihrer Nation gegenüber dankbar erweisen und jegliches Gejammere über Lohn und Gehalt vergessen. Der Staat zeigt sich uns gegenüber äußerst mildtätig, indem er uns regelmäßig ein bisschen Taschengeld überweist.«

Sie war so klug wie zuvor, schloss aber aus seinen Worten, dass er mit seinem Gehalt genauso wenig zufrieden war wie sie selber.

Die Sonne schien in den Garten und das Unkraut breitete sich fröhlich aus, der Sommer war im Anmarsch und die gesamte Fläche stand ihm zur Verfügung. Sie öffnete die Gartentür und riss alle Fenster weit auf. Nie zuvor hatte sie in diesem Haus so gut gelüftet, und vielleicht war es die frische Luft, die bewirkte, dass sie auf einmal darauf aufmerksam wurde, dass außer den Schuhen noch diverse andere Dinge verschwunden waren, beispielsweise der turmhohe Stapel mit alten Zeitungen. Sie traute ihren Augen kaum und war fast gerührt. Sie blickte nachdenklich in Richtung Bücherhöhle. Was ging in der Seele dieses Mannes vor?

Im gleichen Augenblick erdröhnte entsetzliche Musik aus seinem Zimmer und sie erschrak so, dass ihr Herz einen Schlag lang aussetzte. Sie ließ sich aber nichts anmerken, denn schließlich war die Atmosphäre in diesem Haus so viel entspannter als sonst. Sie arbeitete sich langsam mit Schrubber und Putzeimer vor, befürchtete aber einen Gehörschaden, falls das länger andauerte. Ab und zu schielte sie in das halb offene Zimmer hinein, um festzustellen, ob er bei dem Krach nicht selbst verrückt würde, doch er war mit dem Aufräumen seines Schreibtischs beschäftigt und schien den Lärm zu genießen.

Als es eine Pause gab, betrat sie zögernd mit dem Eimer in der Hand sein Zimmer und beschloss, seine Aufmerksamkeit auf erträglichere Musik zu lenken.

»War das Mozart?«, fragte sie mit geheucheltem Interesse.

Eine Sekunde lang schien es ihr, als würde sich der arrogante Ausdruck wieder breit machen wollen, aber dann sagte er nach einer Weile: »Das war Sibelius.«

»Ist das dein Lieblingskomponist?«

»Unter anderem, ja. Und was ist deine Lieblingsmusik?«

»Popmusik einfach, ich finde solche Sinfonien entsetzlich.«

»Du hast kein Gehör dafür. Du kannst ja noch nicht einmal den Unterschied zwischen Mozart und Sibelius hören.«

Das sagte er ganz sachlich und ohne allen Spott, trotzdem begann sie schneller zu atmen. Sie hätte nur zu gern losgelegt und ihm klargemacht, dass sie, auch wenn sie die beiden nicht unterscheiden konnte, doch so manches andere kannte, wie beispielsweise Opern und sämtliche isländischen Maler, aber sie spürte, wie lächerlich das klingen würde. Stattdessen sagte sie: »Ist es denn wirklich notwendig, so was alles zu kennen?«

»Es ist notwendig, bestimmte Dinge zu kennen«, sagte er, ohne von den Büchern hochzublicken.

»Zum Beispiel was?«

»Die wichtigsten Werke der Literatur, der Musik, der Kunst.«

»Warum?«

»Damit du mitreden kannst und nicht für einen Trottel gehalten wirst.«

Das Wort Trottel erinnerte sie an seine früher geäußerten Ansichten über die Dummheit der Frauen, die sie weder vergessen noch verziehen hatte. Sie begann sich unsicher zu fühlen, beschloss aber, eiskalt die Ruhe zu bewahren.

»Und das ist alles?«

Er nickte abwesend mit dem Kopf, während er seine Papiere sortierte.

»Aber Politik und dergleichen, muss man da etwa nicht Bescheid wissen?«

»Da muss man auch Bescheid wissen«, erwiderte er ernst. »Das ganze Leben besteht aus Politik, aber was das angeht, genügt es wahrscheinlich, Zeitungen zu lesen und Nachrichten zu hören, und das tust du wahrscheinlich wie alle anderen nachrichtensüchtigen Isländer.«

Sie blickte ihn nachdenklich und mit offenem Mund an und beschloss, ihm nicht auf die Nase zu binden, dass sie hauptsächlich Katastrophenmeldungen und die Klatschspalten las. Die Nachrichten im Fernsehen sah sie sich nur ganz selten an, weil sich da meist alles um Fisch drehte.

Er beugte sich über den Tisch, sodass sich der Abstand zwischen ihnen verringerte, und fügte hinzu: »In Gesellschaft sprechen die Leute fast nie über Biologie, Medizin, Rechtswissenschaften und so weiter und so weiter. Über so etwas unterhalten sich nur die Fachleute untereinander. Aber alle bilden sich ein, etwas von Politik, Literatur, Musik und Kunst zu verstehen. Du kannst jetzt ruhig den Mund zumachen.«

Sie war entschlossen, sich wegen dieser letzten Spitze nichts anmerken zu lassen, parierte aber in ebenso höhnischem Ton, indem sie fragte, wie man sich am besten Informationen über all das, was er genannt hatte, verschaffen könne.

Er wies auf die Bücher in den Regalen ringsum und sagte: »Lies Bücher.«

Sie blickte träge auf die Bücher, die braun, abgewetzt und staubig zurückstarrten.

»Wie lange ist es her, dass du sie zuletzt abgestaubt hast?«, fragte sie vorwurfsvoll.

»Viele Jahre, so viele, dass man sie wahrscheinlich mal mit dem Schlauch bearbeiten müsste.«

Da erinnerte sie sich daran, dass sie zum Putzen gekommen war.

Sie wollte wieder hinausgehen, konnte sich aber nicht zurückhalten mit der Frage, was er ihr als Lektüre empfehlen würde.

»Was hast du denn eigentlich gelesen?«, fragte er und wirkte ziemlich desinteressiert. Wahrscheinlich hielt sie ihn auf.

Sie zuckte mit den Achseln, erinnerte sich dann aber an einen Satz, den jemand in einem Interview von sich gegeben hatte: »Ich lese alles, was mir zwischen die Finger kommt.«

Er stellte sich vor den Regalen auf und strich sanft über die Buchrücken. Die Bücher schienen aufzuleben.

»Hast du Kunstgeschichte gehabt?«

»Nein.«

»Musikgeschichte?«

»Nein.«

»Philosophie?«

»Nein«, wiederholte sie lahm, »wir haben hauptsächlich Rechtschreiben und Mathe gehabt.«

»Na, dann fang doch mit Kunstgeschichte an, da sind Bilder dabei. Hast du etwas von unserem Nobelpreisträger gelesen?«

»Nein, wir haben uns hauptsächlich mit den alten isländischen Sagas beschäftigt.«

»Lass mal sehen. Das hier ist zu schwer für dich, und dieses hier höchstwahrscheinlich auch, aber hier, hast du Salka Valka gelesen? Das Buch müsste dich eigentlich ansprechen, da geht's um eine Frau wie dich. Aber Bilder sind da nicht drin.«

Er schob die Bücher mit solchem Schwung über den Tisch, dass sie es gerade noch schaffte, sie zu schnappen.

Sie holte tief Luft, um ihren Ärger zu unterdrücken, blätterte wahllos in den Büchern und sagte zögernd: »Das schaffe ich aber nicht in einer Woche, wenn du das meinst.«

»Das habe ich auch nicht erwartet, hast du nicht das Haus voller Kinder?

»Ich? Kinder?«, schrie sie auf. »Das ist Mathilda, die all die Kinder hat.«

»Warum bist du dann nicht auf dem Arbeitsmarkt, wenn du keine Kinder hast? Hast du keine Ausbildung?«

Angesichts dieser Unverschämtheit verschlug es ihr die Sprache. Er glaubte, sich das ihr gegenüber herausnehmen zu können, weil er meinte, gebildet zu sein. Jetzt sollte sie erniedrigt werden, um ihr den letzten Funken von Selbstvertrauen zu nehmen. Sie bewahrte so gut es ging Haltung, legte die Bücher mit zittrigen Händen auf den Tisch und sagte in überaus sanftem Ton: »Wozu brauche ich eine Ausbildung? Hast du nicht gesagt, dass Leute mit Ausbildung mies bezahlt werden?«

»Sieh mal einer an, die kleine Putze, gar nicht so dumm«, sagte er und schien beeindruckt zu sein. Dann plusterte er sich auf wie ein Pfau: »Du brauchst Bildung, um es mit Kerlen wie mir aufnehmen zu können.«

Sie machte, dass sie aus dem Zimmer kam.

Seine Nähe war ihr so unerträglich, dass sie die Putzgeräte ins Badezimmer brachte, um möglichst viel Distanz zu wahren, und während sie putzte, verriegelte sie die Tür. Sie würde ihm nicht einmal öffnen, wenn er pinkeln musste. Das konnte er irgendwo draußen erledigen.

Kurz vor Mittag war entweder seine Blase voll, oder er hatte etwas anderes vor, jedenfalls hörte sie, wie die Haustür wie gewöhnlich mit Knall zugeschlagen wurde.

Da traute sie sich endlich aus dem Badezimmer.

Als am Sonntagmorgen die Glocken der Hallgrímskirche läuteten, rief Listalín Jónsdóttir an und teilte Kolfinna mit, dass sie jetzt einen halben Monat Urlaub mit dem Müttergenesungswerk machen würde und deswegen bräuchte sie in der Zeit nicht zu putzen. Ihre Mutter war zuerst ans Telefon gegangen und wahrscheinlich hatte Listalín etwas Nettes zu ihr gesagt, bevor Kolfinna den Hörer übernahm, denn nach dem Gespräch wollte sie Genaueres über die alte Dame wissen. Als sie erfahren hatte, wo Listalín wohnte und wie es in ihrem Haus aussah, begann sie sich den Kopf zu zerbrechen, mit wem sie verheiratet gewesen war und wer ihre Kinder waren, aber da hatte Kolfinna keinen blassen Schimmer. Ihre Mutter fand es außerordentlich seltsam, dass sie nichts über die Leute wusste, bei denen sie dauernd aus und ein ging, und sie rekapitulierte nachdenklich alles, was sie über die ältesten Einwohner des Viertels wusste.

»Ich weiß bestimmt irgendwas über die alte Dame«, sagte sie und blickte starr vor sich hin, aber ihr wollte nichts einfallen. Dafür fiel ihr aber etwas anderes ein: »Jetzt kriegst du einen halben Monat lang keinen Lohn, so ist es, wenn man schwarz arbeitet. Kein Urlaub, keine Versicherung.«

Die Tatsache, dass eine Frau hier aus dem Viertel Urlaub mit dem Müttergenesungswerk machte, brachte ihre Gefühle in Wallung, denn der glückliche oder unglückliche Zufall wollte es, dass sie jetzt selbst Urlaub hatte, aber keine Möglichkeit sah, die Tapeten zu wechseln. Darüber musste sie sich jetzt auslassen und der Wortwahl nach zu urteilen hätte man glauben können, dass Kolfinna schuld daran war, dass sie im Urlaub die ganze Zeit zu Hause bleiben musste, während andere verreisten.

»Wirklich verdammt merkwürdig, dass ich ewig zu Hause rumhocken muss, während andere in der Weltgeschichte herumgondeln und sich amüsieren.«

»Warum machst du denn nicht selber so einen Urlaub?«, stöhnte Kolfinna, weil sie ahnte, was jetzt kommen würde. »Wusstest du nicht, dass es so was gibt?«

»Wusste ich nicht, wusste ich nicht«, schäumte ihre Mutter. »Natürlich wusste ich davon, ich hab ja selbst schon mal in dem Ausschuss gesessen, da weiß niemand besser Bescheid als ich. Aber man muss wohl auch das nötige Kleingeld haben, um so einen Urlaub machen zu können.«

»Ich hab gedacht, das wäre alles umsonst?«

»Umsonst? Meinst du nicht, dass man da ein paar anständige Klamotten mithaben muss, die staffieren sich doch alle für so etwas aus, neue Blusen und Kostüme, und meinst du nicht, dass man ein paar Piepen dabei haben muss, um sich in Hveragerdi oder im Borgarfjördur etwas kaufen zu können? Nein, solchen Luxus kann ich abschreiben, ich setz mich hier nur einfach hinters Haus, so habe ich ja schließlich immer meinen Urlaub verbracht.«

Bei dem Gedanken, dass sie ihre Mutter jetzt drei Wochen lang in dieser Laune um sich haben musste, verschlug es Kolfinna die Sprache. Da sie sie unbedingt aus dem Haus haben wollte, dachte sie an ihr Sparbuch mit den vierzigtausend Kronen und erklärte mit unsicherer Stimme, denn sie wusste selbst nicht, ob sie das wirklich wollte, was sie jetzt sagte: »Ich kann dir zwanzigtausend Kronen von meinem Sparbuch geben, wenn du möchtest.«

Ihre Mutter blickte sie scharf an: »Woher hast du denn so viel Geld?«

»Ach, das habe ich mir für eine eigene Wohnung zusammengespart.«

Einen Augenblick herrschte völlige Stille. Ihre Mutter starrte auf ihre Zehen, die aus den Pantoffeln herauslugten, zog ein paar Mal die Nase hoch und Kolfinna wartete darauf, mit Vorwürfen überschüttet zu werden, weil sie ihr nichts von diesem Geld gesagt hatte, aber stattdessen seufzte ihre Mutter so tief, als würden sämtliche Drangsale der Welt auf ihren Schultern lasten.

»Nein, du kannst dein Geld behalten, ich würde sowieso nicht weg wollen, dazu habe ich gar keine Kraft, jetzt, wo es mir so schlecht geht und das Rheuma mich so quält. Nachts habe ich solche Schmerzen, dass ich mich kaum umdrehen kann. Ich habe jetzt schon Angst, wieder zur Arbeit zu müssen, das kann ich dir sagen.«

Dann starrte sie so deprimiert vor sich hin, dass man hätte glauben können, ihr letztes Stündlein habe geschlagen.

Kolfinna glaubte sich zu erinnern, dass die Schmerzen das letzte Mal in den Nieren und im Darm gewesen waren, aber sie erwähnte es nicht. Stattdessen log sie eiskalt, dass der alte Arzt wieder da sei, ob sie sich nicht einen Termin geben lassen wolle?

»Es wird mir wohl nichts anderes übrig bleiben, man hat ja sowieso nichts Besseres zu tun. Und in den Sommermonaten kann man sich ja auch keine Unterhaltung vom Fernsehen erwarten, was für ein Programm, das die einem da vorsetzen«, sagte sie weinerlich und aus irgendwelchen unerfindlichen Gründen war jetzt das Fernsehen in ihre Urlaubsprobleme verwickelt.

»Ich kann dir aber umsonst Videos besorgen«, sagte Kolfinna, aber dieses großzügige Angebot wurde verächtlich abgelehnt.

»Ich schau mir keine solchen blutrünstigen Reißer an.«

Sie sagte aber kein Wort, als Kolfinna mit drei alten Hollywood-Filmen nach Hause kam, tat so, als sähe sie die Kassetten nicht und gab vor, mit ihren Gedanken ganz woanders zu sein, als Kolfinna ihr zeigte, wie sie das Gerät bedienen musste. Aber als Kolfinna um Mitternacht aus dem Videoverleih zurückkehrte, sah sie, dass sie sich mindestens eine Kassette angeschaut hatte.

Die ganze Woche über herrschte Ruhe und Frieden im Thingholt-Viertel, man hätte meinen können, dass alle aus der Stadt gefahren waren, was aber eigentlich völlig überflüssig war, denn die Sonne hatte sich in den kleinen Hintergärten häuslich niedergelassen. Das schöne Wetter ließ Kolfinna faul werden, aber da sie fürs Putzen bezahlt wurde, auch wenn die Wohnungsinhaber Urlaub machten oder nach Italien geflogen waren, trottete sie wie verabredet zu Sigurdís, bügelte die Gardinen, gähnte dabei ununterbrochen und lüftete die Dessous auf kleinen Wäscheleinen auf dem Balkon.

Wenn sie zu Ketill ging, war ihr hingegen immer kribbelig zumute. Sie hatten jetzt wochenlang nicht miteinander gesprochen, nicht seit dem bewussten Samstag. Der Grund für diese Funkstille war einfach der, dass er nie zu Hause war, wenn sie kam. Erst dachte sie, er sei in Urlaub gefahren wie alle anderen, aber dann merkte sie, dass das eigentlich nicht sein konnte, denn er würde das Haus niemals ohne entsprechende Maßnahmen verlassen. Wahrscheinlich war er gerade mit einem schwierigen Prozess beschäftigt oder kurzfristig auf eine Angeltour gefahren. Manchmal kam es ihr so vor, als höre sie seine Schritte, und ihr Herz setzte aus, aber dann war es nur der Postbote. Sie hatte darüber nachgedacht, was sie sagen und wie sie sich benehmen sollte, wenn er sich blicken ließe. Auch wenn ihr letztes Zusammentreffen ein unangenehmes Ende gefunden hatte, gab es keinen Grund, für die weitere Entwicklung schwarz zu sehen. Trotzdem fand sie es peinlich, sich an ihr Verhalten an jenem denkwürdigen Samstag zu erinnern und sie versuchte, den Gedanken möglichst zu verdrängen. Aber sie zweifelte nicht daran, dass er eines Tages vor ihr stehen würde, als sei nichts vorgefallen.

Als sie in dieser Sonnenwoche auf der Veranda stand, umgeben vom Duft der Sommerblumen, und Perserteppiche ausklopfte, hörte sie auf, sich selbst etwas vorzumachen. Er legte keinen Wert mehr darauf, sie zu treffen. Sonst wäre er schon längst zwischendurch mal nach Hause gekommen, um etwas zu holen, was er vergessen hatte, oder er hätte sie angerufen, denn das tun Männer, wenn sie sich für eine Frau interessieren. Wie hatte sie sich bloß einbilden können, dass er Interesse an ihr, der Haushaltshilfe, haben könnte?

Ihre Mutter vertrieb sich tagsüber die Zeit damit, draußen in der Sonne Pullover für die Kinder von allein stehenden Müttern zu stricken. Sie hatte sich häuslich eingerichtet, sich ein paar alte Liegestühle und einen zusammenklappbaren kleinen Stahltisch aus dem Keller geholt, auf den sie eine Thermoskanne, eine Kaffeetasse, Würfelzucker, eine Zeitung, eine Schachtel Zigaretten und einen Aschenbecher platzierte, und dazu eine Plastiktüte mit verschiedenfarbigem Garn.

»Hoffentlich hält sich bloß das Wetter weiter so«, sagte sie besorgt, »denn dann kann ich ein paar Pullover für Weihnachten fertig kriegen. Es macht so viel aus, wenn man rechtzeitig damit anfangen kann, vor Weihnachten geht ja alles drunter und drüber«, murmelte sie vor sich hin.

Kolfinna begriff nicht, was das Wetter mit den Pullovern zu tun hatte. Sie saß auf einem der alten Liegestühle und bemitleidete sich selbst, dass sie Tag für Tag ihre Mutter auf dem Hals hatte. Das konnte einem wirklich auf die Nerven gehen.

Im nächsten Garten unterhielten sich zwei Männer über die Probleme in der Gesellschaft und ihr Gespräch drang halblaut über die alte Steinmauer. Sie diskutierten ausgiebig über die Wucherpreise für Arzneimittel und Backwaren, über Fangquotenfürsten, die das Volk ausbeuteten, über völlig unfähige Gewerkschaftsfunktionäre, über Akademiker, die öffentliche Gelder auf unsinnige Forschungsprojekte verschwendeten, Studenten, die den Steuerzahlern zur Last fielen und nichts Gescheites lernten, und zum Schluss kam ein Satz, der Kolfinna nachdenklich stimmte: »Was dieses Land braucht, ist fachliche Qualifikation in Fischerei und Landwirtschaft.«

Die beiden Frauen lauschten dieser Diskussion schweigend, als handele es sich um eine interessante Radiosendung.

»Soll ich vielleicht in die Bäckerei gehen und uns ein paar Zimtschnecken zum Kaffee holen?«, fragte Kolfinna träge mit geschlossenen Augen.

»Meinetwegen, wenn du bezahlst.«

Diese Antwort reichte. Sie beschloss, sich nicht vom Fleck zu rühren. Dieses ewige Gejammere über jede einzelne Krone tötete ihr den letzten Nerv. Sie kniff die Augen zusammen und schaute in die Bäume der umliegenden Gärten, auf die Vögel, die zwitschernd und frei von einem Garten in den anderen fliegen konnten, und sie träumte davon, ein Vogel zu sein. Sie schloss die Augen und flog durch die Gärten, sah spielende Kinder, Frauen beim Sonnenbad oder beim Wäscheaufhängen, Männer, die Dächer anstrichen und Rasen mähten, alte Frauen, die ihren Katzen hinterherliefen, und sich selber und ihre Mutter, die auf alten Sonnenstühlen herumhockten. Aber die Tatsache, dass kein Geld für anständige Liegestühle oder Zimtschnecken vorhanden war, führte dazu, dass dieser Flug rasch ein Ende nahm. Sie bekam einen Kloß in den Hals, wenn sie an ihr hoffnungsloses Leben dachte.

Sie schielte auf die sommersprossigen Hände ihrer Mutter und wusste die Antwort. Ihre Eltern waren arme Schlucker gewesen. Deswegen war ihr mehr als die Hälfte aller Chancen durch die Lappen gegangen. Bitterkeit überfiel sie, und sie ließ den Kopf auf die Knie sinken, während sie versuchte, sich zu fangen.

»Unser Koch hat seine Tochter verheiratet«, schwätzte ihre Mutter, die ganz offensichtlich die Gemütsregung ihrer Tochter nicht mitbekommen hatte. »Sie ist erst einundzwanzig, und ihr Mann fünfundzwanzig.«

Mein Gott, alle können einen Mann finden, nur ich nicht, dachte Kolfinna bitter.

Ihre Mutter gab weitere Nachrichten von ihrem Arbeitsplatz zum Besten, und man musste eigentlich den Eindruck gewinnen, dass sie diesen Ort trotz der Tatsache vermisste, dass sie an jedem Arbeitstag völlig fertig von dort nach Hause kam. »Audur fährt mit ihrem Mann ins Ausland, ihr Mann verdient ja auch so gut, und Sigrid fährt mit ihrem Sohn zu einem Ferienhaus, der hat sich nämlich ein Auto gekauft, dabei ist er gerade erst zwanzig geworden. So etwas könnte man auch unternehmen, wenn man ein Auto besäße, und nicht nur das, man könnte auch jede Woche einmal in so einen Billigmarkt fahren, die sagen, dass es einen ganzen Monatslohn im Jahr ausmacht, wenn man an den richtigen Stellen einkauft. Aber nein, man hat ja kein Auto. Aber dieser Sohn von Sigrid, der weiß, wie man vorankommt, der hat schon neben der Schule gearbeitet, und jetzt studiert er an der Universität. Der kriegt bestimmt später ein Spitzengehalt, wenn er fertig ist.«

Kolfinna konnte sich nicht beherrschen.

»Sei dir da bloß nicht so sicher, ich kenne einen Mann, der jahrelang an der Uni studiert und sogar einen Doktor in Biologie gemacht hat, und der hat mir gesagt, dass das Gehalt beschissen ist.«

Ihre Mutter legte die Stricknadeln weg. »Und was für ein Mann ist das, woher kennst du ihn?«

»Ich putze bei ihm.«

»Doktor in was, hast du gesagt?«

»Doktor in Molekularbiologie.«

Mehr wurde nicht geredet in der Sonne. Das Wort Doktor hatte aus irgendwelchen Gründen einen Schlusspunkt unter das Gespräch gesetzt.

Flosis Bücher lagen immer noch unangerührt auf ihrem Nachttisch, sie hatte sich nicht an sie herangetraut, und als sie am Donnerstagmorgen aufstand, fühlte sie sich, als würde sie unvorbereitet in eine Prüfung gehen. Womöglich war er zu Hause und würde sie ausfragen, und im Geiste sah sie bereits seinen höhnischen Gesichtsausdruck vor sich, wenn er herausfinden würde, dass sie keinen Schritt weitergekommen war.

Sie schwang die Beine aus dem Bett und überlegte, wie sie den Spieß umdrehen könnte. Beispielsweise behaupten, dass sie mit der Kunstgeschichte angefangen hätte, und da könnte sie über skandinavische Maler reden, über die sie ganz schön viel wusste, und dann die Sprache auf Opern bringen, darüber wusste sie inzwischen so ziemlich alles, oder doch so gut wie, und als sie diese Lösung vor sich sah, schien ihr das Ganze gar nicht so hoffnungslos. Am wichtigsten war es, ein bisschen dreist und möglichst selbstsicher zu sein und ihn auf diese Weise zu entwaffnen.

Ihr Kampfgeist erstarkte, als sie sich sein Gesicht vorstellte, und sie sprang auf die Beine. Auf dem Weg ins Bad schaute sie in ihren ovalen Spiegel und bekam die geniale Idee, sich für den Besuch bei ihm bestens zurechtzumachen, denn das erhöhte das Selbstbewusstsein und würde ihr eine gute Startposition geben. Sie ging unter die Dusche, benutzte den Deoroller, zog die Spitzenunterwäsche an, föhnte sich die Haare und legte Make-up auf. Wohlgefällig betrachtete sie sich von allen Seiten. Sie kam sich vor wie ein Model, das Unterwäsche vorführt. Aber nur in Unterwäsche würde sie nicht weit kommen, und deswegen holte sie ihr schönes Sommerkleid aus dem Schrank, das sie sich gekauft hatte, bevor sie mit Sævar nach Benidorm gefahren war. Sie fand es nur natürlich, bei dem schönen Wetter so ein Kleid zu tragen. Sie zog es über den Kopf, knöpfte es vorne zu, und während ein Knopf nach dem anderen zuging, wurde sie von den Erinnerungen an einen Sommer überwältigt, als die Sonne auf sie schien, als sie eine feste Beziehung und eine feste Arbeit hatte; damals hatte sie geglaubt, dass das Leben ewig so weitergehen würde.

Sie bekam einen nicht enden wollenden Hustenanfall.

Irgendwo musste es Hustenbonbons geben. Sie wühlte und kramte in allen Schubladen, fand aber keine, versuchte den Husten zu unterdrücken und sich durch einen Blick in den Spiegel zu ermuntern.

»Zu dumm, wenn man kein Parfüm besitzt«, sagte sie zum Spiegel.

Später am Tag, nachdem sie den Müll sortiert und staubige Bücher registriert hatte, war ihr klar, dass Parfüm überhaupt nicht zur Geltung gekommen wäre, selbst wenn sie welches besessen hätte, die Plackerei hätte sowieso sämtliche Düfte zunichte gemacht.

Endlich kam er doch um die Kaffeezeit nach Hause, und da war sie überhaupt nicht mehr in Stimmung. Sie hatte gerade überlegt, früher aufzuhören und nach draußen in die Sonne zu gehen. Das ganze Viertel lag in der Sonne.

Sie hörte, wie er die Tür zuknallte, seine Mappe oder irgendetwas anderes hinschmiss, und einen Augenblick später stand er verschwitzt in Jeans und Hemd in der Tür.

»Wurstelst du immer noch hier herum, warum siehst du nicht zu, dass du in die Sonne kommst?«, fragte er unwirsch.

Sie fand auf einmal, dass sie sich umsonst geopfert hatte, und ohne vom Computer aufzublicken fragte sie ihn mürrisch, ob er in den Bergen gewesen sei oder was.

»Im Hochland«, erwiderte er prompt und stellte sich unverfroren hinter sie.

»Du bist immer noch bei den Romanen?«

Der verächtliche Ton entging ihr nicht, sie wurde wütend und erklärte, jetzt insgesamt über hundert Romane registriert zu haben, und trotzdem sei kaum ein Unterschied zu sehen, und es sei nicht ihre Schuld, wenn er all diese staubigen Schwarten, die er bestimmt nicht einmal selber gelesen hätte, um sich herum anhäufte.

»Ich habe jedes einzelne Buch gelesen«, erklärte er hinter ihrem Rücken im Brustton der Überzeugung, »und wie viele hast du gelesen?«

Sie antwortete nicht, weil es nur so wenige waren, vielleicht fünf oder sechs, und außerdem musste sie sich darauf konzentrieren, ruhig zu bleiben, denn ihre Stimme verriet immer ihre Gefühle.

Jetzt legte er aber erst richtig los und fragte, ob sie die Bücher gelesen hätte, die er ihr ausgeliehen hatte. Sie erklärte, sie hätte kurz mal hineingeschaut.

»Erzähl mir, was du gelesen hast«, befahl er, als befände sie sich in einer mündlichen Prüfung, genau wie sie es sich vorgestellt hatte. Aber statt ihn mit ihrem gesamten Wissen über Opern und isländische Maler zu bombardieren, ritt sie ein kleines Teufelchen, während sie die Datei im Computer schloss: »Diese Bücherleserei ist die letzte Scheiße!«

Sie stand resolut auf.

Er rührte sich nicht vom Fleck.

»Augenblick. Die große Scheuerfrau ist also der Ansicht, dass diese Nation nicht zu lesen braucht, dass sie womöglich überhaupt keine Verwendung für gebildete Menschen hat?«

»Jedenfalls nicht für solche wie dich«, stieß sie wütend hervor, denn seine Worte verletzten sie. »Ihr verschwendet doch nur eure Zeit damit, über Büchern zu hängen oder irgendwelches Moos anzuglotzen, was niemandem etwas bringt. Ihr lasst euch einfach von den Steuerzahlern aushalten.«

Die Worte der alten Männer im Garten kamen ihr wieder in den Sinn: »Was dieses Land braucht, ist fachliche Qualifikation für Fischerei und Landwirtschaft.«

Sie fand, das sie das gut ausgedrückt hatte.

Seine Augenbrauen senkten sich und einen Augenblick hatte sie das Gefühl, als wolle er auf sie losgehen. Sie bekam es ein bisschen mit der Angst, freute sich aber darüber, ihm eins ausgewischt zu haben. Endlich hatte sie ihn matt gesetzt.

Aber das währte nicht lange. Als sie sich an ihm vorbeischlängeln wollte, packte er sie bei der Hand.

»Ein hübsches Kleid hast du an«, sagte er und schaute sanft auf ihren Busen. »Sollen wir nicht in die Sonne gehen? Hättest du was dagegen, in deinem schönen Kleid mit mir spazieren zu gehen? Ich würde dir gern etwas zeigen.«

»Was denn?«, fauchte sie misstrauisch.

Vielleicht war es wegen der Flaute, die in ihrem Leben herrschte, oder wegen seiner Bemerkung über das Kleid, dass sie sich überreden ließ, ein Stück mit ihm zu gehen. Es geschah nicht oft, dass ein Mann ihr etwas zeigen wollte.

Er hielt die Tür für sie auf und bedeutete ihr mit einem Neigen des Kopfs hinauszugehen, und sie war gehorsam wie ein Hund. Dann stürmte er die Straße entlang, während sie mit flatterndem Kleid und rosigen Wangen hinter ihm herlief. Als sie fast beim Stadtteich angekommen waren, wurde sie plötzlich misstrauisch und fragte, ob er etwa die Absicht habe, ihr die Enten zu zeigen.

»Nein, aber mit denen können wir uns später einmal befassen, wenn du willst«, sagte er freundlich.

Da blieb sie stehen und erklärte, sie würde keinen Schritt weitergehen.

»Ich lass mich nicht von dir wie ein Hund quer durch die Stadt schleifen, ich habe andere und wichtigere Dinge zu tun, wenn du nichts dagegen hast.«

Er erklärte, das sei ihm völlig gleichgültig, und fügte dann nachdenklich hinzu, während er nach Süden blickte, dass es vermutlich besser gewesen wäre, mit dem Fahrrad zu fahren, da sie ja offensichtlich nicht gut zu Fuß sei.

»Wenn überhaupt, dann fahre ich mit dem Auto und nicht mit irgendwelchen Drahteseln«, sagte sie sauer.

Ohne seinen Schritt zu verlangsamen oder sich nach ihr umzuschauen, fragte er, ob sie eine von diesen verantwortungslosen Zeitgenossen sei, die ihren Arsch nie bewegen, außer im Auto, und dabei Vögeln und Vegetation die Luft verpesteten. Ihm käme es überhaupt nicht in den Sinn, innerhalb der Stadt Auto zu fahren.

»Was, du hast ein Auto?«

»Glaubst du vielleicht, ich würde zu Fuß ins Hochland marschieren?«

Sie waren jetzt im kleinen Park am Stadtteich angekommen, wo leicht bekleidete Leute im Gras lagen. Sie keuchte schon etwas, denn sie war es nicht gewohnt, hinter Männern herzurennen.

»Ich hab keine Lust, hier durch die Gegend zu rasen«, erklärte sie missmutig und warf sich auf eine Bank.

Er blieb stehen, kümmerte sich aber nicht um sie, sondern blickte forschend ins Gras. Dann bückte er sich rasch und hob etwas auf.

»Diese verdammten Verbrecher«, brummte er.

»Was denn, das ist doch bloß ein Zigarettenstummel!«, sagte sie.

»Bloß? Weißt du nicht, dass solche Filter unzerstörbar sind, die ganze Stadt ist voll von diesem widerlichen Zeug.«

Er nahm eine Schachtel aus der Gesäßtasche und fügte das widerliche Zeug der Stummelsammlung hinzu, die sich bereits in der Schachtel befand.

Sie schaute ihn an, als sei er nicht ganz bei Trost. Er bemerkte diesen Blick, verzog das Gesicht zu seiner klassisch arroganten Miene und setzte sich zu ihr auf die Bank.

»Geht's dir noch gut?«, fragte er, als sei sie es, die nicht ganz bei Trost war.

»Doch, doch, es ist bloß etwas eigenartig, jemanden zu kennen, der Müll sammelt.«

Jetzt kehrte er den hoch gelehrten Wissenschaftler hervor und machte sich auf der Bank breit: »Ich bräuchte hier keine Abfälle zu sammeln, wenn die städtischen Behörden endlich mal Ernst machen würden mit dem Umweltschutz. Wir sind in dieser Hinsicht weit hinter anderen Ländern zurück. Im Ausland wird der Müll bereits in der Wohnung sortiert, sodass fünfzig Prozent und womöglich mehr recycelt werden können. Jedes Haus hat zwei bis drei Tonnen für die verschiedenen Abfälle, Altpapier wird in den Haushalten gesammelt und regelmäßig abgeholt, und kleinere Container für Glas stehen in jeder Straße. Ein- oder zweimal im Jahr gibt es sogar Altkleidersammlungen. Man braucht nicht quer durch die halbe Stadt zu fahren wie hier, um alte Zeitungen oder Schuhe loszuwerden. Alles wird weiterverwendet und die natürlichen Ressourcen werden geschont. Aber hier kriegt man nur eine einzige verdammte Mülltonne, und in die werden Dosen, Plastikflaschen, Milchtüten, Essensreste, Kleidung, Zeitungen und Damenbinden gekippt. Und das wird einfach alles verbuddelt und verbuddelt. Solange die städtischen Behörden mir keine Möglichkeit geben, meinen Müll auf anständige Weise zu entsorgen, muss er einfach bei mir rumstehen. Ich habe nicht vor, die Natur zu missbrauchen.«

Noch nie hatte sie ihn so lange auf einmal reden gehört, und erst recht nicht mit einem so lehrreichen Vortrag über Recycling gerechnet. Sie blickte ihn verwundert an und brachte lange Zeit kein Wort hervor. Dann erinnerte sie sich aber an seine ständigen Unverschämtheiten und konnte sich nicht zurückhalten.

»Deswegen hast du also immer allein gelebt, da gibt es wohl keine Frau, die mit dir und deinem Müll leben möchte.«

»Wer sagt, dass ich immer allein gelebt habe?«, fragte er langsam und schaute ihr auf die Lippen.

»Hast du das denn nicht?«, fragte sie, und ihre Verwunderung wuchs.

»Das geht dich nichts an, du putzt ja bloß bei mir«, sagte er mit arrogantem Gesichtsausdruck.

»Dein Leben muss ganz schön einsam und trist gewesen sein«, sagte sie in freundlichem Ton. Sie war entschlossen, diese Schlacht zu gewinnen.

»Mein Leben ist ganz in Ordnung gewesen, vielen Dank der Nachfrage.«

»Aber nicht schön.«

»Schön?«, fragte er perplex.

»Ja. Ist dein Leben schön gewesen?«, fragte sie in sachlichem Interviewton und spürte, dass sie alle Trümpfe in der Hand hatte. Sie war ihm philosophisch gekommen, damit hatte er nicht gerechnet.

Seine Verachtung war so groß, dass er kaum Worte finden konnte.

»Ewig diese Scheißansprüche auf Schönheit bei euch Weibern. Ich glaube, ihr tätet gut daran, weniger von diesen Frauenzeitschriften zu lesen, dann würdet ihr vielleicht kapieren, dass das Leben nie schön sein kann. Das tägliche Leben besteht zumeist aus zwischenmenschlichen Beziehungen, und nichts, womit der Mensch in Berührung kommt, kann schön sein, denn der Mensch ist von Natur aus eine Bestie und dagegen ist nichts zu machen. Ein Raubtier an der Spitze der Nahrungspyramide, ein heterotropher Vielzeller, bestehend aus organischen Verbindungen. Hingegen kann man Schönheit in der Natur finden. Das heißt, wenn man sie nicht verpestet und mit Müll zuschüttet.«

»Du bist unglaublich verbittert«, sagte sie.

»Nein, ich bin nicht verbittert, denn ich habe Schönheit zu Gesicht bekommen, die du nie gesehen hast, trotz all deiner Schmökerei in diesen dämlichen Frauenzeitschriften. Ich bin im Hochland gewesen, ich bin an Orten gewesen, wo noch nie jemand seinen Fuß hingesetzt hat. Ich habe Pflanzen und Steine, Wasserfälle, Berge und Gletscher gesehen, die du nie zu Gesicht bekommen hast, weil du dein Leben mit Putzen im Thingholt-Viertel verbringst. Vielleicht sollten wir jetzt ganz einfach mal raus aus diesem Stadtteil, es könnte doch sehr nett für dich sein, die Welt ringsherum zu sehen.«

Er stand auf und bedeutete ihr mitzukommen.

»Ach, ich glaub, ich hab keine Lust«, sagte sie mürrisch.

»Bist du sauer?«

»Wieso sollte ich denn sauer sein?«

Und vielleicht um ihm zu zeigen, dass ihr alles, was er sagte oder tat, vollständig egal war, stand sie träge auf und gähnte.

»Wir sind gleich da«, sagte er und deutete auf die Universität.

»Was, willst du mich wirklich dahin schleppen? Wozu?«

»Ich will dir die Augen für die Wahrheit öffnen«, sagte er, als sei es das Selbstverständlichste von der Welt.

Jetzt war es vorbei mit ihrer gleichgültigen Haltung. Jetzt gab es nur noch eins, nämlich sich schleunigst aus dem Staub zu machen. Aber irgendetwas hielt sie zurück und zwang sie, hinter ihm herzugehen und mit zusammengekniffenen Augen auf dieses klotzige graue Gebäude zu starren. Es wäre ihr nie im Traum eingefallen, da hineinzugehen, schließlich hatte sie dort ja auch nichts verloren.

Als er die schwere Tür dieses Tempels der Gelehrsamkeit geöffnet hatte, ließ er sie vorgehen, und etwas schüchtern betrat sie die große kalte Eingangshalle. Da stand sie und glotzte wie ein Tourist.

Er fragte, ob sie nie zuvor dieses Haus betreten habe, und sie log ihm vor, dass es so lange her sei. Kalte Luft kroch unter ihr Kleid und sie rieb sich die nackten Arme. Er gab vor, etwas im Büro erledigen zu müssen, und bat sie, draußen zu warten, aber weil ihr so kalt war, zog sie es vor, sich etwas umzusehen. Sie stieg die Treppe hinauf. Ein Seminarraum stand halb offen und spaßeshalber warf sie einen Blick hinein. Der Boden war dreckig, die Vorhänge ausgeblichen und unterschiedlich lang, und auf der Fensterbank standen zwei leere Colaflaschen. Die Tafel war weiß von Kreide, irgendwas war hastig ausgewischt worden, aber es war unmöglich zu sehen, was da gestanden hatte. Man sah aber sofort, dass die Unterrichtsräume in dieser obersten Bildungsstätte des Landes, wie der Doktor sich ausgedrückt hatte, bessere Zeiten gesehen hatten. Trotzdem wurde sie etwas sentimental, denn nur zu gern hätte sie hier diese Bänke gedrückt.

Sie erschrak, als er ihren Arm berührte.

»Ich habe dich im ganzen Haus gesucht.«

»Hier wird aber unheimlich schlecht geputzt«, sagte sie verächtlich.

Er führte sie wieder in die kalte Eingangshalle und zu einer Tür, die er geräuschvoll öffnete. Er schob sie vor sich in den Raum.

»Die Bibliothek?«, fragte sie zerstreut.

»Ja, du hast doch so viel Interesse an Büchern«, sagte er. »Trotzdem kann ich dir aber nicht versprechen, dass du hier Arbeit bekommst, um sie zu erfassen, und erst recht nicht zum Putzen. Aber wir wollen doch mal sehen, ob die hier nicht ein paar Bücher für diejenigen haben, denen die fachliche Qualifikation in Fischerei und Landwirtschaft am Herzen liegt.«

Bevor sie noch in irgendeiner Form antworten konnte, ging er zur Ausleihe, schaute der Bibliothekarin tief in die Augen und fragte: »Gibt es hier irgendwas darüber, wie man Fische von Ringwürmern befreit?«

Die Bibliothekarin lächelte und schüttelte den Kopf.

»Oder über Aspekte der Kuhstallkunde?«

»Ich fürchte, nein«, sagte die Bibliothekarin und kriegte das Lächeln nicht weg.

»Wie stellt sich die Universitätsbibliothek vor, den Bedürfnissen derjenigen nachzukommen, denen es um die fachliche Qualifikation in Fischerei und Landwirtschaft geht?«

Der Bibliothekarin wurde jetzt klar, dass es ihm völlig ernst war, und sie wühlte in den Papieren auf dem Tisch herum: »Doch, es kann schon sein, dass wir etwas über Fischerei und Landwirtschaft haben, aber da muss man eigentlich da drüben im Katalog nachschauen.«

»Also, ich muss schon sagen, Kolfinna hier und ich finden den Service hier ausgesprochen mies, und als ständig gebeutelte Steuerzahler haben wir eigentlich was dagegen, uns so abfertigen zu lassen. Du brauchst dir nicht die Mühe zu machen, dich von der Ausleihe wegzubewegen, wir schaffen das schon selbst. Komm Kolfinna, verschwenden wir nicht die kostbare Zeit von Beamten.«

Er nahm sie beim Arm und stürmte hoch erhobenen Hauptes weiter in den Saal hinein.

Sie schämte sich seinetwegen zu Tode.

»Ich dachte, Forscher würden sich nicht so benehmen.«

»Forscher? Was für ein Quatsch, wer behauptet, dass ich einer bin?«

»Mathilda.«

»Wer ist denn das?«

»Die, die vor mir geputzt hat.«

»Ach ja, die Schwangere. Nein, ich bin kein Forscher, sondern nur Biologe und bescheidener Büchersammler. Also, dann müssen wir jetzt einfach anfangen zu suchen, meine liebe Kolfinna, Fachausbildung muss her, so viel steht fest. Sollen wir in den Keller gehen, oder willst du lieber ins Obergeschoss?«

»Ich möchte nach Hause, wenn du nichts dagegen hast.«

»Dann gehen wir nach oben. Ich will dir zeigen, wo ich als junger Student so oft gesessen habe.«

Er verneigte sich wohlerzogen und bedeutete ihr, vor ihm die Treppe hinaufzugehen. Sie schaute ihn träge an, weil sie beabsichtigte, in eine ganz andere Richtung zu gehen, aber da fragte er plötzlich: »Was für eine Ausbildung hast du eigentlich, außer Raumpflegetechnik?«

»Ich war zwei Jahre auf dem Alten Gymnasium.«

»Und hast wahrscheinlich die ganze Zeit geschlafen? Wieso hast du aufgehört?«

»Das geht dich nichts an, ich putze ja schließlich nur bei dir. Ich bedanke mich für diesen informativen Spaziergang, aber jetzt muss ich wirklich nach Hause.«

Sie sagte das alles sehr höflich, denn sie wollte auf keinen Fall mit diesem Mann aneinander geraten, und schon gar nicht an diesem Ort. Jetzt reichte es so langsam.

»Nicht gleich auf der Stelle«, bat er. »Ich darf so selten mit einer Frau in einem so schönen Kleid spazieren gehen. Komm doch einmal mit nach oben, da können wir uns unterhalten. Du erzählst mir deine Lebensgeschichte und ich dir meine.«

Sie ließ sich überreden, begriff aber nicht warum. Vielleicht hatte es etwas mit dem Kleid zu tun.

Oben war es warm und gemütlich, die Sonne schien durch kleine Fenster und wärmte die Bücher, die auf den Regalbrettern ruhten.

In jeder Fensternische stand ein kleiner Tisch, wo man lesen konnte und nur die Arme nach rechts und links auszustrecken brauchte, um an die Bücher zu gelangen. Aber der Saal war menschenleer, alle waren draußen in der Sonne.

»Hier habe ich im ersten Studienjahr gesessen«, sagte er begeistert und zog sie in eine Ecke.

»Wie interessant«, bemerkte sie.

»Tatsächlich, da sind noch die gleichen Bücher in den Regalen wie damals. Warte mal, dieses hier, fünfundvierzig herausgegeben, ja, ich wusste es doch. Und das da ist Neunzehnhundertdreizehn erschienen, wenn ich mich richtig erinnere, jawohl! Ich wusste es doch, verdammt nochmal, was für ein gutes Gedächtnis ich habe. Also, was sagst du, warum hast du im Gymnasium aufgehört?«

»Ich hatte kein Geld.«

»Für irgendwelche Scheinbedürfnisse?«

»Das waren keine Scheinbedürfnisse, man muss doch schließlich was anzuziehen haben. Aber so was kennst du ja nicht, du hast bestimmt Eltern gehabt, die alles für dich bezahlt haben?«

»Das haben sie, ohne Frage.«

»Waren sie reich?«

»Steinreich, ich kam mit einem silbernen Löffel im Mund auf die Welt. Nein, ich bin mit zwanzig von zu Hause weg und habe die ganze Studienzeit über von Studiendarlehen gelebt. Also, du musstest wegen Geldmangel aufhören. Ist das nicht seltsam in diesem Land, wo einem immer weisgemacht wird, dass alle die gleichen Chancen auf Bildung haben?«

»O ja, aber durch dieses System steige ich so langsam überhaupt nicht mehr durch. Kann mir auch egal sein, denn man wird ja sowieso nicht reich davon, eine Ausbildung zu haben.«

»Das siehst du aber falsch. Eine Ausbildung ist die beste Investition.«

»Bei dir zu Hause sieht es aber eigentlich nicht danach aus.«

»Bei mir sieht es genau so aus, wie ich es haben will. Genug zu lesen, genug zu futtern und eine Frau zum Putzen. Und gar keine hässliche.«

Das sollte wohl ein Kompliment sein. Er grinste und seine Blicke glitten an ihrem Körper entlang. Schienen das Kleid zu studieren. Sie betrachtete unterdessen sein Gesicht und begriff, warum sie so hinter ihm hergedackelt war. Sie hatte schon immer eine Schwäche für diese maskuline Ausstrahlung gehabt.

Diese Sondierungen endeten ebenso abrupt, wie sie begonnen hatten, und derjenige, der klüger war als sie oder zumindest sich einbildete, es zu sein, ergriff wieder das Wort:

»Aber jetzt sind wir beim Kern der Sache angekommen. Diejenigen, die keine Ausbildung haben, leiden fast immer unter Minderwertigkeitskomplexen gegenüber denen, die eine Ausbildung haben, sogar, wenn sie trotzdem zu Geld kommen. Und hierzulande gibt es reichlich viele Neureiche, die an allen Ecken und Enden Fördergelder einstreichen. Denen wird überall unter die Arme gegriffen, damit sie irgendein Unternehmen hochziehen können, von dem die ganze Nation profitieren soll, und die glauben, sie sind Genies, weil sie ein paar Leuten zeitweilig Arbeit verschaffen, aber dann geht alles den Bach runter und sie reißen die ganze Nation mit in den Abgrund, weil sie keine Ahnung von Geschichte und Kultur des eigenen Landes geschweige denn anderer Länder haben, weil sie nicht wissen, um was sich das Leben dreht, und deswegen können sie auch in schicksalhaften Zeiten keine richtige Entscheidung treffen. Dazu fehlt ihnen die Bildung und das Wissen. In Island laufen mehr als genug von diesen Typen herum. Und was noch schlimmer ist, die breite Masse schaut zu ihnen auf und lässt sich von diesem Blödsinn täuschen, weil die meisten aufgrund von Bildungs- und Wissensmangel nicht imstande sind, so etwas zu durchschauen.«

Er war jetzt wirklich in Fahrt, das war offensichtlich. Sie beschloss, ihn gewähren zu lassen, bis er selber genug davon hatte und sich wieder beruhigte. Sie griff sich spaßeshalber eine alte Schwarte aus einem Regal und blätterte darin, während er weiter Dampf abließ. Zu ihrer Verwunderung waren viele alte Bilder in dem Buch. Bilder von Leuten in der Stadt, auf dem Land, Leuten in ihren Wohnungen. Ein Bild erregte ihre Aufmerksamkeit, aufgenommen in einem Wohnzimmer bei vornehmen Leuten. Der Hausherr saß im

Anzug am Schreibtisch, mit Schlips, und ihm gegenüber saß die Hausfrau in langem Rock und Rüschenbluse mit einer Handarbeit im Schoß. Beim Klavier stand die kleine Tochter im Sonntagskleid mit Schleife. Das war eine Familie. Eine ordentliche Familie, die sich abends zusammenfand. Alle Gegenstände auf dem Bild waren mit Nummern versehen, und unter dem Bild waren die Bezeichnungen für diese Dinge aufgelistet. In einer ausländischen Sprache, die sie nicht kannte. Sie vergaß alles um sich herum, während sie dieses Bild betrachtete. Das wäre etwas gewesen, wenn sie so eine Familie gehabt hätte.

Der Vortrag drang nur aus weiter Ferne an ihr Ohr.

»Deswegen ist eine Ausbildung so wichtig. Man kann nicht so wie die meisten Frauen hierzulande ewig *Cosmopolitan* lesen und sich aller Verantwortung entziehen. Du bist die Gesellschaft, Kolfinna, und die Gesellschaft bist du. Verstehst du, was ich meine? Oder willst du dein Leben lang simpel und unbedarft bleiben und andere nach Belieben mit dir umspringen lassen?«

Das hörte sie. Simpel und unbedarft. Empörung stieg in ihr auf. Sie hatte trotzdem nicht vor, sich aufzuregen, denn das war es natürlich, was er wollte. Sie setzte eine spöttische Miene auf.

»Mach dir bloß keine Sorgen meinetwegen. Vielleicht ist es gar nicht so schlimm, vielleicht weiß ich viel mehr, als du denkst.«

»Bist du sicher?«

»Du hasst Frauen.«

»Das stimmt nicht. Ich finde sie bloß so dumm. Und so versnobt. Was für ein Buch hast du da? Esperanto? Ach ja, herausgegeben in Leipzig kurz nach der Jahrhundertwende, wenn ich mich richtig erinnere. Darf ich mal sehen?«

»Esperanto?«, echote sie und vergaß sämtliche Taktik, denn sie hatte wirklich Interesse an dem Buch. Sie hätte sich die Zunge abbeißen mögen. Jetzt hatte er sie, wo er wollte.

»Ach so, du weißt wohl nicht, was das ist«, sagte er provozierend.

Sie erinnerte sich dunkel, das Wort schon einmal gehört zu haben, auf jeden Fall erinnerte das Wort an eine Sprache.

»Doch, ist das nicht eine Sprache?«

»Die wo gesprochen wird?«

»In Südamerika oder so?«

»Das hätte eine gebildete Frau gewusst. Na schön. Du bildest dir ein, nicht in Bildung investieren zu können, aber warum liest du denn überhaupt nichts, mein Gott? Hast du abends nicht frei? Hier liegt eine ganze Bibliothek zu deinen Füßen, bitte sehr, Bildung umsonst!«

Er blätterte interessiert in dem Buch, das er ihr aus der Hand gerissen hatte, und gleichzeitig dozierte er so lautstark, als hätte er ein großes Auditorium vor sich.

»Esperanto wird nicht in Südamerika gesprochen. Esperanto ist eine Sprache, die der polnische Augenarzt Zamenhof erfunden hat, um die Kommunikation zwischen den Völkern zu verbessern. Es ist aus vielen Sprachen zusammengesetzt und hat eine einfache Struktur. Wirklich eine Schande, dass es nie Fuß gefasst hat. In der EU wären sie heute froh, wenn sie so was hätten. Es ist auch nicht die einzige künstliche Sprache auf der Welt, obwohl es die verbreitetste ist. In Sprachwissenschaft bin ich nicht sonderlich stark, obwohl ich da ein paar Seminare belegt habe, bevor ich anfing, Biologie zu studieren, aber lass mal sehen, es waren einige, und wenn ich mich richtig erinnere, gibt es noch Ido, und dann Volapük, und Moment, wie hieß noch die eine, war es nicht Occidental oder Accidental? Nein, ich kriege das nicht mehr zusammen. Oder doch, hör zu, dann gab es noch Interlingua ...«

Jetzt hatte sie aber wirklich genug von diesem grauenvollen Langweiler. Sie zog sich zurück, aber er bemerkte das nicht einmal. Er ging dermaßen in seinem Wissen und all dem Zeug auf, was er sich angelernt hatte, dass man ihn noch unten im Erdgeschoss reden hören konnte.

Sie ging hinaus in die Sonne, stand eine Weile auf dem Vorplatz und blickte hinüber zu den bunten Dächern von Thingholt. Sie war echt genervt.

Der Sommerregen war diesmal nicht vom Südwind begleitet, sondern er rieselte senkrecht auf die Dächer hinunter und sorgte für

Ruhe im Thingholt-Viertel. Aber auf Kolfinna hatte er genau den gegenteiligen Effekt. Sie irrte ziellos durchs Haus, war unausgeschlafen und missmutig, weil die Worte von gestern sie quälten. Sie musste ständig daran denken. Und auch an ihn, diesen eingebildeten Pinsel. Den ganzen Tag kämpfte sie mit Gefühlen, die sie sich überhaupt nicht erklären konnte.

»So was versteht man nicht, wenn man nichts gelernt hat«, sagte sie schroff zur Waschmaschine, während sie sie heftig mit dem Knie zustieß. »Aber was kann ich dafür, wenn ich von diesen verdammten Büchern Kopfschmerzen kriege.«

Aber ob es wegen des Regens oder der schlaflosen Nacht war, an diesem Freitag bekam sie Kopfschmerzen, auch ohne ein Buch geöffnet zu haben. Sie wurden im Laufe des Nachmittags so stark, dass sie eine Tablette nehmen und sich hinlegen musste. Da fiel ihr ein, dass sie jetzt, wo sie sowieso schon lag, auch eigentlich versuchen könnte zu lesen, und sie streckte die Hand nach Flosis Büchern aus. Erst blätterte sie eine Weile stöhnend darin herum, denn für Kunst war sie in diesem Zustand wenig empfänglich. Salka Valka kam ihr hingegen etwas weniger erdrückend vor, zumindest der Anfang, und sie las ein bisschen in dem Roman.

Gegen sieben, als ihre Mutter die Tür aufstieß und fragte, ob sie an ihrer Faulheit zu krepieren gedächte und ob sie nicht zur Arbeit in den Videoverleih müsse, hatte sie ohne es zu merken schon vierzig Seiten gelesen und war verblüfft über sich selbst. Am Samstag schaffte sie es bis auf Seite neunzig, und wahrscheinlich hätte sie auch den ganzen Sonntag gelesen, wenn nicht nach dem Mittagessen Mathilda mit ihrer Kinderschar erschienen wäre und verlangt hätte, zusammen in den Park am Stadtteich zu gehen, um sich in die Sonne zu legen. Kolfinna war gar nicht aufgefallen, dass die Sonne wieder da war.

Sie ging widerwillig mit, auch wenn sie sich körperlich eigentlich nicht dazu imstande fühlte, sich mit einer vierköpfigen Familie zu befassen. Sie ließen sich mit Sack und Pack in einer Ecke des Parks nieder. Als die erste Aufregung vorbei war und sämtliche Kinder genügend Aufmerksamkeit und Zuwendung bekommen hatten, konnten sie sich endlich hinlegen, die heiße Sonne im Gesicht, und miteinander reden. Kolfinna brannte darauf, von ihrer neuesten Begegnung mit Flosi zu erzählen, und um das Gespräch unauffällig auf ihn zu lenken, fing sie an, über die Leute zu reden, bei denen sie putzte, so ganz nebenbei und als ginge sie das eigentlich überhaupt nichts an. Gähnend berichtete sie, dass die Sängerin nach Italien gefahren sei, aber dass sie trotzdem weiter bei ihr putzen sollte. Dann wollte Mathilda wissen, wie es dem Rechtsanwalt ginge, für den hatte sie immer ein besonderes Interesse gehabt. Kolfinna erklärte, ihn lange nicht gesehen zu haben, der Mann sei nie zu Hause. Diese Tatsache schien Mathildas Stimmungsbarometer zu heben, sie wollte augenscheinlich nicht, dass Kolfinna zu viel in seiner Nähe war. Sie schlug jetzt einen entspannten Ton an und gab zu, davon zu träumen, mit so einem reichen Mann wie Ketill verheiratet zu sein. Kolfinna pflichtete ihr bei und ohne groß zu überlegen, erzählte sie ihr, wie viel er auf dem Konto hatte.

»Was, Kolfinna, schnüffelst du etwa bei ihm herum?«

»Ach Quatsch, das lag doch auf seinem Schreibtisch, es war gar nicht zu vermeiden, das zu sehen.«

»Nein, so was ist nicht zu vermeiden in diesem Job. Was hast du gesagt, wie viele Millionen waren das jedes Mal?«

Kolfinna sagte, so genau könne sie sich nicht daran erinnern, obwohl das gar nicht stimmte, und ohne zu wissen warum, hatte sie angefangen, Ketills Vermögen zu verteidigen. Nannte so ungefähr zwei Millionen.

Mathilda setzte sich auf und blickte mit finsterer Miene in Richtung Sonne.

»Das ist doch nicht normal, Kolfinna, glaubst du, er dreht da irgendwelche krummen Dinger?«

Kolfinna fand, dass er eigentlich nicht danach aussah.

»Vielleicht ist er in den Drogenhandel eingestiegen?«

Kolfinna fand es mal wieder typisch für ihre Freundin, den Leuten immer gleich das Schlimmste zu unterstellen.

»Ich checke das ab, wenn ich dich im Herbst wieder ablöse«, sagte Mathilda entschlossen, und Kolfinna zweifelte nicht daran, dass sie der Sache auf die eine oder andere Weise auf den Grund gehen würde. Aber das Gespräch hatte Fragen aufgeworfen und bestimmte Personen wie Brandstifter und Schläger, von denen der Rechtsanwalt verfolgt wurde, kamen ihr in den Sinn. Von denen berichtete sie Mathilda aber nichts, sondern hielt es jetzt für angebracht, in normaler Fortsetzung des Gesagten auf den Forscher zu sprechen zu kommen. Sie erzählte, wie launisch er war und wie beleidigend er mit ihr umsprang, und ohne zu wissen warum, fühlte sie sich auf einmal deprimiert. Aber wie gewöhnlich hatte sie Mathildas Reaktion völlig falsch eingeschätzt.

»Unglaublich, wie dieses Pack um dich herumscharwenzelt. Du wirst zu einer Premiere eingeladen, du wirst gebeten, ein Haus zu hüten, und jetzt hat dieser Depp von einem Forscher angefangen, sich mit dir zu unterhalten. Du tust ja schließlich auch nichts anderes als ich, nämlich bei denen zu putzen! Keiner von dieser verdammten Bagage hat auch nur einen Ton zu mir gesagt!«

»Er hat gesagt, ich sei simpel und unbedarft«, sagte Kolfinna mit Nachdruck.

»Und was hast du darauf geantwortet?«

»Gar nix.«

»Er redet aber doch wenigstens mit dir. Du solltest nicht so auf dir herumtanzen lassen, Kolfinna, du bist ein richtiges Weichei. Warum bist du nicht einfach cool und gibst ihm voll kontra?«

»Ganz schön schwierig, einem Mann, der so viel weiß, kontra zu geben.«

»Mensch, was glaubst du denn, was solche Bücherwürmer wissen. Besorg dir doch irgend so ein Spiel mit Quizfragen, lern die Antworten auswendig, dann weißt du genauso viel wie der.«

Kolfinna war nicht gerade begeistert von diesem Bildungsweg.

»Wir sollten vielleicht anfangen, mehr zu lesen, Mathilda, und irgendwas zu lernen.«

»Irgendwas lernen? Sag mal, hast du sie noch alle? Und was soll ich so lange mit meinen Kindern machen? Denkst du vielleicht, ich bin so eine privilegierte Zicke, die sie einfach bei ihrer Mutter abladen kann? Da würde ich mir eher einen anständigen Job besorgen, wenn ich könnte, als in einer Schule rumzuhocken wie der letzte Trottel.«

»Aber man kriegt einfach keine vernünftige Arbeit, wenn man keine Ausbildung hat. In dieser Arbeitsvermittlungsstelle, wo ich bin, gehen alle anderen immer vor«, lamentierte Kolfinna.

»Shit! Kaum scheint endlich die Sonne, musst du mir so negativ kommen. Kann man nicht mal seine Ruhe haben?«

»Ja, aber willst du wirklich ewig so weitermachen?«

Mathilda blinzelte.

»Wie – so? Okay, wenn du dich mal wieder daran aufhängen willst, dass ich drei Kinder mit drei verschiedenen Typen habe, dann weißt du ganz genau, dass ich die Pille nicht vertrage, und auch keine Spirale und dass ich gar nichts dazu konnte. Mir ist es auch scheißegal, ob ich allein stehende Mutter mit drei Kindern bin und keinen Pfennig besitze, denn ich werde sie gut erziehen, und wenn sie groß sind, sorgen sie für mich, verstehst du. Aber um dich kümmert sich niemand.«

Die Temperaturen in der Stadt kletterten in den nächsten Tagen hoch und Kolfinnas Laune sank in gleichem Maße. Sie konnte sich nicht erinnern, jemals alles so satt gehabt zu haben. Außerdem war sie so schlapp, dass sie sich zu nichts aufraffen konnte und sich am wohlsten fühlte, wenn sie im Bett lag und las oder döste. Und es gelang ihr sogar, Flosis Buch zu lesen, ohne Kopfschmerzen zu bekommen.

Nachdem sie wie nie zuvor in ihrem Leben auf der faulen Haut gelegen hatte, waren in der Nacht zum Dienstag die über dreihundert Seiten des Buches geschafft und sie legte es zur Seite. Das Ticken des Weckers wurde immer schwächer und sie nickte ein, aber auf einmal schreckte sie hoch.

Mutter und Tochter in diesem Roman. Sie waren genau wie sie und ihre Mutter. Ihre Mama und sie waren genau wie die beiden. Immer blank. Immer nur mit Drecksarbeiten beschäftigt.

In der hellen Sommernacht kämpfte sie gegen ihre Gefühle an, die sie in unterschiedlicher Gestalt heimsuchten, und als sie gegen Morgen den Zeitungsjungen hörte, bekam sie wieder Angst. Zum

Putzen war sie nicht imstande. Sie konnte sich nicht vorstellen, zu Ketill zu gehen. Genauso wenig zu Flosi. Sie konnte sich nicht einmal dazu aufraffen, zu telefonieren und Bescheid zu sagen, dass sie nicht käme.

Ihre Mutter war es nicht gewohnt, dass man nicht zur Arbeit ging, nur weil man sich schlapp fühlte. Es war etwas anderes, wenn man Gliederschmerzen oder Schluckbeschwerden hatte. Kolfinna kannte diese Litanei von früher und klagte deswegen über Gliederschmerzen, als ihre Mutter kritisierte, dass sie noch im Bett lag. Das wurde zwar akzeptiert, aber ihre Mutter war dennoch erstaunt darüber, wie man sich mitten im Sommer eine Grippe einfangen konnte.

Sie blieb bis Freitag im Bett. Dann stand sie wieder auf, weil sie es der alten Dame nicht antun konnte, nicht zum Putzen zu kommen. Die sommerliche Luft gab ihr ein wenig Auftrieb, aber kaum hatte sie die Tür zu Listalíns Haus geöffnet, fing sie wieder an, sich Dinge einzubilden. Es kam ihr so vor, als würde drinnen jemand auf sie warten. Sie stand lange im Flur, horchte und rieb sich die Hände, beschloss aber dann, sich von keinen Gestalten aus dem Jenseits auf diese Weise unterkriegen zu lassen, sie hatte schon genug Probleme am Hals. Sie stürmte ins Haus, aber an der Küchentür machte sie vor Schreck beinahe einen Satz in die Luft, denn dort saß Listalín bewegungslos am Tisch. Zum ersten Mal hatte Kolfinna das Gefühl, dass sie alt war. Sie trug ein graues Kleid, die Füße steckten in Filzpantoffeln, und sie betrachtete völlig teilnahmslos ihren Arm. Die silbergraue Katze schlief in ihrem Schoß, während die schwarze es sich am Fenster hinter ihr bequem gemacht hatte.

Kolfinna hatte keine Ahnung, was jetzt zu tun war, ob sie in die Küche gehen sollte oder nicht, aber mitten in diesen Überlegungen blickte Listalín auf. Kolfinna sah, dass ihre Augen feucht waren, und sie bekam ein ungutes Gefühl. Sie konnte sich nichts Schlimmeres vorstellen als alte Leute, die weinten.

Aber die alte Dame hatte sich schnell wieder gefangen, ihre Miene hellte sich schlagartig auf, als sei alles in schönster Ordnung.

»Ach, da bist du ja, mein gutes Kind. Aber nun setz dich doch erst mal zu mir und trink einen Kaffee und nimm dir einen Keks, bevor du anfängst zu schrubben. Hast du es in diesem Sommer nicht richtig gut gehabt?«

Kolfinna sagte, sie glaube schon. Mit keinem Wort erwähnte sie ihre Seelenqualen, aber um ein bisschen Mitleid zu erheischen, erklärte sie, dass sie nicht ganz auf dem Damm sei.

»Herrje, herrje, du armes kleines Ding, und dabei siehst du doch so gesund aus. Aber da geht so was um, Gudrun fühlt sich auch elend, sie hat ja schon immer so gekränkelt, dann hat sie Krebs gekriegt und eine Herzattacke, aber sie weigert sich rundheraus, das Zeitliche zu segnen. Heute hatte sie so hohen Blutdruck, dass sie sich nicht getraut hat, in die Tagesstätte zu gehen, und Margét hatte auch keine Lust, und weil keine von beiden hinging, wollte ich dann auch nicht mehr.«

Kolfinna war froh, dass das anscheinend der Grund für die traurige Stimmung gewesen war, und schlug ein anderes Thema an. Wollte mehr über den Urlaub wissen und wie sie sich abends amüsiert hätten. Aber obwohl sie beim Zuhören auf andere Gedanken kam, merkte sie, dass Listalín nicht ganz bei der Sache war, da sie immer wieder den Faden verlor und nicht wusste, wo sie gerade stehen geblieben war. Irgendetwas lastete schwer auf dem alten Herzen. Sie ging nicht in den Garten hinaus und nahm sich auch drinnen im Haus nichts vor, während Kolfinna putzte. Sie hielt sich immer in der Nähe der Haushaltshilfe, wollte ihr das eine oder andere reichen und das Gespräch weiterführen, war aber so zerstreut, dass man richtig Mitleid mit ihr bekam. Schließlich konnte sich Kolfinna nicht mehr zurückhalten, schaute direkt in diese traurigen Augen und fragte ganz behutsam, ob sie nicht etwas für sie tun könne.

»Ach, doch, du gutes Mädchen, wenn du so lieb sein willst. Hast du vielleicht ein Auto?«

Noch einmal dieselbe Frage, und Kolfinna schüttelte müde den Kopf.

»Nein, leider nicht, aber kann ich dir nicht trotzdem irgendwie helfen?«

»Könntest du vielleicht für mich bei Bónus einkaufen?«

Kolfinna war auf einiges gefasst, aber nicht darauf. Sie glaubte, so gut situierte Familien seien darüber erhaben, billig einzukaufen. Listalín wollte also genauso günstig einkaufen wie alle anderen, die im isländischen Lebenskampf stehen. Vielleicht war sie deswegen so reich. Obwohl Kolfinna nicht im Traum eingefallen wäre, für ihre eigene Mutter zu Bónus zu gehen, ließ sie sich breitschlagen, mit dem Bus hinaus nach Seltjarnarnes zu fahren und mit Einkaufstüten beladen zurückzukehren. Im Bus schämte sie sich für die gelben Bónustüten und überlegte, was die Leute wohl über sie dachten.

Listalín war im siebenten Himmel, als sie die Einkäufe sah. Die Katzen freuten sich mit, sie strichen ihr um die Beine und steckten sogar neugierig den Kopf in die Tüten.

»Du lieber Gott, was für ein Unterschied, dort einzukaufen. Ich bin nicht mehr bei Bónus gewesen, seit Margéts Tochter kein Auto mehr hat. Aber dafür bekommst du jetzt erst mal Kaffee und Fladenbrot mit geräuchertem Lammfleisch.«

Energisch packte sie die Tüten aus und verstaute die Sachen.

»Und wer hat euch dann morgens zur Tagesstätte gefahren?«, fragte Kolfinna, die die Transportangelegenheiten in diesem Haushalt reichlich kompliziert fand.

»Gudruns Sohn hat uns alte Tanten hingebracht, nein, aber was ist das denn, du siehst doch besser als ich, schau mal hier auf den Preis, ist das etwa teurer geworden? Das darf doch wohl nicht wahr sein!«

Kolfinna kannte sich da überhaupt nicht aus, sie achtete beim Einkaufen nicht auf die Lebensmittelpreise, aber sie hatte Interesse an Listalíns Familie und fragte ganz vorsichtig, denn man konnte ja nicht wissen, ob man nicht einen wunden Punkt berührte: »Listalín, hast du keine Kinder?«

Sie bereute sofort, dass sie gefragt hatte. Listalín war so fröhlich gewesen, als sie die Tüten auspackte. Jetzt bekam das Gesicht wieder den Ausdruck von heute Morgen, der zarte Körper wirkte geschwächt, sie fingerte an den Plastiktüten herum, faltete sie mit weißen, müden Händen so sorgfältig zusammen, als wolle sie sie wieder verkaufen.

»Doch Kolfinna, ich habe Kinder, zwei Söhne und zwei Töchter, die ersten beiden habe ich bekommen, als ich jung war, und die anderen beiden, bevor ich in die Wechseljahre kam. Ich habe bloß so ein Pech, dass meine Töchter nicht bei mir sind. Die eine hat nach Amerika geheiratet und die andere nach Dänemark. Das ist wirklich ein Schlag, denn Töchter kümmern sich so gut um ihre alten Mütter. Weißt du, diese Männer haben nie Zeit für etwas, die sind immer so beschäftigt mit ihrer Karriere. Die Milch ist doch wohl nicht aufgeschlagen, was meinst du, schau mal hier auf den Kassenzettel? Na, und außerdem haben sie etwas gegen ihre Mutter, die Familie ist ziemlich zerstritten, aber darüber wollen wir lieber nicht reden, auf jeden Fall werden sie mich aber in nächster Zeit nicht mit dem Auto chauffieren. Aber meine Töchter haben mich im vorigen Sommer besucht, sie waren den ganzen Sommer über hier. Ja, so lange waren sie da, und dann haben sie ein Auto gemietet und sind mit mir überall hingefahren. Mein Gott, was für tüchtige Mädchen, schlimm, dass sie so weit weg im Ausland leben.«

»Kümmert sich denn sonst niemand aus der Familie um dich?«

»Weswegen sollte sich jemand um mich kümmern, kümmert sich denn jemand um dich?«

Kolfinna wusste nicht, was sie darauf antworten sollte, sie wollte Listalín nicht beleidigen, indem sie auf ihren Altersunterschied von einem halben Jahrhundert hinwies. Sie nahm sich aber den Mut zu fragen, ob ihr nie eingefallen sei, das Haus zu verkaufen und in so eine betreute Wohnung oder ein Seniorenwohnheim zu ziehen.

Die alte Frau war schockiert: »Ich, ins Altersheim, eine Frau im besten Alter! Das soll wohl ein Scherz sein. Und wer würde sich dann um die Katzen kümmern? Für sie gibt es kein Altersheim, und ich gebe sie nicht aus dem Haus. Das hier ist ihr Zuhause genau wie meines. Ja, das ist unser Heim.«

Kolfinna beeilte sich, ihr beizupflichten, um weder die alte Dame noch die Katzen in Aufruhr zu bringen. Bevor sie ging, konnte sie es sich aber nicht verkneifen, noch eine Frage zu stellen, vielleicht weil ihr das selber auf dem Herzen lag: »Bist du denn nie einsam in diesem Haus?«

Listalín zupfte ihr einen Flusen von der Jacke ab, während sie überlegte.

»Ich bin nie einsam, ich bin nur allein.«

Aber dreißigjährige Frauen waren beides.

Nach vielen Tagen des Alleinseins und ergebnisloser Zwiegespräche mit der Seele sehnte sich Kolfinna danach, wieder unter Menschen zu kommen und zu lachen, aber zu ihrem Leidwesen stellte sich heraus, dass niemand Zeit für sie hatte. Ihre Freundinnen Alma und Elva waren inzwischen in festen Händen und mit ganz anderen Dingen beschäftigt. Mathilda war der Ansicht, dass das Nachtleben zu teuer und seinen Preis nicht wert sei, jedenfalls nicht auf längere Sicht. Kolfinna stellte fest, dass sie gesellschaftlich isoliert war. Diese Entdeckung warf sie völlig aus der Bahn, sie saß den halben Samstag wie gelähmt auf der Bettkante und starrte auf den roten Wecker. Dann verkündete sie dem Wecker das Resultat ihrer Überlegungen.

Ich bin solo, isoliert, einsam und allein.

Das Wochenende verbrachte sie abwechselnd vor dem Videogerät und im Videoverleih, wo sie die Kunden beriet und bediente. Eines Abends, als sie sich einen Liebesfilm mit einem reichen und attraktiven Liebhaber ansah, musste sie an Ketill denken, und sie fragte sich, warum sie sich nicht auf ein Abenteuer mit ihm eingelassen hatte, solange er an ihr interessiert war, dann hätte sie zumindest einen Liebhaber gehabt, wenn schon nicht mehr. Nach seinem missglückten Annäherungsversuch schlich sie sich immer wie ein Dieb in sein Haus, spähte in jeden Winkel und fuhr beim geringsten Geräusch zusammen, obwohl sie im Innersten wusste, dass sie ihn nicht antreffen würde.

Als sie am darauf folgenden Mittwoch auf dem Weg zu ihm war, schoss es ihr durch den Kopf, dass er sich vielleicht eine neue Haushaltshilfe gesucht hatte, weil sie in der vergangenen Woche nicht erschienen war. Sie war noch verkrampfter in den Schultern als sonst, als sie die Haustür öffnete.

Allem Anschein nach hatte er sich keine neue Haushaltshilfe genommen. Er hatte aber ein in Geschenkpapier eingewickeltes Buch für sie auf dem Küchentisch hinterlassen.

Erst nachdem sie das halbe Haus geputzt hatte, traute sie sich, das Buch auszupacken. Ein Buch über isländische Malerei, ganz neu und noch in der Kunststoffhülle. Obwohl sie nicht wusste, was das zu bedeuten hatte, putzte sie mit ganz neuem Elan. Die Perserteppiche wurden auf die Veranda geschleppt und mit kindlichem Eifer ausgeklopft, das ganze Haus wurde gelüftet und gewienert, bis sie außer Atem war. Als sie eine kleine Pause machte, fiel ihr ein, dass vielleicht eine Nachricht für sie in dem Buch stecken könnte. Sie öffnete es und ließ die Seiten durch die Finger gleiten. Sie sah nur ein einziges Bild, das möglicherweise gemeinsame Erinnerungen wachrufen konnte. Das war das Bild von den Wäscherinnen.

Da kamen Zweifel in ihr auf.

Hatte er ihr das Buch geschenkt, weil er wusste, wie diese Frauen sie fasziniert hatten, oder wollte er sie daran erinnern, wer sie war?

Als sie wieder zu Hause war, ging sie nach oben auf ihr Zimmer, inspizierte das Buch gründlich und versuchte, eine Antwort auf diese Frage zu finden, aber das gelang nicht. In der Nacht schlief sie schlecht, nicht nur wegen des Geschenks, sondern auch deswegen, weil sie am nächsten Morgen bei Flosi putzen musste. Sie war sich nicht sicher, ob es noch einen Sinn hatte, dorthin zu gehen. Nach vielem Herumwälzen vom Rücken auf den Bauch und umgekehrt beschloss sie, trotzdem hinzugehen und so zu tun, als sei nichts vorgefallen. Die Bücher zurückzugeben und sich an nichts zu stören. Dann würde es nicht heißen können, dass sie mit ihm aneinander geraten war. Und dann konnte sich Mathilda gefälligst wieder um diesen Kunden kümmern.

Ganz offensichtlich hatte sich Flosi die größte Mühe gegeben, seine Behausung zuzusauen. Obwohl ihr seine Schlampigkeit inzwischen vertraut war, fand sie es doch reichlich übertrieben, das Fahrrad im Wohnzimmer abzustellen und eine Holzleiter mitten in der Küche. Mitten in der Diele lag die komplette Campingausrüstung auf dem Boden. Sie war aber überglücklich, dass er nicht zu Hause war, schleppte den ganzen Krempel in den Garten und schickte ein

Stoßgebet zum Himmel, dass der widerliche Kerl auf seiner Zeltfahrt abkratzen möge, und zwar pronto.

Dennoch setzte sie sich an den Computer, als sie mit dem Putzen fertig war, anstatt das Haus fluchtartig zu verlassen, und zwar nur deswegen, weil diese Arbeit ihr so viel Spaß machte.

Die Zeit verging, sie saß da und genoss die Nähe der Bücher, hörte den Wind in den Bäumen vor dem Fenster flüstern und fühlte sich wohl, auch wenn sie im Haus eines Mannes war, den sie unerträglich fand.

Deswegen schrak sie zusammen, als sie eine Tür zuknallen hörte.

Menschliche Stimmen ließen erkennen, dass Flosi nicht allein war, ihr kam es so vor, als hörte sie zwei unbekannte Stimmen in der Diele, und bevor sie noch einen Entschluss fassen konnte, was zu tun war, hörte sie, wie Flosi sich dem Arbeitszimmer näherte.

Und dann stand er mit wild zerzausten Haaren in der Tür.

Einen Augenblick glaubte sie, Freude in seinen Augen aufflackern zu sehen, aber das musste ein Irrtum sein, da er unwirsch fragte: »Wieso bist du denn noch hier?«

Dann schlug er die Tür hinter sich zu und sie saß mit den Büchern in der Falle.

Sie war nicht imstande, noch einen einzigen Buchstaben einzutippen und musste sich erst einmal fangen. Das Möbelrücken ließ darauf schließen, dass die Gäste sich im Wohnzimmer niederzulassen gedachten, das sich vor dem Arbeitszimmer befand.

Und da hockte sie nun und kam nicht weg.

Sie zwang sich, mit der Registrierung der Bücher weiterzumachen und hoffte, dass der Besuch bald wieder gehen würde, aber es stellte sich heraus, dass die Herrschaften keineswegs in Aufbruchstimmung waren. Man hörte deutlich, dass sie dem Alkohol zusprachen, und das Gespräch wurde von Minute zu Minute lebhafter. Sie konnte zwar fast jedes Wort verstehen, begriff aber trotzdem nicht, worum es ging. Ab und zu glaubte sie, dass über Tiere geredet wurde, sie hörte Worte wie pelagische Lebewesen und Falken, aber im nächsten Moment ging es seltsamerweise um Stauseen, Varianzanalyse und Lysosom und sie begann zu glauben, dass sie nicht mehr ganz richtig tickte. Aber schließlich machte sie sich klar, dass es sich hier ja offenbar um bedeutende Forscher handelte, die in einer Sprache miteinander redeten, die über ihren Verstand ging.

Und plötzlich kam es ihr so vor, als würde alles über ihren Verstand gehen. Sie wusste nichts, konnte nichts. Außer Bücher im Computer registrieren.

Sie war hungrig, verschwitzt und musste zur Toilette, deswegen stand sie auf, machte den Computer aus und stand eine Weile vor der Tür, bevor sie den Mut fand, sie zu öffnen. Nachdem sie ein paar Mal tief Luft geholt hatte, griff sie nach der Klinke.

Alle drei blickten hoch. Die Gäste schauten sie wie vom Donner gerührt an. Sie kam sich vor wie ein Gespenst.

Die Männer waren etwa im gleichen Alter wie Flosi, der eine untersetzt und kräftig, der andere schlank und mit dicken Brillengläsern. Sie tranken Bier, wie sie vermutet hatte, und verlangten ganz offensichtlich nach einer Erklärung für ihre Anwesenheit. Sie schauten abwechselnd zu ihr und zum Wohnungsinhaber.

Flosi gähnte: »Jungs, das ist Kolfinna, die Frau, die sich bei mir um Heim und Herd kümmert. Und nebenbei registriert sie meine Bibliothek und weiß demzufolge alles auf dieser Welt, was von Wichtigkeit ist. Kolfinna hat hoch gesteckte Ziele, sie will unbedingt nach Harvard.«

Sie grüßten sie mit einem interessierten Nicken. Sie grüßte auf die gleiche Weise zurück und zählte im Geiste die Schritte, die nötig waren, um an ihnen vorbeizukommen.

»Ja, Kolfinna hat auf alles eine Antwort. Niemand ist so belesen wie sie, also fragt sie ruhig nach Strich und Faden aus, wenn's euch Spaß macht, und ihr könnt euch gern auf praxisbezogene Aspekte in Fischerei und Landwirtschaft konzentrieren, da ist die Frau Expertin.«

Sie brummten etwas und lächelten. Kolfinna rechnete immer noch.

Da richtete der Untersetzte das Wort an Kolfinna: »Das will ich gern glauben, dass du nach der Arbeit hier in diesem Haus mit allen Wassern gewaschen bist, es ist schon wirklich eine Leistung, so was ohne Schäden an Leib und Seele zu überstehen, was ja ganz offensichtlich bei dir der Fall ist.«

Der Schlanke schob mit einer Grimasse die Brille hoch: »Und wie findest du seine Bibliothek, ist das nicht eine beachtliche Sammlung?«

»Eine staubige Sammlung«, antwortete sie.

Sie fanden ihre Antwort witzig und lachten. Der Kurzsichtige übernahm das Wort und fragte, ob sie etwas von diesen Büchern gelesen hätte, ohne eine Stauballergie zu bekommen, und sie schüttelte den Kopf.

»Sie liest unheimlich viel Zeitschriften und so was«, verkündete Flosi.

»Ich habe nicht so viel Zeit, um über Büchern zu hängen«, sagte sie und überhörte die Anspielung auf ihre Ausdrucksweise, obwohl es sie getroffen hatte. »In meinen wenigen freien Stunden befasse ich mich mit Malerei, und davon versteht Flosi ja nicht so viel, wie man an diesen Geschmacklosigkeiten an den Wänden hier sieht.«

Unterdrücktes Lachen seitens der Gäste. Flosi verzog keine Miene, er machte es sich nur noch bequemer im Sessel, nippte an seinem Bier und fragte sehr gedehnt, ob man dazu vielleicht die sachkundige Meinung der Kunstexpertin einholen könne.

Kolfinna war entschlossen, ihr Licht nicht unter den Scheffel zu stellen, sie erinnerte sich an einige Sätze aus dem Kunstbuch, das ihr der Rechtsanwalt genau zum richtigen Zeitpunkt geschenkt hatte, und schmückte das mit eigenem Urteil aus, wo immer es zu passen schien.

»Diesen Bildern fehlt es in vieler Hinsicht an Dynamik und Radikalität, die Organisation ist zwar knapp und reduziert, aber der Malduktus ist statisch und konventionell. Wahrscheinlich sollte das modernistisch wirken, aber es erinnert eigentlich mehr an Underground-Graffiti von gedopten Jugendlichen.«

Im Wohnzimmer herrschte nach dieser kritischen Expertise der Haushaltshilfe tiefes Schweigen, die Gäste schauten grinsend zu Flosi hinüber, der mit merkwürdigem Blick auf sein Bier starrte. Kolfinna, die nicht wusste, wo sie hinblicken sollte, sagte nur, also dann, am besten mach ich mich mal auf den Weg und ging mit entschlossenen Schritten, die sie zuvor im Geist berechnet hatte, auf die Zimmertür zu. Erst als sie draußen an die frische Sommerluft kam, wurde ihr klar, dass sie noch nie in ihrem Leben einen größeren Triumph errungen hatte.

Der Rosenduft stieg Kolfinna kitzelnd in die Nase, als sie die Tür öffnete, und im gleichen Augenblick wusste sie, dass die Sängerin zurück war. Die Tür zur Veranda stand auf und da schwebte sie im Bademantel zwischen Vögeln und Schmetterlingen herum, wie immer mit hoch erhobenen Armen.

Sie zog die Haushaltshilfe in eine Umarmung.

»Ach Kolfinna, wie wunderbar, wieder in diese Wohnung zu kommen, hier ist es so blitzsauber, alles duftet und glänzt, mir sind die Tränen gekommen.«

Kolfinna zweifelte nicht an der Tränenflut, erklärte aber, dass es keine große Sache gewesen sei. Sie erläuterte ausführlich, was sie sich alles in der Wohnung vorgenommen hatte. Sigurdís war sehr beeindruckt, nickte begeistert mit dem Kopf und zog Kolfinna während des Redeflusses auf den Balkon hinaus, wo sie ihr einen Platz anbot, während sie etwas holen wollte. Sie kam gleich wieder mit einem Geschenk zurück, aber noch bevor Kolfinna das Päckchen geöffnet hatte, wusste sie bereits, was der Inhalt war, der Duft ließ sich nicht einmal in einem ungeöffneten Flakon unterdrücken.

»Das Rosenparfüm«, sagte sie gerührt, denn derzeit wurde sie mit Geschenken überhäuft.

»Ja, diesmal habe ich einfach den Laden leer gekauft«, erklärte die Sängerin, zufrieden über ihren Einfall.

Kolfinna besprühte sich mit diesem unverkennbaren Duft und schloss die Augen. »War es schön in Italien?«

Sigurdís lockerte den Bademantel, damit die Sonne auch ihren Busen bescheinen konnte, und ihre lebhaften Bewegungen ließen darauf schließen, dass ihr Geist noch im Lande der Rosen war.

»Kolfinna, es hätte nicht schöner sein können. Als ich wegfuhr, war ich seelisch zermürbt und am Ende, und ich komme zurück mit wiedergewonnenem Selbstvertrauen, ich bin der Asche entstiegen wie Phönix. Ich war in einem kleinen Dorf in der Gegend von Veneto, und jeden Tag durchstreifte ich Wälder und Auen, habe mit Bauern und Kindern oder Frauen gesprochen, die bei ihren Häusern saßen und Spitzen häkelten, und die ganze Zeit klang Musik in meinen Ohren, und manchmal habe ich gesungen, und die schweren Gedanken wies ich von mir. Eines Abends, als ich im Bett lag und aus dem Fenster heraus auf den Mond schaute, traf ich einen Entschluss. Mir wurde ganz anders zumute, denn ich wusste, dass ich an einem Wendepunkt meines Lebens angekommen war, und deswegen habe ich mir Brot und Wein geholt und gefeiert. Und nachgedacht. Du lieber Himmel, Kolfinna, wie ich nachgedacht habe.«

Kolfinna fand das sehr wahrscheinlich und nickte verständnisvoll.

»Hast du auch etwas Schönes gekauft?«

Die wieder geborene Sängerin wurde ärgerlich: »Ich bin nicht zum Shopping gefahren! Wie ich dir gesagt habe, ich war dort, um zu mir selbst zu finden.«

»Und hast du zu dir selbst gefunden?«, fragte Kolfinna höflich und versuchte interessiert zu wirken, obwohl sie die ganze Zeit beobachtete, was auf der Straße vor sich ging. Aber als sie merkte, wie sehr sich die Sängerin das zu Herzen nahm und weil sie ihr ein so tolles Parfüm geschenkt hatte, versuchte sie, etwas Interesse für die Suche nach dem eigenen Ich aufzubringen. Sie blickte sie mit inbrünstig lauschender Miene an, obwohl sie es vorgezogen hätte, an so einem sonnigen Augusttag nicht mit hochtrabendem Seelengeschwafel bombardiert zu werden. Sie war mit ihren Gedanken ganz woanders und lauschte nur mit den Augen. Erst als die Sprache plötzlich auf das Liebesleben der Sängerin kam, beteiligten sich auch ihre Ohren an dem Mienenspiel.

»Und jetzt habe ich beschlossen, beiden den Laufpass zu geben, bevor es ihnen gelingt, mich seelisch zu ruinieren und meine Karriere zunichte zu machen. Ich werde sämtliche Verbindungen abbrechen und das den beiden in den nächsten Tagen mitteilen.«

Der Haushaltshilfe blieb die Luft weg: »Hattest du zwei auf einmal?«

»Mit dem einen habe ich jahrelang zusammengelebt, und mit dem anderen war ich drei Monate verheiratet.«

»Drei Monate verheiratet?«

»Ja. Wir haben am Silvesterabend geheiratet und ließen uns noch vor Ostern scheiden. Der, mit dem ich zusammengelebt habe, ist völlig ausgeflippt. Es sah ihm ähnlich, mir keinen Heiratsantrag zu machen, solange er die Möglichkeit hatte. Es war mein Schicksal, dass ich sie beide geliebt habe.«

Kolfinna musste den Mund wohl weit offen stehen gelassen haben, denn Sigurdís starrte wie gebannt auf ihre Lippen.

»Ja, das war schmerzlich, meine liebe Kolfinna, vor allem für eine Künstlerin wie mich, die alles daran setzen muss, seelisch im Gleichgewicht zu sein und Gemütsaufwallungen zu vermeiden.«

Ihre Gefühle kamen in Wallung.

»Der eine der beiden hat mich geschlagen, wenn er seine Wutanfälle bekam, und der andere war ein rücksichtsloser Egozentriker, der immer und ewig auf meinen Gefühlen herumgetrampelt ist.«

Sie verstummte und schaute müden Blicks auf die Häuser ringsum.

Der graue Alltag der Haushaltshilfe war normalerweise nicht mit Amors Launen gewürzt, und in der Hoffnung, weitere Details zu erfahren, auch wenn es nur Bruchstücke waren, blickte sie die Sängerin flehentlich an. Aber die hatte sich durch sämtliche Akte hindurchgesungen und hielt sich jetzt den Hals, als habe sie sich übernommen. Nach einigem Stöhnen und heftigem Räuspern schaute sie zu Kolfinna hinüber und fragte mit ihrer klaren Sopranstimme: »Hast du schon eine Wohnung gefunden?«

Zwar schwebte Kolfinnas Geist in Amors Gefilden, sie war aber dennoch geistesgegenwärtig genug, um die Frage zu verneinen. Die Fortsetzung kam dann überraschend.

»Was würdest du davon halten, hier bei mir einzuziehen? Ja, nein, keine Dankbarkeit, lass mich erst zu Ende reden, ich würde ja schließlich auch davon profitieren. Du wärst meine Wirtschafterin, du bekämst freie Kost und Logis und würdest dich dafür um meine Wohnung und meine Kleidung kümmern, kleine Einladungen für mich arrangieren und alles Mögliche für mich erledigen, du könntest sogar so etwas wie meine künstlerische Agentin sein und mich womöglich auf meinen Auslandsreisen begleiten. Du würdest das kleine Fernsehzimmer für dich bekommen. Daneben kannst du problemlos auch noch eine andere leichte Arbeit annehmen, um für deine eigene Wohnung zu sparen, ja, was sagst du dazu, Kolfinna?«

Für einen Moment schoss es Kolfinna durch den Sinn, dass jetzt das schöne Leben in Reichweite sei. Der Zug brauste mit einer perfekt gedressten und nach Rosen duftenden Kolfinna dem Glück entgegen.

Sie schaute wie in Trance auf die Sängerin, sah aber nur den nackten Busen und den lose zusammengehaltenen Bademantel. Sie bekam einen trockenen Hals.

Sigurdís ergriff ihre Hände und hielt sie mit brennenden Fingern fest.

»Denk darüber nach, Kolfinna, lass dir Zeit, du brauchst nicht gleich zu antworten.«

Kolfinna sagte, dass sie das tun würde.

An diesem Tag brauchte sie nicht zu putzen.

Zu Hause angekommen, überlegte sie so heftig, dass sie Kopfschmerzen bekam. Vor ihr lag das schöne Leben, daran konnte kein Zweifel bestehen. Gesellschaften und Auslandsreisen. Hatte nicht der Rechtsanwalt zu ihr gesagt, dass ihr ohne Geld die Hälfte der Chancen durch die Lappen gehen würde? Sollte sie nicht die Gelegenheit beim Schopf ergreifen, auch wenn es sie vielleicht teuer zu stehen kommen könnte?

»Muss man nicht immer irgendetwas opfern, um etwas zu bekommen?«, fragte sie am nächsten Tag den Staubsauger in Ketills Haus, während sie die Bilderrahmen absaugte.

Das Angebot lockte sie, und sie war mit ihren Gedanken ganz woanders. Deswegen reagierte sie nicht gleich, als sie einen Hauch an ihrem Hals verspürte.

Da zieht's irgendwo, dachte sie, hatte aber keine Lust nachzusehen woher. Aber als Hände über ihre Lenden glitten, wusste sie, dass der Mann mit dem lautlosen Gang da war.

Sie stand mit dem Staubsauger in der Hand da und rührte sich nicht.

»So was heißt sexuelle Belästigung«, wurde ihr ins Ohr geflüstert.

Bevor sie sich Gedanken machen konnte, was unter solchen Umständen am besten zu tun sei, ließ er sie los und trat einen Schritt zurück.

Sie drehte sich um. Er trug einen schiefergrauen Anzug und war wie aus dem Ei gepellt. Sie bedauerte es, sich nicht zurechtgemacht zu haben.

»Vielen Dank für unser letztes Beisammensein, Madame«, sagte er und verneigte sich formvollendet. »Wie geht es dir?«

»Prima.«

»Gesund und munter?«

»Ja, alles prima.«

»Wie fandest du das Buch?«

»Ganz prima. Vielen Dank dafür.«

»Ja, ich habe mir gedacht, dass es dich ansprechen würde.«

Sie verstummten beide und sie überlegte, was er mit diesen Worten gemeint haben konnte.

Das Gespräch war ins Stocken geraten. Dann trafen sich ihre Blicke und etwas in ihr gab nach. Er trat wieder zu ihr und legte ihr die Hand unter das Kinn. Seine Nasenflügel weiteten sich ein wenig.

»Wir sind doch noch Freunde?«, fragte er leise und schaute auf ihren Mund. Sie widersprach nicht. Dann trat er wieder zurück, schaute auf die Uhr, kramte nach seiner Pfeife und fragte mit verschmitzter Miene, ob sie etwas dagegen einzuwenden hätte, mit ihm essen zu gehen? Diese Frage kam so überraschend, dass ihr keine Antwort einfiel.

»Mir fehlt eine Tischdame«, sagte er ohne Umschweife. »Ich muss heute Mittag mit zwei Ausländern essen gehen, und ich weiß, dass sie gerne eine Isländerin kennen lernen würden. Mir fiel ein, dich einzuladen, weil du so isländisch aussiehst, du bist blond und hast diese hohen Wangenknochen und diesen auffälligen Mund. Außerdem könnte es dir gut zustatten kommen, an solchen Geschäftsessen teilzunehmen, falls du irgendwann mal ein eigenes Geschäft gründen willst.«

Hier wurde nicht um die Sache herumgeredet. Aber seine Offenheit war zumindest anerkennenswert.

Sie nahm die Einladung an. Sie war sehr darauf erpicht, unter Beweis zu stellen, dass sie solche Dinge wie eine erwachsene Frau in Angriff nehmen konnte.

Während sie bei sich zu Hause auf der Suche nach dem richtigen Outfit den Schrank durchwühlte, versuchte sie seinen Bemerkungen über ihr Aussehen auf den Grund zu gehen und schaute zwischendurch immer mal wieder in den Spiegel. Er hatte nicht gesagt, dass sie hübsch sei, nur, dass sie isländisch aussehe, und sie wusste nicht, ob das nach internationalen Maßstäben als schön galt oder eben nur charakteristisch für eine bestimmte Nation war und nichts weiter. Sie beschloss aber, sich international zu kleiden, wählte ein enges Kleid und eine leichte Jacke dazu, und fühlte sich damit weder zu fein gemacht noch zu leger angezogen.

Ich gebe mich ganz einfach cool, dachte sie auf dem Weg zu ihm.

Das Aufblitzen in seinen Augen gab zu erkennen, dass ihm die Aufmachung gefiel. Seite an Seite gingen sie zum Hotel Holt, als hätten sie schon seit Jahren nichts anderes gemacht. Sie hatten einander nichts Besonderes zu sagen, doch als sie zum Hoteleingang kamen, wandte sie sich ihm plötzlich zu und sagte nervös: »Ich bin es nicht gewohnt, englisch zu sprechen, obwohl ich Englisch kann.«

»Hervorragend«, sagte er, während er ihr die Tür aufhielt. »Wir lieben Frauen, die ein bisschen schweigen können.«

Die Ausländer saßen auf einem Sofa in der Bar und warteten auf sie. Die Gäste sprangen auf, als sie erschienen. Sie waren angetan von ihrem isländischen Aussehen, zumindest hatte Kolfinna diesen Eindruck, und verneigten sich tief. Das war etwas Neues für sie. Sie bemerkte ebenfalls, dass sie jedes Mal aufsprangen, wenn es den Anschein hatte, als wolle sie aufstehen.

So benehmen sich also Männer von Welt, dachte sie und hatte nicht übel Lust, das Ritual des Aufstehens und Hinsetzens zu kultivieren, nur um solche Kavalierssitten genießen zu können. Diese

Männer von Welt waren englische Juristen, noch ziemlich jung, und sie wurden als Kollegen von Ketill eingeführt. Sie selbst wurde ohne weitere Erklärungen als Freundin von Ketill vorgestellt.

Nach einem Gespräch über das Wetter, dem sie aufgrund ihrer intensiven Bekanntschaft mit amerikanischen Spielfilmen gut folgen konnte, begab man sich in den Speisesaal und studierte die Karte. Sie konnte sich kaum darauf konzentrieren, weil sie viel zu beschäftigt damit war, sich in dem Saal umzublicken und die Leute an den umliegenden Tischen zu beobachten, um zu sehen, ob sie beobachtet wurde. Sie hoffte sehr, dass es sich herumsprechen würde, wo sie gewesen war und mit wem, und sie bedauerte es, dass Alma und Elva sie jetzt nicht sehen konnten. Hingegen war es nicht wünschenswert, dass Mathilda davon erfuhr, da sie nie eine Chance haben würde, mit drei angesehenen, attraktiven und betuchten Männern auszugehen.

Sie hörte sanfte Musik und leise Unterhaltung, schaute auf den schön gedeckten Tisch, das Besteck und die Gläser, auf die geschäftigen Kellner, die farbenprächtigen Bilder an den Wänden, den geschniegelten Rechtsanwalt, und sie fragte sich, ob dies womöglich das schöne Leben sei.

Ketill bestellte Wein mit der Expertise des Kenners. Er unterhielt sich lange über eine bestimmte Sorte mit dem Kellner, der seinen exquisiten Geschmack zu kennen schien und es offensichtlich genoss, ihn zu bedienen, vor allem, als er schließlich den Wein gewählt hatte. Man hätte meinen können, hier säße ein König mit seinem Hofstaat am Tisch, und Kolfinna führte das auf die Wahl des Weins zurück. Die Engländer waren zumindest begeistert.

Der König hingegen blickte gelassen auf seine Untertanen, vor allem auf die Hofdame, und aus seinem Blick las sie, was er ihr sagen wollte: Das ist mein Leben, meine Liebe, wie gefällt dir das? Du bereust es jetzt vielleicht ein wenig, dass du diese Chance neulich abends nicht genutzt hast, nicht wahr?

Sie saßen Seite an Seite den Engländern gegenüber und kamen sich immer näher. Unter dem Tisch spürte sie die Wärme seines Schenkels.

Sie aßen Alkenbrüstchen und Ente, und das Gespräch drehte sich um Rechtsanwaltskanzleien, Kundenkreise, Datentechnik und Zeitmanagement, und auf einmal fragte der eine Engländer, wahrscheinlich weil sie Interesse für Computer gezeigt hatte, ob sie und Ketill Geschäftspartner seien.

Das schmeichelte ihr, aber sie schüttelte den Kopf.

Dann fragte er, was ihre Beschäftigung sei, mit Verlaub, worauf sie feuchte Hände bekam und vorgab, nicht antworten zu können, weil sie gerade einen vollen Mund hatte. Aber als der Bissen unten war und sie gerade zu einer Antwort ansetzte, kam Ketill ihr zuvor und erklärte mit perfektem Oxford-Akzent, dass sie spezielle Aufgaben für ihn wahrnähme.

Die Gläser erklangen, als dem kostbaren Getränk zugesprochen wurde, eine weitere Flasche wurde geöffnet, die Gesichter röteten sich ein wenig, und unter dem Tisch stieg die Körpertemperatur.

Der Wein beflügelte den Geist und der Rechtsanwalt hielt einen Vortrag über die Vorzüge Islands und seine ausgezeichnete Wirtschaftslage.

»Es ist so gut wie erwiesen, dass es sich nirgendwo besser leben lässt als in Island. Zur gleichen Zeit, wo Umweltverschmutzung, mehrfach geklärtes Wasser und verseuchte Böden so peu à peu den Menschen auf dem Kontinent die Luft abschnüren, leben die Isländer in einem Land, wo Luft, Wasser und Erdreich sauber sind, und gehören aus dem Grunde zu den Nationen mit der höchsten Lebenserwartung auf der Welt.«

Er machte eine kleine Pause, um dem edlen Wein zuzusprechen, der aus dem vergifteten Erdreich in Europa kam, und die Ausländer, die angesichts dieser Gesundheitsdeklaration die Augen niedergeschlagen hatten, taten es ihm nach. Kolfinna dachte an die Erkältung, die sie nicht so richtig los wurde, und an die Schmerzen, über die ihre Mutter ständig klagte, und ihr kam der Verdacht, dass das Wasser, das bei ihnen aus der Leitung kam, völlig verseucht sein müsse.

»Zur gleichen Zeit, wo andere europäische Nationen unter Arbeitslosigkeit und ungerechter Verteilung des Reichtums leiden«, fuhr er fort, »gibt es hier in Island eine klassenlose Gesellschaft, wo alle arbeitsfähigen Menschen Arbeit haben, wo ein Arbeiter im gleichen Wohlstand lebt wie ein Minister – in dem Sinne, dass die vier Wände, in denen er lebt, sein Eigentum sind, dass er jedes Jahr ins Ausland fahren und seine Söhne und Töchter zur Universität schicken kann. Zahlen belegen diese meine Ausführungen, meine Herren, oder können Sie mir ein anderes Land nennen, wo über siebzig Prozent der Bevölkerung Wohneigentum haben?«

»Weißt du vielleicht, wo ich ein Zimmer finden kann?«, warf der eine Engländer rasch ein. Nach diesen neuesten Tatsachen, die im Plädoyer des Rechtsanwalts ans Licht gekommen waren, saß Kolfinna krumm wie eine Garnele da, so furchtbar schämte sie sich für sich selbst und ihre Mutter, die statistisch gesehen so gar nicht in das isländische Gesellschaftsbild hineinpassen wollten.

»Und damit nicht genug, meine Herren«, fuhr der selbst ernannte Verteidiger der Nation fort, »denn abgesehen vom Lebensstandard und vom hohen Bildungsstand besitzen wir auch noch etwas anderes, nämlich die schönsten Frauen auf der Welt.«

Zum Beweis deutete er auf Kolfinna. Das Beweismaterial sackte feuerrot auf dem Stuhl zusammen. Die Engländer nickten zustimmend: »In diesem Punkt hat die Verteidigung keine Einwände, Herr Rechtsanwalt.«

Man erhob die Gläser auf die schönsten Frauen der Welt.

Nachdem diese Wahrheit verkündet worden war, wurde die Unterhaltung offen und lebhaft. Um etwas Positives zu dem Gespräch beizutragen, führten die Ausländer das eine oder andere an britischen Errungenschaften an, während die Vertreterin der schönsten Frauen der Welt verunsichert und krummbeinig dasaß. Sie versuchte, Durchblick zu gewinnen. Vor ihrem inneren Auge liefen Bilder von erschöpften isländischen Frauen ab, die sie kannte oder die sie auf der Straße und beim Einkaufen traf, die den ganzen Tag arbeiten gehen mussten, abends ihre Kinder erzogen, am Wochenende die Wohnungen putzten, die alt wirkten, obwohl sie noch keine vierzig waren, und sie bekam ein unangenehmes Gefühl im Bauch.

Sie führte es auf den Wein zurück.

Sie versuchte, sich die Schönheitsköniginnen vorzustellen, die

Island hervorgebracht hatte. Das gelang in der Atmosphäre dieses Hauses.

Das Essen endete mit einem Vergleich, was den Wohlstand beider Nationen betraf, der Rechtsanwalt bezahlte die Rechnung und die Haushaltshilfe sah zufällig, dass der Wein so viel gekostet hatte, wie sie im Monat verdiente.

Die Herren standen zufrieden vom Tisch auf, die Engländer verneigten und verabschiedeten sich, um sich dann auf ihre Zimmer zurückzuziehen, während die Isländer leicht angeheitert draußen auf dem Bürgersteig standen.

Der Rechtsanwalt legte der Haushaltshilfe den Arm um die Schultern.

»Ich erwarte einige Klienten in meinem Büro, deswegen kann ich diese vergnügliche Stunde nicht verlängern, zumindest nicht jetzt, aber ich werde dich erst nach Hause begleiten. Darf ich Madame meinen Arm anbieten?«

Zum zweiten Mal gingen sie gemeinsam durch das alte Viertel, aber diesmal blickte Kolfinna weder nach rechts noch nach links, sondern nach unten, denn sie fühlte sich in dieser Aufmachung und im Gefolge eines attraktiven Rechtsanwalts leicht verlegen.

»Da vorne wohne ich, du brauchst nicht weiter mit mir zu gehen.«

»Mit dir könnte ich bis ans Ende der Welt gehen.«

Auf diese Bemerkung fiel ihr nichts ein, sie war nicht so poetisch veranlagt wie er. Aber sie war so überwältigt vor Dankbarkeit über die Komplimente, die er ihr in Anwesenheit von Zeugen gemacht hatte, dass sie am liebsten seinen Arm gedrückt oder ihm einen Kuss gegeben hätte. Sie tat weder das eine noch das andere. Sie waren vor ihrem Haus angelangt und sie dankte dem Himmel dafür, dass ihre Mutter in der Kantine war.

»Okay, wir sind da, das war sehr nett von dir, und vielen Dank für die Einladung.«

Sie reichte ihm die Hand.

Er blickte sich rasch um und zog sie in eine Ecke, wo er sie vor die Hauswand postierte und eine Weile anschaute. Er trat dicht an sie heran, ließ die Hände unter ihre Jacke gleiten und fasste sie um die Taille, als wolle er mit ihr tanzen.

»Wie fandest du das Essen?«

»Prima, es war sehr lecker.«

»Und den Wein?«

»Einfach phantastisch.«

Er schob seine Hände langsam höher und berührte ihre Brüste, bückte sich zu ihr herunter, sodass sich ihre Lippen beinahe berührten, und murmelte: »Du bist es, die phantastisch ist. Mein Haus ist offen. Komm doch abends einmal zu mir, wann immer du möchtest. Du hast einen Schlüssel. Falls ich eingeschlafen bin, will ich in deinem Traum aufwachen.«

Der Kuss war intensiver und länger, als sie es gewohnt war.

Noch lange nachdem er gegangen war, lag sie im Wohnzimmerfenster und starrte auf die Straße, die er entlanggegangen war.

In der Nacht, als die Augustdämmerung die Stadt einhüllte, wachte Kolfinna zweimal auf, weil sie innerlich aufgewühlt war. Ihr Körper war rastlos und das Bedürfnis, in jemandes Armen zu liegen oder jemanden in den Armen zu halten, war so überwältigend, dass sie das Oberbett mit Armen und Beinen krampfhaft an sich gepresst hielt, bis es hell wurde. Gegen Morgen schlief sie ein, wachte aber völlig verschwitzt auf, als ihre Mutter die Haustür zuwarf. Dann kroch sie aus dem Bett und duschte, bis die Haut rot wurde. Um sich etwas Gutes zu gönnen und um den Sinn auf ersprießlichere Gedanken zu lenken, gab sie nach beendetem Bad einen Spritzer des Rosenparfüms hinter die Ohren.

Diese unkontrollierbare Sehnsucht in der Hitze der Nacht versuchte sie auf dem Weg zu Flosi aus ihren Gedanken zu verdrängen, aber als sie zum Lebensmittelladen an der Ecke kam, überfiel sie plötzlich ein solcher Hunger, dass sie sich etwas zu essen kaufen musste. Sie kam mit einer Tüte voll mit Keksen, Obst und Schokolade aus dem Laden.

»Ich ticke nicht ganz richtig«, murmelte sie der Türklinke an Flosis Wohnung zu.

Die Geräuschkulisse drinnen war ganz anders als sonst. Im Badezimmer hörte man das Plätschern von Wasser. Das fand sie merkwürdig, denn Bäder waren bislang zu den Zeiten, wo sie putzte, nicht üblich gewesen. Sie vermutete, dass da wohl auch noch andere in der Nacht ins Schwitzen gekommen waren, aber um damit verbundene unangenehme Gedanken zu verdrängen, ging sie schnell in die Küche, wo der graue Alltag sämtliche seltsamen Gefühle erstickte.

Auf dem Küchentisch stand ein Teller mit Gräten und Fischhaut, was natürlich alles über den einfallslosen und simplen Geschmack des Wohnungsinhabers sagte. Sie hielt sich die Nase zu und warf die Reste in den Mülleimer. Um ihre Tüte auf den Tisch abzustellen, musste sie außerdem noch eine Milchpackung und jede Menge Zeitungen entfernen. Sie stöhnte, als sie den Abwasch sah, der auf sie wartete, und bevor sie dieses Schlachtfeld in Angriff nahm, holte sie sich zur Stärkung einen dunkelroten Apfel aus der Tüte. Sie hörte, wie das Wasser im Badezimmer zugedreht wurde, ließ sich aber dadurch nicht stören, sondern biss in den Apfel und schaute durch das gardinenlose Fenster in den Garten. Sie hörte, wie er aus dem Badezimmer kam und ins Schlafzimmer ging, wo er Schränke öffnete und unruhig herumlief, und dann war es auf einmal still.

Am Seifengeruch merkte sie, dass er hinter ihr in der Tür stand. Sie blinzelte einige Male, holte dann tief Luft und drehte sich um.

Diesen Mann, der da barfuß in einem Bademantel stand, mit nackter Brust und feuchtem hellbraunen Haar, diesen Mann liebten die Vögel.

Und ein kleiner Vogel begann irritierend in ihrem Körper herumzuflattern. Ihre Augen irrten von seinen Beinen mit den schmalen Knöcheln und den breiten Waden zu den schlanken Lenden, die sich unter dem Bademantel abzeichneten, und von da aus über die Muskeln seines Brustkorbs, die nackte gewölbte Brust, den kräftigen Hals bis zu den üppigen Lippen und den Augen, die sie langsam und entschlossen auszuziehen schienen.

Sie hatte ihn im Schlaf gesehen, deswegen kannte sie das Muskelspiel seiner Schenkel.

Sie verspürte ein Ziehen im Unterleib.

Sie wartete. Er bewegte sich nicht. Das bedeutete wohl, dass sie ihn zu sich locken sollte.

Sie biss in den Apfel, streckte die Hand nach der Tüte aus, hielt sie ihm entgegen und sagte mit rauer Stimme: »Möchtest du auch einen?«

Er lehnte sich an den Türrahmen, steckte die Hände in die Taschen und sagte so höhnisch wie er nur konnte: »Seit Eva diesen unverzeihlichen Fehler machte und Adam von ihrem Apfel zu essen gab, sind die Frauen von der Vorstellung besessen, dass sie Männern zu essen geben müssen. Vielen Dank, Eva, ich habe gestern gegessen.«

Sie glaubte, dass das Vorspiel damit zu Ende sei, dass er ihr durch die Lappen gegangen war und er jetzt zu seinen Büchern gehen würde, aber dann trat er näher auf sie zu und das Blut schoss ihr wieder durch die Adern. Er nahm ihr den Apfel ab, den sie vor Spannung immer noch vor den Mund hielt, fuhr mit der einen Hand über ihr halbtrockenes Haar, legte ihr die Hand in den Nacken und zog ihren Kopf an seine Brust. Sie schloss die Augen und spürte seinen ganzen Körper.

Plötzlich bemerkte sie eine Veränderung. Er hielt den Atem an, atmete dann aus und schnüffelte.

Er schnüffelte an ihr.

»Was für ein Geruch ist das?«

»Geruch?«

»Wonach riechst du?«

»Was?«

»Ich kann diesen Geruch nicht ertragen!«

Er stieß sie so abrupt von sich, dass sie stolperte und ließ sie da stehen. Sie hörte, wie die Tür zur Bibliothek zugeknallt wurde.

Kein Köter hätte seine Töle so verächtlich behandelt.

Sie nahm ihre Tüte und ging.

Den ganzen Weg nach Hause sah sie wie durch einen Schleier, und erst zu Hause auf der Treppe kam sie wieder zu sich und schnüffelte.

Sie konnte keinen Geruch bemerken.

Nachdem sie eine Weile ganz allein im Wohnzimmer gesessen hatte, nach dieser Zurückweisung völlig am Boden zerstört, dachte sie an all die Gerüche, die sie in ihrem Leben wahrgenommen hatte. Tiere liebten und hassten mit ihrem Geruchssinn und sie fragte sich, ob dasselbe auch für Menschen zutraf. Es war ihr ein komplettes Rätsel, wie ein Mann, der seine Wohnung völlig verkommen ließ und Müll wie kostbare Objekte sammelte, einen unangenehmen Geruch an ihr wahrnehmen konnte, wo sie doch kurz zuvor geduscht hatte.

Sie roch wieder an ihren Haaren und ihren Kleidern.

Und weswegen hatte Ketill sich nicht beklagt, als er sie küsste?

»Wie kann dieses Dreckschwein es nur wagen, so etwas zu sagen?«, schrie sie und hämmerte mit der geballten Faust auf den Sofatisch.

Trotzdem kam sie innerlich nicht zur Ruhe, sie war seelisch und körperlich aufgewühlt, deswegen stürmte sie durch das Haus, bis sie außer Atem war und sich setzen musste.

Als sie an diesem Punkt angelangt war, rannte sie nach oben und startete einen Generalangriff auf ihr Zimmer.

Sie riss die Bettwäsche herunter, warf das Oberbett und die Kissen über das Balkongeländer und die schmutzige Bettwäsche auf den Flur, sie zerrte die Kleider aus dem Schrank, kippte die Schubladen in der Kommode aus und sortierte wie wild. Die Sachen flogen durch das Zimmer, als würden sie vom Sturm durch die Gegend gejagt, bis sie entweder bei dem Bett auf dem Balkon oder bei dem Wäscheberg auf dem Flur landeten. Dann rannte sie mit der Schmutzwäsche nach unten in die Waschküche, ließ Wasser in einen Eimer laufen, schnappte sich Putzmittel, Seife und einen Putzlappen, sauste wieder nach oben und wütete in ihrem Zimmer wie ein Berserker. Alles, was nicht niet- und nagelfest war, bearbeitete sie mit duftender Seifenlauge, anschließend bezog sie das Bett frisch und ordnete die gelüfteten Sachen wieder in Schubladen und Schränke ein. Zum Schluss ging sie völlig erschöpft in den Keller.

Während die Waschmaschine vor sich hin schnurrte, glätteten sich die Wogen in ihrer Seele und das Ziehen im Unterleib verschwand.

»Putzen tötet einem zum Glück jede Lust«, sagte sie zur Waschmaschine.

Anders als sonst hatte sie diesmal kein Interesse daran, ihren Hausrat zu durchforsten, sondern saß, das Kinn in die Hand gestützt, auf der Holzkiste und starrte auf ihre Zehen.

So saß sie noch da, als ihre Mutter von der Arbeit kam und misstrauisch auf der Kellertreppe nach ihr rief und fragte, was sie da unten mache.

Kolfinna entgegnete, dass sie auf die Waschmaschine wartete. Sie hatte im Moment keine Lust, das Gespräch fortzusetzen. Das galt aber offenbar nicht für ihre Mutter, denn sie kam noch ein paar Stufen hinunter.

»Ich war gestern beim Arzt.«

»Und?«

»Du hast mir was vorgeschwindelt, der alte war gar nicht zurück, ich musste mich von diesem jungen untersuchen lassen.«

»Und?«

»Also, ich habe akute Myositis, und zwar so schlimm, dass es im ganzen Körper Schmerzen macht.«

»Ach so.«

»Ja, eigentlich war das ein sehr netter Mann, und er hat ganz offensichtlich ordentlich was gelernt, dieser Junge. Er hat mich von oben bis unten untersucht und hat den Computer gar nicht benutzt. Er hat mir ein Entkrampfungsmittel verschrieben, das soll ich abends vor dem Schlafengehen einnehmen. Allerdings soll das wohl so stark sein, dass man nach dem Einnehmen halb betrunken ist. Ich darf beispielsweise auf gar keinen Fall Auto fahren, wenn ich das eingenommen habe, das wäre unheimlich gefährlich.«

Kolfinna war der Meinung, dass Autofahren in diesem Zusammenhang wohl kein Problem sei, da sie noch nie ein Auto besessen hatten, aber das sagte sie nicht laut, sondern brummte stattdessen einsilbig.

Die Diagnose des Arztes hatte eine aufmunternde Wirkung auf ihre Mutter. Er hatte kein Wort über ihr Herz oder ihre Nieren, den Darm, das Rheuma und den Blutdruck verloren, und deswegen sprach in den Augen ihrer Mutter nichts dagegen, ein Kilo Pökelfleisch zum Essen zu kaufen. Sie hatte einen solchen Heißhunger auf ihr Lieblingsessen, dass sie während des Essens kein Wort sagte, sondern das Fleisch unter grimmigem Schweigen in sich hineinstopfte.

Kolfinna beobachtete angewidert ihre Essgewohnheiten. Dann starrte sie auf ihren eigenen Teller und pickte sich appetitlos und desinteressiert ein paar Brocken heraus, während sie das Kinn mit der Hand abstützte. Mit jedem Bissen, den sie aß, änderte sich ihre Stimmung und das lähmende Gefühl vom Vormittag verwandelte sich in brodelnde Wut. Zu ihrem Entsetzen empfand sie aber nicht ausschließlich Wut, sondern auch diese seltsamen Regungen, die sie in der Nacht gequält hatten, ergriffen wieder die Herrschaft über ihren Körper und ließen sich nicht vom Verstand kontrollieren.

Geistesabwesend bedankte sie sich für das Essen, ging hinauf in ihr Zimmer und bereitete sich darauf vor, dem Ruf von Mutter Natur zu folgen.

Sie kleidete sich vollständig aus, ließ die Sachen auf den Boden fallen, schritt dann würdevoll ins Badezimmer, ohne sich für ihre Nacktheit zu schämen. Sie ließ das Wasser auf Kopf und Körper prasseln, seifte sich ein, massierte und bürstete, bis die Haut rot wurde und schmerzte. Dann trocknete sie sich mit einem frischen Handtuch ab, das sie anschließend um sich schlang. Wieder in ihrem Zimmer, ließ sie vor dem großen ovalen Spiegel das Badetuch fallen und betrachtete lange ihren heißen Körper. Ganz bewusst zog sie die seidige, verführerische Unterwäsche an, streckte den Fuß elegant vor, als sie die Strümpfe anzog und schlüpfte in ein enges Kleid, das weder die Schultern noch ihre Rundungen verhüllte. Sie kämmte sich die Haare und föhnte sie, bis sie ihr um den Kopf tanzten, cremte das Gesicht ein, schminkte sich und legte Ohrringe an.

Eine Weile hielt sie den Parfümflakon in der Hand, weil sie auf einmal Zweifel an seiner Wirkung hatte, obwohl sie nicht genau wusste warum, und beschloss nach einigem Nachdenken, den frischen Duft von Seife genügen zu lassen. Sie schlüpfte in ihre hochhackigen Schuhe, zog die Jacke an und betrachtete sich dann kampflustig im Spiegel.

»Dressed to kill«, sagte sie zum Spiegel.

Ihre Mutter, die satt und zufrieden vor dem Fernseher saß, als sie herunterkam, reckte verwundert den Hals, um sie besser in Augenschein nehmen zu können.

»Ich geh nochmal in ein Café«, sagte Kolfinna, um ihr ungewöhnliches Aussehen zu erklären.

Als sie die Straße entlangging, hörte sie Gelächter und Pfiffe vom Laugavegur herüber, ihr stieg der Geruch von Kaffee und chinesischem Essen in die Nase und sie wusste, dass sich die Lokale bald mit jungen Leuten füllen würden, die an diesem milden Augustabend der Liebe auf der Spur waren. Aber sie mischte sich nicht unter diese Leute, sondern ging in die Richtung, wo sie erwartet wurde.

Die alten Bäume im Garten wiegten sich wie eine Frau, die den Blick eines Mannes auf sich gerichtet spürt, und unwillkürlich wiegte sie sich in den Hüften, als sie zum Haus des Rechtsanwalts hinaufging.

»Komm doch einmal abends zu mir, wann immer du möchtest«, hatte er gesagt, und jetzt stand sie nach Seife duftend vor dem Haus.

An der Tür zögerte sie, denn auf einmal erschien es ihr albern, an einer Tür zu klingeln, die sie bislang mit dem Schlüssel geöffnet hatte. Sie beschloss, leicht und höflich anzuklopfen, das passte vielleicht am besten zu dieser Situation. Nichts regte sich und sie legte das Ohr an die Tür. Sie glaubte, im Hintergrund Musik zu hören, und stellte sich vor, dass er im Wohnzimmer bei leisen Klängen eingeschlafen war.

Sie nahm den Schlüssel, drehte ihn ein paar Mal in der Hand und steckte ihn dann ins Schloss. Aus alter Gewohnheit blieb sie zunächst im Hausflur stehen und horchte auf Geräusche. Die Musik kam aus dem Wohnzimmer, ein sanfter Blues, bei dem die Hüften sich zu wiegen begannen. Sie fasste sich ein Herz, schwenkte ihre Handtasche und trat ein, als wäre es schon seit langer Zeit so geplant gewesen. Im Wohnzimmer war keine Menschenseele, aber im gleichen Moment bemerkte die Haushaltshilfe, dass hier jemand zu Besuch gewesen war. Weingläser und Tassen auf dem Tisch, schwere Luft und ein Duft, den sie nie zuvor in diesem Haus wahrgenommen hatte. Der schwache Duft von Rosen. Sie schnupperte erstaunt in die Luft und danach an sich selbst, denn sie konnte sich nicht erinnern, das kostbare Parfüm verwendet zu haben, aber dann fiel ihr Blick auf einen großen Rosenstrauß am Fenster.

Irgendjemand hatte dem Rechtsanwalt Rosen gebracht. Oder er hatte sie selber gekauft, um das schwarzweiße Zimmer zu beleben. Ihre Blicke wanderten die Treppe hinauf, der Musik nach zu schließen, hatte er nicht mit den Gästen das Haus verlassen, und sie stellte sich vor, dass er vielleicht ins Bad gegangen war oder sich gerade umzog. Etwas hinderte sie aber daran hinaufzugehen, vielleicht war es Angst, weil es so lange her war, seit sie zuletzt mit einem Mann geschlafen hatte und sie nicht wusste, wie er sich verhalten würde. Sie setzte sich aufs Sofa, zog die Jacke aus, damit die Abendsonne ihre nackten Schultern vergolden konnte, und schlug die Beine übereinander, ohne das kurze Kleid herunterzuziehen.

Im nächsten Augenblick geschah alles zugleich, die Musik brach ab, sie bemerkte Lippenstift an dem einen Weinglas und von oben hörte man eine Frau lustvoll stöhnen.

Die Haushaltshilfe stand auf, zog die Jacke an, ging in den Flur, hielt inne, ging wieder hinein, nahm die Gläser vom Tisch, brachte sie in die Küche, schmiss alles in die Spüle und marschierte mit diesem Stöhnen in den Ohren aus dem Haus.

Die Abendsonne verabschiedete sich von der menschenleeren Straße, und die grauen und kalten Schatten der alten Bäume krochen an den Hauswänden hoch. Kolfinna hatte kaum noch Kontrolle über ihre Beine, sie knickte um, stolperte und rutschte aus den Schuhen, dachte dabei aber an nichts anderes, als dass sie sich in der Öffentlichkeit zusammenreißen musste, obwohl der Schmerz in der Brust ihr den Atem raubte. Ihr Körper war kalt geworden, bis in die äußersten Nervenspitzen, und sie sehnte sich nur danach, in ihr Bett zu kriechen, sich zusammenzurollen und einzuschlafen, aber ihr schauderte davor, in diesem Zustand nach Hause zu gehen.

Die Nacht war noch jung und sie hatte keine Ahnung, wohin sie gehen sollte. Der Betrieb auf dem Laugavegur drang ihr wieder an die Ohren und sie beschloss, sich in ein Lokal zu setzen und ein Bier zu trinken, während sie versuchte, ihr Gleichgewicht wiederzufinden. In der Stadt wimmelte es von lebenshungrigen Menschen, die den letzten Sommerabend des Jahres in vollen Zügen genossen, und im Solon Islandus herrschte reger Betrieb. Sie ließ sich mit dem Strom hineinziehen.

Sie setzte sich an die Bar am Ende des Raums, von wo aus sie alles gut überblicken konnte. Als sie ihr Bier in der Hand hatte und ein paar Mal tief durchgeatmet hatte, hörten ihre Gedanken auf zu flattern.

Welche Frau hatte da gestöhnt?

Warum zum Kuckuck war sie nicht hinaufgegangen und hatte nachgesehen?

Die Eifersucht machte sie so kribbelig, dass sie sich nicht mehr unter Kontrolle hatte, und nur mit Mühe und Not konnte sie ihr Glas so festhalten, dass nichts herausschwappte. Während sie auf die gelbe Flüssigkeit starrte, drehte sie im Geiste die Uhr zurück, sah sich die Treppe hinaufsteigen, ein Gewehr zur Hand nehmen und die beiden im Bett niederstrecken. Einfach abknallen. Und sie spulte im Geiste zurück, stellte sich diese Szene wieder und wieder vor, und bei jedem Mal wurde sie dramatischer und blutiger.

Während das Blut in ihrer Phantasie nur so strömte, waren die Tische um sie herum immer voller geworden, aber erst nachdem jemand schon das zweite Mal nach ihr gerufen hatte, bemerkte sie eine Gruppe Frauen, die sie kannte. Sie gehörten zum Freundeskreis ihrer Freundinnen, und sie begrüßte sie mit dem dazugehörigen Hi, was gibt's Neues und versuchte, locker und fröhlich zu sein. Sie setzte sich zu ihnen und berichtete von den gemeinsamen Freundinnen und gab sich so natürlich, dass sie über sich selbst schockiert war. Während sie über Gott und die Welt plauderte, ging es in ihrer Phantasie hoch her, aber das bekam niemand mit, alle waren vollauf damit beschäftigt, sich in dem Stimmengewirr verständlich zu machen, während gleichzeitig die Musik immer lauter wurde.

Dann meldete sich wieder die Trauer.

Wie sehr sie sich danach gesehnt hatte, mit ihm zusammen zu sein.

Bis Mitternacht versuchte sie zu begreifen, was in diesem Mann vor sich ging, und zugleich auch in ihr selbst, aber ohne Erfolg. Dann stahl sie sich wieder an die Bar, um für eine Weile die durchdringenden Stimmen los zu sein und dort saß sie um Mitternacht, als ein Mann hereinkam, mit dem sie nicht gerechnet hatte.

Sie bekam Herzklopfen.

Flosi stand mit den Händen in den Taschen in der Tür. Er trug ein dunkelgrünes Jackett und das hellbraune Haar war völlig verstrubbelt, wie es bei Forschern zu sein pflegt, die keine wertvolle Zeit auf Äußerlichkeiten verschwenden können. Er blickte sich so finster um wie ein Vertreter der Obrigkeit, der nach einem Verbrecher fahndet. Kolfinna fand es merkwürdig, ihn im Blazer und in dieser Umgebung zu sehen, und sie beobachtete genau, was er tat. Sie hatte nicht die geringste Ahnung gehabt, dass er einen solchen Blazer besaß.

Als er sie erblickte, schaute sie weg. Ihr Herzklopfen wurde stärker und sie begriff nicht warum, denn sie fürchtete sich nicht vor diesem eingebildeten Kerl, so viel stand fest. Aber trotz ihres festen Vorsatzes konnte sie sich nicht beherrschen, ihm noch einmal einen raschen Blick zuzuwerfen.

Er schaute ihr direkt in die Augen.

Über sein Gesicht legte sich das typische Grinsen, und sein Blick und die Schulterbewegungen gaben zu erkennen, dass er genau das gefunden hatte, wonach er suchte.

Sie wurde nervös, denn aus bitterer Erfahrung wusste sie, dass dieser Mann sich alles Mögliche einfallen lassen konnte, was nicht normal war. Ihr schoss der Gedanke durch den Kopf, dass er womöglich vorhatte, sie aus dem Lokal zu zerren und sie zu zwingen, die Arbeit zu beenden, die sie heute Morgen liegen gelassen hatte, und sie schämte sich dafür, diesen Mann heute Morgen begehrt zu haben.

Er nahm am anderen Ende des Lokals Platz, und wegen der Leute, die sich zwischen den Tischen hin und her schoben, sah sie ihn nicht mehr.

Durch die verräucherte Luft und den Lärm fühlte sie sich müde und ausgelaugt, und sie spürte, dass sie jetzt bettreif war, egal, was jetzt noch kommen mochte. Sie konzentrierte sich darauf, die Aufmerksamkeit des Barkeepers auf sich zu lenken, als ein Finger ihr sanft über den Nacken strich. Das tat so gut, dass sie sich nicht gleich umsah, wer da war. Sie seufzte auf und drehte sich um.

Sie schaute direkt in die Augen des großen Bücherwurms.

Er betrachtete ihr Gesicht, als würde er einen schwierigen Text lesen, und ließ seine Blicke bis zu ihrem Hals und Busen hinuntergleiten. Sie machte keinen Versuch zu verstecken, was da gerade einer Betrachtung unterzogen wurde, sie musste sich beherrschen, um ihre Schultern nicht zu entblößen, so groß war das Bedürfnis, ihre nackte Haut zu zeigen. Aber dann fiel ihr wieder ein, wer ihr da gegenüberstand und sie schaute ihn kalt an.

Das kam ihm gut zupass.

Er bewegte sich zu ihr hin und fragte, ob sie es schön fände, sich am Hals streicheln zu lassen.

»Ja, und auch an den Schultern«, sagte sie provozierend und zog ihre Jacke aus.

Ihr aufreizendes Benehmen überraschte ihn, er schaute erstaunt auf ihre helle Haut, so als sei er sich nicht ganz sicher, ob es ihr Ernst war oder ob sie ihn nur auf den Arm nahm, aber weder die anerworbenen Kenntnisse noch das angeborene Wissen vermochten den Urtrieb in Zaum zu halten, er konnte seine Finger nicht von ihrer Haut lassen, sie glitten von der Schulter zum Ohr, vom Hals bis zur Brust, und er machte keinen Versuch, seinen merkwürdigen Blick zu kaschieren.

Sie blickte dreist zurück.

»Hör auf mit der Fummelei«, sagte sie und schlug ihm auf die Finger.

Dann stieg sie vom Barhocker herunter, schob ihn weg und zwängte sich durch das Gewühl. Erst draußen auf dem Bürgersteig drehte sie sich um, um zu sehen, was aus ihm geworden war, und blickte wieder direkt in seine Augen. Sie marschierte los und setzte eine hochmütige Miene auf, während er ihr auf dem Fuße folgte wie ein Hund.

Sie bog ins Thingholt-Viertel ein, und als sie an einem alten Haus vorbeikamen, das jetzt schlief, drehte sie sich plötzlich um, ihre Jacke stand offen und sie fragte, ob er sie verfolgen würde, oder was.

Er nickte so selbstsicher wie jemand, der von allen geliebt wird.

Sie blickte stur geradeaus.

»Das kannst du dir schenken, mein Lieber, ich will nach Hause und ins Bett.«

Da schoss er an ihr vorbei und ging rückwärts mit dem einen Fuß auf dem Bürgersteig und dem anderen im Rinnstein vor ihr her.

»Soll das etwa komisch sein?«, fragte sie erstaunt und blieb stehen.

Da pfiff er eine Melodie und begann dazu zu steppen.

Sie tat so, als sei sie von seinem albernen Getue genervt, aber insgeheim konnte sie nicht anders, als seine gute Figur und sein Aussehen zu bewundern. So gestählt und so schlank, und trotz all seiner Gelehrsamkeit so ausgelassen und verrückt.

Sie näherten sich ihrem Haus, und sie bat ihn, sie gefälligst nicht mehr in dieser Weise zu verfolgen.

»Ich begleite dich nach Hause, damit du nicht das Opfer von Gewalttätern wirst«, sagte er und griff grob nach ihren Schultern.

»Lass mich los«, sagte sie böse.

»Warum?«

»Weil ich so stinke.«

»Was?«

»Das hast du heute Morgen gesagt.«

»Da hast du nach irgendeinem ekligen Parfüm gerochen.«

Er beugte sich zu ihrem Hals hinunter und sie blieb stehen, um auf das Urteil zu warten.

»Jetzt rieche ich nur milden Milchgeruch«, sagte er.

Seine Hände tasteten über ihre Hüften und sie verspürte wieder dieses Verlangen, aber ihr Verstand kämpfte dagegen an, deswegen schlug sie ihm auf die Hände und sagte kurz angebunden: »Gute Nacht«, und ging zum Haus.

»Ist dein Fenster da oben?«, rief er hinter ihr her.

»Sei bloß still, Mama schläft.«

»Ist es auf der anderen Seite?«

»Mach, dass du wegkommst.«

»Du hast auch noch nicht zu Ende geputzt.«

Auf diese Unverschämtheit antwortete sie nicht, sondern schloss ein wenig besorgt die Tür auf, denn sie befürchtete, dass er einfach eindringen würde. Als sie ins Haus geschlüpft war, stand sie eine Weile im Hausflur und beobachtete ihn durch das kleine Fenster in der Haustür.

Er wirkte in der dämmrigen Augustnacht nachdenklich.

Sie seufzte leise, als hätte sie sich gerade einen Film mit einem traurigen Ende angeschaut. Sie zog die hochhackigen Schuhe aus und hielt sie in der Hand, während sie nach oben ging. Durch einen Spalt in der Tür zum Schlafzimmer ihrer Mutter hörte sie röchelnde und schnaufende Atemzüge, da war wohl vor dem Einschlafen ordentlich was zur Entspannung der Muskeln getan worden.

Kolfinna ging ins Bad, zog das enge Kleid aus und wusch sich gründlich. Ihr war auf einmal weinerlich zumute. Sie schlich sich auf Zehenspitzen ins Schlafzimmer, schloss die Tür leise und machte das Licht an.

Über den Balkon fiel ein Schatten.

Einen Augenblick lang dachte sie daran, nach ihrer Mutter zu rufen, aber der Laut blieb ihr in der Kehle stecken, was im Nachhinein vielleicht auch ganz gut war. Sie hielt sich das Kleid an den Körper, trat etwas näher heran, um festzustellen, ob sie sich das nur eingebildet hatte, aber so war es nicht.

Der Ritter stand in voller Rüstung auf dem Balkon.

Sie rannte zur Glastür, fuchtelte mit dem Arm und flüsterte mit entsetzter Miene so laut sie wagte: »Bist du verrückt geworden?«

Er war vollkommen gelassen, als gäbe es nichts Selbstverständlicheres für ihn, als bei unverheirateten Frauen auf dem Balkon herumzuklettern, er klopfte leicht an die Scheibe und sagte keuchend: »Mach auf.«

Insgeheim konnte sie nicht umhin, den Mann zu bewundern, der weder sich noch seine Sachen geschont und sich an der nicht sehr einladenden Eberesche hochgehangelt hatte, aber die Angst davor, ihre Mutter zu wecken, die im nächsten Zimmer den Schlaf der Gerechten schlief, brachte sie so durcheinander, dass sie mit allen Mitteln versuchte, ihn abzuwimmeln.

Aber damit kam sie bei ihm nicht durch.

»Mach auf, oder ich drück die Scheibe ein«, sagte er immer noch außer Atem, aber doch in einem Ton, den die Balkontür nicht zu dämpfen vermochte.

»Mama kriegt einen Anfall, wenn sie aufwacht«, flüsterte sie. Mit der einen Hand versuchte sie, sich das Kleid vorzuhalten, mit der anderen gestikulierte sie wild.

»Mach auf«, sagte er noch lauter und schickte sich an, den Ellbogen auf das Glas anzusetzen. Sie öffnete einen Spalt und musste die Hand aufs Herz pressen, weil es so heftig klopfte.

»Was willst du?«, flüsterte sie durch den Spalt

Er drückte die Tür auf und schob sich herein: »Rat mal.«

Sie standen mitten im Zimmer und schauten einander an.

Seine Sachen waren bei der Kletterei übel zugerichtet worden. Ein Blatt klebte in seinem Haar. Unwillkürlich streckte sie die Hand aus, um das Blatt zu entfernen, aber er war schneller, packte ihren Oberarm und zog sie an sich. Er beugte sich zu ihr hinab und sie spürte seine Atemzüge an ihrer Stirn.

Er schnupperte an ihr.

Er roch an ihrer Stirn, an Augen, Wangen und Lippen, er sog ihren Duft ein, und dann ließ er seine Zunge so vorsichtig über ihre Lippen gleiten, als sei er auf alles gefasst.

Sie regte sich nicht und hielt immer noch das Kleid wie zum Schutz hoch.

Er griff nach der Hand, schob sie nach unten und zwängte seine Finger unter die Träger ihres BHs, während seine Lippen suchend vom Hals bis zu ihren Brüsten glitten.

Sie versuchte, ruhig zu bleiben, doch ihr Körper brannte.

Das Kleid flog in die Ecke.

Die gleiche Richtung nahmen Blazer und Hemd und endlich konnte sie diese Schultern, Arme, diese Muskeln auf Brust und Rücken streicheln. Sie übersäte ihn mit Küssen und schnupperte an ihm genau wie er an ihr, und spürte diesen Geruch nach frischem Wasser. Sie hatte die ganze Zeit gewusst, dass er so riechen würde. Sie liebkosten sich gegenseitig mit zielstrebigen Händen, die alles entfernten, was im Weg war und dann zog er sie hart und entschlossen an sich, und sie wagte nicht zu atmen, um nicht vor Wonne zu wimmern.

Als sie still nebeneinander in dem sauberen Bett lagen und auf den Wecker lauschten, der in den Morgen hineintickte, hatten sie einander nichts zu sagen, aber ab und zu drückte er sie an sich und küsste ihren Hals.

Sie war so froh, dass sie die Bettwäsche gewechselt hatte.

Er hatte ihr das Gesicht zugewandt und sie beobachtete, wie er einschlief, kämpfte aber selbst gegen den Schlaf an, denn sie hatte so lange davon geträumt, Atemzüge neben sich zu hören.

Sie lauschte bis zum Morgen.

Bei Tagesanbruch, als der Zeitungsjunge kam und auf der Straße ein Auto angelassen wurde, stieß sie ihn leicht an, war aber selbst noch so benommen, dass sie sich kaum rühren konnte.

Mit einem Auge sah sie, wie er sich anzog, und sie betrachtete fasziniert, wie sich dieser gestählte Körper streckte und beugte. Nichts war so schön wie ein Mann, der sich im Morgengrauen anzog.

Er beugte sich zu ihr hinunter und schloss ihre Augen mit einem Kuss. Dann verschwand er auf dem gleichen Weg, auf dem er gekommen war.

Und schlug die Balkontür hinter sich zu.

Übernächtigt und wie gerädert schloss Kolfinna am nächsten Morgen das Haus ab. Obwohl sie sich von der schlaflosen Nacht noch leicht benommen fühlte, war ihr Schritt leicht, als sie sich auf den Weg zu Listalín machte. Diese Leichtigkeit war nicht nur auf die Liebesnacht zurückzuführen, sondern auch auf ein Gespräch mit ihrer Mutter, das am frühen Morgen stattgefunden hatte.

Der Schlaf hatte sie übermannt, nachdem er sich vom Balkon geschwungen hatte, aber nur für kurze Zeit, denn auf einmal stand ihre Mutter in der Tür, sie hatte schon den Mantel an und war auf dem Weg zur Arbeit. Sie erklärte, noch etwas loswerden zu wollen, bevor sie es später womöglich vergessen hätte.

Kolfinna, die nur ganz leicht geschlafen hatte, war innerlich auf

Vorwürfe wegen der nächtlichen Herumtreiberei eingestellt und versuchte deswegen, munter und ausgeschlafen zu wirken.

»Loswerden, was denn?«, hatte sie gefragt.

»Also, da kam nach zehn noch ein Mann hier vorbei, der sah gar nicht so schlecht aus und wollte dich sprechen. Ich habe ihm nur gesagt, du wärst in ein Café gegangen, und dann ist er abgezogen.«

»Wie sah er denn aus, wie alt ist er gewesen?«

»Er war über dreißig, so wie du ungefähr, sehr nett und gut angezogen, das ist wohl dieser Doktor in Makulaturbiologie gewesen.«

»Wie kommst du denn darauf?«, hatte sie gefragt und nur mit Mühe ihre Freude verbergen können.

»Na, weil ich erst dachte, dass es vielleicht der Kerl aus dem Videoverleih war, der dich suchte, und deswegen habe ich ihn gefragt, ob er diesen Kiosk besitzt, aber er hat gesagt, er besitzt keinen Kiosk, und dann habe ich gesagt, ob ich ihn vielleicht fragen darf, was er macht, und er hat gesagt, er sei Biologe. Das war ein ausgesprochen netter Mann und sehr höflich, und deswegen habe ich gedacht, dass es dieser Doktor war.«

Dieses Gespräch war eindeutig nicht so kurz gewesen, wie man vielleicht hätte glauben können. Die letzte Antwort hatte jeglichen Zweifel ausgeräumt, um wen es sich da gehandelt hatte.

»Was für eine Farbe hatte sein Blazer?«

»Dunkelgrün, glaube ich.«

Er hatte nach ihr gefragt. Er war extra zu ihr nach Hause gekommen, um nach ihr, Kolfinna, zu fragen.

»Nach mir!«, sagte sie zu der schwarzen Katze mit den weißen Pfötchen und wies mit dem Finger auf sich selbst.

Die schwarze schien viel munterer zu sein als gewöhnlich, sie strich kreuz und quer durch den Garten, um ihre überschüssige Kraft loszuwerden, aber die silbergraue wirkte deutlich lustloser, und Kolfinna überlegte, ob sie vielleicht trächtig war oder nur sauer wegen der vier Glöckchen, die an ihrem Hals baumelten.

Sie hatte schon mehr als zwei Stunden geputzt und geschrubbt, als die schlaflose Nacht ihr körperlich und seelisch zuzusetzen begann. Dennoch war sie so glücklich und versunken in ihre nächtlichen Erinnerungen, dass sie den Boden in dem kalten Zimmer putzte, ohne sich im Geringsten um die seltsame Atmosphäre zu kümmern. Von Zeit zu Zeit richtete sie sich auf, ließ ihre Gedanken zurück zur Nacht schweifen, und schwelgte in Liebesglück. In einem solchen Moment fiel ihr Blick auf den Kissenbezug, der unter dem weißen Bettüberwurf hervorlugte, und sie sah, dass die Bettwäsche gewechselt worden war.

Seit sie begonnen hatte, in diesem Haus zu putzen, waren es bislang immer die gleichen Bezüge auf Oberbett und Kissen gewesen.

Sie strich gedankenverloren über das weiße Bettzeug, das ein wenig knisterte, betrachtete die Stickerei und die Buchstaben und überlegte, ob die Bettwäsche alle Jahre wieder gewechselt würde. Aber während sie die Bettwäsche betastete, wurde sie so schläfrig, dass sie sich auf das Bett setzen musste, und dort saß sie und starrte auf den Boden, bis sie es nicht mehr aushielt und sich zurücklehnen musste. Das Kreuz an der Wand sah sie nur noch in einem Nebel, und dann konnte sie die Augen nicht mehr offen halten. In dem Dämmerzustand, der dem Schlaf voranging, dachte sie, dass sie Listalín jetzt nicht mehr zu fragen bräuchte, was ein schönes Leben sei, denn jetzt wusste sie es selbst. Im nächsten Augenblick war sie fest eingeschlafen.

Sie träumte, sie wäre tot.

In diesem gleichen Bett lag sie bleich und kalt, und um sie herum standen Leute, deren Gesichter sie nicht erkennen konnte. Dunkelheit umschloss sie, etwas Schweres wurde ihr auf die Brust gesetzt, und ihr kam es so vor, als sänke sie tiefer und tiefer.

Sie wachte schreiend auf und hörte gleichzeitig das Fauchen der Katze, die beleidigt von ihr heruntersprang. Zitternd zwang sie ihren bleischweren Körper auf die Beine, stolperte aber und rutschte aus, als sie zur Tür stürzte.

Schlaftrunken und völlig außer sich nach diesem schlimmen Traum taumelte sie aus dem Haus, wo sie stehen blieb und sich die Hände vors Gesicht hielt, während sie versuchte, wieder zu sich zu kommen. Dann fasste sie sich ein Herz, marschierte zurück ins Haus, stellte Eimer und Schrubber wieder an ihren Platz, griff nach ihrer Jacke und rannte aus dem Haus.

6

Ein Blatt an einer der Ebereschen kämpfte auf Leben und Tod mit dem Wind und wurde überwältigt. Kolfinna beobachtete sein Ende aus dem Bett, und als es zum Himmel gestiegen war, wurde ihr klar, dass der Herbst Einzug gehalten hatte. Der rote Wecker tickte frech und sie zog sich die Decke über den Kopf, um die Geräusche loszuwerden, dachte aber gleichzeitig daran, dass in der Nacht, als Flosi an ihrer Seite gelegen hatte, vom Wecker gar nichts zu hören gewesen war.

Sie spürte immer noch seinen Geruch auf ihrem Kopfkissen.

Unter der Decke lauschte sie intensiv nach anderen Geräuschen. Sie hatte das ganze Wochenende gelauscht. Seit seinem Weggang hatte sie das Telefon schärfstens überwacht. Den ganzen Freitagabend hatte sie in der Nähe des Telefons verbracht. Den ganzen Samstag hatte sie den Apparat angestarrt. Abends hatte sie sich dann zusammen mit ihrer Mutter das tödlich langweilige Fernsehprogramm angeschaut, denn vom Sofa aus war es nur ein Sprung zum Telefon.

Zwei Tage waren seit dieser historischen Begegnung vergangen. Der Ritter hatte nichts von sich hören lassen.

Warum rief der Mann nicht an?

Um ihre Qualen noch zu steigern, begann sie darüber nachzudenken, wie wenige Leute jetzt überhaupt noch anriefen, ihre Freundinnen waren mehr oder weniger aus ihrem Leben verschwunden, und Arbeitskollegen hatte sie keine. Sie riss sich das Oberbett vom Gesicht und warf hasserfüllte Blicke auf die Ebereschen, als hätten die sich gegen sie verschworen.

»Ich lass euch köpfen«, erklärte sie kalt.

Das Bett drüben knarrte vernehmlich und dann vernahm sie wie gewöhnlich den schlurfenden Schritt ihrer Mutter, die auf den Flur hinaustrat. Sie hörte, wie sie die ersten Stufen hinunterging, und da es derzeit ihre Spezialität war, auf Geräusche zu achten, spitzte sie die Ohren, denn ihr kamen die Schritte unsicher vor. Dann polterte und bumste es unten auf der Treppe, sie schoss entsetzt hoch und rannte auf den Flur.

Wie ein kleines Kind im Sandkasten saß ihre Mutter mit gespreizten Beinen unten an der Treppe und massierte sich den Nacken. Kolfinna stürzte die Treppe hinunter und zog sie auf die Beine.

»Man ist ja wie besoffen von diesen Tabletten«, sagte ihre Mutter verstört.

»Was für Tabletten, Mensch, was ist denn eigentlich los?«

»Na, die gegen diese Myositis doch, man wird davon richtig dusslig im Kopf, vor allem wenn man so viel davon nehmen muss wie gestern, wegen der Schultern. So ein blödes Theater, und das ausgerechnet jetzt, wo ich doch um elf Uhr zum Gottesdienst muss.«

Kolfinna war ärgerlich, weil sie beim Trübsalblasen gestört worden war.

»Du musst diese Tabletten absetzen, wenn du damit nicht mehr normal laufen kannst.«

Dann blickte sie starr zum Telefon, für dessen Schweigen sie sich mehr interessierte als für den Gesundheitszustand ihrer Mutter.

»Mein Gott, das kann aber manchmal auch richtig lästig sein, im Gemeinderat zu sitzen«, fuhr ihre Mutter fort, die inzwischen angefangen hatte, Kaffee zu machen. Sie schien wieder völlig fit zu sein und man konnte den Eindruck haben, als sei in diesem Haus nie jemand die Treppe heruntergefallen.

»Dort fehlt einfach jemand, der die Dinge in Angriff nimmt und die Zeit nicht mit leerem Gerede und Blödsinn vergeudet.«

»Fehlt denen nicht bloß jemand zum Backen und so etwas?«, fragte Kolfinna hämisch.

»Nein, die brauchen nicht nur jemand zum Backen, die brauchen jemand, der für die Priester sorgt und die Orgel, aber ansonsten wäre es mir so gesehen auch egal, wenn ich backen müsste, ich habe nichts dagegen, für andere zu backen.«

Diese Freude am Backen war Kolfinna bislang völlig entgangen.

Auf dem Weg nach oben drehte sie sich rasch um, schaute auf das Telefon und zischte leise: »Klingel doch, du verdammtes Ding.«

Das Schweigen des Telefons war erdrückend, trotzdem schob Kolfinna verbissen Wache.

»Ich gehöre zu den vielen Frauen, die ihre Hoffnungen, Träume und die Zukunft an dich knüpfen, du widerliches Biest«, sagte sie montags zum Telefon. Von sich selbst war sie aber noch angewiderter, weil sie bedingungslos und ohne Forderungen ihre Liebe verschenkt hatte. Allerdings war sie sich darüber im Klaren, dass daran ganz allein ihr Körper, der aus monatelangem Winterschlaf erwacht war, schuld war. Sie strafte ihn, indem sie nicht unter die Dusche ging.

Gegen Mittag nahm sie endlich den Hörer hoch, rief an, ließ es kurz klingeln und knallte den Hörer wieder auf die Gabel. Niemand hatte abgehoben, und sie redete sich ein, dass derjenige, der nicht dranging, die Stadt verlassen hatte, um Moose und Flechten zu sammeln. Sie traute sich aber nicht hinunter in die Waschküche vor lauter Angst, den Apparat nicht rechtzeitig zu erreichen, falls er trotz allem einen Laut von sich geben sollte, und noch weniger zum Videoverleih, um sich eine Kassette zu holen.

Sie saß nur da und lauschte.

Ganz entgegen ihrer Gewohnheit war sie froh, als ihre Mutter, schwer beladen mit zwei Einkaufstüten, zurückkam und ohne es zu wissen die Telefonwache übernahm. So konnte sie selbst in die Waschküche gehen und ihre Sachen waschen. Sie musste unbedingt startklar sein und saubere Klamotten parat haben, wenn das Signal gegeben würde.

Sie stopfte die Sachen in die Maschine, stellte das Programm ein und machte sie an, um sich dann einen Augenblick lang auf die Holzkiste zu hocken.

Sie fand, dass sie da unten in der Waschküche so viel Ruhe hatte.

Ihre Habseligkeiten waren bereits ziemlich eingestaubt, aber sie wusste, dass sie sich mit dem Abstauben noch Zeit lassen konnte, denn trautes Heim war ja meist zum Greifen nahe bei Frauen, die einen Liebhaber hatten. Eines war sicher, ihren Küchentisch wollte sie mitnehmen, falls sie zusammenziehen würden. Seiner war so hässlich.

»Und dich nehme ich auch mit«, sagte sie zu ihrer Waschmaschine, die jetzt schon über ein Jahr nicht mehr gebrummt hatte, aber gleichzeitig fing sie an zu überlegen, denn sie konnte sich beim besten Willen nicht daran erinnern, Wäsche oder eine Waschmaschine bei Flosi gesehen zu haben. Sie ärgerte sich über sich selbst, dass ihr so ein wichtiges Detail entgangen war. Wohin brachte er eigentlich seine schmutzige Wäsche? Gab es vielleicht eine Waschküche im Keller? Am nächsten Donnerstag wollte sie der Sache auf den Grund gehen, und nachdem sie sich das vorgenommen hatte, fuhr sie fort, ihren Hausrat zu verplanen und in einer neuen Küche aufzustellen, denn für sie war es völlig ausgeschlossen, dass sie in seiner alten Wohnung zusammenleben würden.

Ihre Vorfreude war so groß, dass sie die Hand nach der alten Blockflöte ausstreckte und ganz leise ein paar Lieder blies, die sie konnte.

Sie machte fast einen Salto mortale als ihre Mutter nach ihr rief, und sauste blitzschnell nach oben zum Telefon, stand dann aber völlig perplex mit dem Hörer in der Hand da. Aus ihm kam nur das übliche Freizeichen.

Ihre Mutter war davon überzeugt, dass sie nicht ganz bei Trost war.

»Man könnte fast denken, dass du einen Anruf erwartest. Ich habe dich doch nur zum Essen gerufen.«

Die Arbeit im Videoverleih wartete auf sie, und weil sie fest davon überzeugt war, dass er genau in dieser Zeit anrufen würde, schärfte sie ihrer Mutter ein, sich alles genau zu merken, was sie ausrichten sollte. Sie gab ihr die Telefonnummer bei der Arbeit und bat sie, das Fernsehen nicht so laut zu stellen, um das Telefon nicht zu überhören. Ihre Mutter hörte sich diese Anweisungen stillschweigend an und schien zu verstehen, um was es ging. Kolfinna rief an diesem

Abend zweimal zu Hause an, um zu erfahren, ob er sich gemeldet hatte, aber als die Antwort negativ war, bestärkte sich ihr Verdacht, dass er irgendwo in den Bergen sein musste. Auf dem Weg nach Hause ging sie an seinem Haus vorbei und schaute zu den Fenstern hoch. Nirgends brannte Licht, und für einen Augenblick schoss ihr durch den Kopf, dass er überhaupt nicht weggefahren sei, sondern dass er dort tot inmitten seiner Bücher läge.

Sie konnte sich aber trotzdem nicht überwinden, nach ihm zu sehen.

Es fiel ihr sehr schwer, am Dienstagmorgen das Telefon zu verlassen, um bei der Sängerin zu putzen.

Wie in Trance stieg sie in die Gefilde des Rosendufts hoch und kam erst wieder zu sich, als sie sich mitten im Wohnzimmer der Sängerin befand. Dort stand sie eine Weile und wusste nicht, was sie mit sich anfangen sollte, so geschwächt war sie nach all dem seelischen Aufruhr, bis sie hinter sich singen hörte: »*Schon eig'nes Leid will mir die Brust zerpressen, dein Gram um mich wird voll das Maß mir messen.*«

Sie schaute abwesend auf die Sängerin.

»Bist du dir darüber im Klaren, dass du den Pullover links angezogen hast, du holde Maid?«, trällerte die Sopranistin temperamentvoll.

Lange Finger strichen ihr über den Rücken.

Diese Berührung ließ Kolfinna augenblicklich wieder zu sich kommen.

»Ich bin irgendwie schlecht dabei«, erklärte Kolfinna und verwendete die Ausdrucksweise ihrer Mutter.

»Kriegst du womöglich eine Erkältung?«, fragte Sigurdís entsetzt und hielt sich die Hand vors Gesicht.

»Nee, bloß dieses Gefühl, wenn man seine Tage kriegt.«

»Ach so, ich weiß Bescheid, die Leiden der Weiblichkeit, wie oft habe ich das nicht auf der Bühne in Schwindel und Blut durchstehen müssen.«

Von der Redseligkeit der Sängerin her zu urteilen war sie momentan ganz obenauf. Kolfinna fiel ein Stein vom Herzen, denn sie hätte im Augenblick keine Kraft gehabt, dem Gejammere anderer Frauen Gehör zu schenken.

»Komm, wir pumpen dich mit Obstsaft voll, das wird dich wieder auf den Damm bringen. Das kannst du auch brauchen, wenn du siehst, wie es in diesem Hort des Gesangs aussieht.«

Kolfinna glaubte das zu sehen. Kissen lagen überall herum, Notenblätter auf allen Tischen, Gläser und Tassen, wohin man auch schaute, tiefe Spuren auf dem daunenweichen Teppich und teure Kleider und Unterwäsche auf jedem Stuhl.

Bei der Diva war es hoch hergegangen.

Kolfinna setzte sich aufs Sofa, trank von dem Saft und sagte: »Hör mal, ich werde wohl bald bei dir aufhören, äh, ich meine, Mathilda wird demnächst hier weitermachen.«

Sigurdís hob die Hände, als hätte sie sich gerade die Nägel lackiert, und konnte ihre Enttäuschung nicht verbergen.

»Aufhören, was meinst du eigentlich? Was für eine Mathilda?«

»Du weißt, das war die, die vor mir hier geputzt hat, ich bin hier nur eingesprungen, erinnerst du dich nicht?«

»Die mit den Kindern?«, sagte Sigurdís und schnappte nach Luft. »Die will ich nicht hier im Haus haben, du putzt hier, Kolfinna, niemand anderes als du, dieser Trampel kommt mir nicht mehr in meine Wohnung, die bringt immer ihre Kinder mit und die fummeln an meinen Sachen herum, das musst du doch verstehen, Kolfinna, nein diese Frau mit ihren Gören kommt mir nicht wieder über die Schwelle, du musst weitermachen.«

Kolfinna fuhr ein Stich durchs Herz, aber sie wusste nicht so recht, warum.

»Mathildas Kinder sind doch immer so artig«, sagte sie langsam und dachte an die Kleinen, die alles Ungemach der Welt mit der Gelassenheit des Alters hingenommen hatten.

Die Sängerin tigerte durchs Wohnzimmer und fuchtelte mit den Armen.

»Ich will keine Kinder in meiner Wohnung, das kommt überhaupt nicht infrage, ich kriege Sodbrennen, wenn ich daran denke, dass diese Blagen durch die Wohnung toben.«

Sie kniete vor Kolfinna nieder und gebärdete sich wie ein Tenor in der Rolle des Liebhabers. Ihr Mienenspiel pendelte zwischen bittend und befehlend.

»Wollen wir nicht mit dem Versteckspiel aufhören, mein Schatz, und du ziehst zu mir. Unsere Herzen schlagen im Takt, hast du das nicht auch gespürt, Kolfinna?«

Nein, Kolfinna hatte nichts dergleichen gespürt, hingegen spürte sie sehr wohl die Hände, die jetzt ihre Schenkel streichelten. Sie starrte in ihr Glas und sagte dann unsicher, dass es wohl am besten sei, mit dem Putzen anzufangen.

»Herrgott nochmal, hör doch auf, übers Putzen zu reden. Reden wir lieber über uns. Du magst mich doch?«

Kolfinna konnte das nicht abstreiten, sie hatte diese Frau immer interessant gefunden, auch wenn von gemeinsamem Herzschlag keine Rede sein konnte. Sie nickte zustimmend, um sie nicht zu beleidigen.

»Denkst du dann das, was ich denke?«

»Was denkst du denn?«

»An uns beide, an uns zusammen.«

»Uns?«, echote Kolfinna und war ziemlich konsterniert. Wovon redete die Sängerin eigentlich? War das wirklich so gemeint, dass sie zusammenleben würden, war sie vielleicht andersherum? Der Verdacht war ihr schon vor einiger Zeit gekommen.

Sie nagte an dem Glas und versuchte, Worte zu finden, die eine so schöne und berühmte Sängerin nicht verletzen würden.

»Ich weiß nicht.«

»Was weißt du nicht? Ob du mich liebst?«

»Sicher liebe ich dich, aber ich liebe nun mal keine Frauen.«

»Das ist richtig, du liebst keine Frauen, du liebst nur mich. Du weißt es bloß noch nicht, aber ich weiß, dass du es magst, wenn ich dich streichele, das habe ich gespürt. Stimmt das nicht?«

»Ja, schon, aber ich wusste nicht, dass du mich so streichelst, äh, ich hab einfach gedacht, dass du nett zu mir sein willst, weißt du, dass du so eine von den Typen bist, die immer andere anfassen und streicheln.«

»Bist du wirklich so ein Dummchen, Kolfinna?«

»Ich dachte, dass du zwei Männer liebst?«

»Selbstverständlich liebe ich sie auch, und ich war abwechselnd mit beiden im Bett. Es ist prima, mit Männern zu schlafen, aber um Himmels willen Kolfinna, wir gehen einem neuen Zeitalter entgegen, alles hat sich geändert, das Geschlecht spielt keine Rolle, wir lieben einfach so, wie es uns jeweils passt, du Dummerchen, und eins kann ich dir sagen, falls du es noch nicht weißt, Frauen sind viel zärtlicher, sie genießen es zu streicheln, soo, zu suchen, zu finden, sooo.«

Die Stimme war heiß und die Hände noch heißer, die nach ihrer nackten Haut suchten. Kolfinna hatte das Gefühl, als würde sie einer rolligen Katze in die Augen blicken.

Sie schob Sigurdís' Hände von ihrem Busen und obwohl es unter diesen Umständen nicht ganz einfach war, war sie gerade noch imstande, höflich aus sich herauszupressen: »Ich bin einfach nicht für so was zu haben.«

Doch die Sängerin schwebte in einer anderen Welt und hörte nicht auf solche Belanglosigkeiten, sondern startete die nächste Attacke. Kolfinna rang nach Atem, sprang wie eine kleine verängstigte Katze mit gespreizten Krallen vom Sofa hoch und stürzte zur Tür. Als sie sah, dass Sigurdís mit ausgebreiteten Armen hinter ihr herschwebte, konnte sie sich nicht beherrschen und rief, während sie die Treppe hinunterrannte: »Ich schrei um Hilfe, wenn du hinter mir herkommst!«

Draußen auf der Straße begriff sie nicht, wie sie auf die Idee gekommen war, so etwas zu sagen.

Zu Hause duschte sie ausgiebig, war aber den ganzen Tag lang noch so in Aufruhr, dass zwei Thriller hintereinander nicht ausreichten, um sie zu beruhigen.

»Man ist ja total geschockt«, sagte sie zum Fernseher.

Immer wieder musste sie an die Sängerin denken, und sie schämte sich ein bisschen, so als sei es ihre Schuld, dass diese Person so durchgedreht war. Dann kam ihr der Gedanke, dass sie womöglich selber durchgedreht war. Aber mit dem Putzen in der Wohnung der begnadeten Sängerin war es jetzt wohl endgültig vorbei und sie bedauerte, dass es so hatte enden müssen. So sympathisch, wie diese Person anfangs gewesen war. Und es war eigentlich angenehm gewesen, bei ihr zu putzen. Sie wusste, dass sie sie vermissen würde. So, wie sie war, wenn sie normal war.

So endet immer alles bei mir, dachte sie wieder und hatte dabei auch Flosi im Sinn. Um ihn daraus zu vertreiben, da sie wirklich schon Probleme genug hatte, versuchte sie, sich auf die Gerichtsverhandlung in dem Film zu konzentrieren, in dem der Held des Mordes angeklagt war, aber anstatt ruhiger zu werden, gingen die Gefühle erst recht mit ihr durch. Sie musste nach oben gehen und sich hinlegen.

Sie erinnerte sich genau, wie er geatmet hatte.

In der Nacht träumte sie aber von der Sängerin und nicht von ihm.

Als sie am Mittwoch durch das Thingholt-Viertel ging, fuhr ihr der Sturm durch die Haare und sie begann, alles klarer zu sehen. Es formte sich der Gedanke, dass Flosi vielleicht nie vorgehabt hatte, sie anzurufen. Sie musste stehen bleiben, so sehr erschütterte sie diese Vermutung. Als die Zweifel überhand nahmen, lief in ihrem Kopf ein Gerichtsverfahren ab.

Hat der Angeklagte gesagt, dass er die Klägerin anrufen wollte?

Nein, das hat er mit keinem Wort erwähnt. Ich dachte bloß, dass es normal sei, dass Männer nach so einer Nacht anrufen, so ist es zumindest in den Filmen, die ich gesehen habe.

Hat der Angeklagte der Klägerin jemals gesagt, dass er sie liebt?

Nein, ich meine nur, der Mann wäre ja wohl nicht mitten in der Nacht auf den Balkon heraufgeklettert, wenn es ihm nicht ernst gewesen wäre.

Hatte die Klägerin den Angeklagten zuvor sexuell gereizt, nacktes Fleisch gezeigt, Miniröcke angehabt, tief ausgeschnittene Kleider getragen oder hatte sie mit ihm geflirtet?

»Shit!«

Sie musste sich an einem Laternenpfahl abstützen.

Sie konnte sich nur mit Mühe vorwärts schleppen. Auf der Treppe vor Ketills Haus versagten ihr die Knie und sie vermochte sich kaum dazu aufzuraffen, hineinzugehen. Lange stand sie mit dem Schlüssel in der Hand vor der Tür und dachte über ihr hoffnungsloses Leben nach. Sie fiel aus allen Wolken, als sich die Tür plötzlich öffnete und sie ins Haus gezogen wurde.

»Ich hatte den Eindruck, als bräuchtest du etwas Unterstützung, um hereinzukommen«, sagte der Rechtsanwalt leise. Er atmete schnell, drückte sie gegen die Wand und sich selbst gegen sie.

Sie kam sich wie die Heldin in einem Film vor, konnte sich aber nicht erinnern, was sie in so einer Situation zu sagen hatte.

Er wartete darauf, dass ihre Lippen sich bewegten, und sie hatte den Verdacht, dass er sie unverzüglich mit seinen Methoden schließen würde.

Eine Weile herrschte Schweigen, aber sein fester Griff um ihre Taille lockerte sich nicht. Er strich ihr mit dem Finger über die Augenbrauen.

»So traurig heute, schöne Frau?«

»Ich habe Bauchschmerzen.«

Er brummte etwas, ließ sie los und fragte, ob sie öfter solche Schmerzen hätte.

Sie gab keine Antwort, da sie keine Lust hatte, weiter zu simulieren, und außerdem fand sie, dass ihn alles, was sie betraf, nichts anging, weil er ihr keine Beachtung geschenkt hatte, als er es hätte tun sollen.

Aber sie ersparte sich diese längeren Erklärungen und ging stattdessen mürrisch in die Waschküche, um die Putzsachen zu holen.

Er blieb ihr dicht auf den Fersen und baute sich perfekt gestylt und nach Aftershave duftend an der Tür auf.

»Wie läuft's sonst so?«

»Wo denn?«

Der Ton brachte ihn ein wenig aus dem Gleichgewicht und er senkte den Blick wie ein verlegener Junge. Es war ihm anzusehen, dass er ganz genau wusste, was er verkehrt gemacht hatte, und dadurch steigerte sich ihr Ärger. So ein intelligenter Mann und Ordnungsfanatiker musste doch gesehen haben, dass jemand an dem bewussten Abend die Weingläser in das Waschbecken gestellt hatte, und das konnte nur sie mit ihrem Schlüssel gewesen sein. Sie bereute es, ihn im Sommer aus den Klauen der Muskelmänner gerettet zu haben. Am besten hätte sie ihn einfach abknallen sollen. Andere hätten das getan. Einfach auf all diese Kerle losgeballert.

»Würdest du mich bitte vorbeilassen«, sagte sie mit dem Eimer in der Hand, und er trat zurück. Sie stolzierte mit den Gerätschaften zur Treppe und erklärte, während sie hinaufstapfte: »Das ist das letzte Mal, dass ich hier putze, in der nächsten Woche kommt Mathilda wieder.«

Noch bevor sie das Badezimmer erreicht hatte, war er an ihrer Seite.

»Bist du unzufrieden mit dem Lohn, Kolfinna? Kein Problem, den erhöhen wir. Ich bin äußerst zufrieden mit deiner Arbeit, und übrigens, ich sollte dir Grüße von den Engländern bestellen, die konnten sich gar nicht mehr einkriegen wegen deiner kalten isländischen Schönheit. Nein, du darfst jetzt nicht aufhören, wir werden noch öfter mit Ausländern essen gehen müssen, und womöglich müssen wir sogar ins Ausland fahren, um einen Gegenbesuch zu machen. Wir haben ja schließlich auch vor, all die berühmten Museen zu besichtigen, nicht wahr? Nein, ich bin nicht daran interessiert, dass hier eine andere Frau herumtanzt, nenn mir nur die Summe.«

Auf so einen Vortrag war sie nicht gefasst gewesen. Sie machte sich heftig am Waschbecken zu schaffen. Dann platzte es aus ihr heraus: »Andere Frauen tanzen aber hier herum und werden das auch in Zukunft tun.«

Einen Augenblick lang war er sprachlos, gewann aber bald die selbstsichere Attitüde des Rechtsanwalts wieder.

»Das kann schon sein, es ist ja auch keineswegs ausgeschlossen, dass ich wieder heirate und meinen Beitrag zum Erhalt der Menschheit leiste. Höchste Zeit für einen Mann in meinem Alter, würden wahrscheinlich einige sagen. In diesem Fall hätte ich aber umso mehr Bedarf für dich, und deine Stellung wäre so gesehen unverändert, vielleicht mit sogar noch mehr Verantwortung und noch mehr Aufgaben, aber wie ich gesagt habe, es steht dem nichts im Wege, deinen Lohn zu erhöhen, und zwar schleunigst.«

Er lächelte wie ein Filmstar und seine Zähne glänzten im Licht der Badezimmerbeleuchtung.

Vor Unsicherheit hielt sie sich den Bauch, denn ihr war immer noch nicht klar, was für eine Stellung sie hatte.

»Geht es dir nicht gut?«, schnurrte er wie ein zufriedener Kater. »Ich selbst habe manchmal auch solche Schmerzen, bevor ich in eine schwierige Gerichtsverhandlung gehe. Aber egal, vergessen wir diese Martina oder Mathilda, sie muss einfach woanders putzen gehen.«

Sie wrang den Aufnehmer aus, als würde sie einem Vogel den Hals umdrehen, unterdrückte einen Hustenanfall und erklärte: »Putzen ist nicht mein Beruf, falls du nichts dagegen hast, ich habe meine Freundin Mathilda nur vertreten, sie macht ihre Sache sehr gut und wird nächste Woche wieder übernehmen.«

Seine Zähne glänzten nicht mehr.

Er trat zu ihr hin und nahm ihre Hand vom Wasserhahn.

»Sie ist so gewöhnlich«, sagte er in sanftem Ton und drückte leicht ihre Hand. »In diesem Haus sind seit jeher bedeutende Menschen ein und aus gegangen, Pioniere des Geistes, die ihre Verantwortung kannten und an das gemeinschaftliche Wirken der unterschiedlichen Gesellschaftsklassen glaubten, an den Aufbau der Republik. Sie haben die arme und ungebildete Nation in die wirtschaftliche Unabhängigkeit geführt, wo alle das gleiche Recht auf Ausbildung und Arbeit haben. Deswegen haben in diesem Haus, gleichgültig ob Hausherren oder Bedienstete, nur solche Frauen und Männer etwas zu suchen, die Respekt vor der Geschichte haben, die diese isländische Noblesse besitzen, diesen Stolz, der einer historisch bedeutenden Nation geziemt, dieses helle Erscheinungsbild, das keine andere Nation in Europa aufzuweisen hat. Und du meine Liebe, du stehst für all das, deswegen wünsche ich, dass du dieses bedeutende Haus hütest und rein hältst bis in die hintersten Ecken und Winkel.«

Während er diese Rede im Namen der Pioniere vom Stapel ließ, hatte er seine Hände über ihren Po gleiten lassen, allem Anschein nach, um seinen Worten Nachdruck zu verleihen. Sie war noch nie mit dem Plädoyer eines Rechtsanwalts konfrontiert gewesen und war deswegen zunächst nicht imstande, sich zur Wehr zu setzen. Aber als er seinen Bauch gegen ihren presste, sodass sie seine Männlichkeit spürte, kam ihr derart die Wut, dass ihr der Kopf zu zerspringen drohte.

»Für was hältst du mich eigentlich?«, schrie sie und versuchte sich zu befreien, aber er lockerte seinen Griff nicht. Sie trat und schlug nach ihm, was aber beides nichts nützte, sondern ihn sogar eher zu erheitern schien. Deswegen nahm sie den nassen Aufnehmer und klatschte ihm den ins Gesicht, das sich vor Ekel verzerrte. Sie nutzte diesen Augenblick der Unaufmerksamkeit und riss sich los. Bevor sie die Flucht ergriff, sah sie für einen Moment das wilde Tier in seinem Blick, und sie wusste, dass sie sich glücklich preisen konnte, wenn sie heil aus dem Haus käme. Sie hatte einen Vorsprung und rannte, so schnell sie konnte, verkniff es sich aber trotzdem nicht, ihm über die Schulter zuzuschreien: »Ich zeige dich an wegen sexueller Belästigung, wenn du mich nicht in Ruhe lässt!«

Er machte keinen Versuch, sie zu verfolgen.

Sie entkam aus dem Haus und als sie ein paar Meter gerannt war, verfiel sie in ein normales Tempo.

Ihr Herz klopfte wild.

Da stimmte etwas nicht.

Mit ihr stimmte etwas nicht.

Zum zweiten Mal in derselben Woche war sie mit jemandem aneinander geraten.

Und das ausgerechnet mit den Menschen, die ihr so imponiert hatten.

Hatte bei ihnen alles auf den Kopf gestellt.

Mathilda würde ausflippen, wenn sie das erführe, ihr passierte nie so etwas.

Ein Unglück kommt selten allein, sagte ihre Mutter manchmal. Sie behauptete, dass der Stein, wenn er einmal ins Rollen gekommen war, alles Mögliche nach sich ziehen würde, und zum Beweis führte sie die berüchtigten Katastrophenjahre in der isländischen Geschichte an.

Dies hier musste ihr persönliches Katastrophenjahr sein.

Sie keuchte und japste wie eine Herzkranke, als sie bei ihrer

Freundin die Tür aufriss und in die Küche schrie: »Nächste Woche übernimmst du wieder, Mathilda, ich habe nicht die geringste Veranlagung zur Putzfrau, Telefondienst, das liegt mir, und jetzt werde ich feststellen, ob nicht irgendjemand in der Stadt nach genauso einer Frau wie mir sucht.«

Dann knallte sie der wütenden Mathilda die Tür vor der Nase zu und schaute sich nicht einmal um, obwohl sie die ganze Straße entlang hinter ihr herschrie.

Völlig aufgelöst ging sie zum Büro der Arbeitsvermittlung und stieß zum zweiten Mal eine Tür geräuschvoll auf, denn jetzt musste sie ihre Aggressionen loswerden und es war ihr vollkommen egal, was die Leute von ihr dachten. Aber als sie vor der Frau stand, die die Namen aufschrieb und die Bewerbungen weiterleitete, eine ausgeglichene Frau Mitte dreißig, die sie mitleidig anschaute, zersprang eine Saite in ihr, ihr kamen die Tränen und sie stieß stöhnend hervor: »Das ist das letzte Mal, dass ich hierher komme, ich bin jetzt ein ganzes Jahr arbeitslos gewesen, und ich muss schon sagen, ich finde, dass es an der Zeit ist, dass ihr endlich mal was für mich tut. Ich hab um nichts weiter gebeten, als dass ihr mir einen Telefonjob besorgt, und wenn das wirklich so schwierig ist, dann könnt ihr eigentlich einpacken und diesen Schuppen hier dicht machen.«

Die Frau starrte sie unbeweglich an.

Kolfinna beugte sich über den Tisch zu ihr hinüber.

»Ich muss auch noch meine alte Mutter versorgen«, heulte sie.

Die Frau holte hörbar Luft und begann, in Papieren zu wühlen und den Computer hektisch zu bearbeiten.

»Hör zu, ich tue ja, was ich kann, ich weiß ganz genau, wie es ist, wenn man als Einzige im Haushalt Geld verdient. Weißt du, der Arbeitsmarkt hat sich inzwischen sehr erholt, die Rezession ist mehr oder weniger vorbei und die Wirtschaft kommt wieder voll in Fahrt. Ich kann dir so gut wie versprechen, dass du um die Monatswende Arbeit in einer Telefonzentrale bekommst, hattest du nicht diese angenehme Telefonstimme?«

»Eine lächelnde Stimme, die beste Telefonstimme in der ganzen Stadt«, schluchzte Kolfinna.

Sie hatte völlig die Nerven verloren. Die Frau, die wegen der Reaktion ihrer Kundin wie auf Kohlen saß, versicherte ihr noch einmal, dass sie im nächsten Monat ganz sicher eine feste Arbeit bekommen würde. Wenn Kolfinna geahnt hätte, wie wirkungsvoll es ist, Leuten etwas vorzuheulen, hätte sie in schicksalhaften Momenten sicher schon mal öfter die Schleusen geöffnet.

Sie hatte sich wieder einigermaßen gefangen, als sie durchs Thingholt-Viertel zurückging, trotz der sexuellen Belästigungen, denen sie zwei Tage hintereinander ausgesetzt gewesen war, trotz der unerträglichen Zurückweisung des Mannes, dem sie sich hingegeben hatte. Aber diese psychische Belastung hatte sie an den Rand der Erschöpfung gebracht, es kam ihr so vor, als habe der größte Teil ihres Lebens aus lauter Zerreißproben bestanden. Es bedurfte einer Kraftanstrengung, den Kessel auf den Herd zu stellen, als sie nach Hause gekommen war. Die Stunden des Alleinseins waren nicht einfach, denn dann stellten sich diese bohrenden Gedanken und Erinnerungen ein, und sie wollte um jeden Preis die verzweifelte Situation vermeiden, wieder in diesen Strudel von Gefühlen hineingerissen zu werden, der keine Frage beantwortete, sondern nur hundert neue aufwarf. Sie ging nach oben und holte ihr Sparbuch. Damit setzte sie sich an den Küchentisch und betrachtete es eingehend, solange das Wasser heiß wurde.

Hunderttausend Kronen hatte sie gespart, indem sie sich nie etwas kaufte, nie ausging, nicht am Leben teilnahm. Auf dieses Sparbuch hatte sie den Lohn für ihren Abendjob einbezahlt und zehn Prozent von dem, was sie für die Arbeit tagsüber bekam, wie ihr rechtskundige Experten seinerzeit geraten hatten. Aber das reichte nicht, um eine Anzahlung auf eine Wohnung zu machen.

Wie sie sich danach sehnte, eine eigene Wohnung zu besitzen.

Sie schloss in der warmen Küche ihre Augen und stellte im Geiste alles, was sie besaß, in der kleinen Wohnung auf, die sie sich kaufen wollte, sie nähte Gardinen, Kissen und Tischdecken. Sie hatte angefangen, Blumen von diversen Ablegern hochzuziehen, als so heftig an der Tür gehämmert wurde, dass ihr das Sparbuch aus der Hand fiel.

Draußen stand Mathilda, umringt von ihrer Kinderschar, und sah wie ein Trollweib aus, ungekämmt und schlampig gekleidet. Sie verschaffte sich lärmend und polternd Zutritt und machte ein solches Affentheater, dass Kolfinna stolperte, als sie ihr und dem Kinderpulk Platz machen wollte.

Mathilda redete nicht um den heißen Brei herum.

»Du dämliche privilegierte hochnäsige Zicke, denkst du vielleicht, du könntest einfach so bei mir reinschneien, mir einen vorjaulen, und dann einfach abhauen? Ich habe so langsam die Schnauze gestrichen voll von solchen abgefuckten Typen wie dir, das will ich dir sagen!«

Sie warf das Baby aufs Sofa, riss sich den zerknitterten Mantel herunter und stemmte die Hände in die Hüften.

Die Schlacht hatte gerade erst begonnen.

Kolfinna wurde es mulmig.

»Ich hab doch bloß gesagt, dass ich nicht mehr für dich putze«, sagte sie leise.

»Für mich putzen! Jetzt hör mir aber mal zu, meine Liebe, ich hab dir diese Arbeit verschafft, als du hier tagaus, tagein rumgehangen hast wie das heulende Elend. Du hättest dich ein bisschen anders bei mir aufführen können, ich steh nicht auf so ein Benehmen, sorry. Du hättest anklopfen und abwarten können, bis ich zur Tür gekommen wäre, das hättest du bestimmt bei diesen versnobten Typen getan, um die du die ganze Zeit herumscharwenzelst, du kannst zu mir genauso höflich sein wie zu denen, oder bist du vielleicht zu niemandem höflich außer zu denen, die sich genau wie du nur um ihren eigenen Scheiß kümmern? Aber eins will ich dir sagen, ich steh viel mehr meinen Mann als dieses ganze Pack und ich trage viel mehr Verantwortung, denn ich ziehe meine drei Kinder ganz allein und ohne Hilfe auf und hab die ganze Scheißgesellschaft gegen mich und muss drei Kinder von diesem lumpigen Geld durchbringen, das die mir zuteilen. Wir spachteln immer nur Nudeln und sonstigen Junk, meine Klamotten kaufe ich auf dem Flohmarkt, ich muss den Bus nehmen, wenn ich mal aus diesem Viertel rauskommen will, und die einzige Abwechslung, die ich habe, ist das Scheißfernsehen, für das man auch noch bezahlen muss, bezahlen, bezahlen, ich muss alles bis auf die letzte Krone bezahlen, während dieses Bankdirektorenpack sich den Arsch mit Geldscheinen abputzen kann in diesem verdammten Land, wo normale Leute sich krumm schuften und es sich trotzdem nicht leisten können, zum Zahnarzt zu gehen, wo junge Leute sich kein Dach über dem Kopf leisten können, ohne eine Hypothek auf das Haus ihrer Eltern aufzunehmen, wo Vermieter einen rauswerfen können, wann es ihnen passt, wo einem in der Schule Gedichte eingetrichtert werden, statt dass sie einem beibringen, wie man seine Steuererklärung ausfüllt und einem erklären, was ein Wechsel ist oder ein Pfandbrief und ein Tarifindex, damit man nicht ständig angeschmiert wird, weil man den ganzen Quatsch nicht kapiert, und ne Ausbildung kann man auch nicht machen, ohne vor dem Bankdirektorenpack im Staub zu kriechen. Ich habe die Schnauze voll von diesem gefühllosen System, wo ich allen scheißegal bin, und dann kommst du verwöhnte Ziege daher, liegst mit über dreißig immer noch deiner Mutter auf der Tasche und jaulst mir einen vor von: ›Ich hör auf zu putzen‹, oder wie war das noch neulich: ›Sollten wir nicht was lernen, Mathilda?‹ Du kannst von mir aus alle verdammten Bücher dieser Welt lesen, Kolfinna, aber davon werden ich und meine Kinder nicht satt.«

Das Kleinste fing laut an zu brüllen, während die älteren Kinder unter den Küchentisch krochen.

Solange sich Mathildas Tiraden um die Ungerechtigkeit der Gesellschaft drehten, waren sie zu ertragen, aber wenn sie sich gegen Kolfinna richteten, die sich keiner Schuld bewusst war, fand sie nicht, dass sie sich das bieten lassen musste.

»Es ist besser, was zu lernen, als die ganze Stadt abzuklappern und den Dreck von anderen wegzumachen und sich dabei anhören zu müssen, wie prollig man ist und dass man nicht in feine Häuser passt.«

»Halt die Klappe!«, schrie Mathilda ihren kleinen Sohn an und wandte sich dann wieder Kolfinna zu: »Wer hat gesagt, dass ich prollig bin?«

Kolfinna erzählte ihr das, ohne es im Geringsten zu beschönigen.

Mathildas Stimmkraft hatte Spitzenwerte erreicht, denn die Akustik im Haus ließ zu wünschen übrig.

»Sorry! Falls ich ein Trampel bin und prollig, dann gilt das Gleiche für dich, du Schlampe. Okay, meine Mutter ist eine Säuferin und hat nie Geld gehabt und hat sich auch nie für mich interessiert, und deswegen bin ich eben ein Trampel und Proll, okay, aber deine Mutter ist keinen Deut besser, denn sie hätte dir alles geben und dich fördern können in der Schule, aber das hat sie nicht gemacht, und weil unsere Mütter so lousy sind, werden wir nie was werden. Sorry, meine Liebe, so ist das leider. Und lass mich gefälligst in Frieden, ich finde solche überspannten und hysterischen Typen wie dich einfach unerträglich!«

Sie riss das Baby an sich, aber in dem Augenblick fiel ihr Blick auf jemanden in der Küche, der eigentlich nicht da sein sollte und wie angenagelt dastand. Kolfinna ging nach vorn. Ihre Mutter war in der Küche, und Haltung und Miene ließen darauf schließen, dass sie schon eine ganze Weile dort gestanden hatte.

Nieselregen legte sich am Abend über die Häuser und verschluckte alle Geräusche von draußen. Das Schweigen drinnen war deswegen erdrückend. Ihre Mutter war völlig daneben, seit Mathilda gegangen war, und es hatte fast den Anschein, als gäbe sie Kolfinna die Schuld an den Worten, die im Wohnzimmer gefallen waren. Alle Verrichtungen waren seitdem schweigend vor sich gegangen, Essen, Aufräumen und all die Handreichungen, die mit dem Abendessen verbunden waren. Zur gegebenen Zeit wurde der Fernseher eingeschaltet, der vor sich hin lief, obwohl das Interesse der Zuschauer sich in Grenzen hielt. Dreimal hatte Kolfinna sich geräuspert und aufs Geratewohl nach irgendetwas Alltäglichem gefragt, was zu einem Gespräch hätte führen können, hatte aber jedes Mal nur ein kurzes Brummen zur Antwort bekommen.

Das Nieselwetter hatte sich irgendwie ins Haus geschlichen.

Kolfinna konnte sich nicht erinnern, ihre Mutter jemals so in Gedanken versunken erlebt zu haben, und dieses ungewohnte Verhalten brachte sie etwas aus dem Gleichgewicht. Mathildas Wutausbruch hatte hingegen kaum Wirkung auf sie selbst gehabt, sie war einiges von ihrer Freundin gewöhnt und hatte schon seit langem aufgehört, sich wegen ihrer drastischen Wortwahl aufzuregen, aber ihre Mutter war offensichtlich eine solche Ausdrucksweise nicht gewohnt. Tagsüber hatte Kolfinna noch gefunden, dass ihrer Mutter Recht geschehen war, aber später am Abend, als es kalt geworden war im Haus, hatte sie sogar angefangen, Mitleid mit ihr zu haben. Ihre Gedanken kreisten trotzdem nicht um die beiden Frauen, sondern um den morgigen Tag.

Sie musste noch einmal zum Putzen zu Flosi.

Obwohl in den anderen Häusern ihre Arbeit chaotisch geendet hatte, wollte sie zu ihm gehen. Zum letzten Mal. Sie konnte einfach nicht anders.

Deswegen galt es, sich gut auf den morgigen Tag vorzubereiten, und während sie ein paar hübsche Sachen zurechtlegte, die sie zum Putzen anziehen wollte, dachte sie sich ein paar gezielte Sätze aus und hatte bis zum Schlafengehen sieben oder acht parat, die einigermaßen schlagfertig klangen.

Ihre Mutter kam nach oben geschlurft und etwas später schaute Kolfinna auf dem Weg ins Bad durch den Türspalt zu ihrer Mutter hinein und sah sie auf dem Bett sitzen. Sie trug ein knielanges Nachthemd und hatte sich eine Strickjacke um die Schultern gelegt. Die Nachttischlampe beleuchtete ihr zerquältes Gesicht und die unordentlichen Locken, die einmal rot gewesen waren. Ihr Rücken war krumm, und in der Hand, die kraftlos in ihrem Schoß lag, hielt sie ein offenes Pillenglas. Auf dem Nachttisch stand ein Glas Wasser, und sie starrte darauf, als wäre es ihr Lebenselixier.

Kolfinna hatte das Gefühl, als wäre sie versehentlich in eine Welt eingedrungen, die sie nichts anging, deswegen schlich sie sich zu ihrem Zimmer und machte die Tür ganz leise hinter sich zu.

Keine von ihnen wünschte der anderen eine gute Nacht.

Aber mitten in der Nacht, als Winde den Nieselregen weggeblasen hatten und Kolfinna sich abwechselnd herumwälzte, einnickte und wieder hochschreckte, sah sie eine Frau in ihr Zimmer kommen.

Sie glaubte, sie hätte Halluzinationen und lag wie gelähmt da.

Im Dämmerlicht sah sie, dass es ihre Mutter war.

Sie schwankte, als sei sie betrunken.

Die Strickweste hielt sie vor der Brust zusammen, wie eine Frau, der kalt ist. Sie setzte sich vornübergebeugt auf Kolfinnas Bett und redete vor sich hin, als sei es ihr gleichgültig, ob ihr jemand zuhörte.

»Wenn man davon träumt, etwas zu werden, was man dann nie wird, vergisst man an die zu denken, die einem am nächsten stehen. Ich habe vergessen, an dich zu denken. Ich hätte dir so viel geben und so viel für dich tun können, aber ich habe es nicht getan, nur weil mein Traum nie in Erfüllung gegangen ist. Ich habe alles falsch gemacht. Ich habe den Mann von mir gestoßen, den ich liebte und heiratete einen alten Mann, der eine Schreinerei besaß, weil ich glaubte, dass er meine Träume erfüllen könnte, aber stattdessen machte er Pleite und wurde schwer krank. Ich war so beschäftigt mit meinen Enttäuschungen, dass ich vergessen habe, dich vernünftig großzuziehen. Ich habe kaum was mit dir unternommen, als du ein kleines Mädchen warst, ich habe dir abends nie etwas vorgelesen und habe nur ganz selten mal deine Zeichnungen und deine schöne Schrift bewundert. Ich hätte ganz gut noch mehr arbeiten können, als du im Gymnasium warst, um dir etwas Schönes zum Anziehen kaufen zu können, damit du nicht von der Schule gemusst hättest, und ich hätte dir auch gut etwas mehr Bestätigung geben können. Und als du dann mit diesem Sævar zusammengezogen bist, der ja alles versoffen hat, da hätte ich ganz gut etwas zu deinem Haushalt beisteuern können. Aber es war so komisch, als du aus dem Haus warst, da erst habe ich plötzlich gespürt, wie schlimm es war, dich nicht mehr bei mir zu haben, aber ich habe mich nicht getraut, dir näher zu kommen, denn ich ging davon aus, dass du mich durchschaut hättest nach all den schlimmen Jahren mit mir und nichts mehr mit mir zu tun haben wolltest. Ja, deine Freundin hat heute wirklich die Wahrheit gesagt, obwohl sie nicht viele Worte gemacht hat. Es wäre vielleicht zu entschuldigen gewesen, wenn ich getrunken hätte. Aber so bin ich bloß als Hilfsköchin in einer Kantine geendet, und damit geschah mir Recht. Mein ganzes Leben ist von vorn bis hinten ein einziger Blödsinn gewesen.«

»Was für Träume hast du gehabt, Mama?«, wagte Kolfinna nach diesem langen nächtlichen Geständnis zu fragen. Es kam ihr fast so vor, als seien sie beide im Jenseits oder an einem anderen zeitlosen Ort gelandet.

»Ach, das war eigentlich nichts Besonderes, ich wäre bloß so gern eine feine Dame gewesen, eigentlich nichts anderes. Ich habe ganz einfach zu viele Hollywood-Filme gesehen. Früher ging man ständig ins Kino. Ich wollte so gern ein schönes Haus mit vielen Zimmern haben und mir dort eine große Schneiderei einrichten. Ich wollte Modeschneiderin werden, die beste und tollste in der ganzen Stadt. Ich war sehr geschickt mit Handarbeiten, ich habe wunderschöne Ballkleider für meine Freundinnen genäht und dazu nur einen Tag gebraucht, und Trachten für meine kleinen Nichten. Ja, ich habe mich immer als reiche und berühmte Modeschneiderin gesehen. Aber wie schrecklich kalt ist es hier in deinem Zimmer, meine Beine sind wie aus Eis.«

»Du kannst dich bei mir im Bett aufwärmen«, flüsterte Kolfinna.

»Ja, ich glaube, das tu ich, in diesem Haus ist es eigentlich nie richtig warm gewesen. Dein Vater war schon so schwer krank, als die Reparaturen anfielen, ja, das ist viel besser, dein Bett ist schön warm. Ach, und dann ging die Firma Pleite, da musste ich dann den ganzen Tag arbeiten gehen und mich außerdem um deinen kranken Vater kümmern. Hätte ich doch bloß den Jüngeren genommen, aus ihm ist mehr geworden. Dieser junge Mann, der da neulich abends nach dir gefragt hat, dieser Doktor oder was er ist, er hat mir richtig gut gefallen, der sah mir nach was aus, und er hatte so einen klaren Blick, ich finde, du solltest versuchen, ihn zu halten. Aber vielleicht wäre es am besten, wenn du erst noch etwas lernen würdest, damit du ihm ebenbürtig bist, so ist das heutzutage. Warum gehst du nicht in die Abendschule und machst das Abitur, und dann kannst du weitersehen. Putzt du noch immer bei ihm? Wann gehst du das nächste Mal zu ihm?«

»Morgen früh.«

»Das passt ja gut. Ich denke, ich werde mich morgen etwas ausruhen, ich hab dem Koch gestern gesagt, dass ich mich so schlapp fühle, ich glaube das sind die Tabletten, die mir so zusetzen, es ist, als hätte man ständig einen in der Krone, aber zumindest sind die Muskelschmerzen viel besser. Mein Gott, hier in deinem Bett wird man so schläfrig. Ja, meine liebe Kolfinna, ich will dich gern dabei unterstützen, etwas zu lernen, wenn du willst, du bist doch ein so gutes Mädchen. Du bist meine Tochter.«

Kolfinna wurde auch schläfrig und sehnte sich danach sich zusammenzurollen und in die Arme ihrer Mutter zu kuscheln, aber sie traute sich nicht. Sie lag nur reglos auf dem Rücken und genoss die Wärme, die sie spürte, wenn ihre Schultern sich berührten. Der rote Wecker tickte einschläfernd und die Atemzüge ihrer Mutter wurden langsamer und schwerer. Sie hätte ihr so gern gesagt, wie lieb sie sie hatte, wollte sie aber nicht wecken und beschloss, das auf morgen zu verschieben.

Als sie erwachte, hörte sie aber keine Atemzüge. Ihre Mutter musste gegen Morgen in ihr eigenes Zimmer gegangen sein, als sie in tiefen Träumen lag.

Dann kamen ihr Zweifel. Ob sie vielleicht nur geträumt hatte, dass ihre Mutter zu ihr ins Bett gekommen war, es war doch eigentlich sehr unwahrscheinlich, dass sie sich zu anderen ins Bett legen würde. Als sie sich schon fast sicher war, dass es nur einer von diesen wirren Träumen gewesen war, sah sie die Pantoffeln vor ihrem Bett.

Die Tür zum Zimmer ihrer Mutter war angelehnt, und sie öffnete sie ganz vorsichtig und schaute ins Zimmer. Ihre Mutter lag mit dem Gesicht zur Wand. Sie wollte wissen, ob sie schlief, ob ihr etwas fehlte, ob sie ihr etwas holen sollte, bevor sie putzen ging, deswegen ging sie zum Bett und beugte sich darüber, um das Gesicht ihrer Mutter zu sehen.

Ihre Mutter schlief sanft mit halb geöffnetem Mund, als würde sie im Traum etwas Merkwürdiges anstaunen.

Sie berührte ihren Körper leicht mit der Hand und spürte, wie er sich hob und senkte, ruhig und regelmäßig. Sie hätte sie so gerne gestreichelt, aber sie unterließ es, um ihre Mutter nicht zu wecken. Aber sie schlich in ihr Zimmer, holte die Pantoffeln und stellte sie vor das Bett.

Anschließend schlich sie sich mäuschenstill aus dem Haus und schloss die Haustür so leise, dass sie selber nicht hörte, wie sie zuging.

Der Wind trieb sich missmutig in der Stadt herum und wusste nicht, ob er von Westen oder Osten wehen sollte. Kolfinna hingegen wusste präzise, in welche Richtung es ging, und ihr war so leicht ums Herz, dass sie Flügel zu haben glaubte. Sie wäre am liebsten gerannt, nicht weil sie sich so sehr darauf freute, in Flosis Haus zu kommen, sondern wegen eines Glücksgefühls, das unaufhaltsam den Tiefen ihrer Seele entströmte. Sie hielt einen Augenblick bei einem alten Haus inne und überlegte, ob sich die Leute so fühlten, wenn sie glücklich waren.

So war ihr zumute, als sie die Tür bei Flosi öffnete. Die intensiv geübten Sätze hatte sie längst wieder vergessen, denn die würde sie auch gar nicht brauchen, weil sie sich so sicher fühlte.

Zeitungen und Post häuften sich zu ihren Füßen. Er war also längere Zeit nicht zu Hause gewesen.

Trotzdem blieb sie in der Diele stehen. Sie befürchtete, auf etwas Unangenehmes zu stoßen, wenn sie hineinging. Sie horchte auf Geräusche, während sie um sich blickte und hustete dann, um sich bemerkbar zu machen.

Darauf erfolgte keine Reaktion, wie auch nicht anders zu erwarten. Dann raffte sie sich auf und betrat die Wohnung. Sie stieß die angelehnten Türen auf, blickte abschätzig nach rechts und links, auf Spüle, Bett und Tisch und öffnete dann die Tür zur Bibliothek, ohne anzuklopfen.

Sie starrte auf seinen leeren Stuhl.

Sie blieb so lange wie angewurzelt stehen, bis ihr die Knie wehtaten. In ihrer grenzenlosen Enttäuschung sank sie aufs Sofa nieder. Und wie froh war sie gewesen, als sie vorhin die Wohnung betreten hatte.

Das schwarze Telefon stand seelenruhig auf dem Fensterbrett.

»Kaum zu glauben, wie alle Welt mich vergessen hat«, sagte sie zu ihm. »Aber natürlich ruft ein Mann nicht an, wenn er sich nicht an einen erinnert. Und du kannst nicht mal kaputt sein, du dämlicher Apparat.«

Die schlechte Laune verlieh ihr die Kraft, die sie brauchte, um sich ans Putzen zu machen. Aber als sie wie wild gestaubsaugt, die Bücher in den untersten Regalen abgeklopft, Chlor in die Toilette geschüttet und beinahe die Emaille von der Badewanne abgescheuert hatte, wurde ihr allmählich klar, dass niemand in dieser Wohnung gewesen war, seit sie das letzte Mal geputzt hatte.

Er war also offensichtlich in die Berge gegangen.

In der Hoffnung, irgendeinen Hinweis darauf zu finden, dass er sie nicht vergessen hatte, ging sie ins Schlafzimmer. Sein Jackett hing auf einer Stuhllehne. Dieses Jackett war bei ihr zu Hause gewesen. Sie fasste es nicht an, weil sie wusste, dass das ihre Qualen noch steigern würde. Er war also nicht mit diesem Jackett losgefahren. Falls sie von Anfang an auf seine Garderobe geachtet hätte wie bei den anderen, bei denen sie putzte, hätte sie sich jetzt eine Vorstellung davon machen können, wohin er gefahren war. Aber sie hatte nur ein einziges Mal in die Schränke hineingeschaut und sich kein zweites Mal dazu überwinden können.

Sein Bett sagte ihr gar nichts, es war nach allen Regeln der Kunst gemacht, das Oberbett über dem Kopfkissen. Mehr konnte man von einem Mann wie Flosi nicht verlangen. Sie sah ihn im Geiste vor sich und das tat weh. Dieser schöne Körper, und dieser Blick.

Sie setzte sich aufs Bett, und bevor sie sich versah, war sie umgesunken und hatte ihr Gesicht in seinem Kopfkissen vergraben. Lag da mit geschlossenen Augen und roch an seinem Kissen.

Sie wachte von ihrem eigenen Schnarchen auf.

Da hatte sie anderthalb Stunden geschlafen. Der Traum ging ihr immer noch im Kopf herum und sie traute sich kaum, sich zu bewegen, aus Angst, ihn nicht mehr rechtzeitig zu fassen zu bekommen. Wieder war sie in einem Haus gewesen. Diesmal in einem Neubau mit einem engen Korridor und allen möglichen Ecken und Winkeln, und oben im Dachgeschoss war sie aus einem Zimmer in einen richtigen Saal voller prächtiger Kleider gelangt. Noch nie hatte sie so eine tolle Kleidersammlung gesehen. Die Kleider hatten auf sie gewartet, und deswegen war sie immer noch glücklich, als sie erwachte. Sie spulte den Traum wieder und wieder vor ihrem inneren Auge ab, und dabei fielen ihr die Worte von Listalín ein, die sie ihr vor langer Zeit gesagt hatte: »Du wirst ein schönes Leben haben, weil du von so einem Haus geträumt hast.«

Für einen Augenblick spürte sie, wie das Glück über sie hereinbrach wie ein Regenschauer nach langer Trockenzeit.

Aber dann war Schluss mit dem Regen. Sie wurde von Unruhe erfasst. Ihr wurde elend, ihr Magen krampfte sich zusammen, ihr brach am ganzen Körper der Schweiß aus, sie musste sich aufsetzen.

In diesem Augenblick war etwas geschehen.

Sie musste an die frische Luft. Musste nach Hause.

Sie machte die Tür hinter sich zu und glaubte, dass sie sich draußen in dem frischen Wind wieder fangen würde, aber je näher sie ihrem Haus kam, desto elender fühlte sie sich. Als wäre die schlimmste Grippe im Anzug. Als sie daheim die Hand auf die Klinke legte, zitterte sie am ganzen Körper und wusste im gleichen Augenblick, dass dieses Unwohlsein mit ihrem Zuhause zu tun hatte.

Zuerst kam es ihr so vor, als schliefe das Haus, aber dann spürte sie instinktiv, dass hier jemand anderes als der Schlaf eingekehrt war.

Es war ein anderer Geruch im Haus.

Das Schweigen war kalt und lähmend.

Hinter diesem kalten Schweigen verspürte sie einen Schmerz und sie fasste sich an die Brust, da sie das Bedürfnis verspürte, sich zu bekreuzigen.

Die Treppe nach oben harrte ihrer drohend.

Es knarrte bei jedem Tritt, als sie Stufe für Stufe hinaufging. Mitten auf der Treppe blieb sie stehen und lauschte auf die Atemzüge ihrer Mutter. Sie hörte nichts als das Sausen in den eigenen Ohren. Hielt vor der Tür inne. Dann stieß sie sie auf.

Das grelle Tageslicht beleuchtete die Stelle, an der ihre Mutter zusammengebrochen war. Sie lag auf dem Bauch, die rechte Wange wies nach oben, die Augen waren zu, aber der Gesichtsausdruck zeugte von Angst. Das Wasserglas war ihr aus der Hand gefallen und ihr Kopf lag in einer Wasserlache. Sie hatte das Nachthemd und die Strickjacke an, und einer der Pantoffel war ihr vom Fuß gerutscht.

Kolfinna wusste, dass sie tot war, sie hatte es schon gewusst, bevor sie die Treppe hinaufgestiegen war. Trotzdem versuchte sie sich einzureden, dass sie nicht tot war. Der Tod besuchte andere Häuser, nicht ihres.

Sie bückte sich nieder und flüsterte »Mama«, obwohl sie wusste, dass sie keine Antwort bekommen würde.

Dann erinnerte sie sich, dass man nicht sicher sein konnte, ob jemand wirklich tot war, auch wenn es ganz den Anschein hatte, sie erinnerte sich an Wiederbelebungsversuche, von denen sie gelesen und gehört hatte, und Verzweiflung packte sie, weil sie nicht wusste, wie man dabei vorging. Sie rannte wie gehetzt nach unten, schaffte es, einen Krankenwagen zu rufen, sprang wieder die Treppe hoch und wollte den leblosen Körper ins Bett legen. Es gelang ihr nicht, ihre Mutter anzuheben. Da riss sie das Kissen aus dem Bett, um es ihr unter den Kopf zu legen und war unschlüssig, ob sie versuchen sollte, sie künstlich zu beatmen, obwohl sie nicht wusste, wie man das machte. Sie streichelte ihr die Wangen und spürte, wie kalt sie waren.

Natürlich war ihr kalt geworden, weil sie hier auf dem Boden gelegen hatte.

Sie streckte sich nach der Decke und breitete sie über sie.

Dann hörte sie den Krankenwagen vor der Tür. Drei Männer in Overalls kamen zur Tür herein, blickten sie fragend an und sie wies die Treppe hinauf. Sie wollte ihnen gerade nachgehen, als sie draußen weitere Stimmen hörte. Zwei Polizisten in Uniform traten ein. Völlig perplex erklärte sie, dass sie die Polizei gar nicht angerufen hätte.

»Wir kommen bei so etwas auch immer«, sagte der eine und fasste sie behutsam an der Schulter. Sie ging hinter ihnen nach oben.

Die Männer aus dem Krankenwagen hatten getan, was erforderlich war. Einer von ihnen, der bei ihrer Mutter gekniet hatte, erhob sich jetzt wieder und schaute sie an, wie sie da zwischen den Hütern des Gesetzes stand.

»Es tut mir Leid, es ist nichts mehr zu machen, sie ist tot.«

Sie schaute misstrauisch auf den Overall.

»Was? Bist du Krankenpfleger oder so was?«

»Ich bin Arzt.«

»Und bist du wirklich ganz sicher, dass du sie genug untersucht hast?«

»Sie ist wahrscheinlich vor zwei Stunden gestorben. Bist du die nächste Angehörige?«

»Ihre Tochter.«

»Mein aufrichtiges Beileid.«

Die übrigen Männer im Raum wiederholten das und neigten den Kopf.

Sie blickte ratlos auf ihre Mutter hinunter. Sie hatten die Decke weggenommen, aber ansonsten nichts an ihrer Stellung verändert. Nicht einmal das Glas auf dem Boden aufgehoben. Sie hatte einen solchen Druck im Kopf, im Herzen, im ganzen Körper, dass sie das Gefühl hatte zu zerbrechen. Mit Mühe presste sie heraus:

»Helft mir bitte, sie auf das Bett zu legen.«

Sie stellten sich um sie herum, als sei sie im Begriff, eine Freveltat zu begehen.

»Nein, lieber nichts anrühren, gleich kommt der Amtsarzt und die Kriminalpolizei.«

»Die Kriminalpolizei? Glaubt ihr womöglich, dass ich sie umgebracht habe?«

Der ältere Polizist blickte sie ruhig an: »Das ist bei einem plötzlichen Todesfall zu Hause ganz einfach Routine.«

Die fünf Männer gingen mit ihr nach unten, die Männer in den Overalls verabschiedeten sich. Sie setzte sich neben das Telefon. Oben lag ihre Mutter, tot.

Der Tod hatte ihr Haus betreten. Ihr kam es so vor, als hätte sie den Hauch des Todes schon früher einmal verspürt, konnte sich aber nicht erinnern, wo. Sie wusste, dass sie nach oben gehen und das Nachthemd ihrer Mutter zurechtziehen musste, bevor die Kriminalpolizei erschien, aber ihre Beine gehorchten ihr nicht.

Die beiden Polizisten gingen schweigend im Wohnzimmer auf und ab. Es gab zu diesem Zeitpunkt wenig zu sagen und Kolfinna ertrug sie kaum in ihrer Nähe. Sie wusste nicht, was sie tun sollte. Ihre Mutter hätte ihnen bestimmt Kaffee gemacht. Sie versuchte gerade aufzustehen, nicht, um Kaffee zu machen, sondern um nach oben zu gehen, als zwei weitere Männer fast im gleichen Moment eintraten. Sie stellten sich beide vor, der eine war von der Kriminalpolizei, der andere war der Amtsarzt. Die Namen vergaß sie auf der Stelle, aber sie gewann wieder Gewalt über ihre Beine.

Sie gestatteten ihr, vor ihnen nach oben zu gehen.

Einen Augenblick hielt sie inne und schaute in das Zimmer des Todes.

Das gleißende Sonnenlicht beleuchtete wie ein Scheinwerfer auf der Bühne die Stelle, wo ihre Mutter lag.

Der Tod auf der Bühne mochte schön sein.

In diesem Haus bot er ein Bild des Schreckens.

Die Beamten entschuldigten sich und schoben sich ins Zimmer, bevor sie das Nachthemd herunterziehen konnte.

Sie nahmen alles unter die Lupe und redeten leise miteinander. Der Arzt besah sich das Pillenglas auf dem Nachttisch, der Kriminalbeamte holte einen Notizblock aus seiner Brusttasche, und dann blickten beide zu ihr herüber.

»Bist du ihre Tochter?«, fragte der Kriminalbeamte zuvorkommend und sie überlegte, ob er vielleicht eine Ähnlichkeit zwischen ihnen festgestellt hatte.

»Gehen wir doch nach unten«, sagte er im gleichen Tonfall, und der Arzt nickte zustimmend.

Die beiden Männer stützten sie auf dem Weg nach unten. Diese Fürsorge verstärkte noch den Druck im Hals und ihre Schultern begannen zu zittern. Deswegen verschränkte sie die Arme vor der Brust, als sie sich aufs Sofa hatte fallen lassen, und kauerte sich zusammen, damit das Zittern nicht so auffällig war.

Sie hörte, wie die uniformierten Polizisten das Haus verließen, aber die freundlichen Männer saßen bei ihr und fragten sie vorsichtig über den Gesundheitszustand ihrer Mutter aus. Sie gab völlig unzusammenhängende Antworten, wie jemand, der nicht mehr klar denken kann. Sie fragten nach der Krankengeschichte und sie versuchte, auf die Reihe zu bekommen, an was sie sich erinnerte: Schmerzen im Darm und in den Nieren, hoher Blutdruck, Rheuma in der Seite und zuletzt die Myositis. Der Arzt fragte, ob sie geraucht habe, und zuerst verneinte sie, aber dann erinnerte sie sich, dass ihre Mutter immer geraucht hatte, sie hatte nur zwischendurch ein paar Jahre aufgehört und vor kurzem wieder angefangen.

Im gleichen Augenblick fiel ihr ein, wann sie wieder angefangen hatte zu rauchen und weswegen, und sie hätte am liebsten losgeheult.

Der Arzt wollte wissen, wer ihr Hausarzt gewesen war, und nachdem er diese Informationen erhalten hatte, verabschiedete er sich, und sie blieb mit dem Kriminalbeamten zurück. Der wollte die unglaublichsten Dinge wissen. Wo ihre Mutter gearbeitet hatte, ob sie allein gelebt hatte, mit wem sie zuletzt gesprochen hatte. Sie antwortete zunächst zögernd, denn irgendwie fand sie es rücksichtslos, dass man sie in dieser Stunde verhörte.

Da legte er seine Hand auf ihre und sagte: »Es ist so schmerzlich, seine Mutter zu verlieren.«

Sie konnte an seinen Augen ablesen, dass auch er seine Mutter verloren hatte.

Und dann sagte sie ihm alles, was er wissen wollte, während sie mit den Schluchzern kämpfte, die immer wieder wie ein schlimmer Schluckauf aus ihr herauszubrechen drohten.

Aber er konnte oder wollte ihr nicht sagen, woran ihre Mutter gestorben war.

»Jetzt geh nach oben und verabschiede dich von ihr, bevor sie abgeholt wird«, sagte er nur, nahm sie bei der Hand und führte sie zur Treppe. Dann zog er sich zurück, während sie nach oben ging und an der Seite ihrer Mutter niederkniete.

Ihr Kopf ruhte immer noch auf dem Kissen. Über dem Gesicht lag ein eigentümlicher weißlich-gelber Schimmer.

Sie zog das Nachthemd über die Knie, richtete die Strickjacke über der Brust und zog ihr den Pantoffel an, es war so unangenehm, kalte Füße zu haben, und zum Schluss nahm sie wieder die Decke und breitete sie über sie. Die Wasserlache störte sie, und weil sie ihre Mutter nicht verlassen wollte, um einen Lappen zu holen, zog sie ihren Pullover aus und trocknete den Boden damit. Dann fuhr sie ihr mit den Fingern durch die Haare und versuchte, sie zu ordnen. Sie hätte so gern etwas zu ihr gesagt, aber alle Worte blieben ihr im Hals stecken. Stattdessen nahm sie die weiße, kalte Hand in die ihre, schloss die Augen und betete im Stillen: Lieber Gott, bitte nimm sie zu dir und lass es ihr gut gehen.

Das Haus war so still, dass sie es atmen hören konnte.

Sie hörte auch das Ticken des roten Weckers in ihrem Zimmer und fragte sich, ob ihre Mutter das vielleicht auch immer gehört hatte.

»Hörst du das Ticken, Mama?«, flüsterte sie und glaubte zu sehen, wie ein winziges Lächeln über ihr Gesicht glitt. Also hatte sie es die ganze Zeit gehört.

Eine Hand berührte sie an der Schulter und sie blickte dem Polizisten in die Augen.

»Ihr geht es gut, da wo sie jetzt ist. Am besten gehen wir wieder nach unten.«

Weitere zwei Männer waren ins Haus gekommen. Sie warteten unten an der Treppe, schwarz gekleidet und mit einer Bahre zwischen sich.

Sie trugen ihre Mutter in den Leichenwagen.

Sie trugen sie fort ohne zu wissen, wovon sie als junges Mädchen geträumt hatte.

Der Polizist verließ nicht sofort das Haus, wie sie erwartet hatte. Er bat sie, Platz zu nehmen, als wären sie bei ihm zu Hause, und fragte, ob sie mit einem Priester sprechen wolle.

Mit was für einem Priester? Wozu? Sie kannte keinen Priester.

Dann wollte er ihre Einwilligung zu einer Obduktion. Ihre vehemente Reaktion brachte ihn nicht aus dem Gleichgewicht.

»Sonst wirst du nie erfahren, woran deine Mutter gestorben ist«, sagte er ruhig.

Da er wohl wissen musste, was das Beste in dieser Situation war, ein Mann, der auch seine Mutter verloren hatte, und auch weil sie wissen wollte, warum der Tod in dieses Haus gekommen war, gab sie ihre Zustimmung. Dann wollte er wissen, ob sie Verwandte hätte, die bei ihr sein könnten. Sie sagte, sie habe eine Tante, die Schwester ihrer Mutter, das wäre nicht das Problem, aber sie könne sich nicht vorstellen, sie jetzt gleich um sich zu haben, weil sie so laut redete. Er hatte Verständnis dafür, erklärte aber, er würde sie nicht allein lassen, bevor nicht sichergestellt war, dass sich jemand um sie kümmern würde.

Da wurde es ihr zu viel.

»Neun Männer sind hier innerhalb einer Stunde ein- und ausgegangen. Darf ich vielleicht jetzt ein paar Minuten allein sein?«

Er gab nach, als sie ihm versprochen hatte, dass sie zu ihrer Freundin gehen würde, die ihr dabei helfen könnte, die Verwandtschaft anzurufen. Dann ging er, dieser ruhige Polizist, dessen Namen sie vergessen hatte und der genau wie sie seine Mutter verloren hatte.

Sie hatte ihre Mutter verloren.

Ihre Mutter würde dieses Haus nie wieder betreten.

Sie würde nie wieder mit Einkaufstüten in der Hand von der Kantine nach Hause kommen. Nie wieder im karierten Rock nach Sonntagsbesuchen. Nie wieder vom Müttergenesungsausschuss, geplagt von ihren schmerzenden Muskeln. Nie wieder aus dem Garten mit ihren Stricknadeln in der Hand.

Sie würde nie wieder in dieses Haus kommen.

Sie setzte sich auf die Treppe und starrte auf die Tür, durch die ihre Mutter hinausgetragen worden war. Sie dachte darüber nach, was sie in ihren letzten Stunden gesagt hatte. Ihre allerletzten Worte. Wiederholte sie laut, so als hätten sie eine geheime Bedeutung: »Du bist meine Tochter.«

Das Licht im Flur veränderte sich allmählich, wurde milder und tiefer, der Tag neigte sich seinem Ende zu. Sie ging hinauf ins Zimmer ihrer Mutter. Die Männer vom Bestattungsinstitut hatten die Decke und das Kissen wieder auf das Bett gelegt. Sie nahm sie herunter, zog das Laken faltenlos glatt, schüttelte das Kopfkissen auf und legte die Decke zurecht.

Der Geruch ihrer Mutter haftete an beiden. Sie roch daran, bis sie gar nichts mehr wahrnehmen konnte. Das Weinen kam in Schüben. Schluchzen, das sie nicht unterdrücken konnte. Es kam und wenn es ging, war es, als wenn sie nie geweint hätte. Sie wischte auf dem

Nachttisch Staub und räumte auf. Jemand hatte das Glas mit den Tabletten mitgenommen, aber nicht das Wasserglas. Sie füllte das Glas mit frischem Wasser und stellte es auf den Nachttisch. Jetzt war alles sauber und ordentlich.

»Ich gehe wohl am besten in den Keller und wasche«, sagte sie und blickte entschlossen auf das Kissen. Leise ging sie beide Treppen hinunter, so als wäre ein Kranker im Haus, der schlief und nicht gestört werden durfte.

Der Wäschekorb war halb voll mit Schmutzwäsche, sie guckte hinein und wühlte darin herum, um ihre eigenen Sachen herauszusortieren, aber dann wurde ihr klar, dass sich niemand mehr um die anderen Sachen kümmern würde. Sie zog rasch die Hand aus dem Korb und starrte hinein.

Eine Bluse, ein Pullover und ein Baumwollrock von ihrer Mutter. Sie zog die Sachen heraus, presste sie sich ans Gesicht, und das Schluchzen, das in ihrer Brust gelauert hatte, brach wieder aus ihr hervor, als hätte es nur auf dieses Signal gewartet.

Mit den Sachen im Arm setzte sie sich auf die Holzkiste und wiegte sich mit geschlossenen Augen vor und zurück. Es lief ihr aus Augen und Nase, sie wusste nicht wie lange, die Zeit schien sich außerhalb dieses Hauses zu befinden.

Der raue, kalte Fußboden setzte dem Weinen ein Ende, denn plötzlich spürte sie ein unangenehmes Gefühl in den Füßen, schaute nach unten und sah zu ihrer Verwunderung, dass sie nur Strümpfe anhatte.

»Bin ich die ganze Zeit auf Strümpfen herumgelaufen?«, fragte sie verwirrt.

Sie hatte noch nie für ihre Mutter gewaschen, aber jetzt blieb nichts anderes übrig. Deswegen holte sie die ganze Wäsche aus dem Korb und gab den größten Haufen zuerst in die Maschine, die ihre Beute schluckte und vor Behagen stöhnte, als sie das Wasser ansaugte. Ihr Hausrat hockte in der Ecke, aber sie hatte ihm diesmal nichts zu sagen und vermied es, dorthin zu schauen, bevor sie nach oben ging.

Die Abenddämmerung hatte sich ins Haus geschlichen, während sie im Keller gewesen war. Sie machte Licht, ging zwischen Küche und Wohnzimmer hin und her, sie hatte das Gefühl, etwas tun zu müssen, wusste aber nicht was. Dann fiel ihr ein, oben ebenfalls Licht zu machen.

Sie knipste die Lampe auf dem Nachttisch ihrer Mutter an.

Dann strich sie das Bett ein wenig glatt und stellte das Wasserglas so auf, dass man es leicht mit der Hand erreichen konnte. Bevor sie die Tür zumachte, schaute sie sich noch einmal prüfend um, ob auch alles in schönster Ordnung war. In ihrem Zimmer hatte das Fenster offen gestanden, sodass der Boden durch den Wind ganz ausgekühlt war. Sie schloss das Fenster, machte Licht und sah sich nach ihren Schuhen um. Sie waren nirgends zu sehen. Sie setzte sich aufs Bett, während sie überlegte, wo sie wohl hingekommen waren. Sie versuchte angestrengt, sich zu erinnern. Irgendwie kam es ihr so vor, als hätte sie die Schuhe eine Ewigkeit nicht gesehen.

Dann brach wieder das Schluchzen aus ihr heraus, wie ein Schmerz, der kommt und geht. Sie versuchte, leise zu weinen, um das Haus nicht zu wecken. Als es zu einem lauten Schluckauf geworden war, war sie vollkommen erledigt, konnte aber schließlich der Versuchung nicht widerstehen und trat auf den Balkon hinaus.

Ein Flugzeug düste über die Stadt, und einen Augenblick später flog eine Gruppe Enten über das Haus. Man hörte den rauschenden Verkehr auf den Straßen und in der Ferne heulte eine Sirene.

Sie fand es ganz merkwürdig, dass das Leben in der Stadt weiterging, obwohl es in ihrem Haus zu Ende war.

Sie beugte sich über das Geländer und schaute auf die Hausdächer, über die die Enten so frei und ungebunden hinwegfliegen konnten. Sie war auch frei. Sie war nicht länger eine Gefangene im Haus ihrer Mutter.

Trotzdem war sie eine Gefangene dieses Hauses.

Eine Sache war es zu sterben, eine andere, unter die Erde zu kommen.

Nie wäre es Kolfinna in den Sinn gekommen, wie viel Umstände mit dem Tod verbunden sind, in ihren Augen hatte er nur das Ende von allem bedeutet.

Als sich Nachtruhe über das Viertel legte und ihre unbeschuhten Füße nach dem langen Stehen auf dem Balkon eiskalt geworden waren, dämmerte es ihr, dass der Tod ihrer Mutter nicht nur sie selbst, sondern auch andere anging. Musste jetzt nicht die Todesanzeige heraus, die im Rundfunk verlesen wurde, musste man nicht mit einem Priester sprechen wegen der Beerdigung, was machte man eigentlich, wenn jemand starb?

Ohne an die Zeit zu denken oder Rücksicht darauf zu nehmen, dass andere Menschen vielleicht um diese Tageszeit schon längst im Bett waren, rief sie ihre Tante an und teilte ihr unter Stammeln mit, dass ihre Schwester gestorben war.

In weniger als einer halben Stunde war ihre Tante zur Stelle. Sie wanderte unruhig durch das ganze Haus, als hätte sie den Verdacht, dass Kolfinna sich das Ganze nur ausgedacht habe und ihre Schwester in irgendeinem Winkel zu finden sein müsse. Kolfinna brauchte lange, um sie davon zu überzeugen, dass der Tod tatsächlich seinen Besuch abgestattet hatte. Gegen Morgen hatte sie diese kalte Wahrheit endlich akzeptiert, und im gleichen Augenblick verstummten beide und saßen gedrückt im Wohnzimmer, bis der erste Sonnenstrahl auf den Boden vor ihre Füße fiel.

Die Tante, die eine ganz ähnliche Augenpartie wie ihre Mutter hatte, kannte sich mit Beerdigungen bestens aus und wusste, wie man die Sache in Angriff zu nehmen hatte. Als sie gramgebeugt das Haus verließ, sagte sie zu Kolfinna, sie solle sich hinlegen, sie selbst würde sich jetzt um all die Einzelheiten kümmern, die unweigerlich mit dem Hinscheiden eines jeden Menschen verbunden waren.

Und Kolfinna, die nie ein besonderes Verhältnis zu dieser Frau gehabt hatte, weil sie eine Tochter hatte, die so überaus tüchtig und erfolgreich war, fing wieder an zu schluchzen, weil sie es bereute, nie nett zu ihr gewesen zu sein.

Aber wenn sie geglaubt hatte, dass sie sich jetzt um nichts mehr zu kümmern brauchte und sich die Decke über die Ohren ziehen konnte, um ungestört zu trauern und dann nur noch zur festgesetzten Zeit zur Beerdigung zu erscheinen, hatte sie sich gründlich geirrt.

Kurz nach Mittag klopfte Mathilda an, eher wütend als trauernd, weil sie aus dem Radio erfahren hatte, dass Kolfinnas Mutter gestorben war. Sie fand es unmöglich von ihrer Freundin, dass sie ihr nicht sofort Bescheid gegeben hatte, obwohl das wohl auch nicht viel geändert hätte. Sie ereiferte sich, als hätte der Tod ihr spezielle Geringschätzung dadurch gezeigt, sich nicht vorher anzukündigen, und sie hörte erst auf, als sie merkte, dass die trauernde Hinterbliebene dem Zusammenbruch nahe war. Da nahm sie sie in die Arme und tröstete sie mit unzusammenhängenden Worten, wie gut ihre Mutter gewesen war, und dass das ganz bestimmt dazu führen würde, dass sie im Jenseits gut aufgenommen würde, sowohl vom Herrgott als auch von den verstorbenen Anverwandten.

Dann übernahm sie das Kommando im Haus.

Das Telefon, das eine ganze Woche hartnäckig geschwiegen hatte, klingelte jetzt unablässig, weil alte Frauen aus verschiedenen Altersheimen wissen wollten, was geschehen war. Mathilda griff ihr tatkräftig unter die Arme, nicht nur, was das Telefon betraf, sondern auch bei anderen Dingen. Sie erklärte, dass Kolfinna sich keine Gedanken mehr über das Putzen zu machen bräuchte, sie würde mit ihren alten Kunden sprechen und um etwas Geduld bitten, bis sie selbst wieder voll und ganz einsatzfähig sei.

»Ich fange in ein paar Wochen wieder an. Die Typen müssen bis dahin irgendwie zurechtkommen.«

Kolfinna signalisierte Zustimmung, indem sie die Brauen ein wenig hob.

Sie erwähnte nicht, dass Putzen ihrerseits sowieso nicht mehr zur Debatte stand.

Sie billigte auch den Vorschlag ihrer Freundin, sich bis auf weiteres vom Besitzer des Videoverleihs freigeben zu lassen, sie stimmte allem zu, was ihr gesagt wurde, machte das, was ihr aufgetragen wurde, und irrte zwischendurch ziellos durch das Haus.

Der Totenschein nach der Obduktion lautete auf Verschluss der Herzkranzgefäße. Als die Tante mit dieser Nachricht in die Küche kam, wo Mathilda versuchte, Kolfinna etwas feste Nahrung einzuflößen, verstummten alle drei.

»Und dabei hat sie nie über Schmerzen dort geklagt«, sagte Mathilda und klang verärgert über diese Ungerechtigkeit. Kolfinna nickte, konnte sich aber nicht so richtig vorstellen, wo sich solche Schmerzen im Körper bemerkbar machten.

Kolfinna hatte alles ihrer Tante überlassen und allem, was sie in die Wege leitete, dankbar zugestimmt, aber als sie erfuhr, dass die Beerdigung in der Hallgrímskirche stattfinden sollte, protestierte sie.

»Die Kirche ist doch so riesig, dann fällt es umso mehr auf, wie wenig Leute zur Beerdigung kommen«, beschwerte sie sich.

Aber ihre Tante ließ sich nicht beirren, das sei die Kirche ihrer Mutter gewesen. Und zu allem Überfluss erklärte sie, einen Saal für den Leichenschmaus gemietet zu haben.

Kolfinna stand kurz davor, die Beherrschung zu verlieren: »Ich denke nicht daran, mit Kaffeeklatsch und Tamtam zu feiern, dass meine Mama gestorben ist, wenn du nichts dagegen hast. Sie selber hätte nie so was gewollt.«

Ihre Tante kniff die Augen zu und entgegnete scharf: »Doch, genau das hätte sie gewollt, sie ist immer so gern zu Beerdigungen und hinterher zum Leichenschmaus gegangen.«

Kolfinna traute ihren Ohren nicht. Was für ein Mensch war ihre Mutter eigentlich gewesen?

Dem Priester, der die Beerdigung vornehmen sollte, konnte sie nichts sagen, sie schaute ihn nur dumpf an und überließ es ihrer Tante, den Lebenslauf ihrer Schwester zu schildern und all die Dinge, die etwas über die Persönlichkeit der Toten sagten. Anschließend war Kolfinna genauso klug wie zuvor.

Am Abend vor der Beerdigung saß sie beklommen in der Küche und lauschte auf die Tropfen, die taktfest aus dem Hahn in das kalte, leere Waschbecken tropften. Es war das einzige Geräusch, das das Schweigen im Haus unterbrach.

Sie dachte an ihre Mutter.

Einzelne Szenen aus ihrem Leben unter diesem Dach zogen wie Bilder auf einem Bildschirm an ihr vorbei. Auf allen Bildern war ihre Mutter energisch und sah so gut aus. War so geschäftig. Hatte alle Hände voll zu tun in der Kantine, im Altersheim, in vollem Einsatz für allein stehende Mütter, in vollem Einsatz für Mathildas Kinder.

Diese Frau hatte so viel zu tun gehabt. Besonders die Weihnachtsbilder standen ihr vor Augen, wie viel Mühe sie sich mit Mathildas Kindern gegeben hatte, die Späße in den Geschäften, die Weihnachtsgeschichten auf dem Heimweg, Heiligabend – alles so spielerisch und schön. Das Haus war voll überschäumender Freude gewesen.

Ihre Mutter hatte keine Enkelkinder.

Vielleicht hatte sie immer gehofft, welche zu bekommen.

Aber sie hatte sich zu ihr ins Bett gelegt und ihr so viel zu sagen gehabt. Hätte Kolfinna nicht merken müssen, wie krank sie war? Hätte sie nicht zu Hause bleiben und sich an diesem Morgen um sie kümmern müssen? Dann hätte sie nicht aufstehen müssen, um sich frisches Wasser zu holen, und dann wäre sie nicht zusammengebrochen. Warum hatte sie bis zum Morgen damit gewartet ihr zu sagen, wie lieb sie sie hatte?

Auf dem Sessel im Wohnzimmer lag das schwarze Kleid, das sie zur Beerdigung anziehen wollte. Sauber und gebügelt. Schwarze Schuhe standen geputzt und blank neben dem Sofa. Der schwarze Mantel hing glatt und gebürstet auf einem Bügel an der Wohnzimmertür.

Sie besaß so viele schwarze Sachen.

Endlich würde sie die passende Farbe tragen.

Sie wollte bei der Beerdigung untadelig gekleidet sein. Das hätte ihrer Mutter gefallen.

Die Glocken der Hallgrímskirche hatten noch nicht geläutet, als sie an diesem nasskalten Montag in die Kirche kam und sich auf die vorderste Bank setzte. Noch vor einer Woche hätte sie nie geglaubt, dass sie einmal in dieser Kirche sitzen würde. Aber jetzt saß sie hier neben Mathildas warmem Körper und schaute auf das Blumenmeer beim Sarg ihrer Mutter.

Wer hatte all diese Blumen geschickt?

Sie schaute Mathilda an, die zurückblickte und mit den Achseln zuckte, als wüsste sie haargenau, wonach die Augen fragten. Als sie Mathilda anblicke, wurde ihr klar, dass sie ihr jetzt am nächsten stand. Ihre Tante, die an ihrer linken Seite saß, die Familie neben und hinter sich, war eine Verwandte, die sie kaum kannte, obwohl sie sie in gewissem Sinne mochte, weil sie ihrer Mutter glich. In diesem Augenblick hielt sich die Zuneigung allerdings in Grenzen, weil sie diese Riesenkirche gewählt hatte. Sie fürchtete sich vor den mitleidigen Blicken der Frauen aus der Kantine, wenn sie sähen, wie wenige Menschen ihrer Mutter das letzte Geleit gaben.

Sie waren so viel allein gewesen, sie und ihre Mutter, aber das brauchten ja nicht alle zu wissen. Und jetzt endete dieser gemeinsame einsame Weg in diesem Gotteshaus. Merkwürdig war es übrigens auch, wie selten sie und ihre Mutter gemeinsam irgendwo zu Besuch gewesen waren.

Sie hörte, wie Menschen in die Kirche kamen, wollte sich aber nicht umschauen, sah nur aus den Augenwinkeln, wo die Sargträger, zwei Männer und vier stämmige Frauen, Platz nahmen. Die Männer kannte sie, es waren entfernte Verwandte, aber die Frauen hatte sie nie zuvor gesehen.

Am meisten hatte sie Angst davor gehabt, sich in der Kirche in Tränen aufzulösen, denn das Schluchzen steckte ihr immer noch im Hals, aber sie konnte es unterdrücken, indem sie schneller atmete. Die Frauen, die rechts und links von ihr saßen, hatten aber keine Zeit gehabt zu trauern, und als die Trauerlieder so schön durch die Kirche klangen, hatten sie sich nicht mehr in der Gewalt und weinten leise bis zum Ende der Trauerfeier.

Als sich die Leichenträger mit gesenkten Köpfen dem Sarg näherten und alle Leute aufstanden, drehte sie sich endlich um, um zu sehen, wer gekommen war, um Abschied von ihrer Mutter zu nehmen. Sie traute ihren Augen nicht.

Die Kirche war voll von Frauen.

Alte und junge Frauen schauten sie voller Mitleid an.

Da ließ sich das Schluchzen nicht mehr zurückhalten.

Sie war noch erstaunter, als sie später sah, dass die Frauen aus dem Altersheim sich einen Bus gemietet hatten, um ihrer Mutter auf dem Friedhof das letzte Geleit zu geben, und als sie beobachtete, wie sie sich gegenseitig auf dem Weg zum Grab stützten, verschlug es ihr die Sprache.

Ihre Mutter hatte ihnen also so nahe gestanden.

Und sie hatte nicht die geringste Ahnung gehabt.

Beim Leichenschmaus sah sie völlig verweint aus, aber die alten Frauen, die schon genug im Leben geweint hatten, kamen eine nach der anderen zu ihr, streichelten und tätschelten sie und sagten ihr, wie oft ihre Mutter darüber geredet hätte, was für eine wohlgeratene und schöne Tochter sie habe. Da kam sie sich wirklich wie das Allerletzte vor. Als die jungen Frauen kamen und ihr von den Pullovern erzählten, die Kolfinnas Mutter für ihre Kinder gestrickt hatte, konnte sie nur noch mit dem Kopf nicken und sich schnäuzen.

Sie hatte diese Frau, über die alle sprachen, nie richtig gekannt.

Sie war ihrer Tante unendlich dankbar, dass sie den Leichenschmaus arrangiert hatte, es wäre undenkbar gewesen, all die Frauen nach der Beerdigung nach Hause zu schicken, ohne ihnen Kaffee, Kuchen und Schnittchen anzubieten. Um sich zu bedanken, küsste Kolfinna sie auf die Wange. Ihrer Tante kamen die Tränen, so herzlich war Kolfinna nie zuvor gewesen.

Erst am Abend, als Kolfinna mitten in einem Blumenmeer im Wohnzimmer saß und sich die geschwollenen Füße massierte, fiel ihr ein, dass nichts auf der Welt umsonst ist. Beerdigungen waren da keine Ausnahme.

Beschämt rief sie ihre Tante an und sagte, sie müsse das natürlich jetzt bezahlen, ob sie wüsste, was das alles gekostet hätte?

Ihrer Tante war es anzuhören, dass sie nach dieser Woche völlig erschöpft war. Sie bat Kolfinna, sich um Himmels willen jetzt darüber keine Gedanken zu machen, sie sollte sich jetzt lieber hinlegen, das habe sie selber nach diesem anstrengenden Tag auch vor, aber grob geschätzt würden es zusammengerechnet wohl ein paar hunderttausend Kronen werden. Vor Kolfinnas Augen verschwamm alles und sie musste sich setzen. Sie hatte nicht gewusst, dass Sterben so teuer war.

»Das kann ich aber erst bezahlen, wenn ich das Haus verkauft habe«, flüsterte sie in den Hörer.

Ihre Tante wurde ungeduldig, wahrscheinlich, weil sie um ihren Schlaf gebracht wurde.

»Du brauchst das Haus nicht zu verkaufen, deine Mutter hatte schon seit langem für die Beerdigung gespart, sie war immer so weitsichtig. Das Geld ist auf einem Sparbuch.«

»Sparbuch?«

»Ja, du musst jetzt danach suchen.«

Das hatte Kolfinna im Frühjahr schon einmal gründlich getan, und sie wusste deswegen ganz genau, dass in diesem Haus außer ihrem eigenen kein Sparbuch vorhanden war.

»Hier gibt es kein Sparbuch.«

»Hast du schon unter der Matratze nachgeschaut?«

Kolfinna starrte ungläubig auf das Telefon. Heutzutage bei all den Einbrüchen bewahrte doch niemand mehr sein Geld unter der Matratze auf. Aber bei näherem Nachdenken wurde ihr klar, dass das Haus nicht danach aussah, als sei darin für Diebe viel zu holen.

Es kostete sie einige Überwindung, unter der Matratze zu suchen, etwas Schäbigeres konnte man sich kaum vorstellen. In einer Ritze zwischen den Sprungfedern fand sie schließlich das Buch. Sie kam sich vor wie ein Dieb. Sie konnte sich nicht dazu aufraffen, es zu öffnen. Stattdessen klopfte sie Oberbett und Kopfkissen zurecht, füllte das Glas mit frischem Wasser und schob die Pantoffeln zurecht.

Als sie eine Weile auf ihrem eigenen Bett gelegen und zugesehen hatte, wie sich die Nacht über das Haus legte, entschloss sie sich endlich, das schmale Büchlein zu öffnen.

Das Guthaben belief sich auf knapp eine Million.

Sie klappte das Sparbuch zu, öffnete es dann wieder langsam, blickte auf die Zahlen und legte es dann auf ihre Brust. Sie schaute zur Decke, dann auf die Ebereschen, die sich draußen vor dem Fenster wiegten.

Ich besitze dieses Haus.

Das Haus hörte auf zu atmen, nachdem ihre Mutter nicht mehr da war.

Morgens wachte sie nach alter Gewohnheit auf, obwohl sie in der Nacht so gut wie gar nicht schlafen konnte, und wartete auf die Geräusche, die sie immer zu dieser Tageszeit gehört hatte. Eine knarrende Tür, Husten, Schritte, das Fließen von Wasser, eine Stimme im Radio, kochendes Wasser im Kessel, aber das einzige Geräusch, das an sie herandrang, war das Ticken des roten Weckers. Es klang irgendwie übellaunig, so als ginge ihm die Untätigkeit in diesem Haus auf die Nerven.

Kolfinna fand, dass es sich kaum lohnte aufzustehen, weil niemand und nichts auf sie wartete, kein Putzen, nicht einmal der Videoverleih. Und weil ihre Freundin dafür gesorgt hatte, dass der Besitzer des Kiosks ihr freigegeben hatte, mochte sie nicht dort hingehen und sich Videos holen, um die Zeit totzuschlagen.

Die Zeit konnte sie nicht totschlagen, eher schlug die Zeit sie tot.

Die Nächte waren am schlimmsten. Trotz lähmender Müdigkeit, von der sie nicht wusste, woher sie kam, da sie doch kaum etwas tat, konnte sie nicht schlafen, sondern hing in der Küche herum und versuchte, klar zu denken. Aber auch das schien über ihre Kräfte zu gehen, ihr Kopf schien völlig blockiert zu sein. Immer wieder versuchte sie zu überlegen, was sie mit dem Haus machen sollte oder mit dem Geld, das übrig war, wenn die Beerdigung bezahlt war, oder was sie ganz allgemein mit sich selber anfangen sollte. Aber es nutzte alles nichts. Ihre Gedanken kreisten immer wieder um das, woran sie nicht denken wollte.

Das Gesicht ihrer Mutter. Ihr Gesicht, als sie tot auf dem Fußboden lag. Ihr zusammengekrümmter Körper. Die Wasserlache unter ihrem Kopf.

Sie wiegte sich vor und zurück wie eine alte Frau und konnte nicht aufhören, daran zu denken.

Tagsüber war es besser. Manchmal kamen ihre Tante oder Mathilda vorbei, und eines Tages schauten Alma und Elva herein, ihre früheren Freundinnen, die so lange keine Zeit für sie gehabt hatten, aber jetzt versuchten, sie aufzubauen. Sie rieten ihr zu Fitness-Training und einer Reise ins Ausland.

Weder das eine noch das andere kam für sie infrage.

Und dann kamen wieder die Nächte und sie versuchte, klar zu denken. Bei Tagesanbruch am vierten Tag nach der Beerdigung stellte sie fest, dass sich das Laub an den Bäumen rot gefärbt hatte, und da wurde ihr bewusst, dass ein ganzes Jahr verstrichen war, seit sie angefangen hatte, von Haus zu Haus zu gehen und zu putzen.

Ein ganzes Jahr hatte ihr nichts gebracht als Putzen. Und den Tod.

»Und dabei habe ich mich doch so danach gesehnt, ein schönes Leben zu haben«, sagte sie zum roten Wecker.

Der Gedanke an das schöne Leben, das sie verpasst hatte, brachte sie auf das Haus der alten Dame. Niemals würde sie herausbekommen, weswegen Listalín ein schönes Leben gehabt hatte.

Die Ärmste hatte sich nicht daran erinnern können.

Sie hatte aber daran gedacht, ihr Blumen zu schicken, als ihre Mutter gestorben war. Jemand musste ihr das gesagt haben. So eine liebe alte Frau war Listalín.

Und niemals mehr würde sie bei ihr putzen.

Als ihre Gedanken um das Putzen kreisten, erinnerte sie sich, dass sie noch die Schlüssel zu allen Häusern hatte. Zu Listalín konnte sie unter dem Vorwand gehen, sich für die Blumen bedanken und den Schlüssel persönlich abgeben zu wollen. Sie hatte das Gefühl, sich unbedingt von der alten Dame verabschieden zu müssen. Obwohl wahrscheinlich weder Listalín noch sie in absehbarer Zukunft auf Reisen gehen würden. Danach könnte sie die anderen drei Schlüssel zu Mathilda bringen, und damit war die ganze Sache abgehakt.

Wie die Besitzer der Schlüssel.

Nach einiger Zeit stand sie auf und es kam ihr so vor, als würde der Wecker das mit schnellerem Ticken begrüßen.

Der Wind fegte zwischen den Häusern einher und attackierte von allen Seiten, als hätte er den Verstand verloren, riss halb offene Fenster auf, fegte gefallenes Laub durch die Gegend und drosch auf die alten Bäume ein, bis sie aufjammerten. Die Katzen ließen sich dadurch nicht aus dem Gleichgewicht bringen und sprangen gelenkig über Mauern und in Fenster hinein, die irgendjemand vergessen hatte zu schließen. Die silbergraue war aber offensichtlich trotz jämmerlichen Miauens vor der Haustür nirgends hereingekommen, und Kolfinna ahnte, dass ihre Mordinstinkte der Besitzerin mal wieder zu weit gegangen waren.

Die Katze hörte auf zu miauen, als Kolfinna den Finger auf die Klingel legte.

Sie hörte drinnen Schritte. Listalín hatte also die Tagesstätte geschwänzt.

»Nein, du liebes Mädchen, bist du das. Ich wusste, dass du kommen würdest, so alte Schachteln wie ich kriegen solche Vorahnungen für alles Mögliche.«

»Ich wollte mich nur für die Blumen bedanken, die du mir geschickt hast, und den Hausschlüssel abgeben.«

»Ach ja, mein Mädchen, mein allerherzlichstes Beileid. Wenn man seine Mutter verliert, fühlt man sich wie entwurzelt, und es dauert lange, bis man wieder neuen Halt findet. Aber die Kirche war wirklich brechend voll.«

»Warst du auch da?«

»Natürlich, ich gebe allen meinen Nachbarn das letzte Geleit, auch wenn ich nicht unbedingt immer zum Leichenschmaus gehe. Beerdigungen sind immer ein schönes Ritual, und außerdem werden da immer die schönsten Lieder gesungen. Aber nun komm doch bitte herein.«

Sie blickte die Katze scharf an.

»Nein, du kommst mir nicht herein, du Untier. Hast vier Glöckchen am Hals und bringst immer noch genauso viele Vögel um. Das ist nicht normal, dich müsste man wirklich mal untersuchen lassen.«

Aus alter Gewohnheit holte Kolfinna tief Luft, als sie eintrat. Listalín blickte sie rasch an und fragte dann mit einer Grimasse: »Riechst du hier so was wie den Geruch von alten Leuten?«

Kolfinna verneinte das, obwohl sie sich nicht sicher war, und fragte dann, ob Mathilda schon wieder angefangen hätte, bei ihr zu putzen.

»Ach nein, die Ärmste, aber sie hat mich angerufen und mir gesagt, dass sie bald wieder anfangen wird. Aber es ist wirklich schlimm, dass du nicht mehr kommst, du warst so akkurat beim Putzen und bist auch so gut in die Ecken gegangen. Was hast du jetzt eigentlich vor, mein Kind?«

Kolfinna sagte, sie wüsste es nicht, sie hätte das alles noch nicht zu

Ende gedacht. Während Listalín mit der Kaffeemaschine hantierte, ging Kolfinna ziellos durch das Haus, und bevor sie sich versah, stand sie an der Tür zum kalten Zimmer.

Das Bett war benutzt worden.

Sie lehnte sich mit vor der Brust verschränkten Armen an den Türpfosten und stand in Gedanken versunken da, als Listalín entschuldigend und beinahe kichernd hinter ihr sagte: »Oje, ich habe das Bett noch nicht gemacht.«

Kolfinna holte tief Atem.

»Listalín, wer schläft eigentlich in diesem Zimmer?«

»Na, ich doch, natürlich.«

»Und im Gästezimmer?«

»Na, ich natürlich auch.«

Sie ging in das Zimmer, machte das Bett, klopfte das Kissen auf und schwang die weiße Bettdecke über das Ganze.

»Hier möchte ich sterben. Seit kurzem träume ich nämlich so viel von Friedrich, meinem Mann, dass ich glaube, dass meine Zeit abgelaufen ist und er bald kommen wird, um mich zu holen. Ich will bereit sein, wenn ich hinübergehen soll. Dieses Zimmer habe ich immer für etwas Besonderes aufgehoben, denn ich will einen schönen Tod haben. Guck dir nur die Bezüge an, das ist eine unglaubliche Arbeit, alles gehäkelt und handgestickt von einer Künstlerin. So was bekommt man heutzutage gar nicht mehr. Mein Mann hat das aus dem Nachlass seiner Mutter mit in die Ehe gebracht. Mein Gott, was muss das für eine vorbildliche Frau gewesen sein, so sind die Frauen im Ausland, ich habe sie bloß leider nie kennen gelernt. Aber das hier ist ein schönes Zimmer, wie du siehst, mit so einer Bettwäsche, hier möchte ich sterben, wenn niemand was dagegen hat.«

Kolfinna bekam zunächst kein Wort heraus, doch dann presste sie mühsam heraus:

»Ist dein Mann vielleicht hier in diesem Zimmer gestorben?«

»Ja, mein Kind, so war es. Er lag einfach eines Morgens tot an meiner Seite. Ich hoffe nur, dass ich auch so hinübergehen kann wie er. So ist das. Aber ich bin heute Nacht nicht gestorben, und das ist vielleicht auch ganz gut so, da ich noch ein paar Dinge erledigen muss. Wie du siehst, habe ich nur sein altes Bett wegbringen lassen, denn es ist so schwierig, unter solchen Doppelbetten zu putzen, findest du nicht?«

Die ehemalige Haushaltshilfe zwang sich zu einem Lächeln.

Listalín schlug ihre Handflächen gegeneinander, als wolle sie Schmutz abklopfen, und schob dann Kolfinna vor sich her ins Wohnzimmer, wo der Kaffee auf sie wartete. Vom Sofa, auf dem sie so oft gesessen hatte, sah sie ins Esszimmer hinüber. Dort war der Tisch für fünf gedeckt worden. Sie vermutete, dass Bekannte aus der Tagesstätte erwartet wurden und fragte deswegen nicht nach. Aber sie fand es jetzt an der Zeit, der alten Frau das Rezept für ein schönes Leben zu entlocken, es würde vermutlich keine weiteren Gelegenheiten mehr geben.

»Du hast mir einmal gesagt, dass du ein schönes Leben gehabt hast.«

»Hab ich das gesagt? Ja, das habe ich wohl gesagt. Du hast mich im Frühjahr schon einmal daran erinnert, nicht wahr, und seitdem habe ich sehr viel darüber nachgedacht. Doch, ich habe ein sehr schönes Leben gehabt. Ich hatte aber auch so großes Glück mit meinem Mann. Friedrich kam während der Weltwirtschaftskrise mit einem dänischen Schiff nach Island. Er war Deutscher und stammte aus einer tüchtigen Kaufmannsfamilie. Wir verliebten uns, aber die Freundinnen meiner Mutter meinten: ›Du wirst doch nicht zulassen, dass sie einem Ausländer in die Hände fällt?‹ Sie sagte aber bloß, dass ich das selber entscheiden müsse, und dann haben wir einfach geheiratet. Er war so tüchtig und geschickt mit den Händen, und es dauerte nicht lange, bis wir ein Geschäft und einen Großhandel hatten, und er verstand sich wirklich auf's Geschäft, kaufte Grundstücke und verkaufte sie, und als unsere Kinder geboren wurden, hat er ein großes Haus für uns gebaut, und ich hatte ein Stubenmädchen und ein Kindermädchen. Mir ist gesagt worden, dass ich damals den ganzen Tag gesungen haben soll. Als die Kinder aus dem Haus waren, kauften wir dieses Haus, weil es besser für uns passte, und die ganze Zeit waren wir so glücklich miteinander. Er war ein Mann, wie man ihn selten trifft, so höflich und interessant, und es hat so viel

Spaß gemacht, mit ihm zu essen. Ich habe gut gekocht, denn das konnte ich, meine Liebe, und wir aßen herrschaftlich, jeder an einem Ende des Tischs, mit Kerzenlicht und geklöppelter Tischdecke, und er schenkte mir edlen Wein ein, als wäre ich aus einer vornehmen Familie.«

Ihre Blicke richteten sich auf den gedeckten Tisch im Esszimmer. Kolfinna schaute ebenfalls dorthin. Sie sah die beiden im Geiste vor sich.

So ein harmonisches Zusammenleben gab es also.

Sie seufzte, und um das Gespräch in Gang zu halten, fragte sie: »Du erwartest Gäste?«

Listalín durfte nicht mehr in schönen Erinnerungen schwelgen.

»Ja, ich erwarte Gäste, wenn man das Gäste nennen kann. Ich habe meine beiden Söhne eingeladen, meine Schwiegertochter und meinen Rechtsanwalt, wir müssen die Erbangelegenheiten klären, damit ich in Frieden sterben kann.«

Eine tiefe Furche hatte sich zwischen den Brauen gebildet, es gab für sie offensichtlich nichts Wichtigeres, als in Frieden sterben zu können.

»Sie haben sich genug gehasst, diese meine Kinder, und müssen nicht auch noch nach meinem Tod damit weitermachen. Sie wollen mich nicht besuchen und tun so, als wäre es alles meine Schuld, wie es gekommen ist. Ich konnte nichts dazu, dass der ältere Bruder dem jüngeren die Frau weggenommen hat. Herrje, das war eine richtige Tragödie. Mein jüngerer Sohn und die Schwiegertochter, sie haben sich ganz schrecklich geliebt, seit sie zwanzig waren, sie waren verlobt und haben viele Jahre zusammengelebt, aber dann unternahm er eine von seinen vielen Reisen, er trieb sich nämlich ständig in der Weltgeschichte herum, und währenddessen lud ich sie zum Essen ein, ja, und der ältere Sohn ist auch gekommen, und dann habe ich ihn gebeten, sie nach Hause zu fahren, weil es schon so spät geworden war. Kurze Zeit später ist sie zu ihm gezogen und dann haben sie sogar geheiratet! Der jüngere Sohn gibt mir an allem die Schuld und redet jetzt schon seit fast zwei Jahren kein Wort mehr mit mir, und der ältere auch nicht, nachdem ich ihm wegen seines scheußlichen Verhaltens ordentlich den Marsch geblasen habe. Na, und die Schwiegertochter hat sich auch nicht mehr blicken lassen, wahrscheinlich schämt sie sich. Was für ein Zustand, soll man so etwa sterben? Nein, nicht Listalín Jónsdóttir. Die werden nachher was von mir zu hören bekommen. Mein Rechtsanwalt hat sie herbeizitiert. Aber mir ist alles andere als wohl dabei, das kann ich dir sagen.«

Wenn es um Liebesgeschichten ging, wurde Kolfinna immer aufmerksam, und sie fragte interessiert, was aus ihnen allen geworden wäre, ob sie Kinder hätten und ob der jüngere eine andere geheiratet hätte.

»Nein, Kinder haben sie keine bekommen, die Ehe hat ja auch nur drei Monate gehalten. Und der jüngere? Er hat immer nur diese eine Frau geliebt, obwohl er nie so viel Verstand besessen hat, ihr einen Heiratsantrag zu machen, sonst wäre es vielleicht ganz anders gekommen. Ach ja, die jungen Leute von heute, aber jetzt erzähl mir doch, meine Liebe, wie war es eigentlich, bei ihnen zu putzen?«

»Habe ich bei ihnen geputzt?«, fragte Kolfinna wie ein Kind, das Erwachsenen etwas nachplappert, ohne zu wissen, was die Worte bedeuten.

Während sie die alte Dame mit offenem Mund anstarrte, brach ihr der kalte Schweiß aus. Ihr Herz fing an zu hämmern. Ihr Kopf brummte. Sie hatte das Gefühl, sie müsse sich übergeben.

»Du bist ja leichenblass, Mädchen! Ach, wie konnte ich nur, ich rede was daher vom Tod und vergesse ganz, dass du gerade erst deine Mutter verloren hast. Aber jetzt nimm dir noch mehr Kaffee, mein Kind, und ich hole dir etwas Wasser, du wirst mir doch wohl nicht zusammenklappen?«

Kolfinna hätte nichts dagegen gehabt, für alle Ewigkeit zusammenzuklappen.

Sie hörte alles nur noch aus weiter Ferne.

Sie hatte das Gefühl, das Gehör würde sie im Stich lassen.

Ein Glas Wasser wurde ihr an die Lippen gehalten, sie trank einen Schluck und bekam dann einen Hustenanfall. Sie hustete und hustete, als hätte sie etwas in den Hals bekommen. Listalín tänzelte um sie herum und zupfte ihr Flusen ab. Dann ließ der Anfall nach und sie blickte die alte Dame begriffsstutzig an.

»Sind sie Brüder?«

»Was? Wer? Ketill und Flosi? Ja, sie sind Brüder, Ketill ist ein Jahr älter.«

»Sie sind sich nicht sehr ähnlich.«

»Nicht äußerlich, aber sie ähneln sich trotzdem sehr.«

»Aber der eine heißt Fichter, der andere Fridriksson.«

»Das ist auch wieder so eine Marotte bei den beiden, der eine nennt sich nach dem Vornamen seines Vaters, wie es isländische Sitte ist, der andere nach dem Nachnamen. Sie sind noch nie gut miteinander ausgekommen, die beiden. Mein Mann, so gut wie er war, hat Flosi viel zu nachgiebig behandelt und stellte viel zu große Anforderungen an Ketill. Er bestand darauf, dass er Jura studieren sollte, obwohl er so gern Maler geworden wäre, der arme Junge. Ketill gehorchte, er hatte immer das Bedürfnis, sich vor seinem Vater zu bewähren, und jetzt ist er reich und anerkannt, aber ich glaube, er ist nie glücklich gewesen, der Ärmste. Flosi hingegen hat immer genau das gemacht, wonach ihm der Sinn stand, er fing an, sich mit Insekten und Ungeziefer zu befassen. Eigentlich hätte er Grossist werden sollen, aber das wär's ja wohl gewesen, ein Mann, der nie mit Geld umgehen konnte. Ketill war ganz anders, er sparte jede Krone, die er bekam. Denk mal, wie das Leben so spielt, ich habe beide Jungen auf die gleiche Weise erzogen, und der eine kommt zu Geld und ist immer wie aus dem Ei gepellt, während der andere keinen Pfennig besitzt und alles drunter und drüber gehen lässt. Ich weiß, dass es schrecklich gewesen sein muss, bei ihm zu putzen. Ja, ich habe wirklich merkwürdige Söhne. Vor lauter Eifersucht haben sie sich einmal so geprügelt, dass beide zur Ambulanz mussten. Dann hat Flosi versucht, Ketills Haus in Brand zu stecken, aber um Gottes willen, erzähl niemandem etwas davon, und zur Krönung des Ganzen hat Sigurdís noch mit Flosi geschlafen, nachdem sie Ketill schon geheiratet hatte. Ketill hat sie grün und blau geschlagen, und sie hat ihn verlassen. Mein Gott, warum erzähle ich dir das alles, wo mich das doch so mitnimmt. Aber ich weiß, dass du es niemandem weitererzählst, du bist nicht so ein Mensch. Ja, so was kommt in den besten Familien vor. Du hast es aber anscheinend nicht gewusst?«

Listalín erwartete irgendeine Reaktion von ihr. Kolfinna starrte lange in ihren Schoß, bevor sie imstande war zu antworten.

»Ich hätte es wissen können, hätte ich es wissen wollen.«

Die alte Frau blickte sie nachdenklich an.

»Aber ich hoffe, dass das beim Putzen nicht gestört hat. Ich weiß zumindest, dass sie wirklich Glück hatten, so eine Haushaltshilfe wie dich gehabt zu haben!«

»Ich war mehr als eine gute Haushaltshilfe.«

»Als ob ich das nicht wüsste. Aber unter uns gesagt, Margét und Gudrun haben das so eingefädelt. Mit derselben Haushaltshilfe bei allen dreien konnten wir aus der Ferne alles mitverfolgen, einfach nur um zu wissen, ob sie überhaupt noch am Leben sind. Margét wusste von diesem arbeitslosen Mädchen mit den Kindern und sie brachte sie bei allen dreien unter, auf ihr altes Kindermädchen haben sie alle gehört, auch wenn sie kein Wort mit mir reden wollten. Und ich übernahm das Mädchen ebenfalls, weil ich es so schön fand, jemandem Arbeit zu verschaffen. Aber dann kamst du auf einmal an ihrer Stelle, und unter uns gesagt, aber sag das bitte nicht weiter, du putzt viel besser.«

Das Letzte sagte sie im Flüsterton, so als wolle sie nicht, dass der Wind die Worte weitertrug.

Die Uhr an der Wand schlug die Viertelstunde. Kolfinna schrak zusammen, sie hatte sie bis jetzt überhaupt nicht wahrgenommen.

»Sie kommen in einer Viertelstunde«, sagte Listalín und schien nach den langen Ausführungen etwas mitgenommen. »Willst du nicht noch ein bisschen bleiben und sie begrüßen?«

Kolfinna lehnte dankend ab. Lieber würde sie dem Teufel persönlich gegenüberstehen als den dreien, die erwartet wurden. Sie hievte sich aus dem Sessel hoch. Die Wahrheit war ihr ganz schön in die Knochen gefahren.

Die Katze wartete missmutig auf dem Bürgersteig, als sie die Haustür öffneten. Kolfinna konnte sich nicht zurückhalten, so wie ihr zumute war, musste sie es an jemandem auslassen.

»Listalín, was machst du denn mit den Katzen, wenn du beschlossen hast zu sterben?«

»Würdest du sie wollen?«

»Ich versteh mich nicht auf Katzen.«

»Na, warten wir einfach mal ab.«

Sie küssten sich zum Abschied. Kolfinna überlegte, ob sie diese Frau noch einmal wiedersehen würde, die ohne es zu wissen ihr simples Leben sehr kompliziert gemacht hatte.

Der Wind spielte mit den roten Blättern auf dem Rasen und Kolfinna träumte davon, dass er sie auch irgendwohin wehen würde.

Ihretwegen zum Teufel.

Sie war schon aus dem Garten heraus, als auf einmal Trotz in ihr hochstieg und ihr befahl umzukehren. Im Schutz der alten Bäume schlich sie sich zum Haus zurück und versteckte sich hinter den Sträuchern an der Nordseite. Von da aus konnte sie jeden sehen, der sich dem Haus näherte.

Sie wartete. Die schwarze Katze mit den weißen Pfötchen, die im vergangenen Jahr das Selbstvertrauen gewonnen hatte, nach dem sie sich selbst immer gesehnt hatte, glaubte, dass sie hier Versteck spielen würden und sprang um sie herum.

Endlich schlugen die Glocken der Hallgrímskirche zwölf.

Unglaublich, dass alle drei in dieses Haus gehen würden. Sie war davon überzeugt, dass Ketill als Erster kommen würde und Flosi als Letzter. So waren sie.

Sie kamen zu Fuß, jeder aus seiner Richtung, jeder aus seinem Haus.

Der Rechtsanwalt wirkte selbstsicher. Er hatte bestimmt ausgiebig gefrühstückt, in aller Ruhe die Zeitungen gelesen, ein Bad genommen und sich pedantisch zurechtgemacht, den Nadelstreifenanzug angezogen und währenddessen das Erbrecht rekapituliert und die einschlägigen Gesetze, falls er darauf zurückgreifen müsste. Eine Hand steckte in der Tasche, die andere hielt die Pfeife. Pokerface.

Die Sängerin, die ein paar Minuten später kam, war in Eile, sie wollte das bestimmt so schnell wie möglich hinter sich bringen. Sie hatte die Männerwelt bis obenhin satt. Trotzdem sah man dem sorgfältig geschminkten Gesicht an, dass sie sich den halben Morgen daran zu schaffen gemacht hatte, und das sorgfältig ausgewählte Kostüm brachte die weiblichen Rundungen besonders zur Geltung. Sie hatte schweres Geschütz aufgefahren.

Knapp zehn Minuten später kam der Mann, der nie auf die Zeit achtete. Der nie auf anderer Gefühle achtete. Der bloß Türen knallen konnte. In Pullover und Bergschuhen. Abschätziger Gesichtsausdruck. Laune auf dem Gefrierpunkt.

Als er das Gartentörchen zugeknallt hatte und zum Haus hinaufging, weinte ihr Körper, aber das Gesicht blieb trocken.

Jetzt würden sie sich alle treffen, die sich so geliebt hatten.

Geliebt und geliebt.

Sie rannte aus dem Garten und nur ein paar Häuser weiter musste sie in eine kleine Passage zwischen den Häusern abbiegen und sich übergeben.

Die Vögel auf den Dächern sangen über ihr.

Sie dachte an ihre Mutter. Sie wusste nicht, ob ihre Mutter Vögel gemocht hatte. Sie hatte sie nie gefragt. Sie hatte sie nie nach irgendwas gefragt. Wonach sie sich sehnte, was sie schön fand, was ihr Spaß machte. Das ganze letzte Jahr hatte sie sich immer nur mit diesen Leuten beschäftigt, bei denen sie putzte. Sie hatte immer nur darüber nachgedacht, was sie wohl denken mochten.

Als sie sich wieder aufrichten konnte, stand sie und lauschte dem Gesang. Ihre Stirn war feucht von der Anstrengung, sie wischte sich den Schweiß mit zitternden Händen ab und steckte sie dann in die Tasche. Ihr Gesichtsausdruck gab zu erkennen, dass nichts auf der weiten Welt sie auch nur im Geringsten anginge.

Sie setzte ihren Gang fort.

Ihre Finger schlossen sich um den Schüsselbund. Schlüssel, die Häuser aufschlossen. Häuser, in denen sie ein ganzes Jahr lang geputzt hatte. Das Jahr des Staubwischens. Aber jetzt hatte es ein Ende damit.

Wo es doch so viel Spaß gemacht hatte, bei ihnen zu putzen.

Unheimlich Spaß gemacht.

Eigentlich müsste sie noch einmal bei ihnen allen putzen. Nur ein einziges Mal noch.

Zum Abschied.

Die Schlüssel klimperten im Takt zu ihrem beschwingten Schritt, als sie zum Haus der Sängerin ging, und im gleichen Takt hüpfte sie die Treppe hinauf.

Sie öffnete die Tür entschlossen.

Der Rosenduft war ungewöhnlich schwer, hier war offensichtlich heute Morgen kein Fenster geöffnet worden. Weil in dieser wunderbaren Wohnung eine überaus wichtige Aufgabe auf sie wartete, erschien es ihr angebracht, während der Arbeit Musik aufzulegen. Denn das war jetzt der Abschiedsputz. Sie durchwühlte die Ariensammlung, legte eine Verdi-Oper auf und stellte die Anlage auf volle Lautstärke, besonders die Bässe, denn das war so gut beim Putzen, und dann öffnete sie sämtliche Fenster und die Balkontür, damit das ganze Viertel zuhören konnte, denn sie wollte ja nicht egoistisch sein und die Musik nur für sich haben, so eine war sie nicht. Und als ihr die Musik so richtig in die Glieder gefahren war, machte sie sich resolut an die Arbeit, suchte sämtliche Parfümfläschchen zusammen, und um der Wohnung noch etwas mehr Duft zu verleihen, bewässerte sie alles gründlich mit dem kostbaren Rosenparfüm.

Parfüm auf die Teppiche, Parfüm ins Klavier, Parfüm in die Blumentöpfe, Rosenduft im ganzen Haus, das würde für die nächsten Jahre reichen. Überall der Duft von Rosen.

Als sie mit dem Bewässern fertig war, schien es ihr angebracht zu lüften. Und das war auch notwendig, denn die Klamotten lagen ja überall herum, für bestimmte Leute war es nämlich so schwierig, etwas in den Schrank zu hängen, dafür hatte man ja schließlich eine Haushaltshilfe, und sie sammelte alles auf und ging damit auf den Balkon, um die Sachen zu lüften, Kleider, Röcke und Blusen, es war so wichtig, den Wind zu nutzen. Anschließend holte sie die Unterwäsche, denn es war absolut unverzichtbar, die Dessous zu lüften, das lag auf der Hand, und so leerte sie die Schubladen.

Bodys auf den Balkon, seidene BHs, Spitzenhöschen, alles raus auf den Balkon, den Wind ausnutzen und lüften; sie ließ die Sachen los, gab ihnen die Freiheit, sah, wie sie vom Balkon weggeweht wurden und unter den Klängen von Arien im Wind davonflatterten und zum Himmel schwebten, fliegende Spitzen. Alles gelüftet.

Sie legte den Schlüssel dorthin, wo die Schlüssel aufbewahrt wurden. Fertig geputzt. Das ging ja schnell. So schön ist Putzen. Putzen macht das Leben schön.

Von Haus zu Haus zum Putzen.

Sie fand es angenehm, durch den Wind zu gehen, das Haar wirbelte ihr um den Kopf. Sie eilte weiter zum Rechtsanwalt. Es war notwendig, ihm den Staub vom Hals zu schaffen. Zu schlimm, wenn der einem in die Nase stieg.

Sie öffnete die Tür resolut.

Das Schweigen des geschichtsträchtigen Hauses, wo die Geister bedeutender Persönlichkeiten umherschwebten, nahm sie in Empfang. Sie fand, dass ein bisschen betörende Musik denen nicht schaden würde, und legte Granados ein. Drehte sich um sich selbst auf dem glänzenden Fußboden. Aber dann fiel ihr ein, dass sie hier keine Zeit vertrödeln durfte, das Haus sehnte sich danach, geputzt zu werden, deswegen tänzelte sie zur Veranda, öffnete die Tür und ein scharfer Wind blies ihr entgegen. Ihr war klar, dass die Perserteppiche nicht hinausgetragen werden durften, die vertrugen so ein Wetter nicht, so empfindlich, wie sie waren. Sie beschloss, sie an Ort und Stelle zu reinigen, ging in die Waschküche und suchte nach dem passenden Mittel. Da standen sie alle aufgereiht, die guten Putzmittel, Waschpulver, Chlor, Scheuerpulver, Fleckentferner, Verdünner, Glasreiniger, Toilettenreiniger, Terpentin, Bohnerwachs, Möbelpolitur, Lederpolitur, sämtliche Putzmittel dieser Welt. Nach reiflicher Überlegung wählte sie Chlor. Hier war eine gründliche Desinfizierung unumgänglich.

Also desinfizierte sie die Perserteppiche. Schraubte den Verschluss von der Flasche, hielt sich ganz genau an das Muster und ließ Chlor in einem dünnen Strahl auf die Teppichrosen fließen. Beide Teppiche wurden porentief gereinigt, für die Teppichmilben gab es kein Pardon. Alles desinfiziert.

Im Anschluss an die Desinfizierung musste staubgewischt werden. In diesem edlen Heim war es überaus wichtig, dass sich kein einziges Stäubchen herumtrieb. Es musste dringendst Staub gewischt werden, der Staub musste weggesaugt werden, besonders von den Gemälderahmen. Und der Staubsauger saugte und saugte, langsam und betörend wie die spanischen Klänge, aber der Staub hatte sich auf den Gemälden festgesetzt, auf den rauen Ölfarben, und ihr wurde klar, dass hier gründlich abgestaubt werden musste, hier mussten scharfe Mittel und ein Lappen her. Wieder ging sie in die weiße und blitzsaubere Waschküche, ließ die Blicke über die ganze Batterie schweifen und wählte den Verdünner, denn sie wusste, dass Scheuerpulver bei Ölgemälden nichts taugte.

Sie gab den Verdünner auf ein feuchtes Tuch, das sie im Takt der Musik über die Oberfläche der Bilder gleiten ließ, über diese herrlich abstrakte Kunst, sie bearbeitete die Vertiefungen gründlich, rieb und glättete spitzige Kanten, bloß weg mit dem Staub, und die Farben liefen zusammen und bildeten ein neues abstraktes Werk. Alles vom Staub befreit.

Sie legte den Schlüssel dorthin, wo die Schlüssel aufbewahrt wurden. Fertig mit Putzen. Das ging ja schnell. So schön ist Putzen. Putzen macht das Leben schön.

Von Haus zu Haus zum Putzen.

Es war so angenehm, durch den Wind zu gehen, die Haare durchzulüften. Sie rannte beschwingt zum Haus des Forschers, denn er durfte natürlich nicht übergangen werden. Er liebte es, wenn jemand seinen Müll aufräumte.

Sie öffnete die Tür mit sicherer Hand.

Die Dunkelheit in der Diele verhüllte wie gewöhnlich das Gerümpel in den Ecken. Sie musste Licht machen, bevor sie zupacken konnte. Sie ging zum Arbeitszimmer und hörte das Rascheln der Bücher verstummen, als sie eintrat. Da sie wusste, dass sie Musik liebten, diese Schätzchen, legte sie unverzüglich Sibelius auf. Und die kraftvolle Musik gab ihr Auftrieb, mit Schwung sammelte sie allen Krempel zusammen, denn hier in diesem Haus durfte nichts weggeworfen werden, alles wurde gesammelt.

Sie schmiss die Schuhe ins Wohnzimmer, die Fahrradschläuche,

Milchtüten, Moosbehälter, Kaffeetassen, dreckige Teller, zerknitterte Zeitungen, alles auf einen Haufen auf dem Wohnzimmerfußboden, denn er liebte ja Haufen und am meisten Müllhaufen, und sie holte noch mehr Müll, kippte den Papierkorb und den Mülleimer aus. Alles auf einen Haufen.

Als sie den Müll geschmackvoll angeordnet hatte, fand sie, dass jetzt die verstaubten Bücher an der Reihe waren. Wie lange hatten sie da nicht staubig im Regal herumstehen müssen, jahrelang, ohne dass sich jemand um sie kümmerte, nie waren sie gesäubert worden. Deswegen ging sie in den ungepflegten Garten und holte den Gartenschlauch, denn er hatte gesagt, sie müssten eigentlich mal mit dem Schlauch bearbeitet werden. Sie schloss den Gartenschlauch am Wasserhahn in der Küche an, schleifte ihn dann ins Arbeitszimmer, und von Angesicht zu Angesicht mit den staubigen Schwarten schraubte sie die Düse auf und der Strahl klatschte auf die Regale. Die Bücher schnappten zuerst nach Luft, genossen dann aber die Dusche und kreischten, und die Musik, die an reißende Flüsse und Wasserfälle erinnerte, gab eine starke Kulisse ab. Und sie spritzte und spritzte, bis alle Buchrücken feucht waren, alle Bücher frisch gebadet. Alles abgespritzt.

Sie legte den Schlüssel dorthin, wo die Schlüssel aufbewahrt wurden. Fertig mit Putzen. Das ging ja schnell. So schön ist Putzen. Putzen macht das Leben schön.

Von Haus zu Haus zum Putzen.

7

Die beiden Ebereschen schlugen gegen die Scheiben und verwendeten ihre roten Beeren, um den Geräuschpegel zu erhöhen. Der rote Wecker tickte grimmig gegen die rhythmischen Schläge an. Kolfinna riss die Augen unter der Bettdecke weit auf und hielt den Atem an, während sie lauschte, aber als sie nur den Wecker hörte und die Bäume, wurde ihr leichter ums Herz.

Sie hatte Wache halten wollen und war eingeschlafen.

Ihr war nachts im Wohnzimmer so kalt geworden, dass sie sich eben etwas unter der Decke hatte aufwärmen wollen.

Es war ja auch eher unwahrscheinlich, dass mitten in der Nacht jemand kommen würde, um sie abzuführen.

Aber jetzt ging es schon auf acht zu, sodass sie jeden Augenblick eintreffen konnten. Irgendwann hatte sie mal gehört, dass die Kriminalpolizei jemanden um acht Uhr morgens verhaftet hatte. Sie war sich aber nicht sicher, ob auch am Sonntagmorgen Leute verhaftet würden, davon hatte sie nie etwas gehört. Aber weil sie nicht direkt am Tag danach aufgetaucht waren, konnten sie eben heute kommen. Falls sie sonntags arbeiteten. Und sie überlegte, wie viele kommen würden, um sie abzuführen, oder ob nur einer anklopfen würde.

»Ob sie mir Handschellen anlegen?«, fragte sie den Wecker.

Ihr Blut geriet in Wallung, als sie an die Handschellen dachte, aber auf keinen Fall wollte sie sich im Bett schnappen lassen. Sie kroch aus dem Bett, völlig angezogen genau wie die letzten beiden Tage, und wankte zum Fenster. Die Ebereschen versperrten ihr die Sicht, sie musste zwischen den gelben und roten Blättern hindurchspähen, um hinaussehen zu können. Als sie sah, was für ein fürchterliches Wetter war, schöpfte sie etwas Hoffnung.

»Vielleicht kommen sie bei so einem Wetter nicht«, murmelte sie und gelobte, die Bäume fällen zu lassen, sobald sie aus dem Gefängnis zurückkehrte.

Leute, die anderer Leute Wohnungen ruinierten, wurden mit Sicherheit eingelocht.

Aber davon abgesehen fand sie es vernünftiger, während des Verhörs einigermaßen gut auszusehen, deswegen begab sie sich ins Bad und machte sich zurecht. Die Tür zum Schlafzimmer ihrer Mutter war seit ihrem Tod angelehnt, und sie stieß sie ein wenig auf.

Alles war unverändert. So als wäre ihre Mutter gerade zur Arbeit gegangen.

Die Pantoffeln standen beim Bett, das Wasserglas auf dem Nachttisch. Sie nahm das Glas, ging damit ins Badezimmer und füllte es mit frischem Wasser. Sie hatte es jeden Tag neu aufgefüllt.

Sie stellte das Glas auf seinen Platz, knipste die Nachttischlampe an, denn es war noch dämmrig im Haus, und setzte sich dann auf die Bettkante. Ihre Zehen spielten mit den Pantoffeln.

Sie vermisste ihre Mutter so sehr.

Sie sehnte sich so sehr danach, sie in Pantoffeln durchs Haus gehen zu sehen.

Und während sie die Pantoffeln mit den Zehen hin und her schob, ging ihr ein Licht auf: Das Leben, das sie sich erträumt hatte, war die ganze Zeit in diesem Haus gewesen.

Mit ihrer Mutter.

Es war ihr nur nicht klar gewesen. Sie war wie in Trance gewesen und hatte sich von der Zeit ein Schnippchen schlagen lassen.

Das Licht spielte im Wasserglas und sie spielte mit der Zeit, träumte davon, wie alles hätte sein können.

Sie spulte zurück.

Sie kam mit ihrem ganzen Hausrat zurück ins Haus ihrer Mutter und suchte sich sofort eine Arbeit, ging von einem Unternehmen zum anderen, war hartnäckig und machte so lange Druck, bis sie bei einer Firma kapitulierten und sie einstellten, sogar mit Überstunden.

Sie schuftete den ganzen Tag und ihre Mutter war so zufrieden mit ihr. Abends saßen sie dann zusammen vor dem Fernseher. An den Wochenenden hatte sie frei, und dann wurde das Haus geputzt, sie brachte den Müll weg und saugte Staub, und manchmal gingen sie am Wochenende gemeinsam in die Stadt, um einzukaufen, und machten anschließend einen Abstecher ins Café oder ins Kino, weil sie gutes Geld verdiente. Außerdem kaufte sie sich ein Auto, damit sie ihre Mutter ins Einkaufszentrum Kringlan fahren konnte, weil es ihr so viel Spaß machte, dort shoppen zu gehen, und in den Sommerferien fuhr sie mit ihr aufs Land, nach Hveragerdi oder in den Borgarfjördur, und ihre Mutter brauchte nur noch halbtags zu arbeiten, weil sie so viel verdiente.

So hätte ihr Leben sein sollen.

Das Ticken des roten Weckers drang bis in das Zimmer.

Vielleicht wäre alles so geworden, wenn sie mehr Zeit gehabt hätte.

Der Tod hatte ihr die Zeit genommen.

Sie zog die Pantoffeln wieder aus, wischte das Wasserglas von unten ab, knipste das Licht aus und stand auf.

»Wahrscheinlich ist es am besten, etwas zu essen, bevor sie kommen«, sagte sie zu dem Kissen und stand eine Weile mit verschränkten Armen da, als warte sie auf eine Antwort.

Sie hatte schon fast zwei Stunden in der Küche gesessen und auf die Festnahme gewartet, als ihr in den Sinn kam, dass sie vielleicht gar nicht kommen würden. Sie hatten wahrscheinlich wie andere Menschen auch am Sonntag frei. Bei näherer Betrachtung war sie sich ganz sicher. Sie war erleichtert, denn es war nicht schön, sich am Sonntag verhaften zu lassen. Ihrer Mutter hätte das nicht gefallen.

Trotz dieser Erkenntnis gelang es ihr aber nicht, ruhiger zu werden oder für ein paar Minuten auf dem Sofa im Wohnzimmer zu dösen. Stattdessen irrte sie durchs Haus, als sei sie auf der Suche nach etwas, was sorgfältig versteckt war.

Ihre Möbel im Keller waren in dem einen Jahr ziemlich zugestaubt, das konnte man an der Waschmaschine sehen. Sie zeichnete mit dem Finger ein Haus auf ihr, Wände, Dach, Tür. Als sie die Fenster hingezeichnet hatte, war sie am Ende.

Das alte Schluchzen brach aus ihr heraus.

»Ich kapituliere«, sagte sie unter Schluchzen und wischte das Haus weg. »Ich möchte nur noch schlafen, viele Tage lang, bis in alle Ewigkeit.«

In diesem Augenblick entschloss sie sich, das Haus zu verrammeln.

Alle glauben zu lassen, dass sie verreist war. Die Tante anzurufen und zu sagen, dass sie vorhatte, in den Norden Islands zu fahren. Das Telefon nicht zu beantworten, nicht zur Tür zu gehen, wenn es klopfte.

Das Haus verrammeln.

Aber sie hatte zu viele Filme gesehen, um nicht zu wissen, dass die Polizei ein Problem war. Diese Leute konnte nichts daran hindern, in ein Haus einzudringen. Nachdem sie sich einige Filmszenen vor Augen geführt hatte, wo die Umstände ähnlich waren wie bei ihr jetzt, ging sie zielstrebig ans Werk.

Zunächst putzte sie sich die Nase, dann telefonierte sie mit ihrer Tante. Sie machte so wenig Worte wie möglich, um nicht in weitere Erklärungen verwickelt zu werden. Sie bat sie, sich mit Mathilda in Verbindung zu setzen und ihr von dieser Reise zu erzählen, sie könne sie nämlich im Augenblick nicht erreichen. Speziell für die Polizei fertigte sie einen Zettel an, den sie an einen gut sichtbaren Platz in der Küche legte, eine Nachricht für Mathilda mit genauen Anweisungen, wie oft die Blumen gegossen und wann sie gedüngt werden müssten. Die Polizisten müssten dann doch wohl begreifen, dass sie verreist war.

Sie wusste bis ins kleinste Detail, wie so etwas vor sich gehen würde. Sie hatte es so oft im Film gesehen. Erst würden sie anklopfen, dann die Tür aufbrechen, zuerst ins Wohnzimmer gehen und dann in die Küche, dort würden sie den Zettel sehen und daraus schließen, dass sie nicht zu Hause war, aber sie würden trotzdem routinemäßig das Haus untersuchen. Oben in die Zimmer schauen und auch die Kellertür öffnen. Die Treppe halb hinuntergehen und sich umschauen, aber nichts anderes sehen als Waschmaschinen und Kisten, dann wieder nach oben gehen und das Haus verlassen.

Aber hinter den Kisten würde sie sich verbergen.

Ihr Hausrat war ihre Festung.

Niemand würde sie hinter den aufgestapelten Kartons finden können, es sei denn ein Hund. Sie hatte sich einen hervorragenden Winkel eingerichtet. Zwar nicht so groß, dass sie die Beine ausstrecken konnte, sie musste sich dort zusammenkauern, aber ansonsten war es ein idealer Platz. Einige Kisten sprangen vor und gaben ausgezeichnete Regale ab, wo sie Taschenlampe, Wasserglas und eine Packung Rosinen abstellen konnte. Mehr brauchte sie nicht, da sie überhaupt keinen Appetit hatte.

Dann wartete sie im Kellerdunkel.

An diesem Sonntag klingelte zweimal das Telefon, und irgendwann am Nachmittag klopfte es an die Haustür. Sie hatte den Eindruck, dass es Mathilda war, aber sie war sich nicht sicher. Ihr Herz klopfte wie wild. Die Körperfunktionen kamen in Gang und kurz darauf musste sie aufs Klo. Der Gedanke, bei dieser Verrichtung festgenommen zu werden, entnervte sie völlig. Gegen Mitternacht verließ sie ihre Festung und ging in ihr Zimmer.

Nachts konnte sie gefahrlos in ihrem Bett schlafen, aber sofort bei Tagesanbruch ging sie wieder in ihre Festung.

Den ganzen Montag ließ man sie in Ruhe.

Sie döste hinter den Kartons.

Am Dienstagmorgen, als sie sich wieder in ihrer Festung verschanzt hatte, war sie etwas ruhiger geworden und kam zu der Überzeugung, dass die Polizei jemand anderen verhaftet haben musste. Irgendwas war schief gelaufen, so viel stand fest.

Sie knipste die Taschenlampe an und aus, während sie versuchte, sich den Gang der Dinge auf dem Polizeirevier vorzustellen, kam aber zu keinem Resultat. Der Lichtstrahl geisterte durch ihren Zufluchtsort und sie bedauerte es, dass sie nicht daran gedacht hatte, eine Zeitschrift oder ein Buch zum Lesen mitzunehmen. Das wäre mit dieser guten Taschenlampe prima gegangen. Aber der Gedanke an Bücher ließ Erinnerungen hochkommen, die sie versucht hatte zu verdrängen.

Sie brachen wie ein Wolkenbruch über sie herein.

Sie spürte seinen Wasserduft. Als käme er unter einem Wasserfall hervor und direkt in ihre Arme. Aber seine Hände waren heiß, und auch die Brust und die Schultern, und sie bohrte sich in seine Umarmung. Dort blieb sie lange, lange. Bis er sie verstieß. Denn er hatte sie verstoßen. Nicht gut genug. Nicht belesen genug.

Als wäre er auch nur einen Deut besser. Dieser Müllsammler. Dieser schlampige Kerl. Dieser Feuerteufel. Verdammter Feuerteufel. Steckte Waschküchen in Brand. Und sein Bruder, der war nicht die Bohne besser. Verdammter Idiot. Prügelte Frauen. Und diese Singdrossel, die mit beiden zusammen gewesen war, die war sexuell komplett von der Rolle. Diese Kulturfuzzis hielten sich für was Besseres als sie.

Verdammt, wie sie die hasste.

Hielten sich für was Besseres als sie und ihre Mutter.

Hätten sie nicht so viel von ihren Kräften und ihrer Aufmerksamkeit beansprucht, hätte sie sich besser um ihre Mutter kümmern können.

Verdammt, wie sie die hasste.

Sie hatten Schuld daran, diese Scheißtypen.

Sie hatte angefangen, auf die Kartons um sich herum einzuhämmern. Sie wäre am liebsten aufgestanden und hätte ihre Festung dem Erdboden gleichgemacht. Die verdammte Polizei konnte sie ruhig verhaften. Die hasste sie auch.

Schließlich hielt sie es nicht länger aus, sie sprang auf und schlug und trat in blinder Wut um sich.

Die Festung fiel.

Sie konnten sie abführen.

Außer Atem setzte sie sich auf die Holzkiste und schaute auf die Ruine.

Da hörte sie die Schläge.

Jemand hämmerte oben an der Tür. Hatte vielleicht lange geklopft, ohne dass sie es gehört hatte. Sie sprang auf und lauschte.

Jetzt waren sie endlich da.

Ihr brach der Schweiß aus.

Aber dann hörte sie die Stimme. Diese schrille Stimme würde sie noch hören und kennen, wenn sie mehrere Meter unter der Erde läge.

»Mach sofort auf, Kolfinna, ich weiß, dass du da drin bist! Dschiises Kraist, was soll denn der Scheiß! Schluss jetzt mit diesen Scheißdepressionen, mach gefälligst auf, und zwar auf der Stelle!«

Es war, als hätte man eine ganze Spezialeinheit auf die Haustür losgelassen.

Dann war auf einmal alles still. Sie setzte sich wieder auf die Holzkiste und lauschte. Von draußen hörte man nur das Zwitschern der Vögel auf den Dächern ringsum. Sie bereiteten sich auf den kalten und dunklen Winter vor.

Sie vermisste ihre Mutter so schrecklich.

Das rote Haar ihrer Mutter war so dicht und schön geworden, dass sie mehrere Handtücher brauchten, um es zu trocknen. Das Wasser tropfte auf den Boden und ihre Mutter ging barfuß durch die Nässe, ohne dass sie kalte Füße bekam. Ihre Füße waren so weiß und schön, dass sie niederknien musste, um sie zu küssen. Aber ihr selbst war so kalt an den Füßen, und ihre Mutter sagte ihr, sie solle mitkommen, sie wollte ein paar warme Socken für sie suchen. Und zusammen betraten sie einen merkwürdigen Saal, in dem einige Musiker spielten und ein schwarz gekleideter Chor ein Requiem sang. Sie kannte das Lied so gut, dass sie fast mitsingen konnte. Sie sangen für die Seelen der Verstorbenen. Mutter und Tochter waren glücklich und zufrieden, denn sie hielten sich bei den Händen und waren beide tot.

Kolfinna öffnete die Augen und starrte zur Decke.

Sie wusste nicht so recht, ob sie vielleicht tot war, ohne es zu wissen.

Ihre Blicke richteten sich auf das Fenster, sie sah, wie sich die Ebereschen wiegten, und dann wurde ihr klar, dass sie nicht tot war. Aber irgendetwas hatte sie geweckt. Ein Geräusch.

Sie lauschte.

Ein Stein flog gegen das Fenster.

Wie von der Tarantel gestochen sprang sie aus dem Bett. Draußen war es taghell, sie hatte sich verschlafen, das war natürlich die Schuld des Weckers. Sie versetzte ihm einen Hieb und das Miststück hüpfte wimmernd über den Boden. Dann tigerte sie im Zimmer herum, während sie versuchte, klar zu denken. Sie setzte sich verstört aufs Bett. Woher kam das Geräusch?

Ein Stein flog gegen das Balkonfenster.

Ein paar Sekunden war sie wie gelähmt, aber dann ging sie Schritt für Schritt in Richtung Balkon. Spähte hinaus. Sah nichts vor lauter Bäumen. Dachte nach. Die Polizei würde wohl kaum Steine ans Fenster werfen.

Sie öffnete die Tür ganz, ganz langsam. Die kühle Herbstluft erfüllte ihre Sinne und sie atmete tief durch, es war so lange her, seit sie an der frischen Luft gewesen war. Dann stieg sie vorsichtig auf den Balkon hinaus und spähte über das Geländer.

Der große Bücherwurm stand unten im Garten. In dunkelgrünem Jackett, mit düsterer Miene. In der Hand hielt er einen großen Stein.

Sie sollte gesteinigt werden.

Sie versuchte nicht, den Hass in ihrem Blick zu verbergen. Als er keine Anstalten machte, etwas von sich zu geben, wo er doch sonst nie um eine bissige Bemerkung verlegen war, sagte sie drohend: »Wag es bloß nicht, auf den Balkon zu klettern.«

Er warf den Stein hoch wie einen Ball.

»Hältst du mich vielleicht für Romeo?«

Sie schwieg.

»Du bist es nicht wert, dass man sich die Klamotten kaputtmacht, um zu dir hinaufzuklettern.«

»Das letzte Mal hat es dich aber nicht gestört.«

»Da hatte ich meine fünf Sinne nicht beisammen.«

Darauf hatte sie keine Antwort. Sie war sich auch nicht sicher, ob sie selber an dem Abend, an dem er zu ihr hinaufgeklettert war, ihre fünf Sinne beisammen gehabt hatte. Der Stein flog noch ein Stück höher. Sie wurde unruhig.

»Du hast meine ganzen Bücher ruiniert«, sagte er und blickte auf den Stein.

Jetzt kam es also. Ihr Herz begann zu klopfen, sie unterdrückte einen Hustenanfall.

»Hast du nicht selbst gesagt, dass man sie mal mit dem Schlauch bearbeiten müsste?«

»Der Schaden beläuft sich auf einige Hunderttausend, wenn nicht Millionen. Du wirst jedes einzelne Buch bezahlen, dafür sorge ich.«

»Hast du die Polizei eingeschaltet?«

Sie musste auf die Antwort warten. Er betrieb jetzt Steinforschung.

»Es war kein Einbruch. Das solltest du doch wissen, eine Person, die nach Harvard will. Allerdings hat mich dein Hang zu strafbaren Handlungen überrascht, man rechnet nicht damit, dass Scheuerfrauen kriminell sind.«

»Ausgerechnet du musst das sagen«, fauchte sie. »Du Brandstifter. Deine Mutter hat mir alles erzählt. Du hast die Waschküche deines Bruders angezündet, das weiß ich ganz genau.«

»Was regst du dich denn so auf? Ich hatte mir bloß vorgenommen, ihm jedes Jahr zu Silvester eine Rakete zu schicken, um seinen Hochzeitstag zu feiern und ihn an die Bruderliebe zu erinnern. Aber ich bin mir nicht sicher, ob er noch weitere Grußbotschaften dieser Art von mir bekommt, jedenfalls nicht solche feurigen. Aber sag mir eins, hast du auch mit meinem Bruder geschlafen?«

»Das geht dich nichts an, ich war schließlich bloß deine Putzfrau.«

»Nennst du das Putzen? Diese verdammte Fudelei? Nein, du kannst überhaupt nicht putzen, und jetzt komm runter, damit ich mit dir reden kann, man kriegt ja Halsstarre, wenn man so nach oben glotzt.«

»Nein, ich komme nicht runter, falls du nichts dagegen hast.«

»Dann komme ich und hole dich.«

»Das Haus ist abgeschlossen.«

»Dann räuchere ich dich aus.«

»Damit dürftest du ja keine Probleme haben«, sagte sie schroff, wurde aber etwas unruhig. Dieser Mann war zu allem fähig. Deswegen setzte sie eine seriöse Miene auf, um eine angemessene Distanz herzustellen.

»Was willst du eigentlich von mir?«

»Ich muss mit dir reden.«

»Hättest du das nicht vor einem Monat tun sollen?«

»Ich musste erst mit mir ins Reine kommen. Ich war mir nicht sicher, ob ich es ertragen würde, wieder eine Frau um mich zu haben.«

Dann lachte er leise: »Das mit der Unterwäsche war allerdings ein genialer Einfall. Ich habe gehört, dass die Höschen noch lange wie kleine Engel über dem Viertel geschwebt sind. Aber die Perserteppiche und die Gemälde hättest du verschonen sollen. Angeblich ist mein Bruder am Boden zerstört. Solche Besitztümer sind sein Ein und Alles. Es ist zu bezweifeln, ob er sich je wieder davon erholt. Aber wie dem auch sei, los, komm jetzt runter, bevor ich mir den Hals verrenke.«

»Was willst du?«, fragte sie mit zitternder Stimme.

»Rate mal.«

Diese Antwort hatte sie schon einmal gehört, sie war sich aber nicht sicher, ob sie genauso gemeint war wie damals, aber allein bei diesen Worten wurde ihr schon heiß und sie fing an, unkontrolliert zu schwitzen. Sie zog es vor zu schweigen.

»Kolfinna«, erklärte er barsch, »ich bin zu alt, um Bäume hochzuklettern. Ich sehe, dass du heute schlechter Laune bist und außerdem ziemlich ungepflegt, deswegen habe ich keine Lust, weitere Worte an dich zu verschwenden. Aber wenn du dich wieder gefangen und dich gewaschen hast, kannst du zu mir kommen.«

Er stellte sich in Positur, zielte mit dem Stein, schaute auf den Balkon als wäre er ein Basketballkorb und schleuderte. Sie konnte sich nur mit einem schnellen Satz retten. Als sie sich wieder auf den Balkon traute, sah sie, wie er wegging.

»In deine Rumpelkammer setze ich nie wieder einen Fuß«, schrie sie hinter ihm her.

»Dann komme ich eben zu dir«, sagte er munter und blickte über die Schulter zurück. »Die Biologie wird schon dafür sorgen, dass wir uns vereinen.«

Kolfinna hatte keine Ahnung, was damit gemeint war, und stand völlig perplex auf dem Balkon, bis er nicht mehr zu sehen war.

»So was kapiert man nicht, wenn man nicht belesen ist«, sagte sie schließlich zu den Ebereschen.

Sie war sich nicht sicher, ob es dieses Gespräch war oder die kühle Herbstluft, die sie so aufgemuntert hatte, dass sie Hunger verspürte, und als sie das morgendliche Ritual an ihrem übermüdeten Körper verrichtet hatte, kochte sie sich eine Hafergrütze. Anderes Rohmaterial gab es nicht im Haus, abgesehen von Mehl und Zucker. Sie musste mit Wasser kochen, Milch gab es seit Tagen nicht mehr. Sie war so beschäftigt, Bruchstücke zu einer Geschichte zusammenzufügen, durch die sie so langsam überhaupt nicht mehr durchstieg, dass ihr Geschmackssinn etwas geschwächt war. Sie saß in der Küche, war noch nicht ganz wach und leicht durcheinander. Deswegen war sie gar nicht auf der Hut und hätte beinahe die Hafergrütze über sich gekippt, als sie wieder Geräusche hörte.

Dem Krach nach zu urteilen versuchte jemand, ins Haus einzudringen, aber nicht durch den Haupteingang, genauso wenig wie der Gast von heute Morgen, sondern es hatte den Anschein, als habe in diesem Fall das Fenster im Souterrain die Funktion der Balkontür übernommen. Ohne nachzudenken öffnete sie die Haustür und schaute um die Ecke.

Mathildas breites Hinterteil steckte in dem schmalen Fenster, und ihr heftiges Stöhnen und Schnaufen gaben zu erkennen, dass sie wild entschlossen war, ins Haus zu gelangen.

Kolfinna starrte entgeistert auf diese Methode.

»Mensch, was ist denn los, warum kommst du denn nicht zur Haustür herein?«, rief sie geschockt.

Mathilda schnaubte.

Als sie sich wieder aus dem Fenster herausgezwängt hatte, richtete sie sich auf, schüttelte sich, klopfte sich den Dreck ab und kam drohend zum Eingang.

»Jetzt hör mir mal zu, Kolfinna, für solche Scherze bin ich überhaupt nicht zu haben. Hast du jetzt vielleicht damit aufgehört, dich umzubringen, oder legst du vielleicht mal eine Pause mit deinen Depressionen ein? Weißt du was, ich hätte größte Lust, dich umzubringen, sorry. Ich hab bei dir angerufen, ich bin hundertmal vorbeigekommen, und nie machst du auf. Mensch, hab ich dir vielleicht irgendwas getan? Hast du echt geglaubt, du könntest mir weismachen, dass du in den Norden gefahren bist? Glaubst du, ich wüsste nicht, dass du nie wegfährst, du blöde Kuh. Und jetzt hab ich mir deinetwegen die Hose kaputtgemacht, die kannst du gefälligst bezahlen.«

Kolfinna hatte in diesen Tagen das eine oder andere zu bezahlen. Sie war aber insgeheim froh, ihre Freundin zu sehen, auch wenn die vor Wut schnaubte. Mit ein wenig gutem Zureden und Schmeicheleien konnte sie sie in die Küche locken. Dort machte Mathilda weiter und zählte all die Jammerlappen auf, von denen sie wusste, dass sie im Lebenskampf das Handtuch geworfen und das alles später bereut hatten. Dann seufzte sie erschöpft und sagte: »Wenn du nicht gerade erst deine Mutter verloren hättest, würde ich dir ganz schön den Marsch blasen.«

Auf einmal bekam sie einen merkwürdigen Gesichtsausdruck. Sie sah ziemlich komisch aus, als sie endlich hervorstieß, wie dreckig sie sich die ganze Zeit gefühlt hatte wegen der hässlichen Worte, die sie am Tag, bevor ihre Mutter starb, von sich gegeben hatte.

»Was für ein Schock, dass sie da am nächsten Tag gestorben ist. Ich habe schlaflose Nächte deswegen gehabt.«

Kolfinna übernahm auf der Stelle die Rolle des Seelsorgers, auch wenn sie selbst seelisch total ausgelaugt war, und so kam es, dass sich Mathilda erst ganz zum Schluss daran erinnerte, dass sie noch aus einem anderen Grund in dieses Haus gekommen war außer um nachzuschauen, ob seine Besitzerin tot war.

»Ich sollte dich holen. Die alte Frau, bei der du geputzt hast, möchte dich noch einmal sehen, bevor sie stirbt. Sie liegt im Sterben und hat versucht dich anzurufen, aber du hast nicht abgenommen, du dämliche Kuh, und deswegen rief sie bei mir an. Sie sagte, sie könnte sich auf einmal an das erinnern, was sie dir sagen wollte.

Wonach du immer gefragt hast. Dschiises Kraist, die ist bestimmt schon längst tot, das war nämlich gestern.«

Sie schauten beide entsetzt auf die Uhr.

Die Straße war gelb und rot. Einige Blätter versuchten sich in der Herbstbrise in die Luft zu erheben, aber sie waren wegen des Taus zu schwer und fielen gedemütigt wieder zu Boden, wo Kolfinna über sie hinwegschritt. Sie versuchte, sich zu beeilen, aber das war wegen der glitschigen Blätter nicht ganz einfach. Zum Schluss gab sie es auf und ging einfach mitten auf der Straße.

Niemand hatte in Listalíns Garten Laub zusammengefegt.

Das rotbraune Haus schaute sie vorwurfsvoll an, als sie die Treppe hochstieg, die Katzen machten sich aus dem Staub, als sie sie erblickten, und die Vögel flogen kreischend aus den Bäumen. Ihr wurde ganz seltsam zumute.

»Sind alle sauer, weil ich nicht mehr putze?«, dachte sie und versuchte, munter zu sein, fühlte sich aber beklommen. Vielleicht kam sie zu spät. Vielleicht hatten sie die alte Frau schon aus ihrem Haus gebracht. Schwarz gekleidete Männer in einem schwarzen Auto.

Sie klopfte heftig, da sie keinen Schlüssel mehr hatte, und ihr kam es so vor, als höre sie drinnen etwas. Sie klopfte noch einmal und griff nach der Klinke. Die Tür war nicht abgeschlossen.

Der Geruch im Haus hatte sich verändert, er war schwer und alt. Hier war lange nicht geputzt worden. Auf den glänzenden Möbeln im Eingang hätte man mit dem Finger im Staub zeichnen können.

Kolfinna ging nicht weiter, sondern rief in das Schweigen hinein: »Hallo, ist jemand zu Hause?«

»Halli hallo«, rief es mit schwacher Stimme aus dem kalten Zimmer.

Die alte Frau lag in ihrem braunen Bett unter den bestickten, schneeweißen Bettbezügen. Sie hatte sich halb aufgesetzt und die Hände auf der Brust gefaltet, sodass es aussah, als hätte sie besonders darauf geachtet, eine passende Haltung zum Holzkreuz über ihrem Kopf einzunehmen. Der Wind spielte in den Gardinen und die frische Luft, die das ganze Zimmer erfüllte, hatte die herumschwebenden Geister aus dem Jenseits vertrieben, die Kolfinna früher hier wahrgenommen hatte.

Listalín schaute sie einen Augenblick forschend an, als wolle sie Kolfinnas Reaktion auf die christliche Atmosphäre testen, und zog dann das Oberbett bis zum Kinn hoch.

»Warum dauert es nur so schrecklich lange, bis man stirbt«, sagte sie betrübt.

»Du siehst aber noch ziemlich munter aus«, sagte Kolfinna und war froh, dass sie noch am Leben war.

»Nein, nein, liebe Kolfinna, ich bin ganz und gar nicht munter, ich liege hier auf dem Sterbebett«, sagte sie und setzte die Miene eines Sterbenskranken auf.

»Liegst du schon lange hier?«, fragte Kolfinna und setzte sich auf die Bettkante.

»Schon viele Tage, es will einfach nicht klappen.«

»Wäre es dann nicht am besten, einfach damit aufzuhören?«

»O nein, meine Zeit ist gekommen. Ich habe auch keine Lust mehr. Gudrun ist so krank und Margét so gebrechlich, sie hustet ständig und hat solche Schmerzen in den Knien, dass sie sich nicht mal mehr zutraut, bis zu mir zu kommen. Nein, es ist am besten, wenn ich mich hier aus dem Staub mache, ich habe hier niemanden mehr.«

»Du hast doch deine Kinder.«

»Glaubst du im Ernst, dass ich Lust habe, mit meinen Kindern zu reden, die sich immer nur streiten? Ich brauche die Gesellschaft von Gleichaltrigen, aber einer nach dem anderen von meinen Bekannten tritt ab, ich bin tagaus, tagein auf Beerdigungen. Ach, und bei mir geht auch alles kaputt, ich habe solche Hüftschmerzen, kann überhaupt nichts mehr hören und die Inkontinenz wird auch immer schlimmer.«

»Das ist ja wohl kein Problem, das zu reparieren.«

»Was?«

»Ich hab gesagt, es ist kein Problem, so was zu reparieren.«

»Ach, es ist mir unangenehm, mit dem Arzt darüber zu reden. Und dann ist da noch etwas, liebe Kolfinna, ich vermisse meinen

Friedrich so sehr, ich vermisse ihn die ganze Zeit, seit er mich verlassen hat.«

Kolfinna bekam einen Kloß in den Hals. Sie griff nach der Hand der alten Frau. Sie war klein und zierlich, warm und weich, die Haut weiß und dünn. Sie streichelte ihr über die Hand und ihr schien es, als hätte sie sie schon oft betrachtet, als kenne sie jede Falte, jedes Knöchelchen. Sie wusste, dass ihre Hand eines Tages so aussehen würde wie die, die sie in der Hand hielt. Und es kam ihr so vor, als würde alles, was Listalín in ihrem Leben gedacht hatte, auf sie übergehen.

»Ich vermisse meine Mutter auch«, sagte sie schließlich. »Ich möchte nicht, dass du jetzt gleich stirbst, ich habe keine Mutter und keine Großmutter mehr, mir steht niemand Älteres zur Seite, jemand, der mir sagen kann, wie ich zu leben habe. Nicht sterben, Listalín.«

Die alte Dame schnüffelte ein wenig, ließ die Blicke durch das Zimmer schweifen, fingerte an der Stickerei auf dem Bettbezug herum und sagte schließlich zögernd: »Ich könnte es vielleicht noch etwas aufschieben zu sterben, wenn du unbedingt möchtest. Wirst du dann wieder bei mir putzen?«

»Nein, Listalín, ich putze nicht mehr bei anderen Leuten.«

»Dann kommst du ja auch nie mehr zu mir.«

»Doch, ich komme ganz oft. Ich kaufe für dich ein und trinke Kaffee mit dir. Und du deutest meine Träume.«

Das alte Antlitz belebte sich auf einmal wieder. Es strahlte.

»Kolfinna, rate mal, wo ich heute Nacht war?«

»Warst du denn nicht hier?«

»Natürlich war ich hier, du Dummchen, ich meine doch in meinem Traum. Ich habe heute Nacht eine große Reise gemacht, und weißt du, wo ich war? In Paris! Ja, mit Friedrich in Paris. Endlich sind wir nach Paris gefahren! Mein Gott, was für eine wunderschöne Stadt ist das, Kolfinna. Du musst unbedingt eine Reise nach Paris machen. Die Häuser und die Cafés, mein Gott. Tja, da habe ich es also doch noch geschafft, dorthin zu kommen. Aber hör mal, wolltest du nicht wissen, warum mein Leben so schön gewesen ist?«

Kolfinna war sich ganz sicher, dass sie das wollte.

»Mir ist das auf einmal klar geworden. Komisch, dass das so lange gedauert hat. Aber ich wollte es dir sagen, bevor ich sterbe. Und ich kann es dir eigentlich auch sagen, selbst wenn ich im Augenblick nicht mehr sterbe.«

Kolfinna hielt den Atem an.

Endlich.

»Wir beide haben so viel Achtung voreinander gehabt.«

Kolfinna wartete. Nach diesem Satz musste noch etwas ganz Besonderes kommen. Etwas, das alles veränderte. Ihr Leben. Aber hier schien ein Punkt gesetzt worden zu sein. Aus ihrer Miene zu schließen, hatte Listalín ihr Geheimnis verkündet.

»War das alles?«, stammelte Kolfinna enttäuscht.

»Ja, wir haben so viel Achtung voreinander gehabt. Während unseres ganzen gemeinsamen Lebens. Deswegen war mein Leben so schön. Ich habe den ganzen Tag gesungen.«

Die weißen dünnen Gardinen bewegten sich leicht in der Brise und schienen sich darüber zu freuen. Kolfinna starrte auf den Boden, den sie so oft geputzt hatte, sie wollte nicht sehen, wie fröhlich sie waren. Sie hatte etwas anderes erwartet. Sie, die so oft mit dem Zug in die schöne Welt hinausgebraust war. Das war Betrug. Das konnte nicht so einfach sein. Sie konnte sich nicht zurückhalten.

»Wie kannst du sagen, dass dein Leben schön gewesen ist, wo du doch immer diesen Ärger mit deinen Söhnen gehabt hast?«

»Das ist deren Leben, Kolfinna, nicht meins. Wir ziehen unsere Kinder auf und mehr können wir nicht tun. Dann übernehmen sie selbst die Regie, genau wie wir es auch gemacht haben. Jeder Einzelne lebt sein Leben. Nein, ich weiß wirklich nicht, was meine Jungen aus ihrem Leben machen wollen. Aber eins weiß ich: Mein ganzes Leben ist schön gewesen.«

Die Worte klangen in Kolfinnas Kopf. Sie sangen. Und ganz plötzlich sehnte sie sich danach, die gleichen Worte sagen zu können, wenn sie achtzig wäre. Das war das Einzige, wonach sie sich sehnte. Achtzig zu werden und zu einer jungen Frau sagen zu können: Mein ganzes Leben ist schön gewesen.

Kolfinna ließ die Katzen ins Haus, bevor sie sich verabschiedete und ging. Listalín wollte schlafen, denn es hatte sie so viel Kräfte gekostet, so lange auf den Tod zu warten.

Sie selbst hatte aber keine Zeit zu schlafen. Auf sie wartete eine große Aufgabe.

Ein ganzes Haus war zu putzen.

Auf dem Weg nach Hause blickte sie frei und offen nach rechts und links auf all die Häuser, an denen sie vorbeiging, einige klein, andere groß, einige schön, andere hässlich, und sie schaute zu den Fenstern hoch und überlegte, wer all diese Häuser putzte.

»Hier riecht es schlecht«, sagte sie, als sie ihr Haus betrat, »hier ist wohl lange nicht geputzt worden?«

Ohne ein weiteres Wort zu verlieren, ging sie hinunter in die Waschküche, sortierte zielstrebig die Wäsche, steckte die erste Ladung in die Maschine und sagte zu ihr: »Du wäschst, während ich putze.« Dann schaute sie auf ihre Habseligkeiten in der Ecke und fügte hinzu: »Ja, jetzt seid ihr zu zweit, ihr Waschmaschinen, jetzt müsstet ihr doch wirklich waschen können. Und ihr da in den Kartons, nur keine Ungeduld, die Reihe kommt an euch, wenn ich oben geputzt habe. Aber jetzt will ich zuerst mal in die Küche, denn da ist das Herz des Hauses, und das muss in gutem Zustand sein.«

Die Mülltüte, die sich nach dem Mittagessen an den Schrank gelehnt und geschlummert hatte, erwachte plötzlich und schaute Kolfinna misstrauisch an, als sie in die Küche stürmte.

»Ja, meine Liebe, du marschierst jetzt in die Mülltonne, dachtest du vielleicht, das würde dir erspart bleiben?«

Die Geschirrtücher, die es sich auf der Heizung gemütlich gemacht hatten, erschraken, als sie die energische Stimme hörten:

»Und ihr da, ihr Schmutzfinken, marsch ab in den Keller mit euch!«

Während sie die Schränke von innen und außen mit Seifenlauge bearbeitete, unterhielt sie sich mit dem guten Geschirr und sagte, jetzt sei es vorbei mit der Faulenzerei, denn in Zukunft würde es viele exotische Gerichte geben, die auf ihnen landen würden. Die Herdplatten schauten einander wichtigtuerisch an und der Kühlschrank mit dem kalten Herzen fuhr zusammen und sprang versehentlich an, obwohl er das nicht vorgehabt hatte.

»Ja, hier fliegen Töpfe und Tiegel!«

Als sie das abgenutzte Linoleum geschrubbt hatte, richtete sie sich auf und vertraute der Küche an: »Erschrick nicht, wenn ich dich irgendwann anstreiche. Und dir einen neuen Bodenbelag verpasse. Aber das wird noch etwas dauern. Jetzt muss ich nämlich erst mal ins Wohnzimmer, denn dorthin kommen die Gäste, und da muss es schön und gemütlich sein.«

Der Fernseher blickte sauer drein, als sie im Wohnzimmer erschien, denn sie hatte ihn tagelang vernachlässigt, aber sie nahm sich das nicht zu Herzen.

»Von mir aus kannst du sauer sein, so lange du willst, denn ich habe in nächster Zeit keine Zeit für dich. Jetzt ist man nämlich erwachsen und muss seinen Kopf gebrauchen, und das kann man nicht, solange man dich anglotzt. Aber ich werde dich abstauben, du beleidigte Leberwurst.«

Sie bearbeitete die Teakholzgarnitur, die ihr immer schon auf die Nerven gegangen war, mit Möbelpolitur. Sie sagte nichts, denn sie musste noch eine Weile genügen. Als sie dem Esstisch zu Leibe rückte, konnte sie sich nicht beherrschen: »Nur dass du es weißt, zu Weihnachten wirst du noch einmal gebraucht, denn dann wird Mathilda mit den Kindern zu mir kommen. Aber anschließend kannst du meinetwegen auf den Sperrmüll wandern.«

Während sie den Teppich mit den gelben Rosen staubsaugte, schüttelte sie ständig den Kopf, bis sie sich nicht mehr zurückhalten konnte und zum Wohnzimmer sagte: »Wir müssen diesen Teppich wegwerfen und die braunen Gardinen auch, das geht nicht mehr so weiter, das kann man den Leuten nicht zumuten. Das machen wir vor Weihnachten. Aber jetzt muss ich erst in Mamas Zimmer, da muss so viel geändert werden.«

Das Wasserglas auf dem Nachttisch blickte bescheiden und schüchtern hoch, als sie hereinkam, und wartete darauf, in die Hand genommen zu werden. Die Pantoffeln schliefen, deswegen sprach sie leise.

»Also, das wird jetzt eure letzte Nacht hier sein. Morgen werde ich das Bett abziehen, die Möbel umstellen, einige kommen in den Abstellraum. Mamas Sachen bringe ich ins Altersheim und werde sehen, ob da nicht jemand Verwendung für sie hat. Und dann kaufe ich mir einen schönen Schreibtisch, ja, denn das hier wird mein Arbeitszimmer. Man kann nämlich so viel lernen, das ist mir klar geworden. Aber wie gesagt, hier bleibt es so bis morgen, und dann knöpfe ich mir euch vor.«

Dann ging sie in ihr Zimmer.

Die beiden Ebereschen warteten wie zum Tode verurteilt draußen vor dem Fenster. Sie hatten Wind von der Aufräumaktion bekommen. Irgendwann hatte sie ihnen angedroht, sie zu köpfen.

Sie steckte die Hände in die Taschen und blickte die Bäume träge an: »Regt euch ab. Ich habe keine Lust, mir die Mühe zu machen, euch absägen zu lassen. Ich hab was Besseres mit meiner Zeit vor.«

Als sie über die Zeit sprach, fiel ihr Blick auf den Boden, wo der rote Wecker mit vergrämter Miene auf der Seite lag.

»Und du da, du freches altes Ding. Du bist schon so klapprig, dass du einen morgens nicht mal mehr wecken kannst. Du hättest es verdient, in die Mülltonne zu wandern. Aber ich gebe dir noch eine Chance.«

Sie hob ihn auf und knallte ihn auf den Nachttisch.

»Morgen früh wirst du mich in aller Herrgottsfrühe wecken, mein Lieber, denn ich habe viel zu tun. Aber jetzt gehe ich unter die Dusche, dann gehe ich ins Geschäft und kaufe mir etwas Gutes zu essen, und das werde ich in meiner sauberen Küche kochen, und dann gehe ich schlafen. So ist mein Leben, einfach und schön.«